Herman Melville

Moby Dick

oder

Der weiße Wal

LIWI
LITERATUR- UND WISSENSCHAFTSVERLAG

Bibliografische Information der Deutschen Nationalbibliothek
Die Deutsche Nationalbibliothek verzeichnet diese Publikation in der Deutschen Nationalbibliografie;
detaillierte bibliografische Daten sind im Internet über http://dnb.dnb.de abrufbar.

Herman Melville
Moby Dick
oder Der weiße Wal
Übersetzt von Wilhelm Strüver
Erstdruck des englischsprachigen Originals:
England: The Whale. Richard Bentley, London 1851.
USA: Moby-Dick; or, The Whale. Harper & Brothers, New York 1851.
Durchgesehener Neusatz, der Text dieser Ausgabe folgt der gekürzten Fassung:
Theodor Knaur Verlag, Berlin 1927.
Neuausgabe, Göttingen 2024.
Umschlaggestaltung und Buchsatz: LIWI Verlag
LIWI Literatur- und Wissenschaftsverlag
Thomas Löding, Bergenstr. 3, 37075 Göttingen
Internet: liwi-verlag.de | Instagram: instagram.com/liwiverlag | Facebook: facebook.com/liwiverlag
Druck: Libri Plureos GmbH, Friedensallee 273, 22763 Hamburg
ISBN Taschenbuch: 978-3-96542-873-7
ISBN Gebundene Ausgabe: 978-3-96542-874-4

Erstes Kapitel

Als ich vor einigen Jahren – wie lange es genau her ist, tut wenig zur Sache – so gut wie nichts in der Tasche hatte und von einem weiteren Aufenthalt auf dem Lande nichts mehr wissen wollte, kam ich auf den Gedanken, ein wenig zur See zu fahren, um die Welt des Meeres kennenzulernen. Man verliert auf diese Weise seinen verrückten Spleen, und dann ist es auch gut für die Blutzirkulation. Wenn man den scheußlichen Geschmack auf der Zunge nicht loswerden kann; wenn man das Frostgefühl eines feuchten und kalten Novembers auf der Seele hat; wenn man unwillkürlich vor jedem Sargmagazin stehenbleibt und jedem Leichenzug nachsieht, wenn man sich der Schwermut nicht mehr erwehren kann, daß man auf die Straße stürzen und vorsätzlich den Leuten den Hut vom Kopfe schlagen müßte, dann ist es allerhöchste Zeit, auf See zu gehen. Das ist für mich Ersatz für Pistole und Kugel.

Cato stürzte sich mit einer philosophischen Geste in sein Schwert. Ich entscheide mich in aller Ruhe für das Schiff. Das ist durchaus nichts Besonderes! Wenn sie es wüßten, so würden mit der Zeit mehr oder weniger alle dem Ozean mit denselben Gefühlen begegnen wie ich.

Da liegt von langen Kais eingefaßt, wie die Indianerinseln von Korallenriffen, unsere Inselstadt der Manhattoes. über die brandende See nimmt der Handel seinen Weg. Rechts und links laufen die Straßen nach dem Meere zu. Betrachte dir die Massen von Menschen, die ins Wasser starren! Mache an einem langweiligen Sonntagnachmittag einen Bummel durch die Stadt! Wenn du von Corlears Hook nach Coenties Slip und von da über Whitehall nach Norden gehst, siehst du nichts als Tausende von Menschen, die wie schweigsame Posten dastehen und traumverloren in das Meer hinausstarren. Sie haben sich gegen die Holzpflöcke gelegt, sie sitzen auf den Molenköpfen, sie sehen über die Bollwerke der Schiffe, die von China kommen, und wieder andere sehen hoch über die Takelage hinweg, um einen möglichst weiten Blick auf das Meer zu haben.

Alle sind Landratten. Wochentags haben sie mit Holz und Mörtel zu tun, da sind sie an Ladentische gebunden, an Bänke genagelt oder an Pulten befestigt. Was soll das bedeuten? Sind denn die grünen Felder nicht mehr da? Was tun sie hier?

Aber es kommen noch mehr Menschen. Sie gehen dicht an das Wasser heran, als wollten sie hineintauchen. Seltsam! Keiner begnügt sich mit einem Platz, wenn es nicht die äußerste Landseite ist; im Schutz der schattenspendenden Warenspeicher zu hocken, würde ihnen nicht gefallen. Sie müssen so nahe wie möglich an das Wasser heran, nur gerade, daß sie nicht hineinfallen. Von Straße und Promenade, von Gasse und Allee kommen sie von allen Himmelsgegenden herangeströmt. Hier versammelt sich alles. Bewirkt das die magnetische Anziehung der Kompaßnadel auf den Schiffen oder woher kommt es?

Noch einen Augenblick. Stelle dir vor, du bist auf dem Lande, im Gebirge, wo es Bergseen gibt. Schlage irgendeinen Weg ein, und zehn gegen eins treibt es dich in ein Tal, wo es Wasser gibt. Das ist etwas Wunderbares! Nimm einen in seine tiefsten Träume versenkten Menschen, stelle ihn auf die Beine und bringe ihn zum Gehen, so wird er dich unfehlbar dorthin führen, wo Wasser ist. Sollte dich in der großen amerikanischen Wüste dürsten, so mache dies Experiment, wenn zufällig bei deiner Karawane ein Professor der Metaphysik ist!

Alle Welt weiß, daß, wo gedacht wird, allemal Wasser damit verbunden ist. Aber lassen wir einen Maler zu Wort kommen!

Er will dich in der träumerischsten, stillsten und wunderbarsten Landschaft mit dem schönsten Schatten in dem Tal des Saco malen. Was braucht er dazu? Da sind Bäume, jeder davon ist hohl, als ob ein Klausner mitsamt dem Kreuz darin verborgen wäre. Dann eine Weide in aller Ruhe und eine Herde darauf im Schlummer. Und von der Hütte im Hintergrund steigt ein träumerischer Rauch auf. Hinten durch den Wald windet sich ein verschlungener Pfad, der zu den Ausläufern der in Blau getauchten Berge hinaufführt. Wenn auch das Bild so stimmungsvoll genug ist, und wenn auch die Kiefer ihre Nadeln wie Seufzer über den Kopf des Hirten fallen läßt, so würde doch viel fehlen, wenn das Auge des Hirten nicht auf den magischen Wasserlauf gerichtet wäre.

Mach' einen Ausflug in die Prärien im Juni! Wenn du auf zwanzig Meilen Weite bis an die Knie durch Tigerlilien watest, was ist da das einzige, was fehlt? Wasser! Nicht ein Tropfen ist da zu finden!

Wenn der Niagara nur ein Fall von herabstürzenden Sandmassen wäre, würde man dann tausend Meilen weit herkommen, um ihn zu sehen?

Warum überlegte es sich der arme Dichter aus Tennessee, der plötzlich eine Handvoll Silberstücke bekam, ob er sich einen neuen Rock kaufen sollte, den er so bitter nötig hatte, oder ob er das Geld für eine Fußreise nach Rockway Beach anlegen sollte?

Warum treibt es den gesunden Menschen mit gesunder Seele nach dem Meere? Warum empfindet man auf der ersten Seereise eine geheimnisvolle Erschütterung, wenn man von dem Schiff aus das Land nicht mehr sieht? Warum war den alten Persern das Meer heilig? Warum schufen die Griechen einen besonderen Gott des Meeres und ließen ihn den Bruder von Zeus sein? Das hatte einen tiefen Sinn! Und noch tiefer ist der Sinn in der Sage von Narzissus, der das wunderschöne Antlitz im Brunnen nicht umarmen konnte, deshalb hineintauchte und ertrank.

Wir alle sehen in den Flüssen und Meeren dasselbe Bild. Es ist das geheimnisvolle Bild des Lebens, das wir nicht fassen können.

Wenn ich nun sage, daß ich nicht als Passagier, wenn ich auch um Augen und Lungen anfange, besorgt zu werden, zur See gehe, so habe ich dafür meine Gründe. Schon weil man als Passagier Geld braucht, und ich keins habe. Was sind auch Passagiere, die seekrank werden, leicht die Haltung verlieren, des Nachts nicht schlafen können und mit der See nicht viel anzufangen wissen!

Ich möchte auch nicht als Kommandant, als Kapitän oder als Schiffskoch gehen. Ich überlasse den Ruhm und die mit hohen Ämtern verbundenen Ehrungen denen, die darauf Wert legen. Als Koch könnte ich mir ja viel Lob erwerben. Aber ich kann aus irgendwelchen Gründen dem Braten von Geflügel nicht viel Geschmack abgewinnen. Nicht, daß ich für das gebratene Geflügel, wenn es mit Butter geschmort und anständig gesalzen und gepfeffert ist, nicht zu haben wäre! Es gibt niemand, der vor einem gebratenen Stück Geflügel größeren Respekt, ja größere Ehrfurcht hätte als ich! Wie müssen die alten Ägypter in ihre gekochten Ibisvögel und gerösteten Flußpferde vernarrt gewesen sein, daß man die Mumien dieser Tiere als Zeichen der Verehrung in ihren kolossalen Backhäusern, den Pyramiden, vorfindet!

Wenn ich nun zur See gehe, so will ich einfacher Matrose sein, der seinen Platz am Mast hat, sich in die Vorderkajüte fallen läßt und von da bis zum Oberbramsegel emporsteigt. Natürlich werden sie mich wie eine Heuschrecke auf der Wiese von Spiere zu Spiere springen lassen. Selbstverständlich ist solch ein Leben alles andere als angenehm. Es wird einem schwer, wenn man von den van Renselears, den Randolphs oder den Hardicanutes, alten, ehrwürdigen Familien, abstammt. Und mit der Hand, die jetzt Teereimer anfaßt, hat man sich vor den längsten Bengels, als man noch zu Lande Lehrer war, Respekt verschafft. Es ist ein Übergang, der wohl zu merken ist. Man muß viel von einem Seneca und den Stoikern mitgekriegt haben, wenn man nicht mit der Wimper zuckt. Aber auch dieser Vorrat geht mit der Zeit drauf!

Was soll man tun, wenn ein alter Knacker von Kapitän mir befiehlt, einen Besen anzufassen und das Deck abzufegen? Was bedeutet diese Würdelosigkeit an dem

Maßstab des Neuen Testamentes gemessen? Glaubst du etwa, daß der Erzengel Gabriel eine geringere Meinung von mir hat, weil ich dem alten Knacker auf der Stelle und ehrerbietig gehorcht habe? Wer ist kein Sklave? Nenne mir einen! Nun, was die alten Kapitäne mir auch befehlen mögen, wie sehr sie mich auch knuffen und zurechtstauchen, ich weiß, daß alles seinen Sinn hat. Ich weiß, daß jeder auf die eine oder die andere Weise vom physischen oder vom metaphysischen Standpunkte aus den gleichen Dienst leisten muß und daß der Knuff im Weltall weitergegeben wird. Alle sollten sich daher gegenseitig die Schulter reiben und den Mund halten!

Wenn ich Matrose werde, so geschieht es, weil ich für meine Mühe bezahlt werde. Hast du schon mal gehört, daß man Passagieren einen Pfennig gibt, im Gegenteil, Passagiere haben zu zahlen. Das ist es ja gerade, ob man zahlt oder bezahlt wird. Und das Zahlen ist das peinlichste, was uns die beiden Apfeldiebe aus dem Paradiese eingebrockt haben!

Aber das Bezahltwerden ist ein vornehmes und wundervolles Gefühl. Besonders wenn man bedenkt, daß das Geld die Wurzel allen Übels ist und kein Reicher in das Himmelreich kommt.

Und zu guter Letzt gehe ich als Matrose wegen der gesunden Beschäftigung und der reinen Luft, die auf dem Vorderkajütendeck weht. Du weißt wohl, daß Winde vom Vorderdeck häufiger sind, als Winde vom Achterdeck. Und somit bekommt der Kommandant die Winde am Achterdeck erst aus zweiter Hand, wenn sie an den Matrosen auf Vorderdeck vorbeigestrichen sind. Er glaubt, er atmet sie zuerst, aber weit gefehlt.

Aber weshalb mache ich ausgerechnet eine Walfischfahrt mit, da ich doch schon öfter auf einem Handelsschiff die See durchquert habe?

Da war als Haupttriebkraft der große Wal vorneweg. Dies urgewaltige und geheimnisvolle Ungeheuer zog meine Phantasie von jeher in seinen Bann. Dann waren es die wilden und fernen Meere, wo sein Riesenleib, diese schwimmende Insel, trieb. Ich hatte ein Verlangen nach den nicht auszudenkenden und namenlosen Gefahren, die um den Wal lauern. Diese und die Wunderwelt des Feuerlandes mit ihren tausend neuen Bildern und Klängen gaben meinem Verlangen neue Nahrung.

Anderen Menschen hätten diese Dinge nichts bedeutet. Aber ich habe nun mal eine unauslöschliche Sehnsucht nach den entlegenen Dingen! Ich schwärme davon, auf unerschlossenen Meeren herumzufahren und an der Küste der Barbaren zu landen. Ich weiß nicht, ob es das richtige ist. Aber ich möchte mich herzlich gern mit den Wilden herumschlagen, wenn es nicht geboten wäre, mit ihnen gut auszukommen, weil man nun mal auf ihre Gastfreundschaft angewiesen ist.

Ich habe nun Gründe genug angeführt und es verständlich gemacht, daß mir die Walfischfahrt sehr willkommen war. Die großen Schleusentore der Wunderwelt sprangen auf, und unter den wilden Visionen schwammen endlose Reihen von Walen, je zu zweien, auf mich zu. Und in ihrer Mitte ragte ein Riesenphantom mit einem großen Höcker wie ein Schneeberg in die Luft.

Zweites Kapitel

Nantucket!
Nimm eine Karte zur Hand und betrachte sie. Achte darauf, an welchem Ende der Welt Nantucket liegt, wie es von der Küste entfernt, einsamer daliegt als der Leuchtturm von Eddystone. Es ist ein kleiner Hügel und eine Sanddüne. Man sieht nichts wie Strand, und nicht mal einen Hintergrund. Da liegt mehr Sand, als man in zwanzig Jahren, wenn es kein Löschpapier gäbe, zum Schreiben gebrauchen würde. Einige Schwätzer werden dir sagen, daß man dort sogar Unkraut anpflanzen müßte, weil es das dort nicht gäbe, daß man Saudisteln einführen müßte, und daß man eines Zapfens wegen über See fahren müßte, um ein Loch in ein Ölfaß zu schlagen. Sie werden sagen, daß das Holz in kleinen Stücken von weither herangeschafft werden muß, wie Teile des heiligen Kreuzes in Rom, und daß man dort große Pilze vor den Häusern anpflanzt, um im Sommer Schatten zu haben. Sie werden sagen, daß ein Grashalm dort eine Oase, zwei Grashalme eine Prärie bilden, daß man dort eigenartige Sandalen trägt, die mit den Schneeschuhen der Lappländer eine gewisse Ähnlichkeit haben. Man soll dort abgeschlossen, eingeengt und auf der einsamen Insel von dem Ozean so dicht umgeben sein, daß sogar an den Stühlen und Tischen kleine Muscheln kleben wie an den Rücken der Seeschildkröten. Aber diese Eigentümlichkeiten beweisen nur, daß Nantucket kein Illinois ist.

War es da ein Wunder, daß die Bewohner von Nantucket, an einem Strand geboren, sich ihres Unterhalts wegen auf die See begaben? Erst fingen sie Quallen und Krabben in dem Sande. Wenn sie etwas kühner waren, wateten sie mit Netzen in das Wattenmeer hinaus und fingen Makrelen. Als sie noch mehr Erfahrung hatten, fuhren sie auf Booten hinaus und fingen Kabeljau. Schließlich entdeckten sie mit einer Flotte von großen Schiffen die Welt des Meeres. Sie machten die kühnsten Segelfahrten um den Erdball, kamen bis in die Behringstraße und führten zu jeder Jahreszeit in allen Meeren mit dem allergrößten Tier, das die Sintflut überdauert hat, ewigen Krieg.

So haben diese einfachen Bewohner von Nantucket, wenn sie von ihrem Ameisenhügel aus in das Meer hineinstießen, die Welt des Meeres erobert, wie so mancher

Alexander. Sie haben den Atlantischen, den Stillen und den Indischen Ozean unter sich aufgeteilt. Mag Amerika Mexiko an Texas angliedern und Kuba samt Kanada schlucken, mögen die Engländer ganz Indien überfluten und ihre Flagge in der Sonne glitzern lassen, zwei Drittel der ganzen Welt gehören den Bewohnern von Nantucket; denn ihnen gehört die See, sie beherrschen sie, wie die Kaiser über Reiche herrschen. Die anderen Seeleute haben nur ein Durchfahrtsrecht. Die Handelsschiffe sind nur verlängerte Brücken, die Kriegsschiffe sind nur schwimmende Festungen, die Seeräuber folgen nur der See, wie die Wegelagerer der Landstraße folgen, und sie plündern andere Schiffe, die nur einen Teil des Landes darstellen, wie sie selbst. Sie geben sich keine Mühe und suchen sich nicht den Lebensunterhalt aus der bodenlosen Tiefe selbst.

Die Bewohner von Nantucket haben auf der See ihren Wohnsitz, sie allein behandeln die See wie ihre eigene Plantage, sie beackern sie und bebauen sie. Da ist ihre Heimat, dort üben sie ihren Beruf aus, und nicht einmal die Sintflut könnte ihnen etwas anhaben. Sie leben von der See, wie die Präriehühner die Prärie brauchen, um leben zu können. Jahrelang bekommen sie vom Lande nichts zu sehen. Wenn sie heimkommen, erscheint ihnen das Land seltsam. Die Seemöwe, die das Land nicht kennt, faltet bei Sonnenuntergang ihre Schwingen weit auseinander und ruht zwischen den Wellen im Schlafe aus. Die Bewohner von Nantucket ziehen fern vom Lande des Nachts ihre Segel ein und legen sich zur Ruhe nieder, während unter ihren Ruhekissen Herden von Walrossen und Walfischen ihr Unwesen treiben.

Drittes Kapitel

Nach langem Umherlaufen und vielem Fragen erfuhr ich, daß drei Schiffe eine dreijährige Fahrt planten. Es waren der »Devil-dam«, der »Tit-bit« und der »Pequod«. Was »Devil-dam« bedeuten sollte, wußte ich nicht. »Titbit« ist ja allgemein bekannt, und »Pequod« ist ja der Name eines berühmten Stammes der Indianer in Massachusetts, der nun, wie die alten Meder, vollständig erloschen ist.

Ich guckte mir den »Devil-dam« lange an, dann den »Tit-bit« und ging schließlich an Bord des »Pequod«, besah ihn mir einen Augenblick von allen Seiten und kam zu dem Ergebnis, daß dieses das richtige Schiff sei.

Du hast gewiß manches komische Schiff gesehen, aber so etwas wie den alten »Pequod« hast du sicher noch nicht gesehen. Es war ein Schiff der alten Schule und ziemlich klein. Es war mit allen vier Ozeanen gesalzen, und Wind und Wetter hatten ihm die Farbe gegeben. Es war gebräunt wie ein französischer Grenadier, der in

Ägypten und Rußland gekämpft hat. Die ehrwürdigen Schiffsbuge schienen Barte zu tragen. Die Masten waren bei einem Sturm an der Küste von Japan abgebrochen, und es waren nur noch die Stümpfe zu sehen wie bei den drei heiligen Königen in Köln. Die alten Decks waren abgenutzt und sahen wie die von Pilgern verehrte Steinplatte in der Kathedrale zu Canterbury aus, wo Thomas Becket verblutet ist.

Aber das war noch nicht alles. Noch andere merkwürdige Züge erinnerten an das abenteuerliche Leben, das das Schiff ein halbes Jahrhundert geführt hatte. Der alte Kapitän Peleg, der viele Jahre lang darauf Erster Offizier gewesen war, bevor er ein anderes eigenes Schiff kommandierte und der sich nun zur Ruhe gesetzt hatte und Mitbesitzer des »Pequod« war, dieser alte Peleg hatte dies merkwürdige Schiff gebaut.

Wie der Kaiser von Abessinien, war es am Halse mit Schmuck aus Elfenbein behangen. Es waren lauter Trophäen. Wie ein Kannibale hatte sich das Schiff mit dem erbeuteten Gebein der Feinde geschmückt. Das Schiffsgerüst war offen, und überall hingen die langen Zähne des Pottwals, so daß man sich wie in einem Walfischrachen vorkam. Die Zähne dienten statt der üblichen Haken, und an ihnen befestigte man die alten Hanftaue und Stricke. Die Taue hingen nicht an den hölzernen Halteblöcken, sondern liefen über Rollen von Walfischbein. Das übliche Steuerrad war nicht vorhanden, statt dessen diente ein Handgriff aus einem Stück, der aus dem Unterkiefer des Walfisches, des Erzfeindes, geschnitzt war. Der Steuermann, der sich dieses Griffes im Sturm bediente, mußte sich wie ein Tartar vorkommen, der sein feuriges Schlachtroß durch einen kühnen Griff am Gaumen zum Stehen bringt.

Es war ein edles, wenn auch schwermütiges Schiff. Alle edlen Dinge auf der Welt sind das nun mal zu gleicher Zeit!

Als ich auf dem Achterdeck Umschau hielt, um mich als junger Kandidat einer Autoritätsperson vorzustellen, sah ich vorerst niemand. Aber mir fiel ein seltsamer Verschlag, beinahe Wigwam, auf, der hinter dem Hauptmast aufgeschlagen war. Anscheinend war das nur eine vorübergehende Einrichtung für den Hafen. Das Zelt hatte die Form eines Kegels, war zehn Fuß hoch und bestand aus den riesigen Stäben des elastischen dunklen Knochenbeins, das dem mittleren und oberen Teil der Kiefer des gewöhnlichen Wals entnommen war.

Ich fand schließlich jemand, der in diesem merkwürdigen Gehäuse verborgen war. Dem Aussehen nach war er eine Autoritätsperson, und da um die Mittagszeit die Arbeit auf dem Schiff ruhte, erholte er sich nun von der Last des Kommandos. Er saß auf einem altmodischen eichenen Stuhle, der mit merkwürdiger Schnitzerei verziert war.

Der alte Mann sah übrigens gar nicht mal so sonderbar aus. Er war braun und sonnenverbrannt wie die meisten alten Matrosen und trug einen blauen Matrosenanzug von dem Schnitt der Quäker. Um die Augen hatte er ein mikroskopisch feines Netz sehr kleiner Falten, die er wohl von den langen Seefahrten in den vielen Meeresstürmen bekommen hatte. Bei einem Seitenblick sind solche Falten sehr wirkungsvoll.

»Ist hier der Kapitän des ›Pequod‹?« sagte ich und ging auf den Eingang des Zeltes zu.

»Wenn du glaubst, es ist der Kapitän des ›Pequod‹, was willst du denn von ihm?« sagte er.

»Ich dachte, ich wollte mit dem Schiff.«

»Verstehst du denn etwas vom Walfischfang?«

»Nein, aber ich denke, daß ich es bald lernen werde. Ich habe verschiedene Fahrten auf einem Handelsschiff mitgemacht, und ich glaube –«

»Mit deinem verdammten Handelsschiff, komm mir nicht damit. Ich schlage dir die Beine ab, wenn du mir noch einmal von dem Handelsschiff anfängst. Ich glaube, ihr seid sehr stolz darauf, daß ihr auf Handelsschiffen gefahren seid, aber wie kommst du darauf und willst auf ein Walfischschiff? Das scheint mir sehr merkwürdig zu sein. Du bist am Ende ein Seeräuber gewesen und hast deinen letzten Kapitän beraubt, nicht wahr? Du ermordest am Ende die Offiziere, wenn es auf See geht?«

Ich beteuerte meine Unschuld gegenüber diesen Vermutungen. Ich sah, daß dieser alte Seemann trotz seiner humoristischen Bemerkungen ein richtiger Nantucketer war, ein Quäker und ein Inselmensch mit allen Vorurteilen, der allen Fremden nicht traute, wenn sie nicht vom Kap Cod oder vom Vineyard herkamen.

»Aber weshalb willst du auf die Walfischfahrt? Das will ich erst wissen, bevor ich dich mit an Bord nehme.«

»Nun, ich will die Walfischjagd eben kennenlernen. Ich will die Welt kennenlernen.«

»Du willst die Walfischjagd kennenlernen? Hast du schon mal den Kapitän Ahab gesehen?«

»Wer ist denn der Kapitän Ahab?«

»Ich dachte, du wüßtest es. Ahab ist der Kapitän dieses Schiffes.«

»Da habe ich mich geirrt. Ich dachte, ich spräche mit dem Kapitän selbst.«

»Du sprichst mit dem Kapitän Peleg, junger Mann. Ich und der Kapitän Bildad müssen den ›Pequod‹ ausrüsten für die Reise und mit allem Nötigen versehen, auch mit der Mannschaft. Wir sind Teilhaber. Aber wenn du die Walfischjagd kennenlernen willst, wie du sagst, so will ich dir einen Weg angeben, und du kannst es dir überlegen, bevor du wieder ausreißt. Sieh dir den Kapitän Ahab an, junger Mann, dann wirst du finden, daß er nur ein Bein hat.«

»Was wollen Sie damit sagen? Hat er das andere durch einen Walfisch verloren?«

»Durch einen Walfisch verloren! Junger Mann, sieh her. Es wurde verschlungen, aufgekaut und von dem scheußlichsten Pottwal, der jemals ein Boot umgekippt hat, zerschmettert! Ach!«

Ich war ein wenig beunruhigt durch seine Heftigkeit und vielleicht auch ein wenig gerührt von dem Leid, das in seinem Ausruf am Schluß lag. Ich sagte so ruhig wie möglich: »Sie sagen natürlich die Wahrheit, aber wie konnte ich wissen, daß der Wal, von dem Sie erzählen, unglaublich wild war.«

»Sieh hierher, junger Mann. Deine Lungen sind noch nicht widerstandsfähig genug, deine Stimme ist noch nicht rauh genug, du bist doch schon vorher auf See gewesen?«

»Ich glaube, ich habe schon gesagt, daß ich vier Fahrten auf einem Handelsschiff gemacht habe.«

»Mund gehalten! Denk' daran, was ich von den Handelsschiffen gesagt habe. Wir wollen davon nicht reden, aber wir wollen uns verständigen. Ich habe dir klargemacht, was eine Walfischjagd bedeutet. Hast du nun noch Lust dazu?«

»Ja!«

»Das ist gut. Bist du denn auch der Mann dafür, der einem lebendigen Walfisch eine Harpune in die Kehle jagen und ihr dann nachspringen könnte? Antworte, aber schnell!«

»Ja, Herr, wenn das von mir verlangt würde.«

»Wieder gut. Nun, du wolltest nicht nur die Walfischjagd, du wolltest auch die Welt kennenlernen. Das sagtest du doch? Es kam mir wenigstens so vor. Nun, komm mal her und sieh mal über die Wetterseite, und dann komm mal wieder und sag' mir, was du da siehst!«

Ich stutzte einen Augenblick bei dieser merkwürdigen Aufforderung. Sollte ich sie humoristisch oder ernst nehmen? Aber Kapitän Peleg legte alle Verschlagenheit in seinen Blick und ließ mich die Aufforderung ausführen.

Als ich hinging und über die Wetterseite sah, da beobachtete ich, daß das Schiff, das an seinem Anker mit der Flut hin- und herging, schräg gegen die offene See gerichtet war. Der Horizont war nicht begrenzt, aber unglaublich eintönig und abstoßend; nicht die geringste Abwechslung war zu sehen.

»Nun, wie lautet der Bericht?« fragte Peleg, als ich wiederkam. »Was hast du gesehen?« – »Nicht viel,« erwiderte ich, »nichts als Wasser, sehr viel Horizont, und es scheint mir eine Sturmbö heraufzukommen.«

»Nun, was stellst du dir denn darunter vor, wenn du die Welt sehen willst? Willst du, wenn wir um das Kap Horn herumfahren, mehr davon sehen? Siehst du nicht die Welt überall da, wo du stehst?«

Ich war ein wenig aus dem Konzept gebracht. Aber ich wollte auf alle Fälle mit auf eine Walfischjagd. Der »Pequod« war jedenfalls ein vortreffliches Schiff, wenn nicht gar das beste. Das sagte ich nun Peleg. Als er mich so entschlossen sah, war er bereit, mich anzumustern.

»Du kannst ja mitkommen und die Schiffspapiere unterzeichnen«, fügte er hinzu, und so führte er mich zum Unterdeck in die Schiffskabine.

Da saß auf einem Balken jemand, der einen merkwürdigen und ungewöhnlichen Eindruck auf mich machte. Es war der Kapitän Bildad, der mit Kapitän Peleg der Hauptteilhaber des Schiffes war. Die anderen Teilhaber waren, wie es in diesen Häfen gewöhnlich der Fall ist, verschiedene alte Rentner, Witwen, Waisen und invalide Seeleute. Dem einen gehörte eine Schiffsplanke, dem anderen ein Stück Innenholz, dem dritten ein paar Schiffsnägel. In Nantucket legte man sein Geld in Walfischschiffen an, wie du es in sicheren Staatspapieren, die gute Zinsen tragen, anlegst.

Bildad, wie Peleg und viele andere Leute aus Nantucket waren Quäker. Die Insel ist ursprünglich von dieser Sekte besiedelt worden, und bis auf den heutigen Tag haben die Bewohner ungewöhnlich gut die Eigenheiten der Quäker bewahrt. Einige von diesen Quäkern sind die allerhitzigsten Seeleute und Walfischjäger; es sind kriegerische Quäker mit Rachegefühlen.

Sie haben biblische Namen, wie es auf der Insel allgemein üblich ist, und als Kind lernen sie das dramatisch klingende »thee« und »thou«. Bei ihrem wagemutigen und ungebundenen Leben entwickeln sie Eigenschaften, die eines skandinavischen Seekönigs oder eines heidnischen Römers nicht unwürdig sind.

Wie Kapitän Peleg, war Kapitän Bildad ein wohlhabender Walfischjäger, der sich zur Ruhe gesetzt hatte. Aber anders wie Kapitän Peleg, der sich um die ernsten Dinge nicht den Teufel kümmerte und die sogenannten wichtigen Sachen für die größten Kleinigkeiten hielt, war Kapitän Bildad nicht nur im Sinne der strengsten Sekte des Quäkertums von Nantucket erzogen, sondern auch das spätere Leben auf dem Meere und der Anblick so vieler Schönheiten auf den Inseln um Kap Horn herum hatten diesen eingefleischten Quäker nicht eine Spur ändern können.

Bei aller Unveränderlichkeit in diesen Dingen fehlte ihm doch in anderer Weise die Konsequenz. Aus Gewissensbedenken weigerte er sich, gegen fremde Eindringlinge Waffen zu tragen, aber er selbst war, ohne dazu berechtigt zu sein, in den Atlantischen und Pazifischen Ozean eingefallen. Er hatte geschworen, kein Menschenblut zu vergießen, und doch hatte er Tonnen vom Blut des Leviathans vergossen. Ob er am Abend seines Lebens über diese Dinge nachdachte und sich damit in der Erinnerung abfand, kann ich nicht sagen. Aber es schien ihm nicht viel auszumachen. Vielleicht war er seit langem zu dem weisen und tiefen Entschluß gekommen, daß die Religion und die Welt des Alltags etwas ganz Verschiedenes sind. Die Welt zahlt Dividende.

Von einem kleinen Schiffsjungen mit kurzem Rock aus grauem Tuch war er zu einem Harpunier mit einer großen Weste aufgestiegen, war dann Bootsführer, Obermaat, Kapitän und schließlich Schiffsherr geworden. Bildad hatte sich, wie ich schon sagte, nach dem abenteuerlichen Leben im stattlichen Alter von fünfzig Jahren zur Ruhe gesetzt. Und nun widmete er sich dem ruhigen Genuß seines wohlverdienten Einkommens.

Ich muß leider sagen, daß man Bildad für einen unverbesserlichen alten Geizkragen hielt. Als er noch zur See ging, galt er als strenger, unerbittlicher Herr, der viel von seinen Leuten verlangte. In Nantucket erfuhr ich die ziemlich merkwürdige Geschichte, daß nach der Heimreise die Leute erschöpft und ermüdet ankamen, ja zumeist ins Krankenhaus gebracht werden mußten. Für einen Frommen, und noch dazu für einen Quäker, hatte er ein ziemlich hartes Herz. Er fluchte niemals, aber seine Leute sagten, daß er ihnen ungewöhnlich harte und anstrengende Arbeit gab. Als Obermaat konnte er einen mit seinen grauen Augen so anstarren, daß man die Ruhe verlor, irgend etwas in die Hand nahm und wie blödsinnig arbeitete. Nachlässigkeit und Faulheit waren bei ihm unmöglich. Er selbst war die Verkörperung seines nüchternen und praktischen Charakters. An dem langen und hageren Körper hatte er kein Fleisch zuviel, er hatte nicht mal einen Bart, und das Kinn hatte ein dünnes Spierhaar, das, wie der Filz seines breitkrempigen Hutes, vom vielen Tragen abgenutzt war.

So sah die Person aus, die auf dem Heckbalken saß, als ich dem Kapitän Peleg unten in die Kajüte folgte. Auf Deck war nicht viel Platz, und da saß nun der alte Bildad kerzengrade und unangelehnt da, um seine Rockschöße zu schonen. Der Hut lag neben ihm, und die Beine waren übereinandergeschlagen. Der Rock war bis zum Kinn zugeknöpft, und mit der auf die Nase herabfallenden Brille schien er in ein dickbändiges Buch vertieft zu sein.

»Bildad,« rief Kapitän Peleg, »du hast nun die Heilige Schrift dreißig Jahre lang studiert, wie weit bist du gekommen, Bildad?«

Er schien solch ein weltliches Geschwätz bei seinem alten Schiffskameraden gewöhnt zu sein. Ohne auf seine Respektlosigkeit zu achten, sah er ruhig auf, und als er mich erblickte, warf er Peleg einen forschenden Blick zu.

»Er sagt, er will zu uns, Bildad!« sagte Peleg. »Er will aufs Schiff.«

»Willst du wirklich?« sagte Bildad in einem hohlen Tone und wandte sich an mich.
»Ja!« sagte ich.
»Was hältst du denn von ihm, Bildad?« sagte Peleg.
»Es wird gehen!« sagte Bildad, sah mich an, und dann buchstabierte er wieder in seinem Buch und las ganz vernehmlich vor sich hin.

Es war wohl der sonderbarste alte Quäker, den ich jemals kennengelernt habe, um so mehr, als Peleg, sein Freund und alter Schiffskamerad, solch ein Großmaul zu sein schien. Aber ich sagte nichts und sah mich nur um.

Peleg machte nun eine Kiste auf und zog die Schiffsartikel daraus hervor, legte Feder und Tinte vor sich hin und nahm an einem kleinen Tische Platz. Ich dachte darüber nach, daß es höchste Zeit wäre, sich darüber klar zu werden, unter welchen Bedingungen ich mich für die Fahrt anmustern lassen wollte. Ich wußte schon, daß man bei der Walfischerei keinen Lohn zahlt, sondern daß alle und auch der Kapitän gewisse Anteile am Gewinn beziehen. Die Höhe dieser Gewinnanteile richtet sich nach dem Geschäft, das man im Dienst der Gesellschaft ausführt. Ich wußte wohl, daß ich als völliger Neuling keinen großen Anteil beziehen konnte, aber wenn ich daran dachte, daß ich im Seedienst wohlerfahren war, daß ich ein Schiff steuern, ein paar Seile zusammenflechten und noch anderes mehr konnte, bezweifelte ich nicht, daß man mir den zweihundertfünfundsiebzigsten Anteil, das heißt den zweihundertfünfundsiebzigsten Teil des reinen Barverdienstes aushändigen könnte. Und wenn der zweihundertfünfundsiebzigste Anteil auch nicht viel war, so war es doch besser als gar nichts. Und wenn wir einigermaßen Glück hatten, so konnte ich doch meine Kleidung bezahlen, ohne zu reden von der Verpflegung für drei Jahre, die mich dann keinen Pfennig kosten würde.

Das war natürlich ein ärmlicher Weg, reich zu werden. Aber ich gehöre nicht zu denjenigen, die reich werden wollen, und bin völlig zufrieden, wenn man mich verpflegt und wohnen läßt. Ich dachte, der zweihundertfünfundsiebzigste Anteil wäre ganz angemessen, und ich würde mich nicht gewundert haben, wenn man mir den zweihundertsten angeboten hätte, da ich doch ziemlich breitschultrig war.

Aber die Aussichten auf einen anständigen Gewinnanteil wurden doch durch eins ziemlich herabgesetzt. An Land hörte ich schon von Kapitän Peleg und dem unberechenbaren alten Gesellen Bildad. Da sie die Hauptteilhaber des »Pequod« wären und die anderen Teilhaber nicht viel zu sagen hätten, so könnten sie die Angelegenheiten des Schiffes allein regeln. Ich merkte nichts davon, daß der geizige alte Bildad einen großen Einfluß auf die Anmusterung von Matrosen hatte, als ich ihn nun an Bord des »Pequod« sah, wie er in der Kabine wie zu Hause dasaß und in der Bibel wie vor dem eigenen Herd las. Währenddem versuchte Peleg vergeblich, mit seinem Schiffsmesser eine Feder zurechtzuschneiden. Der alte Bildad, der doch an den Vorgängen so sehr beteiligt sein sollte, schenkte uns keinen Blick, sondern las ruhig in seinem Buch weiter. »Habet acht, daß ihr nicht Schätze auf Erden sammelt, wo Motten und Rost –«

»Nun, Kapitän Bildad,« unterbrach ihn Peleg, »was, meinst du, sollen wir dem jungen Manne geben?«

»Das weißt du am besten«, war die Antwort, die wie eine Stimme aus dem Grabe klang. »Der siebenhundertsiebenundsiebzigste Anteil würde nicht zuviel sein, nicht wahr? Wo Motten und Rost sie verderben.«

Das war ja ein unglaublich kläglicher Anteil, und bei der großen Zahl hätte eine Landratte übers Ohr gehauen werden können.

»Aber was fällt dir denn ein, Bildad,« rief Peleg, »wir können doch diesen jungen Mann nicht übers Ohr hauen, wir müssen ihm mehr geben!«

»Den siebenhundertsiebenundsiebzigsten«, sagte wieder Bildad, ohne die Augen aufzuheben. Und dann las er weiter – – »Denn wo euer Schatz ist, da ist auch euer Herz – –«

»Ich will ihn für den dreihundertsten anmustern,« sagte Peleg, »hörst du, Bildad? Den dreihundertsten Anteil, hörst du?«

Bildad legte sein Buch hin und wandte sich feierlich an ihn.

»Kapitän Peleg, du hast ein edelmütiges Herz, aber du mußt an die Pflicht denken, die du den anderen Teilhabern des Schiffes gegenüber hast, den Witwen und Waisen und vielen anderen, und wenn wir die Arbeit des jungen Mannes zu reichlich bezahlen, so nehmen wir den Witwen und Waisen das Brot weg. Der siebenhundertsiebenundsiebzigste Anteil genügt, Kapitän Peleg!«

»Bildad!« brüllte Peleg, sprang auf und lief wie ein Wilder in der Kabine herum. »Wenn ich deinem Rat in diesen Dingen gefolgt wäre, so hätte ich ein solch schweres Gewissen gehabt, das es mit seiner Ladung das größte Schiff zum Sinken gebracht hätte, das jemals um das Kap Horn herumgekommen ist.«

»Kapitän Peleg!« sagte Bildad mit fester Stimme, »ob dein Gewissen zehn Zoll oder zehn Faden tief ins Wasser gesunken wäre, kann ich nicht sagen. Aber du bist immer noch ein verstockter Sünder; ich befürchte, daß dein Gewissen leck ist und schließlich in dem tiefsten Höllenpfuhl versinken wird.«

»In dem Höllenpfuhl? Das ist eine Beleidigung! Du beleidigst mich über alles Menschenmaß hinaus. Es ist eine Unverschämtheit, zu sagen, daß ein Mensch für die Hölle bestimmt ist. Blitzschwerenot! Bildad, sag' das noch einmal, und ich will einen lebendigen Ziegenbock mit Haut und Haar auffressen! Hinaus aus der Kabine, du heuchlerisches schwindsüchtiges Musketengesicht. Hinaus mit dir!«

Als er diese Worte hervordonnerte, wollte er auf Bildad losspringen, aber dieser wich ihm mit einer erstaunlichen Geschicklichkeit aus.

Ich war über diesen furchtbaren Zornesausbruch der beiden Hauptbesitzer des Schiffes entsetzt und wollte schon darauf verzichten, auf einem Schiff mitzufahren, das so merkwürdige Herren hatte. Ich machte Platz, um Bildad entweichen zu lassen, der ohne Zweifel vor der Wut Pelegs verschwinden mußte.

Aber zu meinem Erstaunen setzte er sich mit aller Seelenruhe auf seinen Heckbalken nieder und schien nicht im entferntesten daran zu denken, zu verschwinden. Er schien an den verstockten Peleg und seine Art gewöhnt zu sein. Peleg setzte sich, nachdem seine Wut verraucht war, wie ein Lamm hin, wenn er auch noch etwas nervös zitterte.

Schließlich sagte er: »Die Sturmbö ist wohl auf die Leeseite gegangen, Bildad. Du konntest doch immer so gut eine Lanze scharf machen. Willst du mal die Feder spitzen? Mein Messer muß geschliffen werden! Da ist er. Danke, Bildad! Nun, junger Mann, du heißt doch Ismael? Komm mal her, Ismael. Für den dreihundertsten Anteil kannst du bleiben!«

»Kapitän Peleg,« sagte ich, »ich habe einen Freund, der auch mit auf das Schiff will, soll ich ihn morgen mitbringen?«

»Ich habe nichts dagegen,« sagte Peleg, »bring' ihn mal her, und wir wollen ihn uns mal ansehen.«

»Welchen Anteil will er denn?« knurrte Bildad und sah von dem Buch auf, in das er sich wieder vergraben hatte.

»Bekümmere dich nicht darum, Bildad!« sagte Peleg. »Versteht er etwas von der Walfischjagd?« wandte er sich an mich.

»Er hat unzählig viele Wale getötet, Kapitän Peleg.«

»Nun, du kannst ihn ja mal herbringen!«

Nachdem ich die Papiere unterzeichnet hatte, ging ich fort. Es war kein Zweifel darüber, daß ich den Morgen gut ausgenutzt hatte.

Aber ich war noch nicht weit fort, da machte ich mir Gedanken, daß der Kapitän, mit dem ich segeln sollte, sich nicht gezeigt hatte. Aber in vielen Fällen ist ein Walschiff völlig ausgerüstet und hat die ganze Mannschaft schon an Bord, wenn der Kapitän erscheint und den Befehl übernimmt. Diese Fahrten dauern oft so lange, und die Augenblicke, wo das Schiff zu Hause ist, sind so kurz, daß der Kapitän, wenn er Familie oder etwas Ähnliches hat, sich nicht viel um sein Schiff im Hafen kümmern kann, sondern alles den Schiffsherren überläßt, bis alles zur Abfahrt bereit ist. Natürlich ist es ganz gut, wenn man ihn vorher gesehen hat, bevor man sich ihm unwiderruflich ausliefert. Als ich mich umwandte, redete ich Kapitän Peleg an und erkundigte mich, wo man den Kapitän Ahab antreffen könnte.

»Was willst du denn von Kapitän Ahab? Es ist alles in Ordnung; du bist angemustert.«

»Aber ich möchte ihn gerne sehen.«

»Das wird jetzt kaum möglich sein. Ich weiß nicht, was er jetzt treibt. Aber er hält sich zu Hause auf, er ist wohl krank und sieht doch nicht so aus. Auf jeden Fall, junger Mann, will er mich nicht gern sehen. Daher nehme ich an, daß er dich auch nicht gern sehen will. Er ist ein wunderlicher Mann. Das meinen wenigstens einige, aber er ist ein guter Kerl. Er wird dir schon gefallen. Hab' nur keine Angst! Er ist ein vornehmer, wenn nicht gerade gottesfürchtiger, aber göttlicher Mann, der Kapitän Ahab. Macht nicht viele Worte, aber wenn er etwas sagt, kannst du ihm wohl zuhören. Das sage ich dir von vornherein: Ahab ist kein Alltagsmensch. Ahab ist auf den Schulen gewesen und ebenso unter den Kannibalen. Er hat größere Wunder als die des Meeres kennengelernt. Er hat mit seiner feurigen Lanze auf mächtigere Feinde, als auf Wale gezielt. Er führt die kühnste und sicherste Lanze von unserer ganzen Insel. Das versteht er besser als der Kapitän Bildad und als der Kapitän Peleg. Er ist eben Ahab, mein Junge, und Ahab, der alte Ahab, war, wie du wohl weißt, ein gekrönter König.«

»Und ein ganz verderbter dazu! Als der böse König erschlagen war, haben da die Hunde nicht sein Blut geleckt?«

»Komm mal hierher«, sagte Peleg mit einem Blick, der mich erschrecken ließ.

»Sieh mich an, Bursche! Sag' das an Bord des ›Pequod‹ nicht noch einmal! Sag' das nicht noch einmal! Kapitän Ahab hat sich nicht selbst den Namen gegeben. Es war eine verrückte Laune seiner unglücklichen Mutter, die Witwe war und starb, als er zwölf Monate alt war. Und doch sagte die alte Frau Tistig in Gayhead, daß der Name eine prophetische Bedeutung hätte. Vielleicht werden die anderen Narren dasselbe erzählen. Ich möchte dich nur warnen. Es ist eine Lüge! Ich kenne Kapitän Ahab sehr gut, ich bin mit ihm als Maat gefahren. Ich weiß, daß er ein guter Mensch ist, nicht so fromm, wie Bildad, aber er ist ein guter Mann, der auch fluchen kann, so wie ich etwa – aber er ist viel mehr wert als ich. Ja, ich weiß, daß er nie sehr lustig war, und ich weiß, daß er auf der Heimreise ein wenig schwermütig schien. Aber das kam wohl von den brennenden Schmerzen in dem blutenden Stumpf. Ich weiß auch, daß er, seitdem er das Bein durch den verdammten Wal verloren hat, schwermütig, verzweifelt und wild ist. Aber das wird wohl vorübergehen. Und ein für allemal laß dir gesagt sein, junger Mann, es ist besser, man fährt mit einem schwermütigen guten Kapitän, als mit einem schlechten, der immer lacht. Nun leb' wohl – und tue dem Kapitän Ahab nicht Unrecht, weil er zufällig einen schlechten Namen hat. Außerdem ist er verheiratet seit den beiden letzten Fahrten mit einem lieben Mädchen, das sich in alles fügen kann. Denk' daran, daß der alte Mann von dem lieben Mädchen ein Kind hat! Du mußt nicht glauben, daß Ahab nur unglücklich und hoffnungslos verloren ist. Nein, mein Junge, so unglücklich und geknickt er auch ist, so hat er doch seine guten Eigenschaften!«

Als ich fortging, hatte ich den Kopf voll von Gedanken. Was ich zufälligerweise von dem Kapitän Ahab gehört hatte, erfüllte mich mit einem gewissen schmerzvollen Mitleid. Er tat mir leid, aber ich weiß nicht, weshalb. Vielleicht war es der grausame Verlust seines Beines. Zu gleicher Zeit empfand ich merkwürdige Ehrfurcht vor ihm, aber diese Ehrfurcht war eigentlich nicht Ehrfurcht. Es fällt mir schwer, dieses Gefühl zu beschreiben. Aber ich empfand es, und es zog mich zu ihm hin, wenn ich auch über das Geheimnis, das in ihm steckte, eine gewisse Ungeduld empfand. Schließlich wurden meine Gedanken in andere Bahnen gelenkt, so daß der mystische Ahab meinen Vorstellungen entschwand.

Viertes Kapitel

Wir gingen den Kai hinunter, bis wir an das Schiff kamen. Queequeg trug seine Harpune, und Kapitän Peleg begrüßte uns mit seiner rauhen Seemannsstimme von dem Wigwam aus. Er sagte, er hätte nicht angenommen, daß mein Freund ein Kannibale wäre. Er müßte uns mitteilen, daß Kannibalen an Bord des Schiffes keinen Zutritt hätten, es sei denn, daß sie vorher ihre Papiere vorgezeigt hätten.

»Was verstehen Sie darunter, Herr Kapitän?« sagte ich, sprang an Bord und ließ meinen Freund auf dem Kai stehen.

»Das heißt, daß er seine Papiere vorzeigen muß!«

»Ja«, sagte der Kapitän Bildad mit hohler Stimme und steckte hinter Peleg den Kopf aus dem Wigwam hervor. »Er muß nachweisen, daß er bekehrt ist, Sohn der Finsternis«, und er wandte sich an Queequeg. »Gehörst du einer christlichen Gemeinschaft an?«

»Er bekennt sich zur ersten Gemeinschaft der Heiligen«, sagte ich. Nebenbei bemerkt, werden viele tätowierte Wilde, die auf Schiffen von Nantucket fahren, schließlich Christen.

»Der Gemeinschaft der Heiligen?« rief Bildad. »Was soll denn das heißen? Doch nicht die, die im Versammlungshaus von Colemans diakonischer deuteronomischer Gemeinde ihre Versammlungen abhält?«

Damit nahm er seine Brille heraus, rieb sie mit seinem großen gelben indischen Taschentuch ab und setzte sie sehr sorgfältig wieder auf. Er kam aus dem Wigwam heraus, lehnte sich etwas steif über die Reling und sah meinen Queequeg wohlwollend an. »Wie lange ist er denn schon dabei?« sagte er, und wandte sich an mich. »Wohl noch nicht lange, junger Mann?«

»Nein!« sagte Peleg, »und er ist auch wohl noch nicht richtig getauft worden. Es hätte doch sonst sein verteufelt blaues Gesicht etwas abfärben müssen.«

»Ist das wahr?« rief Bildad, »daß dieser Philistersohn wirklich zur diakonischen deuteronomischen Gemeinde gehört? Ich habe ihn nie dort hineingehen sehen, und dabei bin ich an jedem Tage des Herrn dort.«

»Ich verstehe nichts von den diakonischen deuteronomischen Gemeinden oder wie sie sonst heißen. Aber ich weiß, daß Queequeg in der Gemeinschaft der Heiligen geboren ist. Queequeg ist selbst ein Diakon!«

»Junger Mann,« sagte Bildad todernst, »du treibst deinen Spott mit mir. Erkläre mir, junger Hettide. Was für eine Kirche meinst du? Gib mir Antwort!«

Als ich mich so in die Enge getrieben sah, erwiderte ich: »Ich meine dieselbe alte apostolische Kirche, der Sie und ich, der Kapitän Peleg da und Queequeg und wir alle und jeder Mensch und jede Seele von uns angehören. Die große Gemeinschaft der Gläubigen, wie sie immer bestanden hat und immer bestehen wird. Die Kirche, die uns zu demselben Glauben vereinigt und in der wir uns alle die Hand reichen.«

»Junger Mann!« rief Peleg und kam näher zu mir heran. »Du hättest besser für einen Missionar als für die Bedienung des Vordermastes taugt. So eine gute Predigt habe ich noch nie gehört. Nicht einmal Vater Mapple könnte es besser, und der versteht doch etwas von der Sache. Kommt an Bord! Von den Papieren soll nicht mehr die Rede sein; sag Quohog, oder wie heißt er doch, er soll auch kommen! Was hat er denn da für eine Harpune! Die scheint nicht schlecht zu sein, und er hält sie ganz richtig. Hör' mal, Quohog, oder wie du sonst heißt, hast du schon mal in einem Walfischboot gestanden? Hast du schon mal einen Fisch zur Strecke gebracht?«

Ohne ein Wort zu sagen, sprang Queequeg in seiner ungestümen Art auf das Schiff, von dort in ein Walboot, das an der Seite hing, spreizte das linke Knie zur Seite, hielt die Harpune zum Wurf bereit und rief: »Kapitän, Sie kleinen Teerflecken auf Wasser dort sehen? Sie ihn sehen? Gut, ihn für Walfischauge halten!« Damit faßte er das Ziel scharf ins Auge, schoß das Eisen gerade über den breiten Hutrand des alten Bildad, mitten durch das Schiffsdeck und traf genau den leuchtenden Teerflecken.

»Nun!« sagte Queequeg und zog ruhig die Leine ein. »Halten ihn für Walfischauge: nun Walfisch tot!«

»Schnell, Bildad«, sagte Peleg, der über die fortschießende Harpune in seiner Nähe nicht wenig erschrocken war und sich dem Fallreep an der Kajüte genähert hatte. »Schnell, Bildad, und mach' die Schiffspapiere in Ordnung, wir müssen den Hedgehog, ich meine den Quohog für ein Boot haben. Hersehen, Quohog, wir wollen dir den neunzigsten Anteil geben, und das ist viel mehr, als jemals ein Harpunier aus Nantucket gekriegt hat.«

Damit gingen wir in die Kajüte, und zu meiner großen Freude wurde Queequeg bald in dieselbe Mannschaft aufgenommen, der ich angehörte.

Als alle Formalitäten erledigt waren, und Peleg das Schreibzeug zurechtgelegt hatte, wandte er sich an mich und sagte: »Ich glaube, Quohog kann nicht schreiben? Hör' mal, Quohog, schreibst du deinen Namen oder machst du ein Zeichen?«

Aber über diese Frage war Queequeg, der zwei oder dreimal vorher etwas Ähnliches mitgemacht hatte, keineswegs verlegen. Er nahm die angebotene Feder und gab eine Kopie des merkwürdigen Zeichens, das ihm in den Arm tätowiert war, so daß an der angegebenen Stelle durch den Irrtum des Kapitäns Peleg in bezug auf seinen Namen folgendes zu lesen stand:

Quohog
sein + Zeichen.

Indes saß Kapitän Bildad ernst da und schaute Queequeg ununterbrochen an. Schließlich stand er feierlich auf, durchsuchte die weiten Taschen seines grauen Rockes mit dem breiten Gürtel, nahm einige Traktate heraus und suchte eins aus mit der Überschrift: »Das kommende Gericht« oder »Solange es noch Zeit ist!«

Er händigte es Queequeg ein, faßte ihn bei den Händen und sah ihm ernst in die Augen: »Sohn der Finsternis, ich muß meine Pflicht dir gegenüber erfüllen, ich bin der Teilhaber dieses Schiffes und fühle mich für die Seelen der Mannschaft verantwortlich. Wenn du noch an der heidnischen Art festhältst, was ich sehr befürchte, so ersuche ich dich, bleibe nicht für immer ein Anhänger Baals. Wende dich ab von dem Götzen Baal und dem scheußlichen Drachen! Hüte dich vor dem kommenden Gericht und steure nicht auf den Höllenpfuhl zu!« Etwas von dem Geruch des Meeres war doch in der Sprache des alten Bildad haftengeblieben, die mit Wendungen aus der Schrift so merkwürdig durchsetzt war.

»Aber nun stopp, Bildad, verdirb uns nicht den Harpunier,« rief Peleg, »fromme Harpuniere geben nie gute Seeleute. Ein Harpunier, der nicht etwas verwegen ist, ist nichts wert. Da war der junge Nat Swaine, der allerbeste Bootsführer von ganz Nantucket und Vineyard. Der wurde fromm, und da war er mit einem Male erledigt. Er kriegte solch einen Schrecken über seine verpestete Seele, daß er den Walfischen auswich und vor ihnen bange wurde. Aus Angst, es könnte ihm schlecht gehen, wenn er einen harpunierte, und so ging er zu Davy Jones.«

»Peleg!« sagte Bildad mit emporgerichteten Blicken und erhobenen Händen: »Du sowohl wie ich, wir haben manche Gefahr bestanden. Du weißt, Peleg, was die Furcht vor dem Tode bedeutet. Wie kannst du auf so gottlose Weise darauflosschwätzen? Du strafst ja dein eigenes Herz Lügen! Sag' mal, als dieser ›Pequod‹ mit drei zerbrochenen Masten in dem Taifun bei Japan lag, ich meine die Reise, die du mit Kapitän Ahab machtest, hast du da nicht an den Tod und an das Jüngste Gericht gedacht?«

»Das soll sich einer anhören!« rief Peleg, marschierte in der Kabine auf und ab und steckte die Hände tief in die Taschen. »Solch ein Quatsch! Als wir jeden Augenblick dachten, das Schiff könnte untergehen, da sollen wir an den Tod und das Jüngste Gericht gedacht haben?

Als die drei Masten unter einem donnernden Krach umknickten, und die See am vorderen Achterdeck schrecklich tobte, da sollen wir an den Tod und an das Jüngste Gericht gedacht haben? Nein, dafür hatten wir keine Zeit! Kapitän Ahab und ich, wir dachten an das Leben, wie wir alle Hände rühren könnten, wie wir die Notmasten richtig anbringen und in den nächsten Hafen kommen könnten. Daran haben wir gedacht!«

Bildad sagte nichts mehr, sondern knöpfte sich den Rock zu und stolzierte auf Deck herum, wohin wir ihm folgten. Da stand er und beaufsichtigte in aller Ruhe einige Segelmacher, die ein Toppsegel am Mitteldeck ausbesserten. Manchmal bückte er sich und hob einen Lappen oder ein Stück Bindfaden auf, das sonst verlorengegangen wäre.

Fünftes Kapitel

»Habt ihr euch für das Schiff anmustern lassen?« Diese Worte wurden von einem Fremden an uns gerichtet, als Queequeg und ich gerade den »Pequod« verlassen hatten und von der See fortschlenderten, und jeder gerade mit eigenen Gedanken beschäftigt war. Der Fremde blieb vor uns stehen und zeigte mit seinem dicken Zeigefinger auf das in Frage kommende Schiff. Er war nicht gut angezogen, hatte eine abgetragene Jacke und geflickte Hosen an. Ein Fetzen schwarzen Taschentuchs schützte ihm den Nacken. Pockennarben bedeckten sein ganzes Gesicht, so daß es wie ein kompliziertes Flußbett mit vielen Rillen bei Trockenheit aussah.

»Habt ihr euch dafür anmustern lassen?« wiederholte er.

»Sie meinen wohl das Schiff ›Pequod‹«, sagte ich und versuchte, sein Gesicht näher kennenzulernen.

»Ja, den ›Pequod‹, das Schiff meine ich«, sagte er, zog den ganzen Arm zurück und schnellte dann den Finger in seiner vollen Länge vor wie ein Bajonett und zeigte auf das Schiff.

»Ja,« sagte ich, »wir haben gerade unterschrieben.«

»Habt ihr auch keine Angst?«

»Warum denn?«

»Oh, vielleicht könntet ihr doch Angst haben,« sagte er schnell, »es wäre auch nicht so schlimm, ich habe viele Burschen gekannt, die sie auch gehabt haben. Es ist ihr Glück gewesen, und sie sind gut davongekommen.«

»Was schwatzen Sie für dummes Zeug«, sagte ich.

»Er hat sein Teil gekriegt«, sagte der Fremde unverständlich und betonte das Wort »Er« besonders.

»Queequeg,« sagte ich, »wir wollen gehen, der scheint irgendwie nicht ganz richtig zu sein. Er spricht von jemandem, den wir nicht kennen.«

»Einen Augenblick,« rief der Fremde, »Sie haben den alten Donnerkeil wirklich nicht gesehen?« – »Wer ist der ›alte Donnerkeil‹?« sagte ich und wunderte mich wieder über den irrsinnigen Ernst, mit dem er das sagte.

»Kapitän Ahab!«

»Was, der Kapitän unseres Schiffes, des ›Pequod‹?«

»Ja. Unter einigen von uns alten Seeleuten geht er unter diesem Namen. Ihr habt ihn wohl noch nicht gesehen?«

»Nein, noch nicht. Er soll krank sein. Aber es geht ihm schon viel besser, und bald wird er wieder in Ordnung sein.«

»Bald wird er wieder in Ordnung sein!« lachte der Fremde mit einem ungewöhnlich spöttischen Lachen. »Seht her, wenn der Kapitän Ahab wieder in Ordnung ist, dann wird auch mein linker Arm hier wieder in Ordnung sein; eher nicht.«

»Was wissen Sie denn von ihm?«

»Was hat man euch denn von ihm erzählt?«

»Man hat uns nicht viel von ihm erzählt. Ich weiß nur, daß er ein guter Walfischjäger und seiner Mannschaft ein guter Kapitän ist.«

»Das ist schon richtig, alles beides ist richtig. Aber ihr müßt springen, wenn er einen Befehl gibt. Aber davon hat man euch nichts gesagt, daß er drei Tage und drei Nächte auf der Höhe des Kap Horn tot dagelegen hat, daß er mit dem Spanier vor dem Altar in Santa Schreckliches erlebt hat? Und ihr habt auch nichts davon gehört, daß er in die Silberschale gespuckt hat? Und auch nichts davon, daß er auf der letzten Reise sein Bein verloren hat, ganz wie es eine Prophezeiung vorhergesagt hatte? Habt ihr von solchen Dingen nichts gehört? Ich glaube, ihr wißt nichts davon! Wie solltet ihr es auch erfahren haben? Das weiß ja auch nicht mal ganz Nantucket. Aber jedenfalls habt ihr davon gehört, wie er das Bein verloren hat. Das wissen sie alle. Ich meine, daß er nur noch ein Bein hat, und daß ein Pottwal ihm das andere abgerissen hat.«

»Ich weiß nicht, was Ihr Geschwätz bedeuten soll, und es kann mir auch vollkommen egal sein. Wie mir scheint, sind Sie da oben nicht ganz in Ordnung. Aber wenn Sie von dem Kapitän Ahab und von dem Schiff da, dem ›Pequod‹ sprechen, dann muß ich Ihnen sagen, daß ich weiß, wie er sein Bein verloren hat.«

»Wissen Sie das alles, bestimmt alles?«

»So ziemlich.«

Mit erhobenem Finger und nach dem »Pequod« gerichteten Augen stand der wie ein Bettler gekleidete Fremde träumerisch und besorgt da. Dann brauste er auf und wandte sich mit den Worten an uns: »Ihr habt euch anmustern lassen? Habt schon unterschrieben? Nun, wenn ihr unterschrieben habt, so ist nichts mehr zu machen. Was geschehen soll, trifft ein. Und dann braucht es ja nicht immer einzutreffen! Auf jeden Fall ist schon alles festgesetzt und geregelt. Vermutlich werden wieder einige Matrosen mit ihm gehen. Möge Gott mit ihnen wie mit den anderen Erbarmen haben! Morgen wird es losgehen, der unaussprechliche Himmel möge euch schützen! Verzeiht, daß ich euch angehalten habe.«

»Wenn Sie uns etwas Wichtiges zu sagen haben, so tun Sie es doch! Aber wenn Sie uns nur zum Narren haben wollen, so haben Sie kein Glück damit, das ist alles, was ich Ihnen zu sagen habe«, sagte ich.

»Es ist ganz gut gesagt, und ich habe es gern, wenn ein Bursche so mit mir redet. Sie sind der richtige Mann für ihn. Guten Morgen, Kameraden, guten Morgen! Aber wenn ihr dort hinkommt, sagt ihnen, daß ich nicht für sie zu haben wäre.«

»Auf diese Weise können Sie uns nicht verkohlen, alter Freund! Das ist auch furchtbar leicht, sich den Anschein zu geben, als ob man ein großes Geheimnis wüßte.«

»Morgen, Kameraden, guten Morgen!«

»Es ist schon Morgen«, sagte ich. »Komm, Queequeg, lassen wir diesen Verrückten allein, aber wollen Sie bitte mir Ihren Namen sagen.«

»Elias!«

»Elias?« dachte ich, und wir gingen beide fort, und jeder dachte auf seine Art über den zerlumpten alten Matrosen nach. Wir kamen zu dem Ergebnis, daß es nichts als Unsinn wäre, und der Mann sich nur aufspielen wollte. Aber kaum waren wir hundert

Yards gegangen, als ich mich an einer Ecke umsah und merkte, daß uns jemand folgte. Es konnte nur Elias sein, wenn er auch ziemlich weit von uns entfernt war.

Der Anblick dieses Menschen machte einen solchen Eindruck auf mich, daß ich Queequeg nichts davon sagte und mit ihm in aller Ruhe weiterging und neugierig war, ob der Fremde auch wieder an derselben Ecke einbiegen würde. Es geschah. Und da kam es mir vor, als ob er sich über uns lustig machen wollte. Aber weshalb er das tat, konnte ich mir nicht denken. Dieser Umstand, sein merkwürdiges Geschwätz mit den halben Beweisen und Andeutungen erregten in mir allerhand Befürchtungen. Ich dachte an das Bein, das der Kapitän Ahab verloren hatte, an den Anfall bei Kap Horn, an die Silberschale und an die Worte, die der Kapitän Peleg über ihn gesagt hatte, als ich das Schiff am Tage zuvor verließ, dachte an die Prophezeiung der Frau Tistig und an die Fahrt, für die wir angemustert waren und an hundert andere dunkle Dinge.

Ich wollte mir Klarheit verschaffen, ob dieser zerlumpte Elias uns zum Narren haben wollte oder nicht. Ich ging mit Queequeg über die Straße und ging absichtlich etwas langsamer. Aber Elias ging vorüber, ohne auf uns zu achten. Das war für mich eine Erlösung, und noch einmal und zum allerletztenmal sagte ich mir innerlich, daß das Ganze nichts als Blödsinn wäre.

Sechstes Kapitel

Ein oder zwei Tage vergingen, da herrschte an Bord des ›Pequod‹ eine lebhafte Tätigkeit. Die alten Segel wurden ausgebessert, funkelnagelneue Segel kamen an Bord, Bündel von Segeltuch und neue Rollen für das Takelwerk. Alles wies darauf hin, daß die Vorbereitungen zur Abfahrt zum baldigen Abschluß drängten. Der Kapitän Peleg ging selten oder fast nie an Land. Er saß in seinem Wigwam und beaufsichtigte die Leute recht scharf. Bildad kaufte, was man zur Ausrüstung brauchte, in den Lagern ein, und die Leute arbeiteten im Kiel und in der Takelage bis spät in die Nacht hinein. An dem Tage darauf, als Queequeg unterschrieben hatte, ließ man in den Gasthöfen, wo die Schiffsmannschaft sich aufhielt, sagen, daß ihre Kisten noch am Abend an Bord geschafft werden müßten. Man könnte nicht wissen, ob das Schiff nicht ganz plötzlich absegeln müßte. Queequeg und ich krochen in unsere Falle und nahmen uns vor, solange als möglich noch an Land zu schlafen. Aber man ist in diesen Fällen etwas voreilig. Das Schiff blieb noch einige Tage vor Anker liegen. Es war noch reichlich viel zu tun, und man mußte noch an vieles denken, bevor der ›Pequod‹ völlig ausgerüstet war.

Jedermann weiß, was zu einem Haushalt nötig ist. Es sind eine Unmenge Dinge: Betten, Schmortiegel, Messer und Gabeln, Schaufeln und Zangen, Tischtücher,

Nußknacker und der Teufel weiß was nicht alles. Genau so verhält es sich bei einer Walfischfahrt, wo man sich für drei Jahre auf dem Ozean einrichten muß, wo man keine Kaufleute, Krämer, Ärzte, Bäcker und Bankiers in der Nähe hat. Wenn das auch für Handelsschiffe zutrifft, so verhält es sich bei den Walschiffen nicht ganz so. Man muß sich die lange Dauer der Walfischfahrt vorstellen, die vielen Dinge, die man zur Ausübung der Fischerei braucht und die Unmöglichkeit, in entferntliegenden Häfen Ersatz zu beschaffen. Man muß sich vorstellen, daß die Walschiffe von allen Schiffen am meisten Unfällen jeglicher Art ausgesetzt sind und gerade dem Verlust von solchen Dingen, auf denen der Erfolg einer Fahrt beruht. Daher gibt es so viele Ersatzboote, Ersatzspiere, Ersatzleinen und Ersatzharpunen. Nur fehlt ein Ersatzkapitän und ein Ersatzschiff!

Aber als wir auf der Insel ankamen, war schon das Wichtigste auf dem ›Pequod‹ da. Es gab Rindfleisch, Brot, Wasser, Brennmaterial, eiserne Reifen und Stäbe. Doch eine ganze Zeitlang schleppte man ununterbrochen die verschiedensten Dinge an Bord.

Hierbei machte sich die Schwester des Kapitäns Bildad sehr verdient. Es war eine magere alte Dame, doch unermüdlichen und tatkräftigen Geistes, mit einem sehr guten Herzen, die darauf aus war, daß mit ihrer Hilfe kein Stück auf dem »Pequod« fehlen sollte, wenn das Schiff in See stach.

Einmal sah man sie mit einem Krug Marmelade an Bord eilen, der für den Speiseschrank des Steward bestimmt war, ein anderes Mal trug sie ein Bündel Gänsefedern auf den Tisch des Obermaats. Ein drittes Mal hatte sie einen Packen Flanell in der Hand, der bei rheumatischen Rückenschmerzen gute Dienste leisten sollte. Jeder nannte sie »Tante Charity«. Wie eine Pflegeschwester lief sie überall herum und war bemüht, allen an Bord das Schiff behaglich und angenehm zu machen. Sie war ebenso wie ihr lieber Bruder Bildad an dem Schiff beteiligt, sie selbst wohl mit zwanzig ersparten Dollar.

Es war schrecklich anzusehen, wie diese edle Quäkerfrau mit einem langen Öllöffel in der einen Hand und einer weit längeren Walfischlanze in der anderen Hand, an Bord kam. Aber Bildad und der Kapitän Peleg waren nicht weniger tätig. Bildad hatte eine lange Liste mit den Artikeln, die fehlten, in der Hand, und wenn etwas ankam, so machte er auf der Liste ein Zeichen. Dann und wann kam Peleg aus seinem Walfischzelt heraus, brüllte den Leuten unten an den Luken und den Takelagearbeitern oben in den Masten Befehle zu, und zog sich dann unter Schimpfen in seinen Wigwam zurück. In diesen Tagen, wo alles vorbereitet wurde, besuchten Queequeg und ich oft das Schiff, und ebenso oft fragte ich nach dem Kapitän Ahab, wer er wäre und wann er an Bord seines Schiffes käme. Man sagte mir, daß es ihm immer besser ginge, und er jeden

Tag an Bord erwartet würde. Inzwischen könnten die beiden Kapitäne Peleg und Bildad für das Notwendigste sorgen, um das Schiff für die Fahrt auszurüsten. Wenn ich mir selbst gegenüber ehrlich gewesen wäre, so hätte ich merken können, daß ich keinen rechten Geschmack daran fand, auf diese Weise einer Fahrt ausgeliefert zu sein, ohne mir den Mann angesehen zu haben, der, sobald das Schiff auf das offene Meer hinauskam, sein Diktator war. Aber wenn man sich bei einer unrechten Handlung ertappt, kommt es vor, daß man, wenn man schon in die Sache verwickelt ist, sich in unverständlicher Weise bemüht, allen Verdacht vor sich selbst zu verdecken. Und so war es auch bei mir.

Ich sagte nichts und gab mir Mühe, an nichts zu denken.

Schließlich wurde bekanntgegeben, daß das Schiff am nächsten Tage zu einer gewissen Zeit bestimmt absegeln würde. So brachen denn Queequeg und ich am nächsten Morgen in aller Frühe auf.

Siebentes Kapitel

Es war beinahe sechs Uhr, als wir uns auf dem Kai entlangschlängelten, aber die Dämmerung war noch grau und voller Nebel.

»Da oben gehen einige Matrosen herum, wenn ich mich nicht irre,« sagte ich zu Queequeg, »Schatten können es nicht sein. Das Schiff fährt schon bei Sonnenaufgang fort, glaube ich. Komm her!«

»Halt!« rief eine Stimme. Zu gleicher Zeit kam jemand hinter uns her und legte uns seine Hände auf die Schulter. Dann stand er ein wenig gebückt in dem Halbdunkel da und sah von Queequeg zu mir herüber. Es war Elias.

»Geht es los?«

»Hände weg!« sagte ich.

»Sieh hier!« sagte Queequeg und schüttelte sich. »Fortgehen!«

»Wollt ihr nicht an Bord?«

»Ja, das wollen wir«, sagte ich. »Aber was haben Sie denn hier zu schaffen? Mir scheint, Mister Elias, daß Sie ein wenig unverschämt sind?«

»Nein, nein! daran habe ich nicht gedacht«, sagte Elias und richtete einen bedächtigen und erstaunten Blick von mir zu Queequeg hin.

»Elias! Mein Freund und ich wären Ihnen sehr dankbar, wenn Sie fortgingen. Wir wollen nach dem Indischen und Stillen Ozean und möchten nicht gerne aufgehalten werden.«

»Wirklich? Sie kommen schon vor dem Frühstück zurück?«

»Der ist oben nicht richtig, Queequeg«, sagte ich. »Wir wollen weitergehen.«

»Hallo, hören Sie doch!« rief Elias fortwährend uns nach, als wir einige Schritte weitergegangen waren.

»Kümmere dich um ihn nicht«, sagte ich. »Queequeg, wir wollen weiter.«

Aber er schlich sich wieder an uns heran und sagte, indem er mir mit der Hand auf die Schulter schlug: »Haben Sie nicht so etwas, das wie Männer aussah, vor einer Weile auf das Schiff zugehen sehen?«

Über diese Frage war ich ein wenig verblüfft und sagte: »Ja. Es kam mir so vor, als ob es vier oder fünf Männer waren. Aber sie waren merkwürdig verschwommen.«

»Sehr verschwommen, ungewöhnlich verschwommen«, sagte Elias. »Guten Morgen!«

Wir machten uns noch einmal von ihm los, aber er kam noch einmal sanft hinter uns hergeschlichen und berührte wieder meine Schulter. »Sehen Sie mal, ob Sie sie jetzt finden?«

»Wen denn?«

»Morgen, guten Morgen!« Und er war bereit, weiterzugehen. »Ach, ach! Ich wollte euch nur davor warnen, aber macht nichts – nun ist es vorbei – es ist scharfer Frost heute morgen, nicht wahr? Auf Wiedersehen, ich werde euch sobald nicht wiedersehen. Es müßte denn noch vor dem Jüngsten Gericht sein.« Unter diesen verrückten Worten machte er sich schließlich davon, und ich war über diese unglaubliche Unverschämtheit nicht wenig erstaunt.

Als wir dann an Bord des »Pequod« gingen, war alles in tiefer Ruhe, kein Laut war zu hören. Die Kajüte war von innen verschlossen. Die Luken waren zugeschoben, und davor lag Takelwerk. Als ich zu der Vorderkajüte ging, war die Luke offen. Als wir ein Licht sahen, gingen wir hinein und fanden einen alten Takelagearbeiter, der in eine zerrissene Tuchjacke gekleidet war. In seiner ganzen Länge ruhte er auf zwei Kisten; sein Gesicht war nach unten gerichtet und ruhte auf den gekreuzten Armen. Er war in tiefsten Schlaf versunken.

»Wo mögen denn nur die Matrosen, die wir gesehen haben, geblieben sein, Queequeg?« sagte ich und sah den Schlafenden ein wenig zweifelhaft an. Aber es schien, als ob Queequeg auf dem Kai sie gar nicht bemerkt hätte. Es müßte bei mir eine optische Täuschung vorgelegen haben, wenn nicht Elias seine unerklärliche Frage gestellt hätte. Aber ich versuchte es mir auszureden. Mit einem Blick auf den Schlafenden machte ich Queequeg darauf aufmerksam, daß wir am besten uns auf den Mann setzten und riet ihm, sich in diesem Sinne hinzusetzen. Er faßte den Schlafenden am

Gesäß, als ob er sich überzeugen wollte, daß er auch weich genug wäre, dann setzte er sich ohne weiteres darauf.

»Um's Himmels willen, Queequeg, setz' dich nicht darauf!« sagte ich.

»Ach, serr guter Sitz«, sagte Queequeg. »Bei uns man immer so tun. Ich das Gesicht ihm nicht wehe tun.«

»Nennst du das ein Gesicht? Das ist ja eine sehr schöne Bezeichnung, aber hör', wie schwer er atmet. Es drückt ihn. Steh auf, Queequeg, steh auf, du bist schwer, er tut sich sonst das Gesicht weh. Steh auf, Queequeg, er wird dich sonst vermöbeln, wenn er wach wird!«

Queequeg stand auf und steckte seine Tomahawkspfeife an. Ich saß in hockender Stellung da. Wir reichten uns über den Schlafenden hinweg abwechselnd die Pfeife zu. Unterdessen teilte mir Queequeg in seiner gebrochenen Sprache mit, daß man in seinem Lande keine Sessel und Sofas hätte. Die Könige, Häuptlinge und die vornehmen Leute pflegten statt der Chaiselongues und Sofas die eigens zu diesem Zweck gemästeten Niedergestellten zu benutzen. Um ein Haus in dieser Hinsicht behaglich einzurichten, brauchte man nur acht oder zehn faule Kerle anzukaufen und sie um die Alkoven und Pfeiler herumzulegen. Außerdem wäre es auf einer Reise sehr bequem. Viel besser als die Gartenstühle, die man zu Spazierstöcken zusammenlegen könnte. So könnte ein Häuptling seinen Begleiter heranrufen, wenn er ihn als Sessel unter einem schattenspendenden Baum benutzen wollte, was besonders angenehm wäre, wenn es sich um einen feuchten und sumpfigen Morast handelte.

Als Queequeg diese Dinge erzählte, hielt er die Tomahawkspfeife jedesmal, wenn ich sie ihm reichte, mit der scharfen Kante über den Kopf des Schlafenden.

»Was soll das bedeuten, Queequeg?« »Töten sehr leicht sein, oh, sehr leicht!« Bei seiner Tomahawkspfeife kamen ihm wilde Erinnerungen an frühere Zeiten; sie skalpierte die Feinde und beruhigte auch seine Seele; sie hatte somit zwei Zwecken gedient. Der enge Raum füllte sich nun mit dem starken Rauch der Pfeife. Der Schlafende mußte ihn einatmen, er schien ihm in die Nase zu kommen, und er wurde etwas unruhig. Er drehte sich ein oder zweimal um, dann richtete er sich auf und rieb sich die Augen. »Was seid ihr denn für welche, die ihr am Rauchen seid?«

»Wir sind angemustert,« antwortete ich, »wann fährt das Schiff ab?«

»Ach, ihr wollt mitfahren? Es fährt heute. Der Kapitän ist gestern abend an Bord gekommen.«

»Welcher Kapitän – Ahab?«

»Wer denn sonst?« Ich wollte ihm über Ahab weitere Fragen stellen, als wir auf dem Deck ein Geräusch hörten.

»Hallo, Starbuck ist schon auf den Beinen,« sagte der Takelagearbeiter, »das ist ein prächtiger Obermaat. Anständig und gläubig dazu. Aber ich muß nun fort.« Damit ging er an Deck, und wir kamen nach.

Es war nun Sonnenaufgang. Bald kam die Mannschaft zu zweien und dreien an Deck. Die Arbeiter beeilten sich sehr. Die Schiffsmaate waren auch kräftig bei der Arbeit, und verschiedene von den Leuten vom Lande trugen eine Reihe Sachen, den letzten Rest, an Bord. Indes blieb der Kapitän Ahab in seiner Kajüte eingeschlossen und ließ sich nicht sehen.

Achtes Kapitel

Als endlich die Takelagearbeiter entlassen, der »Pequod« von dem Kai gelöst und die um uns so besorgte Tante Charity mit ihren letzten Geschenken, einer Schlafmütze für Stubb, dem zweiten Maaten und Schwager, und einer Reservebibel für den Steward, in einem Walfischboot abgefahren war, da gingen die beiden Kapitäne Peleg und Bildad aus ihren Kajüten heraus, und Peleg sagte zu dem ersten Offizier:

»Nun, Starbuck, bist du sicher, daß alles in Ordnung ist? Kapitän Ahab ist schon fertig. Ich sprach gerade mit ihm, und wir brauchen vom Lande nichts mehr? Nun, es sollen alle herkommen. Bringt sie mal gehörig auf den Schwung, zum Donnerwetter!«

»Nicht fluchen, wenn du es auch sehr eilig hast, Peleg!« sagte Bildad. »Aber weiter, Freund Starbuck, und tu', was wir dir gesagt haben.«

Was war denn nun los? Die Fahrt ging an! Kapitän Peleg und Bildad marschierten oben auf dem Achterdeck herum, als ob sie zusammen Kapitän auf See wären. Von dem Kapitän Ahab war noch nichts zu sehen. Er wäre noch in seiner Kabine, sagten sie. Aber wenn das Schiff den Anker lichten sollte, brauchte man ihn ja noch nicht. Damit hatte er ja auch eigentlich nichts zu tun. Es war Sache des Lotsen, das Schiff in die See hinauszusteuern. Da der Kapitän Ahab, wie man sagte, noch nicht wiederhergestellt war, blieb er unten. Das war ganz in Ordnung. Auch bei den Handelsschiffen sind viele Kapitäne erst viel später, wenn der Anker gelichtet ist, an Deck zu sehen. Sie bleiben ruhig an dem Tisch in ihrer Kabine sitzen und feiern mit ihren Freunden vom Lande Abschied, bevor sie mit dem Lotsen an Bord gehen.

Aber man hatte keine Möglichkeit, darüber nachzudenken. Kapitän Peleg war nun in seinem Element. Im Reden und Kommandieren leistete er am meisten, mehr noch als Bildad.

»Auf Achterdeck, ihr jungen Burschen!« rief er, als die Matrosen am Hauptmast herumlungerten. »Starbuck, treib sie zum Achterdeck.«

»Das Zelt abbrechen!« war der nächste Befehl. Wie ich schon sagte, wurde dies Gehäuse aus Walfischbein nur im Hafen aufgeschlagen. Dreißig Jahre lang war der Befehl, das Zelt abzubrechen, an Bord des »Pequod« als der Befehl bekannt, der dem Ankerlichten voranging.

»An die Ankerwinde! Himmelkreuz und Schwerenot! Los!« war der nächste Befehl, und die Mannschaft sprang an die Handspeichen.

Wenn das Schiff den Anker lichtet, stellt sich der Pilot gewöhnlich an dem vorderen Teil des Schiffes auf. Nun waren Bildad und Peleg außer den anderen Ämtern, die sie noch einnahmen, staatlich berechtigte Hafenlotsen. Man hatte Bildad im Verdacht, daß er nur deshalb Lotse geworden war, um allen Schiffen, an denen er beteiligt war, das Lotsengeld in Nantucket zu ersparen; denn er führte niemals ein Schiff hinaus, das einem anderen gehörte. Man sah, wie Bildad nun über den Bug spähte, als der Anker heraufgezogen wurde. Er sang in bestimmten Zwischenräumen einen scheußlichen Psalm, um die Leute an der Winde anzufeuern, die ihrerseits ein Lied von den Mädchen in der Booble Alley aus Herzenslust sangen.

Trotzdem ihnen Bildad vor drei Tagen noch gesagt hatte, an Bord des »Pequod« dürften keine weltlichen Lieder gesungen werden, besonders nicht beim Ankerlichten, und Schwester Charity in die Koje jedes Matrosen kleine ausgewählte Schriften von Watts gelegt hatte.

Kapitän Peleg beaufsichtigte indessen den anderen Teil des Schiffes und tobte auf Achterdeck wie ein Verrückter. Ich dachte schon, er würde das Schiff zum Sinken bringen, bevor der Anker hochgezogen wäre. Unwillkürlich hielt ich an meiner Ankerwinde einen Augenblick inne und riet Queequeg, dasselbe zu tun. Ich dachte an die uns bevorstehenden Gefahren, wenn wir mit einem solchen Teufel von Lotsen die Fahrt begönnen. Ich beruhigte mich aber bei dem Gedanken, daß der fromme Bildad trotz seines verdammten siebenhundertsiebenundsiebenzigsten Anteils alles zum besten führen würde. Da fühlte ich auf einmal hinten einen Stoß, und als ich mich umdrehte, erschrak ich, da der Kapitän Peleg unmittelbar in meiner Nähe das Bein zurückzog. Das war mein erster Fußtritt.

»Bedient man so die Ankerwinde bei den Handelsschiffen?« brüllte er. »Angepackt, du Schafskopf, los und das Kreuz durchgedrückt! Wollt ihr anpacken, sag ich euch allen. Los, angepackt! Quohag! Du Kerl mit dem roten Bart! Los! Ihr Grünschnäbel da! Los, sage ich euch, und macht eure Augen auf!«

Unter diesen Worten ging er vor der Ankerwinde herum und machte von seinem Bein ungenierten Gebrauch, während Bildad in seiner unerschütterlichen Ruhe mit seinem Psalm den Takt dazu sang. Mir schien, als ob Kapitän Peleg an dem Tage getrunken hatte.

Schließlich war der Anker hoch, die Segel wurden aufgezogen, und wir glitten in die See. Es war ein kurzer und kalter Weihnachtstag, und als der kurze nordische Tag in der Nacht versank, sahen wir uns auf dem Ozean, der uns mit dem zu Eis erfrierenden Schaum wie mit einer polierten Panzerrüstung bekleidete. Die langen Walfischzähne auf dem Schiff glitzerten im Mondenschein, und wie das weiße Elfenbein bei einem Elefanten, so hingen mächtige Eiszapfen von dem Bug des Schiffes herab. Der schmächtige Bildad war der erste Wachthabende. Als das alte Fahrzeug in das grüne Meer hineintauchte und über und über mit kaltem Reiffrost bedeckt war, der Sturmwind heulte und das Tauwerk zu singen anfing, da hörte man die mächtigen Strophen von Bildad:

»Grüne Länder sind hinter dem Meer.
Ach scheue nicht die Flut!
So kamen die Juden zum Jordan her
Und sahen Kanaans Gut.«

Nie haben diese Worte einen süßeren Klang für mich gehabt, als damals. Es lag so viel Hoffnung und Freude darin. Trotz der kalten Winternacht auf dem stürmischen Atlantischen Ozean, trotzdem ich nasse Füße und einen durchnäßten Rock hatte, hatte ich das Gefühl, als ob ich im sicheren Hafen wäre.

Schließlich kamen wir so weit auf die hohe See, daß man die beiden Lotsen entbehren konnte. Das große Segelboot, das uns begleitet hatte, stellte sich nun zur seitlichen Abfahrt auf.

Es war merkwürdig und schön, wie Peleg und Bildad, besonders dem Kapitän Bildad, die Trennungsstunde schwerfiel. Es wurde ihnen schwer, nun ein Schiff zu verlassen, das auf lange Zeit für eine so gefährliche Fahrt bestimmt war, das an stürmischen Kaps vorbeifahren mußte und bei dem einige tausend sauer verdienter Dollars angelegt waren. Ein Schiff, auf dem ein alter Maat als Kapitän fuhr, der gerade so alt wie sie und noch einmal allen Schrecken des erbarmungslosen Ungeheuers ausgesetzt war. Es wurde einem schwer, einem Ding Lebewohl zu sagen, das einem in jeder Hinsicht sosehr am Herzen lag. Der alte arme Bildad stand lange unentschlossen da. Aufgeregt ging er über Deck und lief dann wieder in die Kajüte, um sich dort zu verabschieden. Kam wieder an Deck und sah nach dem Winde, schaute in den weiten und endlosen Ozean hinaus, sah ans Land, sah nach dem Steuerbord und sah nach links und sah nach rechts. Schließlich faßte er gedankenlos ein Schiffstau und wickelte es um den Bolzen. Dann griff er den stämmigen Peleg krampfhaft bei der Hand, hielt die Laterne hoch und sah ihm einen Augenblick wie ein Held ins Gesicht, als ob er sagen wollte: »Trotz alledem, Freund Peleg, ich halte es aus. Ja, das tue ich.«

Peleg zeigte mehr die Haltung eines Philosophen, aber als die Laterne in seine Nähe kam, zuckte er merklich mit den Augen. Er war auch in ziemlicher Aufregung und lief von der Kajüte zum Deck, sprach ein Wort unten und dann auch ein Wort mit Starbuck, dem Ersten Offizier.

Aber schließlich wandte er sich an seinen Kameraden und sagte: »Kapitän Bildad! Komm, alter Schiffskamerad, wir müssen gehen. Die Großrahe zurück! Ein Boot losmachen! Aber vorsichtig. Komm, Bildad, alter Junge, wenn du noch etwas zu sagen hast, so tue es! Viel Glück, Starbuck, viel Glück, Stubb, viel Glück, Flask! Auf Wiedersehen und allen viel Glück! Bis in drei Jahren! Dann soll für euch in dem alten Nantucket ein heißes Abendessen auf dem Tische dampfen!«

»Gott segne euch und nehme euch in seine Hut«, murmelte der alte Bildad, fast ganz ohne Zusammenhang. »Hoffentlich habt ihr schönes Wetter. Sonnenschein braucht ihr und vor allem auch der Kapitän Ahab, daß er sich unter euch bewegen kann. Wenn ihr erst in den Tropen seid, dann habt ihr ja Sonnenschein genug. Seht euch aber vor bei der Jagd! Setzt die Boote nicht leichtsinnig auf das Spiel, ihr Harpuniere! Das gute weiße Zedernholz ist um volle drei Prozent gestiegen im letzten Jahr. Vergeßt aber auch das Beten nicht! Starbuck, achte darauf, daß der Faßbinder die Reservereifen nicht zu sehr verschwendet! Die Segelnadeln sind in dem grünen Kasten! Jagt auch nicht zu viel an den Tagen des Herrn! Aber wenn sich eine gute Gelegenheit bietet, so verachtet die guten Gaben des Himmels nicht! Achtet auch auf das Faß mit der Melasse, Stubb, es kam mir so vor, als ob es ein wenig leck war. Wenn du auf die Inseln kommst, so hüte dich vor der Hurerei, Flask! Lebt wohl, lebt wohl! Laßt auch den Käse nicht zu lange im Kielraum liegen, Starbuck, sonst verdirbt er! Geht auch sparsam mit der Butter um! Das Pfund hat zwanzig Cents gekostet und – –«

»Komm, komm, Kapitän Bildad, laß das Palavern sein. Komm!« Und damit zog ihn Peleg schleunigst auf die Seite, und beide ließen sich ins Boot fallen.

Das Schiff und das Boot kamen auseinander. Die kalte und feuchte Nachtbrise wehte dazwischen. Eine schreiende Möwe flog ihnen über den Kopf. Wir riefen alle dreimal schweren Herzens »Hurra« und tauchten in den einsamen Atlantischen Ozean blindlings hinein wie in unser Schicksal.

Neuntes Kapitel

Queequeg und ich haben uns nun einmal eingeschifft und wollen Walfischjäger werden. Da dieser Beruf als unpoetisch und verächtlich in seinen Zielen von so vielen Landratten dargestellt wird, so soll mein Bestreben nun sein, euch Landratten von dem Unrecht zu überzeugen, das ihr uns Walfischjägern zugefügt habt.

Einer der Gründe, weshalb man es ablehnt, uns gebührend einzuschätzen, ist, daß man glaubt, unser Beruf wäre bestenfalls eine Art Schlächterei, und daß wir es mit jeglicher Art von Besudelungen zu tun hätten. Wir sind ja schon Schlächter, aber Schlächter mit dem blutigsten Zeichen sind auch alle Heerführer im Kriege gewesen, vor denen die Welt vor Respekt auf dem Bauche liegt. Und wenn man behauptet, unser Geschäft wäre unsauber, so will ich euch gewisse Tatsachen mitteilen, die euch noch ziemlich unbekannt sein werden, und ihr werdet einsehen, daß ein Pottwalschiff die allersaubersten Dinge betreibt, die auf dieser sauberen Welt überhaupt geschehen. Vergleicht doch nur mal das schlüpfrige Deck eines Walschiffes, auf dem alles durcheinanderliegt, mit dem unsäglichen Graus der Schlachtfelder, von denen die Soldaten zurückkehren und die Bewunderung der Damen erregen! Und wenn nach der allgemeinen Vorstellung der Beruf des Soldaten mit so viel Gefahr verbunden ist, so laßt euch sagen, daß mancher tapfere Soldat, der eine Batterie erstürmt hat, schleunigst ausreißen würde bei dem Anblick des ungeheuren Schwanzes des Wales, der ihm die Luft in großen Wirbeln über den Kopf fächelt.

Aber wenn uns die Welt auch als Walfischjäger verachtet, so erweist sie uns unwissentlich das allergrößte Lob. Ja, es ist schon eine Verehrung, die alles übertrifft. Fast alle Lampen, Fackeln und Kerzen, die es überhaupt auf der Welt gibt, brennen wie vor vielen Schreinen zu unserem Ruhm. Aber man kann die Dinge auch von anderer Seite betrachten. Man bedenke nur, was die Walfischjäger sind und was sie bedeutet haben!

Warum hatten die Holländer zur Zeit von De Witt Walfischflotten mit Admiralen an ihrer Spitze? Warum rüstete Ludwig XVI. von Frankreich auf eigene Kosten Walfischschiffe von Dünkirchen aus und lud ungefähr zwanzig Familien von unserer Insel Nantucket zur Übersiedelung nach dort ein? Warum bezahlten die Engländer zwischen 1750 und 1788 ihren Walfischjägern Prämien bis zu einer Million Pfund? Und schließlich, wie kommt es, daß wir Walfischfänger von Amerika jetzt alle übrigen Walfischfänger in der Welt übertreffen, eine Flotte von über siebenhundert Schiffen fahren lassen, die von achtzehntausend Mann bedient wird, und die jährlich eine reichliche Ernte von sieben Millionen Dollar in unsere Häfen bringt? Wie kommt das, wenn die Walfischjagd nicht etwas Grandioses wäre? Aber es kommt noch etwas hinzu:

Ich behaupte, daß der nachdenkliche Weltbetrachter keinen einzigen friedlichen Einfluß nachweisen kann, der in den letzten sechzig Jahren auf die weite Welt mehr eingewirkt hat, als der wichtige Walfischfang. Es ist nutzlos, alle diese Dinge im einzelnen aufzuführen. Viele Jahre hindurch ist das Walschiff der Pionier gewesen, der die entferntesten und unbekanntesten Teile der Erde aufgespürt hat. Es hat Meere und ganze Welten von Inseln entdeckt, die noch nicht auf der Karte standen, und wo noch kein Cook und kein Vancouver hingekommen war. Wenn amerikanische und europäische Kriegsschiffe nun im größten Frieden in Häfen fahren, wo ehedem Wilde hausten, so sollen sie Salut schießen zur Ehre und zum Ruhm des Walfischschiffes, welches ihnen früher den Weg dorthin gezeigt und sie mit den Wilden bekanntgemacht hat.

Sie sollen den Ruhm und die Helden der Entdeckungsfahrten, einen Cook und einen Krusenstern feiern, soviel sie wollen. Aber ich behaupte, daß unbekannte Kapitäne in ganzen Mengen von Nantucket fortgefahren sind, die ebenso groß und womöglich noch größer waren als ein Cook und ein Krusenstern. Ohne Waffen und ohne nennenswerte Hilfe haben sie in Meeren, wo es von schrecklichen Haien wimmelte, und an den Küsten unbekannter Inseln, wo mit Wurfspeeren bewaffnete Wilde wohnten, Heldentaten bestanden und Schrecken durchgemacht, die ein Cook mit seinen Matrosen und Musketen wohl nicht gewagt hätte.

Man hat von den oben erwähnten alten Seefahrten in der Südsee viel Wesens gemacht, und doch waren sie etwas Alltägliches für die heldenhaften Bewohner von Nantucket. Oft hat Vancouver drei ganze Kapitel Dingen gewidmet, die sonst in einem Logbuche nicht einmal erwähnt werden. Ist das eine Welt!

Bevor der Walfischfang um das Kap Horn seinen Weg nahm, gab es nur reinen Kolonialhandel zwischen Europa und den langgestreckten spanischen Provinzen an der Küste des Stillen Ozeans. Es war das Verdienst des Walfischfängers, daß er zum erstenmal die neidische Staatspolitik Spaniens durchbrach. Wenn es nicht an Raum fehlte, so ließe es sich deutlich nachweisen, daß von den Walfischfängern allerletzten Endes die Befreiung von Peru, Chile und Bolivien vom Joche des alten Spanien ausgegangen ist.

Dann wurde auch Australien für die Welt durch den Walfischfahrer erschlossen. Nachdem es zum ersten Male durch Zufall von einem Holländer entdeckt worden war, hatten alle Schiffe einen Schrecken vor der scheußlichen barbarischen Küste, aber das Walfischschiff legte dort an. Es ist die Mutter der jetzt so mächtigen Kolonie. In der ersten Zeit, als Australien besiedelt wurde, wurden die Auswanderer verschiedene Male durch den wohlwollenden Zwieback des Walschiffes, das zum Glück in den dortigen Gewässern vor Anker gegangen war, vor dem sicheren Hungertode gerettet.

Dasselbe gilt von unbekannten Inseln im ganzen Polynesien. Man schuldet dem Walschiff großen Dank, daß es dem Missionar und dem Kaufmann den Weg bereitet und in vielen Fällen die ersten Missionare an ihre Bestimmungsstationen gebracht hat.

Aber wenn trotzdem einer behauptet, daß man mit dem Walfischfang keine ästhetischen Gefühle verbinden kann, dann bin ich bereit, mit ihm fünfzig Lanzen zu brechen und ihn zu jeder Zeit mit zerbrochener Sturmhaube aus dem Sattel zu werfen. Dann wird man vielleicht sagen, daß der Walfisch keinen berühmten Schriftsteller gefunden und der Walfischfang keinen berühmten Chronisten gehabt hat.

Wer hat denn den ersten Bericht von unserem Leviathan geliefert? Wer anders als der mächtige Hiob! Wer hat zuerst eine Walfischfahrt beschrieben? Kein geringerer Fürst als Alfred der Große, der es mit königlicher Feder übernahm, das niederzuschreiben, was er von anderen, und zwar von norwegischen Walfischfängern gehört hatte! Wer hat von unserem Ruhm im Parlament gezeugt? Kein anderer als Edmund Burke!

Daran ist wohl nicht zu zweifeln. Aber dann wird behauptet, die Walfischfänger wären arme Teufel und von geringer Abstammung.

Das ist denn doch nicht wahr! Das Blut in ihren Adern ist besser als das von Königen. Benjamin Franklins Großmutter war Mary Morrel. Eine Mary Folger, die durch Heirat mit einem Farmer aus Nantucket die Ahnherrin eines großen Geschlechtes von Folgers und berühmten Harpunieren geworden ist, war mit dem berühmten Benjamin Franklin direkt verwandt.

Das ist also bewiesen. Aber dann wird weiter behauptet, daß man vor der Walfischjagd keinen Respekt haben könnte.

Vor der Walfischjagd keinen Respekt? Es ist ein königliches Geschäft. Nach einem altenglischen Gesetzbuch wird der Walfisch für einen »Königlichen Fisch« erklärt.

Dann soll der Walfisch niemals eine hervorragende Rolle gespielt haben! Wenn ein römischer Heerführer bei seinem Einzug in die Hauptstadt der Welt seinen Triumph hielt, so wurden Walfischknochen, die man von der syrischen Küste hergebracht hatte, an hervorragender Stelle verwandt.

Dann wird noch gesagt, es wäre nicht würdig, auf die Walfischjagd zu gehen. Die Würde unseres Ruhmes bezeugt sogar der Himmel. Am südlichen Sternenhimmel gibt es einen Cetus. Genügt das nicht? Ziehen Sie vor dem Zaren und zugleich vor Queequeg den Hut! Sie brauchen sich nicht zu schämen! Ich kenne einen Mann, der in seinem Leben dreihundertfünfzig Walfische erlegt hat. Ich achte diesen Mann mehr, als den großen Heerführer des Altertums, der sich rühmte, ebensoviele befestigte Städte eingenommen zu haben.

Wenn ich es möglicherweise zu etwas bringen sollte, wenn ich in dieser kleinen leichtvergeßlichen Welt berühmt werden sollte, wenn meine Testamentsvollstrecker oder was noch wahrscheinlicher ist, wenn meine Gläubiger einige wertvolle Manuskripte in meinem Schreibtisch finden, so werde ich voraussichtlich alle Ehre und allen Ruhm dem Walfischfang zuschreiben; denn ich habe auf dem Walfischschiff gelernt, was man sonst auf dem Yale College und auf der Harvard-Universität lernt.

Zehntes Kapitel

Der Obermaat des »Pequod« war Starbuck, der aus Nantucket war und von einer Quäkerfamilie abstammte. Er war groß und ernst. Wenn er auch an einer eiskalten Küste geboren war, so war er doch wohl geeignet, heiße Breiten zu ertragen, und seine Haut war hart wie zweimal gebackener Zwieback. Wenn er nach Indien kam, so blieb das Blut bei ihm frisch wie bei Export-Flaschenbier. Er mußte zu einer Zeit geboren sein, wo es recht knapp zuging. Er hatte dreißig trockene Sommer erlebt. Die hatten alles aufgetrocknet, was er an überflüssigem Fleisch gehabt hatte. Aber sein schmächtiger Körper deutete nicht auf Sorge und Not hin, sondern war nur das Zeichen einer fortgeschrittenen Kondensierung. Er sah nicht schlecht aus. Die Haut war zäh und hell. Wie eine zum Leben gebrachte ägyptische Mumie war er darin eingeschlossen mit aller Stärke und Gesundheit. So schien Starbuck für kommende Zeiten gerüstet zu sein, mochte es sich nun um Polarschnee oder um Tropensonne handeln. Wie ein Patentchronometer funktionierte er mit seiner inneren Lebendigkeit in allen Zonen tadellos. Wenn man ihm ins Auge sah, so konnte man die tausend Gefahren, denen er in seinem Leben mit Gleichmut Trotz geboten hatte, darin abgezeichnet sehen. Er war ein gesetzter Mann, der viel aushalten konnte.

Er war für einen Matrosen ungewöhnlich gewissenhaft. Bei der tiefen natürlichen Ehrfurcht machte ihn das einsame Leben auf dem Wasser stark zum Aberglauben geneigt. Aber das war ein Aberglaube, der eher im Verstand, als in der Unwissenheit seinen Ursprung hat. Es waren Anzeichen von außen und Ahnungen von innen, die manchmal das innere Eis seiner Seele zum Schmelzen brachten. Aber viel mehr noch vermochten das die Erinnerungen an die ferne Frau am Kap und sein Kind. Diese Dinge nahmen ihm die ursprüngliche Rauheit seiner Natur und machten ihn für geheime Einflüsse empfänglich, wie es bei den rechtschaffenen Seeleuten in den gefährlichen Wechselfällen des Fischfangs geschieht.

»Ich will keinen Mann in meinem Boot haben,« sagte Starbuck, »der sich nicht vor einem Walfisch fürchtet.«

Damit wollte er anscheinend sagen, daß wirklichen Mut nur der hat, der die Gefahr richtig einschätzt, und daß ein völlig furchtloser Mensch ein weit gefährlicherer Kamerad ist, als ein Feigling.

»Ja, ja«, sagte Stubb, der zweite Maat. »Starbuck ist der besorgteste Mann, den es in der Fischerei überhaupt gibt!«

Starbuck suchte die Gefahr nicht. Mut war für ihn kein Gefühl, aber etwas, das ihm nützlich erschien, und das man bei allen Gelegenheiten, die mit dem Tode verbunden sind, stets zur Verfügung haben muß. Dann dachte er auch wohl, daß der Mut bei dem Walfischgeschäft zur großen aufgestapelten Ausrüstung des Schiffes gehören muß und genau so wichtig ist, wie das Fleisch und das Brot, und daß man damit sparsam umgehen muß.

Es fiel ihm nicht ein, nach Sonnenuntergang die Boote herunterzulassen. Ebensowenig ließ er sich mit einem Walfisch ein, der es auf einen Kampf abgesehen hatte. Starbuck dachte sich, ich bin auf diesem gefährlichen Ozean zum Walfischtöten da, um leben zu können und nicht dazu, um mich von ihnen töten zu lassen, damit sie leben können! Starbuck wußte recht wohl, daß auf diese Weise Hunderte von Menschen getötet waren. Wie war es seinem Vater ergangen? Und wo sollte er in der bodenlosen Tiefe die zerschmetterten Glieder des Bruders suchen?

Trotz solcher Erinnerungen und seiner Neigung zum Aberglauben, war Starbuck von unvergleichlichem Mut. Es war nicht selbstverständlich, daß ein Mann mit solchen Erfahrungen und solchen Erinnerungen ihn noch besaß. Dadurch mußte schließlich etwas in ihm zum Keimen gebracht werden, das bei passender Gelegenheit insgeheim die Schranken durchbrach und allen Mut verzehrte. So tapfer er auch war, so war es gerade die Tapferkeit, die bei furchtlosen Menschen nichts Ungewöhnliches ist, und die einen im allgemeinen in den Kämpfen mit der See, den Winden, den Walfischen oder den nicht auszudenkenden Schrecken der Welt nicht im Stich läßt, die aber bei den furchtbaren Schrecken, die mehr geistiger Natur sind, und die manchmal von der zusammengezogenen Stirn eines rasenden und mächtigen Menschen ausgehen, auf das furchtbarste Schiffbruch erleidet.

Wollte ich nun in der folgenden Erzählung das vollständige Schwinden der Tapferkeit des armen Starbucks darstellen, so hätte ich kaum den Mut dazu. Es ist eine peinliche und eine schreckliche Geschichte, wenn man den Fall der Tapferkeit in der menschlichen Seele schildern soll. Die Menschen mögen in ihrer Gesamtheit Schurken, Narren und Verbrecher sein. Es mögen solche mit gemeinen und niedrigen Gesichtern sein, aber der Mensch als Idealgestalt ist ein so edles, so wundervolles und erhabenes Geschöpf, daß die anderen Mitmenschen ihre kostbarsten Gewänder opfern sollten, um eine schmachvolle Stelle zu bedecken! Es gibt eine makellose Männlichkeit in uns, die bei allen Stürmen und allen Schäden, die der äußere Körper erleidet, doch unversehrt bleibt. Aber diese Menschenwürde kommt nicht Königen und hohen Würdenträgern zu. Sie ist nicht da zu finden, wo sie Amtskleid trägt. Sie ist da, wo ein Arm die Hacke schwingt oder einen Nagel eintreibt. Es ist die Würde, die in Gott ihren Ursprung hat!

Elftes Kapitel

Stubb war der zweite Maat. Er stammte vom Kap Cod. Ein frischer Draufgänger, niemals feige, aber auch nicht tollkühn. Er nahm die Gefahren mit völligem Gleichmut hin. Und auf der allergefährlichsten Jagd benahm er sich ruhig und gefaßt, wie ein Schreinergeselle, der sich für ein Jahr festgemacht hat. Er führte gutgelaunt, behaglich und ohne Angst sein Walfischboot, als ob das lebensgefährliche Renkontre nur eine Mahlzeit und seine Mannschaft zum Essen geladene Gäste wären. Wenn er dem Wal auf Wurfweite nahe war und ein Todeskampf ausgetragen wurde, handhabte er seine Lanze mit derselben Ruhe und Geschicklichkeit, wie ein Kesselflicker seinen Hammer. Und dann sang er dazu seine alten Seemannslieder, wenn er dem in Wut geratenen Ungeheuer Seite an Seite gegenüberstand. Wie er über den Tod dachte, braucht man nicht zu erwähnen. Es ist eine Frage, ob er überhaupt an ihn dachte. Wenn er zufällig nach einem reichlichen Essen darauf zu sprechen kam, so faßte er ihn wie ein guter Matrose wie einen Ruf der Wache vom oberen Mast auf, nach oben zu klettern. Dann war es Zeit, sich zu beeilen, aber eher nicht.

Auch in anderen Dingen verhielt sich Stubb unerschrocken und nahm alles auf die leichte Achsel. Jeder hat ja sein Päckchen zu tragen, und wenn es etwas gab, das ihm immer wieder zu seinem gewissermaßen gottlosen Humor verhalf, so war es die Pfeife. Wie die Nase, war die kurze, schwarze, kleine Pfeife ein Teil von seinem Gesicht. Wenn er aus seiner Koje sprang, so hätte er die Pfeife ebensowenig wie seine Nase vergessen. Er hatte eine ganze Reihe von Pfeifen, die ständig gestopft und immer in Reichweite waren. Sobald er in die Kajüte kam, rauchte er eine Pfeife nach der anderen und steckte die eine an der anderen an. Dann wurden sie wieder gestopft, so daß sie fortwährend in Aktion treten konnten. Wenn sich Stubb anzog, so steckte er nicht zuerst die Beine in die Hose, sondern die Pfeife in den Mund.

Der dritte Maat war Flask, der aus Tisbury in Marthas Vineyard stammte. Ein kleiner, stämmiger und frischer junger Kerl, der es auf die Walfische besonders abgesehen hatte. Die großen Leviathans schienen ihn persönlich schon von den Vätern her beleidigt zu haben. Es war Ehrensache, daß er den Viechern, wo er ihnen begegnete, den Garaus machte. Er hatte nicht eine Spur von Ehrfurcht vor ihrer majestätischen Gestalt und ihren geheimnisvollen Wegen. Er hatte nicht die geringste Angst und dachte auch an keine Gefahr und war der Ansicht, der Wal wäre nur eine Maus, oder allenfalls eine Wasserratte in Riesengestalt. Und man brauchte nur ein wenig Umsicht und ein wenig Zeit und Mühe aufzuwenden, um ihn abzuschlachten. Diese unbewußte, wenn auch ein wenig dumme Unerschrockenheit machte ihn geradezu mutwillig. Er folgte den Walfischen, um sich einen Spaß zu machen, und eine Fahrt von drei Jahren um das Kap Horn war nur ein lustiger Spaß von entsprechender Dauer.

Starbuck, Stubb und Flask, die drei Maate, hatten einen wichtigen Posten. Sie waren die Führer von drei Booten des »Pequod«. In der Schlachtordnung, wenn Kapitän Ahab seine Streitmacht zur Jagd auf die Walfische zusammenzog, hatten sie die Funktion von Kompanieführern. Sie waren mit langen, scharfen Walspeeren bewaffnet und bildeten so ein auserlesenes Trio, wie die Harpuniere eine Truppe von Wurfspeerleuten waren.

Bei der berühmten Walfischerei geht es zu wie bei dem erlauchten Rittertum. Jedem Maat steht ein Bootssteuermann oder ein Harpunier zur Seite, der ihm in gewissen Fällen eine neue Lanze reichen muß, wenn die erste gehörig verbogen oder bei dem Angriff fortgestoßen ist. Es besteht allgemein zwischen den beiden ein intimes, freundschaftliches Verhältnis. Es ist daher in Ordnung, daß wir auch an dieser Stelle erwähnen, wer die Harpuniere des »Pequod« und welchem Führer sie zugeteilt waren.

Da kam zu allererst Queequeg, den Starbuck, der Obermaat, zum Knappen gewählt hatte. Aber Queequeg ist ja schon bekannt.

Dann kam Tashtego, ein reiner Indianer von Gay Head, dem westlichen Vorgebirge von Marthas Vineyard. Dort gibt es noch das letzte Dorf von Rothäuten, das das benachbarte Nantucket lange Zeit mit den kühnsten Harpunieren versorgt hat. Die Walfischjäger nennen sie gewöhnlich die Gay Header. Tashtego hatte langes, dünnes, tiefschwarzes Haar, vorstehende Backenknochen und schwarze runde Augen, die einen übermäßig glänzenden Ausdruck hatten. Er war ein Sprößling des unverdorbenen Blutes des stolzen, kriegerischen Jägervolkes, das das Rentier in New England gejagt und, mit dem Bogen in der Hand, die Urwälder des Festlandes durchstreift hatte.

Aber nun suchte er die Spur der wilden Tiere des Waldes nicht mehr auf, sondern jagte die großen Wale des Meeres. Die unfehlbare Harpune des Sohnes trat nun an die Stelle des unfehlbaren Bogens der Väter. Wenn man die schlangenhaften und gewandten Glieder mit der gelbbraunen Farbe sah, so hätte man glauben können, der Aberglaube der alten Puritaner hätte zu Recht bestanden, und man hätte diesen wilden

Indianer für den Sohn des Fürsten der Lüfte halten können. Tashtego war der Knappe von Stubb, dem zweiten Maat.

Dann kam als Dritter unter den Harpunieren Taggoo, ein riesiger, kohlschwarzer Neger, der wie ein Löwe auftrat, ein richtiger Ahasver. Durch die Ohren hingen ihm zwei Goldringe, die wegen ihrer Größe von den Seeleuten Ringbolzen genannt wurden, und an denen man recht gut das obere Segel hätte festmachen können. In seiner Jugend hatte Taggoo sich freiwillig für ein Walschiff heuern lassen, das an einer einsamen Bucht seiner Heimatküste vor Anker lag. Er war nur in Afrika, in Nantucket und in den heidnischen Häfen gewesen, wo die Walfänger meist anlegen. Seit vielen Jahren führt er nun das kühne Leben der Walfischfahrer, und die Schiffsreeder kümmerten sich nicht darum, was das für Leute waren, die sie anmusterten. So behielt Taggoo alle barbarischen Eigenschaften bei, er bewegte sich mit seiner Länge von sechs Fuß auf Deck mit der Gewandtheit einer Giraffe. Wenn man neben ihm stand und zu ihm aufsah, so kam man sich recht klein und bescheiden vor. Wenn ein weißer Mann vor ihm stand, so wirkte er wie eine weiße Flagge, die einen Waffenstillstand von einer Festung erflehen will. Es war merkwürdig, daß dieser kaiserliche Neger Ahasver Taggoo, der Knappe des kleinen Flask war, der neben ihm wie eine Schachfigur wirkte.

Mit Rücksicht auf den Rest der Mannschaft des »Pequod« mag erwähnt werden, daß nicht einer der vielen tausend Leute, die vor dem Mast in der amerikanischen Walfischerei beschäftigt werden, geborener Amerikaner ist. Doch sind wohl ziemlich alle Offiziere Angehörige dieser Nation. Es verhält sich damit, wie mit der amerikanischen Armee und der amerikanischen Kauffahrteiflotte, und mit den Leuten, die zum Bau der amerikanischen Kanäle und Eisenbahnen gebraucht werden. Die Amerikaner liefern in freigebiger Weise das Gehirn, und die übrige Welt versorgt sie in vornehmer Weise mit den Muskeln.

Zwölftes Kapitel

Mehrere Tage, seitdem wir Nantucket verlassen hatten, ließ sich Kapitän Ahab an Bord nicht sehen. Die Maate lösten sich gegenseitig in der Wache ab, und allem Anschein nach waren sie allein die Herren des Schiffes. Nur wenn sie manchmal mit Befehlen, die plötzlich und mit Entschiedenheit gegeben waren, aus der Kabine herauskamen, war es klar, daß sie nur als Stellvertreter ihre Befehle gaben. Der höchste Herr und Diktator war dort unten, obwohl ihn bisher nur die zu sehen gekriegt hatten, die die Erlaubnis bekommen hatten, in den geweihten Ort der Kajüte einzudringen.

Jedesmal, wenn ich von der Wache unten auf Deck kam, sah ich nach dem Achterdeck, ob nicht ein neues Gesicht zu sehen war. Auf der abgeschlossenen See wurde meine anfängliche Besorgnis über den unbekannten Kapitän fast zum Entsetzen. Dieser Eindruck wurde seltsamerweise verstärkt durch die teuflischen Bemerkungen des zerlumpten Elias. Es war merkwürdig, daß die Erinnerungen manchmal so unaufgefordert auf mich einstürmten und mit einer Macht, der ich mir vorher nicht bewußt geworden war. Mochte es nun Angst oder Unbehaglichkeit sein, jedesmal wenn ich mich auf dem Schiffe umsah, so hatte ich eigentlich keinen Grund, solchen Befürchtungen Raum zu geben. Die Harpuniere, wie die übrige Schiffsmannschaft, waren ja ein barbarischer, heidnischer und kunterbunter Menschenhaufen, wie man ihm auf einem harmlosen Kauffahrteischiff nicht begegnet. Aber der Anblick der drei Offiziere des Schiffes, der Maate, konnte solche sinnlose Befürchtungen nur verdrängen und einen mit Vertrauen und Heiterkeit erfüllen.

Drei gute und in ihrer Art so verschiedene Seeoffiziere und Menschen hätte man so leicht nicht finden können. Jeder von ihnen war ein Amerikaner, einer von Nantucket, einer von Vineyard und einer vom Kap. Zu Weihnachten war das Schiff aus dem Hafen hinausgeschossen. Wir hatten beißend kaltes Polarwetter, wenn wir auch die ganze Zeit nach Süden steuerten und mit jedem Breitengrade und jedem Längengrade den erbarmungslosen Winter und das scheußliche Wetter hinter uns ließen. Wir hatten die grauen und immerhin noch düsteren Morgen des Übergangsklimas. Das Schiff hatte günstigen Wind und wurde mit hüpfender und melancholischer Geschwindigkeit durch das Wasser getrieben. Als ich, durch den Wachruf aufgefordert, auf Deck stieg, um die Vormittagswache zu übernehmen und über das Heckbord sah, wurde ich von einem ahnungsvollen Schauder ergriffen. Die Wirklichkeit war schneller als die Besorgnis: der Kapitän Ahab stand mit einemmal auf dem Achterdeck!

Von einer Krankheit oder von einer Genesung sah man ihm nicht die Spur an. Er sah aus, wie ein Mann, den man noch vom Pfahl abgeschnitten hat, wenn das Feuer schon über alle Glieder gelaufen ist, ohne ihm etwas anhaben zu können. Seine hohe und breite Gestalt schien wie aus Bronze gegossen und der unzerstörbaren Plastik von Cellinis gegossenem »Perseus« nicht unähnlich zu sein. Von den grauen Haaren ging eine Narbe über Gesicht und Nacken, bis sie in seinem Gewand verschwand. Es war wie bei einem hohen Baumstamm, wenn der Blitz von oben hinunterschießt und ohne einen Zweig oder einen Ast zu verletzen, die Rinde von der Spitze bis zum Boden hinuntergeht und kurz zuvor noch eine Spur hinterläßt, wenn auch der übrige Baum mit seiner grünen Rinde am Leben bleibt. Man konnte nicht sagen, ob die Narbe ihm angeboren war oder ob sie von einer gefährlichen Wunde herrührte. Aber ein alter

Indianer aus Gay Head erzählte, daß Ahab die Narbe nicht vor seinem vierzigsten Jahre bekommen hätte. Sie käme nicht von einer gefährlichen Schlägerei, sondern von einem Kampf auf hoher See.

Ahab machte einen gewaltigen Eindruck auf mich. Die große Narbe und dann auch das weiße Bein, auf dem er stand, erhöhten diesen Eindruck nicht wenig. Ich hatte kurz vorher gehört, daß das künstliche Bein aus dem Kieferknochen eines Pottwals gemacht wäre.

»Er hat auf der Höhe von Japan seinen einen Mast verloren«, sagte der alte Indianer von Gay Head einmal. Wie sein Schiff, das auch den Mast verloren hatte, hat er auch einen anderen Mast angemustert, ohne erst nach Hause zu kommen. Er spricht nur ungern davon.

Seine merkwürdige Stellung fiel mir auf. Auf jeder Seite des Achterdecks und dicht an den Bagientauen war ein Loch von einem halben Zoll Weite in die Schiffsplanke eingebohrt. Mit dem künstlichen Bein stand er in dem Loch, streckte einen Arm hoch und hielt sich an einem Haken fest. Er stand aufrecht da und sah über den auf- und abwogenden Bug in die Ferne. Aus seinem Blick sprach eine unerschrockene Tapferkeit und ein fester Wille, der sich durch nichts beugen ließ. Er sprach kein Wort. Auch sagten die Offiziere kein Wort zu ihm, wenn auch in ihren kleinsten Bewegungen und in den Falten ihres Gesichts das peinliche Gefühl zum Ausdruck kam, daß das unruhige Auge des Herrn auf ihnen ruhte. Der schwermütige Ahab stand mit der namenlosen Würde eines unsäglichen Wehs, das mit königlicher Haltung ertragen wurde.

Bald darauf zog er sich nach seinem ersten Besuch in der freien Luft wieder in die Schiffskabine zurück. Aber nach diesem Morgen zeigte er sich jeden Tag der Mannschaft. Er stand entweder an der bestimmten Stelle oder saß auf seinem Schemel aus Walfischbein. Manchmal ging er auch mit seinem schweren Schritt auf dem Deck herum. Als der Himmel sich aufklärte und weniger schwermütig aussah, wurde er mehr und mehr ein Einsiedler, als ob der bleiche Schein des Winters ihn auf der See abgesondert hätte. Und so geschah es nach und nach, daß er fast immer draußen war. Aber was er sagte oder was er auf Deck tat, auf dem schließlich die Sonne leuchtete, schien keinen besonderen Sinn zu haben. Der »Pequod« machte jetzt nur eine Überfahrt, er war noch nicht auf einer richtigen Kreuzerfahrt. Den Maaten waren fast alle Vorbereitungen zur Walfischjagd überlassen. Für den Kapitän Ahab war also nichts zu tun, auch brauchte er nichts zu befehlen. So hingen denn die Wolken auf der Stirn des Kapitäns, Schicht auf Schicht, so wie sich die Wolken immer den höchsten Gipfel aussuchen.

Trotzdem schien das eindrucksvolle, warme, heitere Ferienwetter, in das wir kamen, ihn allmählich aus seiner Schwermut aufzurütteln. Wenn der April und der Mai wie zwei rotbäckige, tanzende Mädchen in die winterlichen, griesgrämigen Wälder kommen, so wird auch schließlich die alte, rauhe, von Blitzen heimgesuchte Eiche einige grüne Sprößlinge treiben, um den lustigen Besuch willkommen zu heißen. So reagierte auch Ahab schließlich ein wenig auf das lustige Treiben der jungfräulichen Lüfte. Mehr als einmal leuchtete sein Blick auf, und bei einem anderen würde auf demselben Gesicht ein Lächeln sichtbar geworden sein.

Dreizehntes Kapitel

Einige Tage vergingen und das Eis und die Eisberge verschwanden am Achterdeck. Da fuhr der »Pequod« durch den leuchtenden Frühling von Quito, der an der Schwelle des August in der tropischen Zone seit ewiger Zeit nahezu zur Herrschaft kommt. Die warmen, wenn auch noch ein wenig kühlen, klaren, duftenden und von aller Pracht überquellenden Tage waren wie kristallene Becher, die mit persischem Sorbet gefüllt sind, und in die man Schneewasser von Rosenduft getan hat. Die sternbedeckten und herrlichen Nächte waren wie stolze Damen in Sammetkleidern, mit Juwelenschmuck, die daheim in Stolz und Einsamkeit an ihre fernen Grafen, an die mit Goldhelmen versehenen Sonnen denken, die auf Abenteuer ausgezogen waren. Für einen Schlafenden war es schwer, sich zwischen solch lieblichen Tagen und solch herrlichen Nächten zu entscheiden. Aber aller Zauber des nicht nachlassenden wundervollen Wetters beeinflußte nicht nur die äußere Welt, er gab auch der Seele neue Spannkraft, besonders wenn die milden Abendstunden kamen. Dann trieb die Erinnerung ihre Kristalle, wie sich an stillen Dämmerabenden das helle Eis am leichtesten bildet. Und ganz besonders zeigte sich dieser Einfluß bei Ahab.

Das Alter findet nie rechten Schlaf und ist immer auf dem Posten. Je länger man mit dem Leben verknüpft ist, um so weniger hat man mit dem zu tun, was wie der Tod aussieht. Unter den Kommandanten verlassen die alten Graubärte am häufigsten ihre Koje, um das in den Mantel der Nacht gehüllte Deck zu besuchen. Bei Ahab war es genau so. Er schien sich nun sehr viel in der freien Luft aufzuhalten, und zwar galten seine Besuche mehr der Schiffskabine, als dem offenen Deck, das er von der Kajüte aus betreten mußte. »Es kommt einem so vor, als ob man in sein eigenes Grab marschierte,« brummte er vor sich hin, »wenn ein alter Kapitän wie ich zu diesem engen Loch heruntersteigt.«

Wenn die Nachtwachen bestimmt waren, lösten die Leute an Deck die anderen, die unten im Schlaf lagen, ab. Wenn ein Tau am Vorderdeck hochgezogen werden mußte, so warfen es die Matrosen nicht rücksichtslos wie am Tage herab, sondern ließen es mit der allergrößten Vorsicht an den bestimmten Platz herabfallen, um ja nicht den Schlaf ihrer Schiffskameraden zu stören. Als dies zur allgemeinen Regel wurde, saß auch der stille Steuermann in aller Ruhe da und sah nach dem Kabinenloch. Und bald darauf tauchte auch der Alte auf und hielt sich an dem eisernen Geländer fest, um seinem lahmen Bein etwas nachzuhelfen.

Eine gewisse Menschlichkeit mußte man ihm zuerkennen. Er legte keinen Wert darauf, zu solchen Zeiten das Achterdeck zu kontrollieren. Die müden Maaten hätte das Klappern seines elfenbeinernen Ganges schwere Träume gekostet, und sie hätten an die zermalmenden Zähne des Haies gedacht. Aber einmal dachte er in seiner Schwermut nicht an solche alltäglichen Dinge. Als er das Schiff vom Heck bis zum Hauptmast mit seinem schweren Tritt durchmaß, kam Stubb, der alte zweite Maat, von unten herauf. Mit seinem unbedachtsamen und geringschätzigen Humor wies er darauf hin, daß man nichts dagegen haben könne, wenn der Kapitän Ahab auf den Planken an Deck spazieren ginge. Aber das Geräusch ließe sich doch leicht dämpfen, und er wies etwas undeutlich und zögernd auf ein Stück Hanf vom Schiffstau hin, das man leicht um den elfenbeinernen Fuß wickeln könnte. Stubb, da hast du unseren Ahab aber schlecht gekannt!

»Bin ich denn eine Kanonenkugel, Stubb,« sagte Ahab, »daß du mich auf diese Weise in Watte wickeln willst? Aber kümmere dich um deine Sachen! Mach, daß du in dein Loch kommst! Da könnt ihr euch eure Bettdecke mit Watte vollpacken. Los, Hund, kusch dich!«

Der Zornesausbruch des Alten, der so ganz unerwartet kam, machte Stubb einen Augenblick sprachlos. Da sagte er in der Erregung: »Ich bin es nicht gewohnt, Kapitän, daß man mir gegenüber solche Ausdrücke gebraucht.«

»Weg!« knurrte Ahab zwischen den Zähnen und ging fort, um einem Zornesausbruch aus dem Wege zu gehen.

»Bis jetzt hat man mich noch nicht einen Hund genannt«, sagte Stubb, der nun etwas Mut gefaßt hatte.

»Dann laß dir gesagt sein, daß du ein Affe, ein Maultier und ein Esel bist, und daß du dich fortscheren sollst!«

Bei diesen Worten ging Ahab mit einem solchen Ausdruck des verhaltenen Zornes auf ihn zu, daß Stubb unwillkürlich ein paar Schritte zurückging.

»Ich habe immer noch jedem tüchtig herausgegeben«, brummte Stubb, als er wieder in das Kabinenloch herabstieg. »Das kommt mir ja seltsam vor. Halt! Ich weiß nicht, was ich tun soll, soll ich zurückgehen und ihm eins zwischen die Zähne schlagen, oder soll ich – was für ein blödsinniger Einfall! – vor ihm niederknien und ihn um Verzeihung bitten. Das wäre denn das allererstemal! Es ist wirklich seltsam! Vorn und hinten betrachtet, ist das der merkwürdigste Alte, mit dem ich jemals zur See gefahren bin. Wie er mich ansah, als ob ihm Blitze aus den Augen schössen. Ist er am Ende wahnsinnig? Sicher ist da etwas nicht in Ordnung. Er liegt nur drei Stunden im Bett, und dann schläft er noch nicht einmal. Hat der Lausejunge, der Steward, mir nicht gesagt, daß seine Hängematte alle Morgen zerknüllt und durcheinandergebracht ist, daß das Bettuch an das Fußende getreten und die Bettdecke auf einen Haufen zusammengeknüllt ist, daß das Kissen schrecklich heiß ist, als ob ein heißer Backstein darauf gelegen hätte? Das muß ja ein merkwürdig heißblütiger Alter sein.

Das reine Rätsel! Ich möchte bloß mal wissen, warum er jede Nacht, wie der Junge erzählt, hinten in den Kielraum geht, was er da nur zu suchen hat? Ist das nicht merkwürdig?«

Vierzehntes Kapitel

Als Stubb weg war, stand Ahab noch eine Zeitlang da und sah über die Reling. Dann rief er einen Matrosen von der Wache und schickte ihn nach unten, damit er den Schemel aus Walfischbein und die Pfeife hole. Er zündete die Pfeife an der Lampe im Kompaßhäuschen an und stellte den Schemel an der Schlagseite des Decks auf, setzte sich hin und fing an zu rauchen.

Wie die alten Schriften sagen, wurden die Throne der seefahrenden dänischen Könige in altnordischer Zeit aus den Hauern des Narwals hergestellt. Wenn man Ahab auf seinem Dreifuß aus Walfischbein dasitzen sah, wirkte er wie ein leibhaftiger König! Wie ein Khan in seinem Zelt und ein König des Meeres, so saß Ahab, der Herrscher der Leviathans, da! Einige Minuten vergingen. Der dicke Rauch kam in schnellen Zügen aus dem Munde und ging ihm wieder ins Gesicht. »Was ist denn los?« sagte er schließlich für sich hin und nahm das Rohr aus dem Munde. »Das Rauchen bekommt mir nicht mehr. Meine schöne Pfeife! Wie schlecht muß es mir gehen, wenn du mir nicht mehr schmeckst! Hier habe ich mich abgequält, ohne ein Vergnügen dran zu finden, und habe gegen den Wind, ohne es zu merken, die ganze Zeit geraucht. Gegen den Wind, und habe so nervös gezogen, als ob die letzten Züge einem wie bei einem sterbenden Wal die allergrößte Mühe kosteten. Was ist denn nur mit meiner Pfeife los? Sie soll einen heiter stimmen und milde weiße Wolken auf die milden weißen Haare wehen und nicht auf so graue und altersschwache Spiere, wie ich sie habe. Ich will das Rauchen lassen.– –«

Damit warf er die noch brennende Pfeife ins Meer. Das Feuer zischte in den Wogen, und im selben Augenblick fuhr das Schiff durch die Wasserblase, die von der sinkenden Pfeife ausgegangen war. Wankenden Schrittes ging Ahab über das Deck, und der Hut hing ihm weit herab.

Fünfzehntes Kapitel

Es ist Mittag. Der Steward, der junge Bursche, steckt sein bleiches Gesicht durch die Kajütenluke und sagt seinem Herrn und Meister das Mittagessen an. Der Herr sitzt in einem Achterdeckboot auf der Leeseite und hat gerade eine Sonnenmessung vorgenommen. Er rechnet die Breite auf dem glatten Täfelchen mit dem Medaillon aus, das für den täglichen Gebrauch oben auf seinem künstlichen Bein liegt. Er gibt anscheinend gar nicht mal acht auf die Meldung, und man könnte meinen, der düstere Ahab hätte gar nichts gehört. Aber dann faßt er an die Kreuzwanten und schwingt sich auf Deck und sagt mit gleichmütiger unfreundlicher Stimme: »Essen, Starbuck.« Damit verschwindet er in der Kabine.

Als das letzte Geräusch von dem Schritt des Sultans verklungen ist und Starbuck, sein erster Emir, die Gewißheit hat, daß der Alte Platz genommen hat, erwacht er aus seiner Gleichgültigkeit, geht ein paarmal auf den Planken hin und her, sieht noch mal nach dem Kompaß und sagt ziemlich freundlich: »Essen, Stubb!« und geht auch in die Kajüte.

Der zweite Emir kommt schlendernd auch aus der Takelage hervor, packt die Brasse, um zu sehen, ob auch alles in Ordnung ist, nimmt die alte Last auf und folgt mit der Aufforderung: »Essen, Flask!« den anderen nach.

Nun kommt sich auch der dritte Emir, als er auf dem Achterdeck allein ist, merkwürdig erleichtert vor. Er winkt nach allen Richtungen freundlich um sich, stößt die Schuhe von den Füßen und läßt mit der Hornpfeife einen scharfen Ton gerade über dem Kopf des Sultans ertönen. Dann befestigt er die Mütze oben an den Kreuzmars und geht ausgelassen nach unten. Aber bevor er in die Tür der Kajüte eintritt, bleibt er einen Augenblick stehen und setzt ein neues Gesicht auf. Dann tritt der sonst so unabhängige muntere kleine Flask vor den König Ahab in der Haltung von Abjectus, seines Sklaven. Unter den vielen Seltsamkeiten der erkünstelt wirkenden Seemannsbräuche ist auch zu erwähnen, daß die Offiziere auf dem freien Deck ihre Haltung gegenüber dem Kommandanten wahren und ihm Trotz bieten, wenn sie herausgefordert werden. Aber es ist zehn zu eins zu wetten, daß sie demütig und unterwürfig ihm gegenübertreten, wenn sie im nächsten Augenblick in die Kajüte des Kommandanten hinuntergehen und ihre gewöhnliche Mahlzeit mit ihm einnehmen, und er oben am Tische sitzt. Das ist eine wunderbare und manchmal reichlich komische Geschichte.

Ahab saß an dem Tisch, der mit Walfischbein ausgelegt war, wie ein stummer Seelöwe mit Mähne am weißen Korallenstrand im Kreise seiner kriegerischen, wenn auch ehrfurchtsvollen Jungen. Jeder Offizier wartete, bis er drankam. Vor Ahab waren sie wie kleine Kinder, und doch war bei ihm nicht die Spur einer Überhebung zu entdecken. Sie waren alle eines Sinnes, und ihre Blicke hingen an dem Messer des Alten, als er ihnen das Fleisch auf der Schüssel zuschnitt. Der Teller von Starbuck wurde ihm gereicht, und der Maat bekam sein Stück Fleisch wie ein Almosen. Er schnitt es sorgfältig in kleine Stücke und wurde etwas nervös, wenn das Messer auf dem Teller knirschte. Er kaute es, ohne zu schwatzen und schluckte es herunter mit einer gewissen Andacht. Wie der Deutsche Kaiser beim Krönungsmahl in Frankfurt mit den sieben Kurfürsten in aller Ehrfurcht zu Tisch saß, so ging es auch bei diesen Mahlzeiten in der Kajüte sehr feierlich und ernst zu. Der alte Ahab verbot zwar nicht die Unterhaltung, aber er selbst war so gut wie taub. So war es denn dem abgeschreckten Stubb eine Erleichterung, als sich unten im Schiffsraum plötzlich eine Ratte zu schaffen machte.

Am wenigsten zu sagen hatte der kleine Flask. Er war der jüngste Sohn und in dieser ernsten Familie ein kleiner Knirps. Er bekam die Knochen des eingesalzenen Rindfleisches, und er hätte doch die Oberschenkel haben müssen. Man durfte nicht annehmen, daß Flask sich hätte selbst bedienen können. Das wäre ja so viel gewesen, wie der allerschwerste Diebstahl. Wenn er sich bei Tisch selbst bedient hätte, hätte er unter den anständigen Leuten nicht mehr den Kopf aufrechthalten dürfen. Es war merkwürdig, daß Ahab ihm nie ein Verbot erteilte. Und wenn Flask sich selbst bedient hätte, so hätte es Ahab möglicherweise gar nicht einmal bemerkt. Am allerwenigsten wäre es Flask eingefallen, Butter aufzustreichen. Wie er dazu kam, kann man nicht recht sagen. Vielleicht glaubte er, die Besitzer des Schiffes verwehrten es ihm, oder seine helle und sonnige Gesichtsfarbe könnte dadurch entstellt werden. Oder aber es geschah darum, weil er annahm, daß die Butter im Ozean, wo es keine Märkte gab, eine Prämie vorstellte und einem Mann im subalternen Dienstverhältnis nicht zukam. Jedenfalls nahm der arme Flask keine Butter!

Dann noch etwas anderes: Flask mußte als letzter zu Tisch gehen und als erster aufstehen. Dadurch war ihm die Zeit arg beschnitten. Starbuck und Stubb standen zuerst auf, und sie durften sich auch aufs Ohr legen. Wenn Stubb, der nur ein klein wenig mehr als Flask war, zufällig nur wenig Appetit hatte, und es ihm einfiel, mit dem Essen aufzuhören, so mußte Flask sich beeilen und bekam nur sehr wenig zu essen; denn es widersprach einem geheiligten Brauch, daß Stubb vor Flask auf Deck ging.

Seit Flask zur Würde eines Offiziers aufgestiegen war, wußte er, was richtiger Hunger war. Wenn er etwas aß, so war er nicht gesättigt und schleppte einen ewigen Hunger mit sich herum. Frieden und Ruhe, dachte Flask, kennt mein Magen nicht mehr. Ich bin Offizier, aber wie gern möchte ich in der Vorderkajüte ein gehöriges Stück Rindfleisch der alten Sorte essen, wie ich es früher zu tun pflegte, als ich noch vor'm Mast war. Das hat man von der Beförderung. Das ist der Ruhm mit seiner Eitelkeit und das ist der Irrsinn des Lebens!

Ahab und seine drei Maate gehörten zum sogenannten ersten Tisch in der Kabine. Wenn sie gingen, wobei sie sich in umgekehrter Reihenfolge wie bei der Ankunft aufstellten, wurde das Tischtuch aus Segelleinwand gesäubert oder auf eilige Anforderung von dem bleichen Steward wieder gebrauchsfähig gemacht. Darauf wurden die drei Harpuniere zur Tafel gebeten.

Im merkwürdigen Gegensatz zu dem schwer zu ertragenden Zwang und unsichtbaren Despotentum am Tisch des Kapitäns stand die ungenierte Freiheit und Behaglichkeit der niedergestellten Burschen, der Harpuniere. Während ihre Herren vor dem Geräusch ihrer eigenen Gaumen Angst zu haben schienen, kauten die Harpuniere ihr Essen mit einer Wollust, daß es ein Vergnügen war. Sie saßen wie Lords zu Tisch. Sie füllten ihre Bäuche wie die Schiffe in Indien, die den ganzen Tag Gewürze laden. Queequeg und Tashtego hatten solch blendenden Appetit, daß der bleiche Schiffsjunge verschiedene Male ein großes Lendenstück, das man anscheinend aus dem besten Teil eines mächtigen Ochsen herausgeschnitten hatte, heranschaffen mußte, um die leeren Räume, die von der früheren Mahlzeit zurückgeblieben waren, auszufüllen. Einmal fiel es Daggoo ein, dem Gedächtnis des Jungen dadurch etwas nachzuhelfen, daß er ihn anpackte und ihn mit dem Kopf gegen eine große leere Tonne stieß. Und Tashtego zeichnete mit dem Messer den Kreis ab, wo er ihn skalpieren wollte. Der bleiche Junge war reichlich nervös, und man konnte diesem Milchgesicht leicht einen Schrecken einjagen: dieser Mischung von bankerottgegangenem Bäcker und Krankenschwester! Sein ganzes Leben lang war er in ständiger Aufregung, er mußte den schrecklichen Ahab ertragen und ebenso die lärmenden, regelmäßig auf Besuch kommenden drei Wilden. Wenn er sah, daß die Harpuniere alles hatten, was sie brauchten, entwich er ihren Schlingen und kroch in die kleine Pantry nebenan. Von dort aus schaute er dann hinter den Vorhängen der Tür angstvoll hervor, bis alles vorbei war.

Es war ein prächtiger Anblick, Queequeg Tashtego gegenüber sitzen zu sehen, wie er seine gefeilten Zähne denen des Indianers gegenüberhielt. Schräg gegenüber saß Daggoo auf dem Boden; denn eine Bank würde für seinen Kopf mit der schwarzen Feder schlecht gepaßt haben. Bei jeder Bewegung mit den kolossalen Gliedern wurde die niedrige Kabine in Erschütterung versetzt, als ob ein afrikanischer Elefant als Passagier aufs Schiff gegangen wäre.

Aber trotz alledem war der große Neger unglaublich mäßig, wenn nicht gar bescheiden. Es schien beinahe unmöglich, daß man bei so wenig Essen einen so breiten, herrenhaften und prächtigen Menschen am Leben erhalten könnte. Aber ohne Zweifel sog der edle Wilde die Luft in großen starken Zügen ein. Durch seine weiten Nasenlöcher schlürfte er das herrliche Leben dieser Welt in vollem Maße. Mit Fleisch oder Brot kann man keine Riesen schaffen oder ernähren.

Queequeg schmatzte beim Essen auf barbarische Weise mit den Lippen – es hörte sich schrecklich an –, so daß der ängstliche Schiffsjunge hinsah, ob auch nicht ein Abdruck von seinen Zähnen in seinen mageren Armen zu sehen wäre. Und wenn er hörte, wie Tashtego nach ihm langte, um seine Kunststücke zu zeigen, so hätte der einfältige Steward beinahe das Geschirr in seiner Speisekammer zerschlagen bei einem plötzlich auftretenden Ohnmachtsanfall. Die Harpuniere hatten für ihre Lanzen und sonstige Waffen Schleifsteine in den Taschen. Wenn es ihnen einfiel, bei Tisch in besonders auffälliger Weise die Messer zu schleifen, so war der knirschende Laut nicht dazu angetan, dem armen Küchenjungen Vertrauen einzuflößen. Wie konnte auch Queequeg vergessen, daß er früher, als er noch auf der Insel war, von dem Messer auf ganz besondere Weise Gebrauch gemacht hatte! Ja, armer Küchenjunge, man hat es als weißer Kellner schwer, wenn man Menschenfresser bedienen soll! Er hätte nicht eine Serviette auf dem Arm haben sollen, sondern einen Schild!

Sechzehntes Kapitel

Während des angenehmeren Wetters kam ich mit den anderen Matrosen in entsprechender Ablösung mit meiner ersten Mastwache an die Reihe.

Wenn das Schiff den Hafen verläßt, ist es bei den meisten amerikanischen Walschiffen üblich, zugleich die Mastspitzen mit einer Wache zu besetzen. Wenn das Schiff auch fünfzehntausend Seemeilen vor sich hat, bis es an sein Ziel kommt, und es nach einer Fahrt von drei, vier oder fünf Jahren leer heimwärts fährt, so läßt man die Wache auf dem Mast doch bis zuletzt. Bevor nicht die Skisegel unter den Kirchtürmen des

Hafens auftauchen, gibt das Schiff die Hoffnung nicht auf, noch einen Walfisch zu fangen.

Die drei Mastspitzen werden von Sonnenaufgang bis zum Sonnenuntergang besetzt gehalten. Die Matrosen lösen sich gegenseitig ab, und zwar alle zwei Stunden. Bei dem herrlichen Wetter in den Tropen ist der Aufenthalt dort oben ein Vergnügen. Für einen nachdenklichen und für schöne Träume empfänglichen Menschen ist es sogar ein Entzücken. Hundert Fuß über dem stillen Deck stehst du da und schreitest durch die Tiefe, als ob die Masten riesenhafte Stelzen wären. Unter dir und zwischen deinen Beinen schwimmen die größten Ungeheuer des Meeres, wie die Schiffe einstmals zwischen den Beinen der berühmten Kolossalfigur auf Rhodos hindurchgesegelten. Da stehst du da und hast den Blick in das unendliche Meer verloren. Das träumerische Schiff rollt lässig durch die Wogen, und die schläfrigen Handelswinde wehen. Alles ist dazu angetan, dich in den Zustand der Faulheit zu versetzen. Bei dem Walfischleben in der tropischen Welt erlebst du meistens eine herrliche Ereignislosigkeit. Du hörst keine Nachrichten, du liest keine Zeitungen, und du brauchst dich nicht durch die abgeschmacktesten Gemeinplätze unnötig aufregen zu lassen. Dich quälen keine in Bankerott geratenen Staatspapiere und keine gefallenen Aktien. Du brauchst dir keine Gedanken darüber zu machen, was du zu Mittag kochen sollst; denn was du für drei Jahre und darüber brauchst, ist aufs angenehmste in Fässern verwahrt, und dein Fahrgeld ist keinen Schwankungen unterworfen.

Wenn man drei oder vier Jahre auf einem Walschiff in der Südsee gefahren ist, so hat man insgesamt wohl mehrere Monate oben am Mast zugebracht. Es ist ja jammerschade, daß man den Ort, an dem man einen guten Teil seines mit der Natur so eng verbundenen Lebens verbringt, so unbehaglich und unwohnlich eingerichtet hat. Es kommt kein gemütliches Gefühl auf, wie es ein Bett, eine Hängematte, eine Sänfte, ein Schilderhaus, ein Pult, eine Kutsche oder wie es so viele kleine und niedliche Vorrichtungen verleihen, in die sich die Menschen zeitweilig vor der Welt zurückziehen. Der gewöhnliche Standort ist die Mastspitze, wo man auf zwei parallel gerichteten Stangen steht. Im Anfang hat man das Gefühl, als ob man auf spitzen Ochsenhörnern stände. Bei kaltem Wetter hat man ja ein Haus in Gestalt des Wachtmantels. Aber der dickste Wachtmantel bedeutet nicht mehr als ein unbekleideter Körper. Wie die Seele in das Gehäuse des Fleisches eingeschlossen ist und keine Bewegungsfreiheit hat, und wenn sie hinaus will, Gefahr läuft, zugrunde zu gehen, wie ein unerfahrener Bergsteiger in den schneebedeckten Alpen zur Winterszeit, so ist ein Wachtmantel nicht mehr als ein Umschlag oder ein Futteral, das einen einschließt.

Es ist sehr schade, daß es an den Mastspitzen eines Walschiffes der Südsee nicht die beneidenswerten kleinen Zelte gibt, die sogenannten Rabennester, in denen die Beobachter eines Grönlandfahrers gegen die Unbilden des kalten Wetters geschützt sind. Es gibt eine Erzählung von Kapitän Sleet mit dem Titel »Eine Fahrt durch die Eisberge zur Aufsuchung des Grönlandwales, mit der besonderen Absicht, die verlorenen Eiskolonien des alten Grönlands wieder zu entdecken.« In diesem prächtigen Buch haben alle Beobachter am Mast ihren Standpunkt in dem kürzlich erfundenen Rabennest des Glacier, wie das Schiff des Kapitäns Sleet hieß. Er nannte es sich selbst zu Ehren Sleets Rabennest.

Sleets Rabennest hat die Form eines großen Fasses. Nach oben hin ist es offen, wo ein beweglicher Seitenschirm angebracht ist, um sich den Kopf gegen den heftigen Sturm zu schützen. Es ist an der Spitze des Mastes, und man muß durch eine Falluke von unten hineinsteigen.

Wenn wir Südsee-Walfischfänger nicht so gemütlich eingerichtet sind wie der Kapitän Sleet und seine Grönlandfahrer, so wird dieser Nachteil durch die im großen Gegensatz dazu stehende Heiterkeit der verlockenden Meere aufgewogen. Wenn ich in völliger Muße die Takelage hinaufkletterte und mich oben einen Augenblick ausruhte, um mit Queequeg oder mit einem anderen, der gerade frei war, ein Gespräch zu führen, dann stieg ich etwas höher und schlug das eine Bein über die Spiere des Toppsegels, genoß die Aussicht über die grüne Meeresfläche und kletterte dann zu meinem höchsten Bestimmungsort hinauf.

Wenn ich mich frei aussprechen darf, so muß ich bekennen, daß ich ein kläglicher Wachtposten war. Wenn einer das Unendlichkeitsproblem wie ich in der Brust trägt, wie konnte ich da meinen Verpflichtungen nachkommen und den ständigen Befehl der Walschiffe ausführen. »Hab' das Wetter im Auge und mach' jederzeit Meldung!«

Laßt mich an dieser Stelle eine Mahnung an euch richten, ihr Schiffsbesitzer von Nantucket. Nehmt keinen jungen Mann mit dünnen Augenbrauen und hohlen Augen auf euren wachsamen Fischereien an! Er ist unfruchtbarem Nachdenken ausgeliefert, und wenn er sich anbietet, hat er den Phädon und nicht die Bugrinne im Kopf. Nehmt euch vor solch einem Kerl in acht. Man muß die Wale gesehen haben, bevor man sie tötet. Solch ein blickverlorener Jünger Platos fährt zehnmal um die Welt und macht euch nicht um eine Pinte Öl reicher. Diese Ermahnungen sind heute wohl angebracht. Die Walfischerei ist heute ein Asyl für viele romantisch veranlagte, melancholische und geistesabwesende junge Leute, die einen Abscheu vor der Last des bürgerlichen Berufes haben und bei Teer und Fischflosse Befriedigung suchen!

»Nun, du Affe,« sagt ein Harpunier zu einem von ihnen, »wir sind nun drei Jahre lang am Kreuzen und du hast noch keinen Wal gemeldet. Wale sind schwer zu finden, wie Stecknadelköpfe, wenn du auf Wache bist!« Vielleicht sind sie es auch; aber er ist in eine opiumähnliche Gleichgültigkeit und leere Träumerei versunken. Zugleich schläfern dem geistesabwesenden Jüngling die betörenden Wellen mit ihrem gleichen Rhythmus die Gedanken ein, so daß er schließlich seine Identität verliert. Er nimmt den geheimnisvollen Ozean zu seinen Füßen für das sichtbare Bild der tiefen blauen und unergründlichen Seele, die den Menschen und die Natur durchdringt. In diesem Zustand ebbt dein Geist dahin zurück, woher er kam und rinnt durch die Schranken von Zeit und Raum.

Siebzehntes Kapitel

Kurz nachdem die Sache mit der Pfeife passiert war, bald nach dem Frühstück, ging Ahab, wie es seine Gewohnheit war, über das Fallreep an Deck. Die meisten Kapitäne machen dann gewöhnlich ihren Spaziergang, wie die Landjunker in entsprechender Gewohnheit ein paarmal im Garten auf und abgehen.

Man hörte bald seinen lauten Gang mit dem künstlichen Bein. Er marschierte auf den Planken mit dem allen so vertrauten Tritt, daß die Bretter die merkwürdige Spur seines Weges wie ein geologisches Gestein aufzeichneten. Wer schon mal aufmerksam auf seine durchfurchte Stirn gesehen hatte, konnte auch merkwürdige Gangeindrücke darin feststellen. Die Eindrücke, die sein unruhiger, in fortwährender Bewegung befindlicher Geist darin abgezeichnet hatte.

»Haben Sie es bemerkt, Flask?« flüsterte Stubb. »Das Küken im Ei pickt schon an der Schale. Bald wird es auskommen!«

Die Stunden schleppten sich so dahin. Ahab schloß sich wieder in seine Kajüte ein, und als er dann von neuem auf Deck kam, hatte sein Blick dieselbe zweckbewußte Starrheit.

Bis zum Ende des Tages zog es sich hin. Plötzlich blieb er am Schiffsrumpf stehen und steckte sein künstliches Bein in das eingebohrte Loch in der Schiffsplanke. Faßte mit einer Hand ein Stück Segel und befahl Starbuck, alles auf das Achterdeck zu schicken.

»Kapitän!« sagte der Maat. Er war über einen Befehl erstaunt, der selten oder nie, höchstens in einem außergewöhnlichen Falle an Bord eines Schiffes gegeben wurde.

»Jedermann soll an Achterdeck!« wiederholte Ahab. »Von den Masten soll alles 'runterkommen!«

Als die ganze Gesellschaft vom Schiff versammelt war, sahen ihn neugierige und verständnislose Gesichter an. Ahab sah aus wie der Horizont, wenn ein Sturmwetter heraufzieht. Nachdem er schnell einen Blick über das Schiffsgerüst geworfen und die Augen auf die Mannschaft gerichtet hatte, verließ er seinen gewöhnlichen Standort. Als ob kein Mensch bei ihm wäre, nahm er seinen schweren Rundgang auf Deck wieder auf. Mit gebeugtem Kopf und in den Nacken gezogenem Hut ging er weiter und achtete nicht auf das erstaunte Geflüster der Leute. Da flüsterte Stubb Flask heimlich zu, daß Ahab sie nur herbeibefohlen hätte, um ihnen das Schauspiel eines Fußmarsches zu geben. Aber es dauerte nicht lange, da blieb er stehen und schrie mit lauter Stimme: »Was tut ihr, wenn ihr einen Wal seht, Leute?«

»Wir melden ihn an«, war die unmittelbare Antwort von einem Haufen massiger Stimmen.

»Gut!« rief Ahab und gab durch den Ton seine Zufriedenheit zu erkennen. Er hatte die freudige Lebhaftigkeit bemerkt, in die die unerwartete Frage sie so magnetisch versetzt hatte.

»Und was tut ihr dann?«

»Wir lassen die Boote 'runter, und dann geht's an ihn!«

»Und in welchem Takt rudert ihr dann, Leute?«

»Ein toter Wal oder ein zerschelltes Boot!«

Bei jedem Zuruf nahm die Miene des Alten immer mehr einen seltsamen und ungewöhnlich erfreuten Ausdruck als Zeichen der Zustimmung an. Indes sahen sich die Matrosen neugierig an, als ob sie sich darüber wunderten, daß sie über so selbstverständliche Fragen in Erregung gerieten.

Aber die Erregung wuchs, als Ahab sich wieder mit seinem künstlichen Bein in das Loch in der Schiffsplanke zurückzog, sich mit der einen Hand am Segel gerade aufrichtete und sich folgendermaßen an sie wandte:

»Ihr Leute vom Mast habt früher schon gehört, daß ich Befehle wegen eines weißen Wals gegeben habe. Aufgepaßt! Seht ihr diese spanische Goldunze?« – und damit hielt er eine große glänzende Münze in die Sonne – »es ist ein Sechzehndollarstück, Leute. Seht ihr sie? Starbuck, reichen Sie mir mal den Topphammer!«

Als der Maat den Hammer holte, rieb Ahab, ohne ein Wort zu sprechen, das Goldstück an seinen Rockschößen, als ob er den Glanz verstärken wollte. Ohne ein Wort zu sagen, brummte er etwas vor sich hin und brachte einen unartikulierten Ton hervor, der das mechanische Geräusch der Räder seiner Lebenskraft zu sein schien.

Dann ging er mit dem von Starbuck gereichten Hammer auf den Hauptmast zu, hielt das Goldstück mit der anderen Hand und rief mit erhobener Stimme: »Wer mir einen Wal mit einem weißen Kopf meldet, der eine gerunzelte Stirn und einen eingedrückten Unterkiefer hat, wer mir den Wal mit dem weißen Kopf meldet, dem an der Steuerbordflosse drei Löcher eingebohrt sind – hersehen! Wer von euch mir diesen weißen Wal meldet, soll dieses Goldstück haben, Jungens!«

»Hurra!« riefen die Matrosen und bejubelten den Vorgang, wie das Goldstück an den Mast genagelt wurde.

»Es ist ein weißer Wal, hört ihr!« schloß Ahab, als er den Hammer herunternahm. »Ein weißer Wal. Habt ihn wohl im Auge! Wenn ihr etwas Weißes im Wasser seht, paßt besonders auf! Wenn ihr nur eine Schwanzflosse seht, so meldet es.«

Tashtego, Daggoo und Queequeg hatten mit größerem Interesse und Staunen zugesehen als die übrigen. Als von der gerunzelten Stirn und dem eingedrückten Unterkiefer die Rede war, waren sie vor Schrecken aufgefahren, als ob jeder durch eine besondere Erinnerung in Aufregung versetzt worden wäre.

»Kapitän Ahab«, sagte Tashtego. »Der weiße Wal muß derselbe sein, den einige Moby-Dick nennen.«

»Moby-Dick?« rief Ahab. »Kennen Sie denn den Wal, Tash?«

»Fächelt er nicht so merkwürdig mit dem Schwanz, wenn er untertaucht?« sagte der Mann von Gay Head bedächtig.

»Und hat er nicht auch eine merkwürdige Fontäne?« sagte Daggoo, »eine so buschige, und ist er nicht für einen Spermwal unglaublich schnell, Kapitän?«

»Und er haben eins, zwei, drei, sehr viele Eisen in seinem Fell, Kapitän!« rief Queequeg abgerissen aus, »und wie –« er suchte nach einem Wort und machte mit der Hand eine Bewegung, als ob er eine Flasche aufziehen wollte. »Geradeso!«

»Wie ein Korkzieher!« rief Ahab. »Ja, Queequeg. Die zerbrochenen Harpunen stecken in seinem Leibe. Ja, Daggoo, seine Fontäne ist sehr groß, und hat ein Büschel, das wie eine Garbe Weizen aussieht, und ist weiß wie ein Haufen Schafwolle in Nantucket nach der Schafschur im Herbst. Ja, Tashtego, er fächelt mit dem Schwanz wie ein zerrissenes Klüversegel im Sturm. Tod und Teufel, Leute! Es ist Moby-Dick, den ihr gesehen habt! Moby-Dick! Wirklich Moby-Dick!«

»Kapitän Ahab«, sagte Starbuck, der mit Stubb und Flask seinen Herrn mit wachsendem Erstaunen angesehen hatte. Es kam ihm plötzlich ein Gedanke, der das ganze Wunder zu erklären schien.

»Kapitän Ahab, ich habe von Moby-Dick gehört. Aber es war nicht Moby-Dick, der dir das Bein abgerissen hat.«

»Woher weißt du das?« rief Ahab. Und nach einer Pause: »Ja, Starbuck, ja, kommt alle um mich herum, Jungens. Moby-Dick war es, der mir den einen Mast abgerissen hat. Moby-Dick hat mir zu dem schrecklichen Stumpf verholfen, auf dem ich jetzt dastehe. Ja!« rief er mit furchtbarem lauten tierischen Schluchzen, das dem Laute eines todwunden Elches glich. »Ja, ja! Es war der verfluchte weiße Wal, der mir das Bein abrasiert und für immer einen armen Krüppel aus mir gemacht hat.« Dann hob er beide Arme und rief in seiner Erregung die maßlose Verwünschung aus: »Ja, ja. ich will ihn lieber um das Kap der guten Hoffnung herumjagen, um das Kap Horn und um den norwegischen Maelstrom und durch die Flammen der Hölle, als daß ich ihn aufgebe!! Und aus diesem Grunde seid ihr eingeschifft worden, Leute! Und ihr sollt den weißen Wal zu beiden Seiten des Landes und auf der ganzen Erde jagen, bis er schwarzes Blut spuckt und nicht mehr weiter kann! Wollt ihr nun eure Hände an dieses Werk legen? Ihr seht mir tapfer aus!«

»Ja! Ja!« riefen die Harpuniere und Matrosen und liefen dicht an den Kapitän heran, der in Ekstase redete. »Den weißen Wal scharf im Auge behalten! Eine scharfe Lanze für Moby-Dick!«

»Gott segne euch«, sagte er halb unter Schluchzen und halb als ermunternden Zuruf. »Gott segne euch, Leute. Steward, geh und besorge mir ein großes Maß Grog! Was machst du denn für ein langes Gesicht, Starbuck? Willst du den weißen Wal nicht jagen? Ist Moby-Dick nichts für dich?«

»Wenn es sich um seinen eingedrückten Unterkiefer und alle anderen Kiefer des Todes handelt, soweit unser Geschäft damit etwas zu tun hat, mach' ich mit. Ich bin hier, um Walfische zu jagen, aber nicht, um die Rache meines Herrn zu befriedigen! Wieviele Fässer wird dir die Rache einbringen, wenn du ihn kriegst? Auf dem Markt in Nantucket wirst du nicht zuviel dabei herausholen!«

»Auf dem Markt in Nantucket? Pah! Aber komm näher, Starbuck, du verlangst einen weit niedrigeren Anteil. Wenn nach Geld gemessen werden soll und die ganze Welt mit Guineenstücken gespickt ist, dann laß dir gesagt sein, daß meine Rache eine große Prämie herausholen wird!«

»Er wirft sich in die Brust,« flüsterte Stubb, »was soll das heißen? Es klingt wohl sehr laut, aber hohl.«

»Sich an einem stumpfen Tier zu rächen,« rief Starbuck, »das dich in seinem blinden Instinkt niedergeworfen hat, ist Irrsinn! Daß man eines stumpfen Dinges wegen toll wird, kommt einem wie Gotteslästerung vor.«

»Pass' wohl auf, du mit deinem weit niedrigeren Anteil! Alle Dinge, die wir sehen, sind Masken aus Pappe. Bei jedem Ereignis, bei jeder Handlung kommt etwas zum Ausdruck, zu dem die Außenseite nur die Maske bildet. Wenn ein Mann einen Schlag ausführt, so muß er die Maske durchschlagen. Wie kann ein Gefangener entkommen, wenn er nicht durch die Mauer hindurchstößt? Diese Mauer ist für mich der Wal, der mir die Freiheit versperrt. Ich sehe ihn in seiner Stärke und Gefahr. Mit aller Bosheit, die ihm eigen ist. Sprich mir nicht von Gotteslästerung, Mann!! Ich würde nach der Sonne schlagen, wenn sie mir etwas getan hätte. Könnte das die Sonne tun, so stände mir das andere zu.

Wer will mir das verwehren, Mann? Die Wahrheit kennt keine Schranken. Was siehst du mich an? Der Blick eines Tölpels ist unerträglicher als der des Teufels! Du wirst rot und wieder bleich, du scheinst vor meiner Hitze in Zorn geraten zu sein. Aber sieh her, Starbuck! Ich habe dich nicht erzürnen wollen. Was man im Zorn sagt, hebt sich von selbst auf. Die wilden Leoparden, die an nichts denken und vor nichts Respekt haben, sind auch da. Und sie könnten dir keine Gründe angeben, warum sie so heißblütig und wild sind. Denk' an die Mannschaft, Mann! Sind sie nicht mit Ahab wegen des Walfisches verbunden? Sieh dir Stubb an, wie er lacht! Sieh dir den Mann von Chile drüben an, er grinst, wenn er nur daran denkt. Und wenn du bei der allgemeinen Begeisterung gegen mich ankämpfst, Starbuck, was soll denn das heißen? Wenn auf dieser armseligen Fahrt die beste Lanze von ganz Nantucket geworfen werden muß, so wird doch Starbuck nicht zurückstehen, wo jeder am Vordermast seinen Wetzstein gepackt hat?«

»Gott schütze mich und schütze uns alle«, sprach Starbuck langsam vor sich hin.

»Das Maß! Das Maß!« rief Ahab. Man reichte ihm den bis an den Rand gefüllten zinnernen Becher. Ahab wandte sich an die Harpuniere und befahl, die Waffen herzuholen. Er stellte sie bei der Ankerwinde vor sich auf; sie hatten die Harpunen in der Hand, und die drei Maate standen mit ihren Lanzen neben ihm, und die übrige Mannschaft bildete um sie herum einen Kreis. Einen Augenblick stand er da und sah jedem einzelnen scharf ins Auge. Die wilden Augen sahen ihn an, wie die blutunterlaufenen Augen der Präriewölfe ihren Führer ansehen, bevor er mit ihnen auf den Bison losstürmt, um nur zu bald in die verborgene Schlinge des Indianers zu fallen.

»Trinkt und laßt herumgehen!« rief er und reichte das bis an den Rand gefüllte Maß dem nächsten Matrosen. »Die Mannschaft soll allein trinken! Laßt ihn weitergehen! Kurz angesetzt und große Schlucks, Leute! Es geht ja prächtig weiter! Gut gemacht; fast leer! So kam es her und so geht es weiter! Her damit! Nun ist er leer. Ihr kommt mir wie die Jahre vor, Leute! Erst schäumt es so von Leben, und dann ist es auf einmal vorbei. Steward, nochmal füllen!

Kommt nun her, ihr Braven! Ich habe euch alle hierherkommen lassen. Ihr Maate stellt euch mit euren Lanzen um mich herum, und ihr Harpuniere kommt mit euren Eisen, und ihr, wackere Seeleute, bildet einen Ring um mich, daß ich einem alten

Seemannsbrauch meiner Väter aufs neue zum Leben verhelfe. Ihr werdet sehen – her mit dem Becher! Kommt her, Maate! Haltet eure Lanzen übereinander! Gut so. Laßt mich die scharfe Schneide berühren!«

Damit faßte er die drei Lanzen an ihren scharfen Spitzen. Zu gleicher Zeit wanderte sein Blick von Starbuck zu Stubb und von Stubb zu Flask. Es schien, als ob er durch eine unbekannte innere Kraft sie in dieselbe Erregung versetzen wollte, wie es durch die Energie einer Leydener Flasche geschieht. Die drei Maate wichen vor seinem starken und mystischen Blick einen Schritt zurück. Stubb und Flask sahen seitwärts, und das ehrliche Auge von Starbuck blickte auf den Boden.

»Vergeblich!« rief Ahab. »Aber vielleicht ist es gut so. Hättet ihr drei den vollen Schlag mitgekriegt, so hätte mein Magnetismus euch vielleicht erschlagen. Vielleicht ist es nicht mal nötig gewesen. Die Lanzen herunter! Und nun, ihr Maate, ich ernenne euch zu den drei Mundschenken der drei heidnischen Herren, meiner tapferen Harpuniere. Weshalb sollte ich den Versuch nicht machen? Hat doch der große Papst die Füße von Bettlern gewaschen und seine Tiara als Wasserkanne benutzt. Schneidet die Riemen ab und streckt die Harpunen vor, ihr Harpuniere!«

Die drei Harpuniere gehorchten stumm seinem Befehl und standen mit freigemachten Schneiden, die ungefähr drei Fuß lang waren, vor ihm.

»Stecht mich nicht mit der scharfen Spitze! Kantet sie! Kennt ihr nicht den Schluß der Zeremonie? Gebt den Becher her! Nun, ihr Mundschenke, vorwärts! Haltet das Eisen her, während ich nachfülle!«

Damit ging er langsam von einem Offizier zum anderen und schüttete das heiße Wasser aus dem Becher über die hohlen Harpunenrücken.

»Da steht ihr nun zu dreien da und laßt euch die mörderischen Kelche gefallen! Der Bund ist nun geschlossen, der unlösbare Bund! Ja, Starbuck, jetzt ist die Handlung vorbei. Trinkt, Harpuniere, trinkt und schwört: ›Tod dem Moby-Dick! Gott soll uns jagen, wenn wir nicht Moby-Dick bis zu seinem Tode jagen!‹«

Man hob die langen ehernen Becher mit der Eisenspitze in die Höhe, und Rufe und Verwünschungen gegen den weißen Wal wurden laut. Unter einem Zischen stürzte man zu gleicher Zeit das heiße Getränk herunter. Starbuck wurde bleich, wandte sich um, und ein Schauder ergriff ihn. Der neugefüllte Becher wurde noch einmal herumgereicht unter der in Ekstase geratenen Mannschaft.

Da erhob Ahab die eine Hand, die er noch frei hatte, worauf sich alle zerstreuten, und er selbst sich in seine Kabine zurückzog.

Achtzehntes Kapitel

Dämmerung. Am Hauptmast; Starbuck steht daran angelehnt:
»Meine Seele ist nicht besiegt; sie ist viel mehr als das; sie ist zu Boden gedrückt, und noch dazu von einem Wahnsinnigen! Es ist nicht zu ertragen, daß gesunde Vernunft in solchem Fall die Waffen streckt. Aber er hat es mir gründlich gegeben und alle Vernunft aus mir weggeblasen! Ich habe sein schändliches Ende wohl vor Augen, und fühle, daß ich ihm dabei noch behilflich sein muß. Ob ich nun will oder nicht will: das Unaussprechliche hat mich mit ihm verbunden, und ich hänge wie an einem Kabel, von dem ich mich nicht losschneiden kann.

Ich habe mein erbärmliches Amt vor Augen. Gehorchen und Rebellieren! Und noch übler ist es, wenn der Haß an Mitleid grenzt. In seinen Augen las ich ein düsteres Leid, das mich verzehren würde, wenn ich es hätte. Und doch ist Hoffnung vorhanden. Die Zeit nimmt wie die Flut einen langen Weg. Der verhaßte Wal muß in der runden Wasserwelt herumschwimmen, wie der kleine Goldfisch in der Glaskugel.

Gott kann ihn von seinem Ziel, das eine Beleidigung des Himmels ist, abbringen. Ich wollte, daß mir das Herz leichter würde, aber es ist schwer wie Blei. Das ganze Uhrwerk meines Innern zieht nach unten. Das Herz ist das Kontrollgewicht. Mir fehlt der Schlüssel, um es wieder aufzuziehen.

(Man hört von der Vorderkajüte festliches Gelage.)

Ach Gott, daß man mit solcher Mannschaft von Heiden, die kaum mit einer Menschenmutter in Berührung gekommen sind, fahren muß! Mit solchen, die von der Haiennatur des Meeres geboren sind! Der weiße Wal ist ihr Stammvater! Sieh da, das Höllengelage! Es ist vorn, und am Achterdeck ist unablässige Stille! Genau so scheint mir das Leben zu sein. Am vordersten Ende schießt der lustige Bug mit kecken Sprüngen durch das schäumende Meer und zieht den finsteren Ahab hinter sich her; in der Kajüte am Heck über dem toten Kielwasser und darüber brütet er vor sich hin und wird von den Wolfslauten des gurgelnden Wassers gejagt!

Das ewige Geheul ist entsetzlich! Ruhe, Ruhe, ihr da vom Festgelage! Und Wachen aufgestellt! Eine Stunde wie diese ist das Leben selbst, wo die Seele zu Boden geschlagen ist und Weisheit sammelt, so, wie wilde Dinge ohne Halt dazu gezwungen werden, als Nahrungsstoff zu dienen. Nun spüre ich den geheimen Schrecken, der in dir ist, Leben! Aber der Schrecken ist außer mir. Und mit dem Gefühl der Menschlichkeit will ich es versuchen und gegen die entsetzlichen Phantome der Zukunft ankämpfen! Ihr heiligen Mächte steht mir bei, haltet mich und gebt mir Kraft dazu!«

Neunzehntes Kapitel

Die erste Nachtwache. Oben am Vordermast.
(Stubb ist allein und bessert eine Brasse aus.)
»Ha, ha, ha, hem! So ist wenigstens meine Kehle rein. Darüber habe ich schon immer nachgegrübelt, und zu allerletzt komme ich nur zu einem Ha, Ha! Wie kommt das? Weil das Lachen die klügste und einfachste Antwort auf alles ist, was verdreht ist. Und komme, was will, ein Trost bleibt mir immer noch, der nie versagt: daß alles Bestimmung ist! Ich habe nicht das ganze Gespräch mit Starbuck angehört. Aber mir kam es so vor, als ob Starbuck ungefähr so aussah, wie neulich an einem Abend. Bestimmt hat der alte Mogul ihn auch behext. Ich habe es bemerkt und wußte das. Wenn ich die Gabe dazu gehabt hätte, so hätte ich das vorhersagen können, als ich nämlich seinen Schädel ansah, da bemerkte ich es. Nun, Stubb, kluger Stubb – das ist mein Beiname – nun, Stubb, was ist nun los? Er ist ein Leichnam! Ich kann nicht wissen, was kommen kann. Mag es nun sein, was es will, ich werde dazu lachen. Ein Schalk ist in allen entsetzlichen Dingen verborgen! Ich komme mir sehr ulkig vor! Fa, la, lirra, skirra! Was mein saftiger kleiner Birnbaum nun wohl zu Hause anfängt? Ob ihm wohl traurig zumute ist? Wahrscheinlich macht er den gerade angekommenen Harpunieren viel Spaß und weht lustig im Winde wie ein Fregattenwimpel, und so will ich auch sein! Fa, la, lirra, skirra!

> Heute nacht wollen wir lustig sein
> Und saufen und viel schwatzen,
> Wie Perlen im Becher mit schäumendem Wein
> Am Lippenrand zerplatzen!

Ist das nicht eine famose Strophe? Wer ruft da? Mister Starbuck?
Ja, ja! (Zur Seite) Er ist mein Vorgesetzter, und er hat auch einen Vorgesetzten, wenn ich mich nicht irre. (Laut) Ja, ja! Bin gerade fertig, ich komme!«

Zwanzigstes Kapitel

Ich gehörte auch zu der Mannschaft, die so laut gerufen hatte. Mein Eid war mit den Eiden der anderen zusammengeschweißt worden. Ich hatte besonders laut gerufen und meinen Eid besonders stark bekräftigt, weil ich in meinem tiefsten Innern Angst hatte. Ich hatte ein wildes, mystisches, mit Ahab sympathisierendes Gefühl. Ahabs unlöschbarer Kampfeszorn war auch der meinige. Mit gierigen Ohren vernahm ich die Geschichte von dem schrecklichen Ungeheuer, an dem uns zu rächen wir alle durch unsere furchtbaren Eide gelobt hatten. Eine Zeitlang vorher hatte der weiße Wal, der nie in Gesellschaft von anderen war, die ungastlichen Meere heimgesucht, die meist von den Pottwalfischern aufgesucht werden.

Aber nicht alle wußten, daß er existierte. Nur wenige hatten ihn aus eigener Erfahrung kennengelernt. Und die Zahl derjenigen, die sich mit ihm wirklich herumgeschlagen hatten, war nur klein.

Im Anfang hatten sie ebenso kühn und unerschrocken, wie bei anderen Gelegenheiten, die Boote heruntergelassen, als ob es sich um einen gewöhnlichen Wal handelte. Aber dann waren schließlich immer mehr Unglücksfälle vorgekommen; man hatte von gebrochenen Gliedern, zerschlagenen Booten und abgerissenen Körperteilen, höchst bedenklichen Vorfällen gehört. Als so etwas wiederholt vorkam, hatte man hinter allen Schrecken Moby-Dick vermutet und sie auf sein Konto gesetzt. Es war so weit gekommen, daß viele tapfere Jäger es mit der Angst bekamen.

Der Pottwal zeichnet sich von allen anderen Walen auf schreckliche Weise aus. So hört man es schon in den ältesten Geschichten. Bis auf den heutigen Tag gibt es Leute, die sich bei einem Kampf mit einem Grönlandwal geschickt und klug benehmen. Sie würden aber vielleicht, weil es ihnen an Erfahrung fehlt, oder weil sie es sich nicht zutrauen, einen Kampf mit einem Pottwal ablehnen.

Und schon in legendarischen Zeiten hat er seinen Schatten vorausgeworfen. Bei Olassen und Povelson finden wir die Auffassung, daß er nicht nur den Schrecken jedes Lebewesens in der See bilde, sondern daß er unglaublich wild sei und fortwährend Durst auf Menschenblut habe. Noch bis auf Cuviers Zeiten herrscht diese Auffassung. In seiner Naturgeschichte erzählt der Baron, »daß alle Fische, auch die Haie, beim Anblick des Pottwales von dem allergrößten Schrecken ergriffen werden und oft in der Hast ihrer Flucht mit solcher Heftigkeit gegen die Felsen sausen, daß der Tod die unmittelbare Folge ist.« Die allgemeinen Erfahrungen mögen solche Berichte wohl etwas mildern. Aber die Schrecklichkeit des Untiers, die bis zum Blutdurst geht, wenn es auch ein Aberglaube ist, lebt im Gemüt der Walfischjäger fort.

Wer zu Aberglauben und zu wilden Mutmaßungen neigte, hatte die irreale Vorstellung, daß Moby-Dick an mehreren Orten zugleich wäre. Man glaubte, daß er in ganz verschiedenen Längen zu ein und derselben Zeit gesichtet worden wäre.

Solch eine irrige Ansicht hat nicht den geringsten Grad von Wahrscheinlichkeit. Die Meeresströmungen sind trotz der gelehrtesten Forschungen immer noch ein Geheimnis. Und so konnten sich die Verfolger die verborgenen Wege des Pottwales, wenn er sich unter der Meeresoberfläche befindet, nicht erklären. Es gingen daher die merkwürdigsten Ansichten herum, die sich widersprachen. Es war ein Geheimnis, wie er mit einer solch großen Geschwindigkeit, nachdem er getaucht war, bis zu den entferntest gelegenen Punkten gekommen war.

Amerikanische und englische Walschiffe wissen recht wohl, und durch Scoresby wird es bestätigt, daß einige Wale, die im nördlichen Stillen Ozean gefangen wurden, in ihren Körpern die Widerhaken von Harpunen hatten, die in den grönländischen Gewässern abgeschossen wurden. Man hat auch nicht bestritten, daß in einigen Fällen zwischen den beiden Angriffen nur ein Zeitraum von einigen Tagen lag. Einige Walfischfänger haben angenommen, daß die nordwestliche Durchfahrt, die den Menschen so lange ein Problem war, dem Walfisch nie ein Problem gewesen ist.

Wenn man Moby-Dick solche Wunder zutraute und er nach wiederholten tapferen Angriffen stets lebendig entkommen war, kann es nicht überraschen, daß einige Walfischjäger in ihrem Aberglauben noch weitergingen und sogar behaupteten, Moby-Dick wäre nicht nur an mehreren Stellen zugleich, sondern er wäre auch unsterblich. Unsterblichkeit ist ja nur Allgegenwärtigkeit in der Zeit. Wenn man auch Wälder von Speeren in seine Seiten geschossen hätte, so würde er doch unbehelligt davonschwimmen. Wenn auch dickes Blut aus seinen Seiten herausflösse, so wäre das nur eine geisterhafte Täuschung. Hunderte von Meilen entfernt, wäre dennoch seine unbesudelte Fontäne in Wellen zu sehen, die nicht vom Blut beschmutzt wären.

Wenn man auch von diesen übernatürlichen Mutmaßungen absah, so hatte das Ungeheuer doch unbestreitbar genügend Merkmale einer irdischen Gestalt, die der Phantasie einen starken Impuls geben mußten. Er unterschied sich durch seinen ungewöhnlichen Körper nicht so sehr von den anderen Pottwalen. Aber er hatte eine merkwürdige Stirn von schneeweißer Farbe mit vielen Falten und einen hohen, weißen Höcker in Form einer Pyramide.

Der ganze übrige Körper war gestreift und gefleckt und hatte überall dieselbe Farbe, so daß man ihn zur Unterscheidung den »weißen Wal« nannte. Dieser Name wurde durch den lebhaften Eindruck gerechtfertigt, wenn man ihn um Mitternacht durch die tiefblaue See gleiten sah. Da zeichnete er eine milchweiße Straße mit cremartigem Schaum, worin es goldig schimmerte.

Es war nicht die ungewöhnliche Größe, nicht die auffallende Farbe und nicht sein entstellter Unterkiefer, wodurch er solch großen Schrecken einflößte. Es war die durchtriebene Bosheit ohnegleichen, die er nach den einzelnen Berichten bei seinen Angriffen immer wieder an den Tag gelegt hatte. Vor allem jagten seine tückischen Rückzugsbewegungen einen furchtbaren Schrecken ein. Wenn er den in Wut geratenen Verfolgern unter allen Anzeichen von Beunruhigung davonschwamm, war er verschiedene Male plötzlich umgekehrt und auf sie zugestürmt. Entweder hatte er ihre Boote in Stücke geschlagen oder sie voller Verzweiflung in das Schiff zurückgetrieben.

Auf der Jagd nach ihm hatten sich sehr verschiedene Unglücksfälle ereignet. Nun waren ähnliche Vorfälle bei der Walfischjagd nicht ungewöhnlich, aber der weiße Wal schien mit einer vorsätzlichen teuflischen Wildheit vorgegangen zu sein.

Man kann sich vorstellen, in welche Wut seine immer mehr verzweifelten Jäger geraten mußten, wenn sie mit den Splittern ihrer Boote und den sinkenden Gliedern verstümmelter Kameraden aus dem weißen Wutschaum des Wals wieder in das heitere aufreizende Sonnenlicht schwammen, das wie bei einem glücklichen Vorfall weiterlächelte.

Als die drei Boote um ihn herum eingestoßen wurden und Ruder und Leute in dem Strudel herumwirbelten, hatte ein Kapitän in seinem zerschellten Schiffsbug nach dem Schiffsmesser gegriffen. Wie bei einem amerikanischen Duell war er auf den Wal losgegangen und hatte mit einer sechs Zoll langen Klinge versucht, das Leben des Wals, das einen Faden tief lag, zu erreichen. Dieser Kapitän war Ahab gewesen! Da war es geschehen, daß Moby-Dick mit seinem sichelförmigen Unterkiefer Ahabs Bein unter sich abgetrennt hatte, so, wie ein Mäher auf dem Felde einen Grashalm abmäht.

Einundzwanzigstes Kapitel

Kein turbanbedeckter Türke, kein angeworbener Venezianer oder Malaye hätte ihn mit größerer Bosheit treffen können! Es war leicht zu begreifen, daß Ahab seit diesem gefährlichen Treffen einen wilden Haß auf den Wal hatte, so daß er schließlich alle körperlichen Leiden und auch alle inneren und geistigen Verzweiflungszustände mit dem Wal identifizierte.

Seitdem schwamm der weiße Wal vor ihm her und war die Verkörperung aller bösen Triebkräfte, die an dem Innern von tief veranlagten Menschen oft zehren, so daß sie schließlich nur noch mit einer halben Lunge und mit halbem Herzen weiterleben. Diese unfaßbare Bosheit, die von Anfang an dagewesen und der nach Ansicht der modernen Christen die eine Hälfte der Welt ausgeliefert ist, und die die alten Ophiten des Ostens in einer Teufelsfigur verehrt haben. Aber Ahab fiel nicht davor nieder und betete sie an! Er übertrug seine fixe Idee wie ein Deliriumskranker auf den scheußlichen weißen Wal. Er häufte alle Wut und allen Haß, der seit Adams Zeiten erlebt worden ist, auf den Rücken des weißen Wals.

Es ist nicht anzunehmen, daß die Monomanie schon zur Zeit seiner Verstümmelung hervortrat. Als er mit dem Messer in der Hand auf das Ungeheuer losging, hatte er nur einer plötzlichen, leidenschaftlichen Feindschaft des Körpers Raum gegeben. Als er den gefährlichen Streich erhielt, fühlte er den Schmerz des verstümmelten Beines, aber weiter nichts. Doch, als er nach Hause mußte und monatelang in der Hängematte lag, und mitten im Winter um das düstere und stürmische Kap Horn segelte, da war es geschehen, daß sein wunder Körper und seine todkranke Seele zusammenflossen und durch ihre Vereinigung einen Verrückten aus ihm machten. Als er dann nach Hause fuhr, packte ihn die Monomanie vollständig. Es erhellt dies daraus, daß er während der Fahrt zeitweilig wie ein Tobsüchtiger wütete. Trotz des einen Beins zeigte sich in seiner starken Brust eine solche Lebenskraft, daß die Matrosen ihn bei einem Deliriumsanfall binden mußten. In der Zwangsjacke sauste er bei den tollen Stößen des Sturmes hin und her.

Als er dann in erträglichere Breiten kam, glitt das Schiff durch das ruhige tropische Gewässer, und die Tobsuchtsanfälle schienen nachzulassen. Da kam er aus seiner dunklen Höhle in das heilige Licht und die wohltuende Luft. Seine Stirn hatte einen sicheren Ausdruck, wenn sie auch etwas bleich war. Er gab wieder seine Befehle in aller Ruhe, und die Maate dankten Gott, daß die entsetzliche Tollheit vorüber war. Aber in seinem verborgenen Ich tobte es weiter.

Der Wahnsinn ist manchmal etwas Durchtriebenes und ganz Gemeines. Wenn man annimmt, er ist nicht mehr da, dann hat er sich nur in eine andere und elegantere Form verwandelt. Bei Ahab legte sich der Wahnsinn nicht, sondern zog sich nur zusammen und ging tiefer, so wie der unbändige Hudson in ein engeres Flußbett kommt, wenn er durch die Schlucht des Hochgebirges fließt, aber auch dann nicht bis auf den Grund gemessen werden kann. In der engen Form hatte seine Monomanie nichts von seiner früheren Kraft eingebüßt. Was früher nur ein Begleitumstand gewesen war, war jetzt das wirkliche Element. Sein spezifischer Wahnsinn kämpfte nun gegen seinen gesunden Körper und ging mit allen Geschützen darauf los. Mithin verfügte Ahab, der nicht im entferntesten an Kraft verloren hatte, über hundertmal mehr Energie, als er früher in gesundem Zustande für einen geeigneten Gegenstand aufgebracht hatte.

Innerlich begriff Ahab etwas davon, daß all seine Mittel gesund, Motiv und Objekt jedoch wahnsinnig waren. Aber er verfügte nicht über die Macht, zu töten, und ebensowenig über die Macht, diese Tatsache zu ändern oder aus der Welt zu schaffen. Er wußte auch, daß er sich vor den Menschen verstellt hatte und es in gewisser Hinsicht immer noch tat.

Aber diese Art Heuchelei unterlag nur der Aufnahmefähigkeit und nicht dem festen Willen. Und doch hatte er solches Glück mit seiner Heuchelei, daß jeder Nantucketer, wenn Ahab mit seinem künstlichen Bein nach einer Fahrt an Land ging, auf den Gedanken kam, sein Schmerz hätte eine natürliche Ursache und um so mehr, als ein schrecklicher Zufall ihn überkommen hatte.

Und als man von seinem unleugbaren Delirium auf hoher See hörte, schrieb man das allgemein einer verwandten Ursache zu. Und ebenso allen gesteigerten Trübsinn, der vom Tage der Abfahrt des »Pequod« bis zur gegenwärtigen Fahrt ihm auf der Stirn geschrieben stand. Man war weit davon entfernt, ihn für eine weitere Walfischfahrt ungeeignet zu halten, vielleicht neigte das berechnende Volk der klugen Insel auf Grund solcher Symptome zu der Annahme, daß er erst recht dafür geeignet wäre, ein an Mut und Wildheit so reiches Amt, wie die blutige Walfischjagd, zu übernehmen.

Zweiundzwanzigstes Kapitel

»Hast du das gehört, Cabaco?« Es war auf der mittleren Wache. Wir hatten den schönsten Mondschein, und die Matrosen standen in einer langen Reihe, die sich von einer Wasserbutte in der Kühl bis zur Wassertonne auf dem Verdeck in der Nähe des Heckbords erstreckte. Sie reichten sich die Eimer, um die Wassertonne auf dem Verdeck zu füllen. Sie standen zum größten Teil auf dem geweihten Vorsprung des Achterdeckes und hüteten sich zu reden oder mit den Füßen ein Geräusch zu machen. Die Eimer gingen in der tiefsten Ruhe von Hand zu Hand, und nur zuweilen klatschte ein Segel, oder es klang dazu das ständige Gebrumm des unaufhörlich vorwärtsgehenden Kiels. Als alles so in tiefster Ruhe vor sich ging, flüsterte einer von den Leuten, ein gewisser Archy, der bei der hinteren Luke stand, seinem Nachbar folgende Worte zu: »Hast du das Geräusch gehört, Cabaco?«

»Nimm den Eimer, willst du, Archy? Was meinst du denn?«

»Da ist es wieder. Unter den Luken. Hörst du es nicht? Es ist gerade so, als ob einer hustet.«

»Mit deinem verdammten Husten! Gib deinen Eimer weiter!«

»Da ist es wieder. Es ist, als ob sich zwei oder drei im Schlaf umdrehten, sieh da!«

»Carramba! Halt endlich mal das Maul! Die drei eingeweichten Zwiebäcke vom Abendessen scheinen dir bös zugesetzt zu haben. Denk' an deinen Eimer!«

»Du kannst sagen, was du willst, Kamerad, ich habe scharfe Ohren.«

»Ach, du bist der Kerl, der die Stricknadeln der alten Quäkertante fünfzig Meilen vor Nantucket gehört hat. Du bist der Kerl.«

»Laß die dummen Scherze! Wir werden ja sehen, was kommen wird. Cabaco, weißt du, daß einer hinten im Kiel ist, den man noch nicht an Deck gesehen hat? Ich glaube, daß der Alte darüber Bescheid weiß. Ich habe gehört, wie Stubb zu Flask bei einer Morgenwache sagte, daß irgend so was in der Luft läge.« – »Ach Quatsch! Gib den Eimer her!«

Dreiundzwanzigstes Kapitel

Wäre man dem Kapitän Ahab unten in die Kabine gefolgt – es kam ein Sturm in der Nacht nach der schrecklichen Rechtfertigung seines Planes vor der Mannschaft –, so hätte man bemerken können, wie er sich an den Kasten am Heckbalken begab und eine große zerdrückte Rolle mit verschiedenen Seekarten zutage förderte und sie auf seinem niedergeschraubten Tisch ausbreitete. Als er dann Platz nahm, studierte er mit großer Sorgfalt die verschiedenen Linien und Schatten, die sich da seinen Augen darboten. Und mit langsamen und festen Strichen zog er Verbindungslinien, die vorher weiß gewesen waren. Von Zeit zu Zeit schlug er in alten Logbüchern nach, die auf einem Haufen vor ihm lagen und in denen die Zeiten und Stellen bezeichnet waren, wo bei den früheren Fahrten der verschiedenen Schiffe Pottwale gefangen oder gesichtet waren.

Die schwere Zinnlampe hing in Ketten über seinem Kopf und baumelte mit der Bewegung des Schiffes hin und her und warf fortwährend Licht und Schatten in feinen Linien über die gefurchte Stirn. Während er Linien und Kurse in die vergilbten Karten eintrug, schien es, als ob ein unsichtbarer Stift auch Linien und Kurse auf der tiefgefurchten Karte seiner Stirn einzeichnete.

Aber nicht nur in dieser Nacht allein saß Ahab in seiner einsamen Kabine über seinen Karten. Fast in jeder Nacht nahm er sie heraus, wischte er Bleistifteintragungen aus und setzte neue dafür an die Stelle. Mit den Karten von vier Ozeanen, die er vor sich ausgebreitet hielt, arbeitete er sich durch ein Labyrinth von Strömungen und Untiefen hindurch, nur, um in seiner Monomanie dem einen Gedanken nachgehen zu können.

Wer nicht mit den Wegen der großen Leviathane gut vertraut ist, dem könnte es als ein aussichtsloses Unternehmen erscheinen, wenn einer auf diese Weise ein einziges Geschöpf auf den unendlichen Ozeanen unseres Planeten aufstöbern will. Aber Ahab erschien das nicht als aussichtslos. Er kannte die Richtungen von allen Gezeiten und Strömungen, die ihm einen Anhaltspunkt dafür gaben, die Treibrichtung der Nahrung für den Pottwal zu berechnen. Er dachte an die regelmäßigen, festliegenden Zeiten, wo man ihn in besonderen Breiten jagen konnte. Er gelangte dadurch zu beachtenswerten Mutmaßungen, die der sicheren Wahrscheinlichkeit nahe kamen, an welchem Tage man wohl aus dem einen oder anderen Grunde der Beute gewiß sein konnte.

Die Tatsache, daß der Pottwal in regelmäßiger Wiederkehr sich bestimmten Gewässern zuwendet, ist so verbürgt, daß viele Walfischjäger der Meinung sind: würde er auf der ganzen Welt genau beobachtet und würden die Logbücher einer Reise von der ganzen Walfischflotte genau geführt, so würde man feststellen, daß die Wanderungen des Pottwals mit ihrer Regelmäßigkeit den Heringszügen oder den Schwalbenflügen entsprechen. Auf dieser Grundlage sind Versuche gemacht worden, um sorgfältige Wanderkarten des Pottwals herzustellen. Seitdem das oben Angeführte niedergeschrieben wurde, ist diese Idee mit glücklichem Erfolg in einem amtlichen Zirkular, das vom Leutnant Maury vom National Observatory, Washington, vom 16. April 1851 herausgegeben ist, ausgeführt worden. Nach diesem Zirkular scheint es, als ob eine solche Karte beinahe fertiggestellt ist. Ansätze dazu werden in dem Zirkular übermittelt. Diese Karte teilt den Ozean in Bezirke von je fünf Grade geographischer Breite und je fünf Grade geographischer Länge ein. In senkrechter Richtung laufen durch jeden Bezirk zwölf Räume für die zwölf Monate und in horizontaler Richtung drei Räume, wovon die eine die Zahl der Tage angibt, die in jedem Monat in jedem Bezirk vergangen sind und die beiden andern die Zahl der Tage bezeichnen, wo Wale gesichtet worden sind.

Wenn die Wale von einem Weideplatz zum andern schwimmen, bewegen sie sich, von einem unfehlbaren Instinkt geleitet, – sagen wir lieber, mit der von der Gottheit verliehenen Einsicht –, meist in sogenannten »Adern« und setzen ihren Weg auf einer bestimmten Linie im Ozean mit solch einer unfaßbaren Exaktheit fort, das kein Schiff mit keiner Karte ein Zehntel einer solch wunderbaren Genauigkeit erreicht hat.

Obwohl die vom Wal eingeschlagene Richtung schnurgerade wie die Linie eines Geometers und die Marschrichtung an das eigene unvermeidliche schnurgerade Kielwasser gebunden ist, so umfaßt die mutmaßliche »Ader«, in der er zu bestimmten Zeiten schwimmen soll, im allgemeinen eine Breite von einigen Seemeilen (mehr oder weniger, da die »Ader«, wie man annimmt, sich erweitert oder zusammenzieht). Aber niemals geht die Sichtlinie über die Maste der Walschiffe hinaus, wenn man umsichtig durch die eigentümliche Zone hindurchfährt. Daraus folgt, daß zu besonderen Zeiten wandernde Wale in jener Breite und auf jenem Wege mit großer Bestimmtheit gesichtet werden können.

Daher konnte Ahab nicht nur zu beglaubigten Zeiten auf bekannten, getrennt liegenden Weideplätzen damit rechnen, seine Beute anzutreffen. Aber wenn er die großen Wasserstrecken zwischen diesen Plätzen erfahrungsgemäß durchkreuzte, konnte er sich so aufstellen und die Zeit so wählen, daß eine Begegnung nicht ganz aussichtslos war.

Ein Umstand schien beim ersten Anblick seinen wahnsinnigen, aber doch methodischen Plan zu stören. Aber vielleicht war das in Wirklichkeit nicht so. Wenn schon die in Herden auftretenden Walfische in regelmäßigen Zeiten auf besonderen Gründen auftreten, so kann man daraus im allgemeinen nicht den Schluß ziehen, daß dieselben Wale, die in dem einen Jahre auf einer bestimmten Länge und Breite gehaust haben, genau dort wieder im anderen Jahr anzutreffen sind. Dasselbe trifft mit einer gewissen Einschränkung im allgemeinen bei den Einsiedlern und Eigenbrötlern unter den erfahrenen und älteren Pottwalen zu. Wenn Moby-Dick etwa im Jahre zuvor an den Weidegründen von den Seychellen im Indischen Ozean gesichtet war oder an der Vulkanbucht an der japanischen Küste, so folgte daraus noch nicht, daß der »Pequod« in diesen Gegenden zu den entsprechenden Zeiten unfehlbar Moby-Dick antreffen würde. So verhielt es sich auch mit einigen anderen Weidegründen, wo er sich zu gewissen Zeiten gezeigt hatte. Alles dies schienen nur die zufälligen Rastplätze und Herbergen im Ozean zu sein und waren keineswegs die Plätze eines längeren Aufenthaltes. Wenn eine bestimmte Zeit und ein bestimmter Ort festlagen, dann konnten einem Ahabs Absichten auf den Wal nicht mehr so verdreht vorkommen. Dann kam er auch der Wahrscheinlichkeit, seiner habhaft zu werden, einen Schritt näher.

Die bestimmte Zeit und der bestimmte Ort lagen vereint in der technischen Bezeichnung »Walfischzeitlinie« vor.

Manchmal war Moby-Dick in mehreren aufeinanderfolgenden Jahren regelmäßig aufgestöbert worden, wie er in diesen Gewässern eine Zeitlang auf der Lauer lag, genau so, wie die Sonne bei ihrer Jahresreise einen vorher bestimmten Zeitraum im Zeichen des Tierkreises in Ruhe liegt. Da hatten auch die meisten Treffen mit tödlichem Ausgang mit dem weißen Wal stattgefunden, und dort hätten auch die Wellen von seinen Taten erzählen können. Dort war auch die tragische Stelle, wo der alte Monomane den Anlaß seiner furchtbaren Rache erlebt hatte. Aber bei aller unbegreiflichen Verschlagenheit und ständigen Wachsamkeit, mit der Ahab sich mit ganzer Seele der unermüdlichen Jagd hingab, konnte er es sich nicht gestatten, alle seine Hoffnungen auf die einzige, obenerwähnte wichtige Tatsache zu setzen. Auch ließ ihn sein Schwur nicht zur Ruhe kommen, als daß er die Jagd hätte aufschieben können.

Nun war der »Pequod« zu Beginn der günstigen Jahreszeit, zur Zeit der »Walfischzeitlinie«, von Nantucket in See gegangen. Mit keinem Mittel hätte es der Kapitän zuwege gebracht, südwärts um das Kap Horn herumzufahren und auf dem sechzigsten

Grade geographischer Breite im äquatorialen Teile des Stillen Ozeans noch rechtzeitig anzukommen. Er mußte daher die nächste folgende Jahreszeit abwarten. Aber der »Pequod« war vielleicht absichtlich auf Anordnung Ahabs so vorzeitig abgefahren, weil es Gründe dafür gab. Es lag nämlich ein Zwischenraum von dreihundertfünfundsechzig Tagen und Nächten vor ihm, eine Zeit, die er lieber mit der Jagd auf die verschiedensten Dinge, als mit ungeduldigem Nichtstun an der Küste zubringen wollte. Vielleicht würde auch der weiße Wal in Gewässern, die weitab von seinen regelmäßigen Weidegründen lagen, seine Ferien zubringen. Vielleicht würde er mit seinem entstellten Unterkiefer bis zum Persischen Golf, bis zum Bengalischen Meerbusen, bis zum Chinesischen Meer oder in andere Gewässer vorstoßen. Vielleicht würden Winde wie der Monsun, der Pampas, der Nordwester, der Harmattan wehen, und diese würden dann, wenn nicht unverhofft der Wind von der Levante oder der Simoon kommen sollten, unseren Moby-Dick in die teuflische Zickzacklinie des dünenden Kielwassers des »Pequod« treiben.

Vierundzwanzigstes Kapitel

Es war ein bewölkter, schwüler Nachmittag. Die Matrosen lagen faul auf Deck oder starrten müßig in das Wasser, das wie Blei aussah. Queequeg und ich waren damit beschäftigt, eine sogenannte Schwertmatte zu weben, die als Reservecurring für unser Boot benutzt werden sollte. Es war so still, gedämpft und so ahnungsvoll, und es lag ein solcher Zauber von Festlichkeit in der Luft, daß jeder Matrose schweigend dasaß und in das eigene unsichtbare Selbst vertieft zu sein schien.

Ich war der Begleiter oder Diener Queequegs, als ich mit der Matte beschäftigt war. Wie ich den Einschlag des Marlleinen zwischen den langen Strängen der Kette hindurchzog, wobei meine eigene Hand die Funktion des Schiffchens beim Webstuhl ersetzte, und wie Queequeg, der seitwärts daneben stand, immer sein schweres Schwert aus Eichenholz zwischen die Fäden gleiten ließ und traumverloren auf das Wasser blickte und jeden Strang nachlässig und gedankenlos seinem Ort zuführte, lag eine so seltsame Traumatmosphäre über dem Schiff und dem Meere, die nur durch den zeitweiligen dumpfen Klang des Schwertes gestört wurde, daß es schien, als ob es der Webstuhl der Zeit und ich das Schiffchen wäre, das mechanisch zu den Schicksalsgöttinnen den Faden hin und her wöbe.

Als wir so in einem fort am Weben waren, schreckte ich bei einem seltsamen langgezogenen, wild klingenden und überirdischen Laut auf, so daß mir das Knäuel aus der Hand fiel und ich die Wolken anstarrte, woraus die Stimme mit Flügelschlag zu dröhnen schien. Ganz oben in den Quersalings saß der tolle Mann aus Gay-Head, Tashtego. Sein Körper streckte sich gierig nach vorn, seine Hand war wie ein Zauberstab ausgebreitet, und in kurzen, plötzlichen Pausen stieß er seine Schreie aus. Gewiß hörte man denselben Laut in demselben Augenblick über die Meere auch anderswo, und Hunderte von Wachtposten, die ebenso hoch in der Luft hingen, stießen ihn aus. Aber nur von wenigen Stimmen hatte der altbekannte Ruf einen solch merkwürdigen Klang wie vom Indianer Tashtego. Wie er über uns schwebte und Ausschau hielt und wild und raubtiergierig nach dem Horizont starrte, hätte man annehmen können, er wäre ein Prophet oder ein Seher, der die Schatten des Schicksals erblickt hätte und seine Ankunft durch diese wilden Schreie verkünden wollte. »Da bläst sie! Da, dort, da, sie bläst, sie bläst!«

»Wo denn?«

»Leewärts war's, ungefähr zwei Meilen weit, eine Herde!«

Sogleich war alles in Aufregung.

Der Pottwal bläst so, wie eine Wanduhr tickt, mit derselben unverkennbaren und zuverlässigen Einförmigkeit. Dadurch können die Walfischjäger ihn von anderen dieser Art unterscheiden.

»Da gehen Schaufeln!« war jetzt der Ruf Tashtegos, und die Wale verschwanden.

»Schnell, Junge!« rief Ahab, »die Zeit!«

Der Junge stürzte nach unten, warf einen Blick auf die Uhr und berichtete Ahab die Zeit auf die Minute. Das Schiff wurde nun vom Wind fortgetrieben, und es fuhr sanft dahin. Da Tashtego gemeldet hatte, daß die Wale leewärts gegangen wären, sahen wir erwartungsvoll hin, um sie wieder vor unserem Bug zu erblicken.

Dem Pottwal fällt es manchmal ein, daß er den Kopf in die Tiefe steckt und so unter der Oberfläche des Meeres verborgen im Kreise sich umdreht und schnell in der entgegengesetzten Richtung weiterschwimmt. – Seine Eigenheit, zu täuschen, konnte nun nicht zutage treten; denn es lag kein Grund vor, anzunehmen, daß der Fisch, der von Tashtego gesichtet war, beunruhigt wäre oder unsere Nähe bemerkt hätte. Einer von den Leuten, die als Bordleute ausgesucht waren – das sind die, die nicht für die Boote bestimmt sind – lösten inzwischen den Indianer oben am Mast ab. Die Matrosen am Vordermast und am Kreuzmast waren heruntergekommen. Die Trommeln mit der Leine wurden an ihre Plätze gelegt. Die Kräne wurden herausgestoßen, die Großrahe wurde zurückgestreift, und die drei Boote wurden wie drei leichte Eimer über hohe Klippen herabgeworfen. Außerhalb des Schiffskörpers waren die kampfbegierigen Mannschaften: bei jedem hing die eine Hand an der Reling, während ein Fuß erwartungsvoll auf dem Schanzdeck schwebte. So sieht die lange Reihe der Leute eines

Kriegsschiffes aus, die sich angriffsbereit an Bord eines feindlichen Schiffes stürzen wollen.

Aber in diesem kritischen Augenblick vernahm man einen plötzlichen Schrei, der jeden Blick von dem Walfisch abwandte. Mit einemmal starrten alle den finstern Ahab an, der von fünf trüben phantastischen Gestalten umgeben war, die wie aus der Luft gemacht zu sein schienen.

Fünfundzwanzigstes Kapitel

Die phantastischen Gestalten stürzten sich auf die andere Seite des Deckes und warfen mit geräuschloser Behändigkeit das Takelwerk und die Seile, an die das Boot gebunden war, los. Dies Boot war immer als Reserveboot gedacht gewesen, obgleich man es als das »Kapitänsboot« bezeichnete, weil es auf der Steuerbordseite hing. Die Gestalt, die nun am Bug des Bootes stand, war groß und dunkelfarbig; ein weißer Zahn ragte ihr auf häßliche Weise über die stahlartigen Lippen. Eine zerknitterte Chinesenjacke von schwarzer Wolle umhüllte den Kerl wie bei einem Begräbnis, und dazu hatte er weite, schwarze Hosen von demselben dunklen Stoff. Um der Seltsamkeit den Gipfel aufzusetzen, trug er einen glitzernden, weißen, zusammengeflochtenen Turban, und das Haar war ihm in Streifen rund um den Kopf gelegt. Seine Gefährten waren wohl nicht so dunkelfarbig, hatten aber dieselbe tigergelbe Hautfarbe, die den Urbewohnern von Manila eigentümlich ist. Eine Rasse, die wegen ihrer verteufelten Verschlagenheit bekannt ist und von ehrlichen weißen Matrosen für bezahlte Spione und geheime Agenten des Teufels, der ihr Herr ist, gehalten wird.

Während die erstaunte Schiffsmannschaft diese Fremdlinge anstarrte, rief Ahab dem Alten an ihrer Seite mit dem weißen Turban zu:

»Alles fertig, Fedallah?«

»Fertig«, war die halb gezischte Antwort. »Runterlassen, hörst du?« rief er über das Deck. »Runterlassen da, sage ich!«

Seine Stimme war so laut, daß trotz der allgemeinen Verwirrung die Leute über die Reling sprangen. Die Rollen wirbelten in den Blöcken, und die drei Boote fielen baumelnd in die See, während die Matrosen mit einer waghalsigen Schnelligkeit, die bei einem anderen Beruf unbekannt ist, wie die Ziegen längsseits des stampfenden Schiffes unten in die hin- und hertanzenden Boote sprangen. –

Kaum waren sie von der Leeseite des Schiffes weggerudert, da kam von der Achterseite ein viertes Boot mit den fünf rudernden Fremden. Ahab, der hinten im Heck in aufrechter Haltung dastand, rief Starbuck, Stubb und Flask laut zu, sie sollten weit auseinanderrudern und eine große Wasserfläche bestreichen. Aber die Insassen der anderen Boote hatten ihre Blicke auf den dunkelfarbigen Fedallah und seine Leute gerichtet und achteten nicht auf den Befehl.

»Kapitän Ahab?« sagte Starbuck.

»Auseinanderrudern!« rief Ahab, »vorwärts alle vier Boote, halt dich mehr an der Leeseite, Flask!«

»Ja, ja, Kapitän!« rief der kleine King-Post und legte sein großes Steuerruder um. »Etwas zurück!« so wandte er sich an seine Leute. »Da! da! wieder dahin! Dort bläst sie! Zurück!«

»Seht nicht nach den gelben Burschen, Archy!«

»Oh, ich seh' nicht dahin, Herr«, sagte Archy. »Ich wußte es schon vorher. Ich hab' sie doch da unten gehört, und habe ich Cabaco nicht davon erzählt? Was sagst du, Cabaco? Das sind blinde Passagiere, Mister Flask.«

»Los, meine lieben Freunde! Feste, Kinder! Feste, meine lieben Jungen!« rief Stubb beschwichtigend seiner Mannschaft zu, die zum Teil schon Zeichen von Unbehaglichkeit an den Tag legte. »Mir scheint, als ob ihr euch den Hals brechen wollt, Jungens? Wo starrt ihr denn so hin? Doch nicht nach diesen Kerlen da unten im Boot? Ruhig, Kinder! Das sind nur fünf Hände mehr für uns. Woher die kommen, soll uns nicht kümmern. Je mehr, um so lieber! Los denn, feste! Kümmert euch nicht um den Drachen. Die gelben Kerle sind trotzdem anständig. So, soweit haben wir es jetzt gebracht! Hurra, Leute, lustig! Ruhig, ruhig! Nicht so hastig. Seid nicht so hastig! Warum legt ihr euch nicht in die Riemen, ihr Schurken? Fest angefaßt, ihr Hunde! So, so, so ist's richtig! Ruhig, ruhig! So ist's richtig – richtig! Lang und kräftig! Vorwärts, nochmals vorwärts! Der Teufel soll euch holen, ihr Lumpenkerle. Ihr schlaft ja alle! Laßt das Schlafen, ihr Träumer! Rudern, rudern! Wollt ihr nicht rudern, könnt ihr nicht? Warum rudert ihr nicht, zum Henker nochmal? Rudern, und wenn die Riemen krachen! Rudern! Die Augen aufgemacht!«

Dann zog er sein scharfes Messer aus der Gürteltasche und sagte: »Jeder Muttersohn von euch – das Messer 'raus und die Klinge zwischen die Zähne genommen, so – so! So wird das gemacht, nun drauflos, meine lieben Jungen, drauflos!«

Stubbs Kommandos sind hier in aller Umständlichkeit wiedergegeben, weil er eine merkwürdige Art hatte, mit seinen Leuten zu reden und den Takt des Ruderns auf eine besondere Art hielt. Aber man darf nicht annehmen, daß seine Mannschaft auf ihn wütend geworden wäre. Das war nicht seine Absicht, und darin bestand seine Eigentümlichkeit. Er wollte seinen Leuten die schrecklichsten Dinge mit einem Tone sagen, der aus Schmerz und Wut seltsam gemischt war, so daß kein Ruderer solche komischen Ermunterungen anhören konnte, ohne wie ein Wilder zu rudern, und doch nur aus Spaß zu rudern.

Außerdem sah er selbst so wenig angestrengt aus, wie er sich an sein Steuerruder hinflegelte und den Mund so weit aufriß, daß der bloße Anblick eines solchen Befehlshabers schon durch den reinen Gegensatz seinen Reiz auf die Mannschaft nicht verfehlte.

Auf ein Zeichen von Ahab hin ruderte nun Starbuck schräg auf das Boot von Stubb zu. Und als dann eine Minute lang die beiden Boote ziemlich dicht aneinander waren, begrüßte Stubb den Maaten.

»Starbuck, das Backbordboot da, hören Sie mal! Ein Wort mit Ihnen, bitte.«

»Hallo!« rief Starbuck zurück und wandte sich nicht einen Zoll breit zur Seite, als er sprach. Im vollen Ernst und mit leiser Stimme erteilte er im bestimmten Tone seinen Leuten die Befehle. Sein Gesicht war starr auf Stubb gerichtet.

»Was halten Sie von den Gelben?«

»Sind irgendwie an Bord geschmuggelt, bevor das Schiff abfuhr.« (»Feste, feste, Jungens!« flüsterte er seinen Leuten zu.) Dann sprach er wieder laut: »Eine faule Sache, Mister Stubb.« (»Fest angefaßt! Feste, Jungens!«) »Aber trotz alledem kann es gut gehen, Mister Stubb. Ihre Leute sollen feste anfassen, mag kommen, was will.« (»In die Riemen, Leute, in die Riemen!«) »Es wird Oxhöfte von Walfischöl geben, Mister Stubb. Deswegen kam man ja auch her.« (»Feste, Jungens!«) »Um Öl handelt es sich? Das ist ja unsere Pflicht. Pflicht und Gewinn, Hand in Hand!«

»Ich dachte das auch«, sagte Stubb vor sich hin, als die Boote auseinanderkamen, »sobald ich sie sah, war ich derselben Ansicht. Ja, und deswegen ging er so oft hinten in den Kiel, wie der Junge es seit langem vermutet hatte. Die waren da unten versteckt! Der weiße Wal hat etwas damit zu tun. Nun mag kommen, was will! Es ist nichts zu machen! Gut denn! Vorwärts, Leute! Heute handelt es sich noch nicht um den weißen Wal, vorwärts!«

Nun hatte das Erscheinen der sonderbaren Fremdlinge in einem so kritischen Augenblick, als die Boote vom Deck heruntergelassen wurden, eine Art abergläubische Verwirrung bei einigen Leuten der Mannschaft hervorgerufen. Die phantastische Entdeckung Archys, der einige Zeit vorher anderen davon erzählt hatte, obwohl er damals keinen Glauben fand, hatte sie bis zu einem gewissen Grade auf das Ereignis vorbereitet. Sie nahm dem Wunder das Überraschende, und so wurden sie dadurch wie auch durch die vertrauensvolle Art Stubbs, seinem Erscheinen Rechnung zu tragen, zur Zeit von abergläubischen Mutmaßungen befreit, wenn auch die Angelegenheit noch nicht völlig geklärt war und die bestimmte Mitwirkung des dunklen Ahab in dieser

Angelegenheit von Anfang an sehr zur Kritik herausforderte. Ich dachte im stillen an die geheimnisvollen Schatten, die ich während des trüben Morgens in Nantucket in der Dämmerung an Bord des »Pequod« hatte schleichen sehen, wie an die rätselhaften Andeutungen des unberechenbaren Elias.

Indessen war Ahab, wie man aus dem Verhalten seiner Offiziere, die sich vorn an der Leeseite hielten, entnehmen konnte, immer noch an der Spitze der anderen Boote. Dieser Umstand ließ erkennen, daß die Mannschaft, die ihn ruderte, ausgezeichnet war. Diese Menschen, die gelb wie Tiger waren, schienen alle aus Stahl und Knochen zu bestehen, wie fünf Hämmer gingen sie mit regelmäßig geführten Schlägen auf und nieder und trieben das Boot wie einen Dampfer durch das Wasser. Fedallah, der das Ruder des Harpuniers führte, hatte die schwarze Jacke abgeworfen und ließ seine offene Brust und den übrigen Teil des Körpers über dem Dollbord spielen, der sich von den wechselnden Senkungen des Wasserspiegels klar abhob. Am anderen Ende des Bootes hatte Ahab wie ein Fechter den einen Arm in die Luft geworfen, halb nach der Backbordseite hin, als ob er bei einem etwaigen Schwanken das Boot im Gleichgewicht halten wollte; man sah, wie er das Steuerruder mit männlicher Kraft lenkte, so wie er es tausendmal gemacht hatte, wenn die Boote herabgelassen wurden, ehe der weiße Wal ihm das Bein abgerissen hatte. Da gab der ausgestreckte Arm ein merkwürdiges Zeichen und blieb in ausgestreckter Haltung, worauf die fünf Ruderer zu gleicher Zeit die Ruder einlegten. Boot und Mannschaft saßen bewegungslos auf dem Meere. Zugleich hielten die drei Boote, die sich hinten ausgebreitet hatten, in ihrer Fahrt ein. Die Wale hatten sich in unregelmäßigen Abständen in der blauen See niedergelassen und gaben kein deutliches Zeichen von Bewegung, obwohl Ahab von dichter Nähe aus es hätte bemerken müssen.

»Jeder Mann sieht in die Richtung seiner Ruder!« rief Starbuck. »Queequeg, aufstehen!« Der Wilde sprang auf den dreieckigen aufgerichteten Kasten im Bug, blieb in aufrechter Haltung dort stehen und starrte mit gierigen Augen auf die Stelle, wohin die Jagd ihr Ziel genommen hatte. Starbuck nahm auch an der äußersten Ecke des Bootes, wo eine Stelle in gleicher Höhe mit dem Dollbord dreiecksförmig eingerichtet war, seinen Standort ein und balancierte seinen Körper bei der heftigen Schwankungen seines kleinen Fahrzeuges mit Kaltblütigkeit und Geschick und sah ruhig und gefaßt in die blaue See hinein.

Nicht weit davon lag auch das Boot von Flask in atemloser Stille. Flask stand unruhig oben auf einem im Kiel eingerichteten Untersatz, dem »Loggerhead«, der sich zwei Fuß über dem Achterteil des Bootes erhob. Die Stelle ist dafür da, um die Walfischleine beim Abspulen in der Gewalt zu behalten. Oben ist kaum mehr Platz als auf dem

Rücken einer Hand, und als Flask nun auf solch einer Plattform stand, schien es, als ob er auf der Mastspitze eines Schiffes wäre, das schon bis zu den Flaggenknöpfen gesunken ist. Aber King-Post war klein und kurz, und doch war er zugleich von einem um so größeren Ehrgeiz erfüllt, so daß der Standort im Boot ihm keineswegs genügte.

»Ich kann ja keine drei Wellen weit sehen. Lang' mir mal ein Ruder her und laß mich hinauf!«

Darauf kam Daggoo schnell von der Achterseite, faßte mit beiden Händen an das Dollbord, um Halt zu gewinnen, und bot, indem er sich aufrichtete, seine hohen Schultern als Plattform an.

»Das ist ein guter Mast, Herr. Wollen Sie nicht hinaufsteigen?«

»Das soll geschehen, und vielen Dank, mein lieber Junge. Nur wollte ich, du wärest noch fünfzig Fuß größer.«

Daggoo stemmte seine Füße fest gegen die Planken des Bootes, bückte sich ein wenig und hielt dem Fuß Flasks das flache Ruderblatt hin, worauf Flask in das schwarze Haar des riesenhaften Negers faßte und mit einem geschickten Schwung oben auf der Schulter desselben ankam. Da stand nun Flask oben, und Daggoo bot ihm mit dem aufgehobenen Arm eine Art Brustwehr, woran er sich lehnen und festhalten konnte.

Indessen sah der dritte Maat, Stubb, nicht mit so großer Unruhe in die Ferne. Die Wale hätten ruhig untertauchen können, er wäre darüber doch nicht in Schrecken geraten, und wenn so etwas eingetreten wäre, so hätte Stubb in solchen Fällen wohl entschlossen die eintretende Unruhe mit seiner Pfeife gedämpft. Er zog sie aus seiner Hutschnur, wo er sie gewöhnlich wie eine Feder angebracht hatte. Er stopfte sie und vollendete das Stopfen mit dem Daumen, aber kaum hatte er sein Streichholz an dem rauhen Schmirgelpapier seiner Hand angezündet, als Tashtego, sein Harpunier, dessen Augen wie zwei Fixsterne aufleuchteten, plötzlich wie ein Blitz aus seiner aufrechten Haltung aufschoß und in wilder Hast rief: »Die Ruder 'runter, und los! Da sind sie!!«

Ein Landbewohner hätte in diesem Augenblick weder einen Wal noch die geringste Spur von einem Hering gesehen. Es war nichts zu sehen als Schaum von grünlichweißem Wasser, darüber lagerte sich Wasserdampf in dünnen Wolken, der nach der Leeseite fortgetrieben wurde und sich auflöste wie eine verirrte Windwolke vor weißen anrollenden Wellen. Die Luft ringsum fing plötzlich an zu zittern und zu tönen, wie über stark erhitzten Eisenplatten. Unter dieser schwingenden und kräuselnden Luft und einer dünnen Wasserschicht kamen die Wale herangeschwommen. Wenn man die ausgepufften Wolken von Wasserdampf, die allen anderen Erscheinungen vorausgingen, betrachtete, so hätte man sie für vorauseilende Kuriere und vom Gros losgelöste Vorreiter halten können.

Alle vier Boote hatten es nun auf die eine Stelle scharf abgesehen, wo Wasser und Luft in Bewegung waren, aber es war unmöglich, ihnen den Rang abzulaufen. Das flog weiter und weiter, wie ein Haufen Wasserblasen, die sich mischen und in einer schnellen Strömung niedersinken.

»Feste, feste, liebe Jungens!« sagte Starbuck mit einem leisen, aber stark betonten Flüstern zu seinen Leuten. Ein scharfer Blick schoß aus seinen Augen gerade über den Bug, aus Augen, die zwei sichtbaren Kompaßnadeln glichen, die ihres sicheren Weges gewiß sind. Er sagte nicht viel zu seinen Leuten, aber auch diese sagten kaum etwas zu ihm. Die Stille des Bootes wurde nur zeitweilig durch sein eigentümliches Flüstern in markanter Weise durchbrochen, das mal wegen eines Befehls scharf, mal wegen eines Überredungsversuches sanft war.

Der laute kleine King-Post war ganz anders. »Nun sagt doch mal was, ihr lieben Burschen! Gebrüllt und in die Riemen gelegt, ihr Teufelskerle, daß wir an ihre schwarzen Nacken kommen! Wenn ihr mir den Gefallen tut, so will ich euch meine Besitzung in Marthas Vineyard verschreiben lassen, mit Weib und Kind, Jungens! Weiter, feste! Ach, Herr, was soll das noch geben! Ich werde noch vor lauter Hinstarren wahnsinnig! Seht doch her! Seht doch das weiße Wasser!« Und als er das rief, riß er sich den Hut vom Kopf und stieß mit den Füßen darauf. Dann hob er ihn auf, schwenkte ihn weit über die See und ließ sich schließlich, wie ein wildes Füllen von der Prärie, hinten in das Boot fallen.

»Seht euch nur den Kerl an«, sagte Stubb auf seine gelassene philosophische Weise. Er hielt seine kurze Pfeife, die er noch nicht angebrannt hatte, mechanisch zwischen den Zähnen und fuhr gleichsam tropfenweise fort:

»Er bekommt seine Anfälle, dieser Flask. Anfälle? Ja, das ist der richtige Ausdruck, aber munter, Jungens, munter! Es gibt Pudding zum Essen. Ihr wißt ja, munter, ist das richtige Wort. Feste, ihr Lieben! Feste, Kinder! Feste! Aber warum habt ihr es so eilig? Ruhig, langsam und fest durchziehen, Leute! Rudern, immer rudern, weiter nichts! Die Knochen durchdrücken. So! Nehmt es leicht – warum nehmt ihr es denn so schwer? Und wenn die Lunge zum Teufel geht!«

Aber was der unberechenbare Ahab seinen tigergelben Leuten zurief, wird hier am besten nicht erwähnt; denn man lebt ja schließlich in einem gesegneten, zivilisierten Lande. Nur die treulosen Haifische in den wilden Meeren haben vielleicht für solche Worte Verständnis, wie Ahab sie seinen Leuten zurief, als er mit einer Stirn, auf der wilde Sturmwolken saßen, und mit Augen, die von roten Mordgedanken strahlten, und mit Lippen, die von Schaum gefärbt waren, auf seine Beute zusprang.

Inzwischen zogen die Boote weiter. Flask machte seine besonderen Anspielungen auf den Wal und sprach immer von dem »verdammten Wal«. So nannte er das imaginäre Ungeheuer, das, wie er sagte, unaufhörlich den Bug seines Bootes mit seinem Schwanz quälte. Er verstand sich so gut und anschaulich auszudrücken, daß einer oder der andere von seinen Leuten einen furchtsamen Blick über die Schulter warf. Aber das war gegen alle Regeln; denn die Bootsleute müssen ihre Augen außer Betrieb setzen und sich gleichsam einen Spieß durch den Nacken rennen. Der alte Brauch verlangt, daß sie nichts als Ohren haben, und in solch kritischen Augenblicken keine anderen Glieder, als ihre Arme gebrauchen.

Es war ein Anblick, wo Staunen und Entsetzen schnell aufeinander folgen. Das allmächtige Meer wogte in seiner Unendlichkeit. Die Wellen brüllten hohl und rollten an den acht Dollbords vorüber, wie Riesenkugeln auf einer unendlich weiten grünen Ebene. Das Boot saß angstbeklommen auf der messerscharfen Kante der spitzen Wellen und drohte in zwei Teile geschnitten zu werden. Dann tauchte man mal tief in die hohlen Wellentäler, mal mußte man sich mit aller Macht bemühen, den gegenüberliegenden Wellenberg zu erreichen. Dann glitt man, wenn man oben war, wie ein Schlitten auf der anderen Seite wieder herunter. Dann gab es Schreie der Führer und Harpuniere; die Ruderleute sperrten vor Entsetzen den Mund auf, und der »Pequod« sah auf seine Boote mit ausgebreiteten Segeln wie eine erschreckte Henne auf ihre schreienden Jungen. Das war ein schrecklicher Anblick. Nicht der unerfahrene Rekrut, der aus dem Arm der Frau in die Fieberhitze der ersten Schlacht marschiert; nicht der Geist eines Toten, der das erste unbekannte Wesen in der anderen Welt antrifft, kann seltsamere und größere Erschütterungen durchmachen, als der Mann, der sich zum erstenmal in seinem Leben in den geheimnisvollen, schäumenden Strudel des gejagten Pottwales getrieben sieht.

Das schäumende weiße Wasser der Walfischjagd wurde nun dank der wachsenden Dunkelheit von den dichten Schatten der Wolken, die über der See hingen, immer mehr sichtbar. Der Wasserdunst ballte sich nicht mehr zusammen, sondern teilte sich rechts und links. Die Wale schienen ihr Kielwasser voneinander zu trennen. Man ruderte mit den Booten jetzt zur Seite. Starbuck eröffnete die Jagd auf drei Wale. Wir setzten das Segel auf, und mit dem immer stärker werdenden Wind sausten wir durch das Wasser. Das Boot fuhr mit solcher wahnsinnigen Schnelligkeit, daß die Ruder an der Leeseite nur mit Mühe schnell genug gehandhabt werden konnten, ohne von den Ruderklappen abgerissen zu werden.

Bald trieben wir durch einen erstickenden weiten Nebelschwaden. Man konnte weder vom Schiff noch vom Boot etwas sehen. »Macht zu, Leute!« flüsterte Starbuck, und zog weiter an der Schotte des Segels; »wir haben noch Zeit, den Fisch zu töten, bevor die Bö kommt. Da ist wieder weißes Wasser. Ran! Los!«

Bald darauf ließen zwei Schreie, die an jeder Seite von uns kurz aufeinander folgten, erkennen, daß die anderen Boote schnell gefahren waren. Aber kaum waren sie vernommen, als mit blitzartig schnellem Geflüster Starbuck sagte: »Steh auf!«, und Queequeg mit der Harpune in der Hand aufsprang. Obwohl keiner von den Ruderleuten der Todesgefahr, die so nahe war, ins Auge schaute, so erkannten sie doch an dem gespannten Gesichtsausdruck des Bootsmannes hinten im Boot, daß der wichtige Augenblick gekommen war. Sie hörten auch ein ungeheures Poltern, als ob fünfzig Elefanten sich auf ihrer Streu wälzten. Indessen kämpfte sich das Boot durch den Nebel hindurch, und die Wellen heulten und zischten um uns herum wie hochgerichtete rasende Schlangen.

»Da ist der Höcker. Da, da, da, gib's ihm!« flüsterte Starbuck.

Von dem Boot aus erfolgte ein kurzes sausendes Geräusch; es war das Eisen Queequegs. Dann wurde das Boot unter großem Getöse von Achtern mit unsichtbarer Kraft vorwärtsgetrieben, während es vorn an einer Kante aufzuschlagen schien. Das Segel brach mit einem Knall zusammen. Dicht in der Nähe schoß brennender Dampf auf, und unter uns rollte und wirbelte es wie bei einem Erdbeben. Die ganze Mannschaft erstickte beinahe, als sie holterdiepolter in den weißen Schaum der Windbö hineingeriet. Bö, Wal und Harpune waren in eins verschmolzen, und der Wal, der nur vom Eisen geritzt war, entkam.

Obwohl das Boot beinahe voll Wasser gelaufen war, hatte es keinen Schaden erlitten. Wir suchten die umhertreibenden Ruderstangen auf und machten sie am Dollbord fest, worauf wir wieder zu unseren Plätzen taumelten. Da saßen wir nun bis zu den Knien im Wasser, das jede Planke und jede Rippe im Boot bedeckte, so daß für unsere nach unten starrenden Augen das schwebende Fahrzeug ein Korallenboot zu sein schien, das aus der Tiefe des Ozeans herausgekommen war.

Der Wind wurde immer stärker und heulte. Die Wellen schlugen wie Schilde zusammen. Die Bö brüllte, teilte sich zu einer Gabel und krachte um uns herum wie ein weißes Feuer in der Prärie, in dem wir, wenn auch nicht verzehrt, gleichsam brannten, wie im Rachen des Todes. Vergebens riefen wir die anderen Boote an. Man hätte ebensogut von oben etwas zu den glühenden Kohlen im Schornstein eines flammenden Ofens hinunterrufen können; so unmöglich war es, sich im Sturme zu verständigen. Indes wurde die rauschende, neblige Wolkenmasse bei der anbrechenden Nacht immer dunkler, und vom Schiff war keine Spur zu sehen. Die schwere See machte alle Versuche, das Boot auszuschöpfen, zunichte. Die Ruder waren zum Vorwärtsbewegen nutzlos; sie hatten jetzt die Funktion von Lebensrettern übernommen. Starbuck schnitt nun das Band des wasserdichten Feuerzeuges ab, und nach verschiedenen vergeblichen Versuchen gelang es ihm, das Licht in der Laterne anzuzünden. Er steckte sie dann auf einen Flaggenträger und reichte sie Queequeg, der nun zum Bannerträger der verlorenen Hoffnung wurde. Da saß er und hielt die dumme Kerze mitten in der unbezwingbaren Verlassenheit. Da saß er und war ein Symbol für den Menschen, der den Glauben verloren hat und hoffnungslos in der Welt der Verzweiflung die Fahne der Hoffnung aufrechthält.

Bis auf die Knochen durchnäßt und vor Kälte zitternd, ohne Hoffnung auf ein herankommendes Schiff oder Boot, hoben wir unsere Augen auf, als die Dämmerung heranbrach. Dichter Nebel lag ausgebreitet über der See, die Laterne war zerschmettert unten im Boot und ohne Licht. Plötzlich sprang Queequeg auf und hielt die hohle Hand an das Ohr. Wir vernahmen ein schwaches Knirschen, als ob Taue und Rahen von dem Sturm in Bewegung gesetzt würden. Das Geräusch kam immer näher, und die dicken Nebelschwaden wurden durch eine ungeheuer große, aber unbestimmte Form undeutlich aufgeteilt. Entsetzt sprangen wir alle in das Meer, als das Schiff schließlich sichtbar wurde, und in einer Entfernung, die nicht größer war als die eigene Länge des Schiffes, gerade auf uns zukam. Wir trieben auf den Wellen und sahen das aufgegebene Boot. Einen Augenblick wurde es hin- und hergestoßen und schwebte dann unterhalb des Bugs des Schiffes, wie ein Gegenstand unter einem Wasserfall. Dann rollte der große Schiffskörper darüber hinweg, und man sah es nicht wieder, bis es am Heck wieder zum Vorschein kam und sich in den Wellen wälzte. Wir schwammen wieder darauf zu, wurden von den Wellen dagegengetrieben, wurden schließlich aufgenommen und gelangten unversehrt an Bord. Bevor die Bö in unmittelbare Nähe gekommen war, hatten die anderen Boote sich von ihrem Wal getrennt und waren noch rechtzeitig zum Schiff zurückgekehrt. Vom Schiff aus hatte man uns aufgegeben, aber das Schiff kreuzte noch, um vielleicht ein Zeichen unseres Unterganges, ein Ruder oder eine Walfischlanze zu finden.

Sechsundzwanzigstes Kapitel

Tage und Wochen vergingen. Da hatte unter leichten Segeln der elfenbeinerne »Pequod« langsam vier verschiedene Kreuzungsgebiete durchquert: das bei den Azoren, das bei Kap Verde, das an der Mündung des Rio de la Plata und das Carrol-Gebiet, ein nicht in den Karten bezeichnetes Wassergebiet südlich von St. Helena.

Während wir durch das letztere Gebiet fuhren, – es war eine heitere, helle Mondscheinnacht, als die Wellen wie Silberstreifen vorüberklatschten, und man die Einsamkeit wegen des sanften flüssigen Silbers, das von den Wellen ausgesät wurde, als silbernes Schweigen empfand, – in solcher Nacht erblickten wir vor den weißen Wasserblasen, die am Bug aufstiegen, eine Silberfontäne in der Ferne. Wie sie bei Mondenschein aufstieg, sah sie himmlisch aus, und ein glitzernder Gott schien in seinem Federschmuck aus dem Meere aufzustehen. Fedellah sah zuerst diese Fontäne; denn er pflegte in den Mondscheinnächten oben auf den Hauptmast zu steigen und dort mit derselben Wachsamkeit wie am Tage Ausschau zu halten. Obwohl Scharen von Walfischen bei Nacht gesehen werden, so würde doch kein einziger Walfischjäger unter hunderten wagen, bei Nacht die Boote herabzulassen. Man kann sich vorstellen, mit welcher Erregung die Matrosen den alten Orientalen, der da ganz oben zu solch ungewöhnlicher Stunde hockte, betrachteten. Es schien, als ob sein Turban mit dem Mond am Himmel in einer Ebene läge. Er hatte mehrere Nächte nacheinander dort oben in der einförmigen Stille zugebracht, ohne einen Laut von sich zu geben. Da meldete er mit seiner geisterhaften Stimme die silberartige Mondscheinfontäne, so daß jeder angelehnte Matrose aufsprang, als ob ein Geist in der Takelage sichtbar geworden wäre und die sterbliche Mannschaft begrüßt hätte: »Dort bläst sie!«

Wäre die Posaune des Jüngsten Gerichtes erklungen, so würden sie nicht so gezittert haben, und doch empfanden sie keinen Schrecken, sondern mehr ein Lustgefühl. Obwohl es zu einer ungewöhnlichen Stunde war, so war der Ruf so eindrucksvoll und so berauschend, daß fast jeder Mann an Bord instinktiv das Herablassen der Boote wünschte.

Ahab ging mit schnellen, nach der Seite weit ausholenden Schritten über Deck und befahl, daß man die Oberbramsegel aufsetzte und jedes Leesegel.

Der beste Mann mußte das Ruder in die Hand nehmen. Dann trieb, als jeder Mast bemannt war, das hochaufgetakelte Fahrzeug vor dem Winde dahin. Die das Schiff überkommende Brise blähte die vielen Segel auf, so daß man sich auf dem unruhig hin- und herschwankenden Deck vorkam, als ob man Luft unter den Füßen hätte. Dabei rauschte das Schiff davon, als ob zwei gegeneinandergerichtete Kräfte um die

Herrschaft kämpften, eine, die oben nach dem Himmel strebte und eine andere, die nach einem mehr horizontal gerichteten Ziele hintrieb. Und wenn man Ahab in dieser Nacht ins Gesicht gesehen hätte, so wäre es einem vorgekommen, als ob auch in ihm zwei verschiedene Dinge kämpften. Während das lebendige Bein auch lebendige Echos an Deck verbreitete, klang das tote Bein bei jedem Gang wie ein Sargdeckel. Der alte Mann marschierte auf Tod und Leben. Aber obwohl das Schiff mit großer Geschwindigkeit fuhr, und obwohl aus jedem Auge Blicke wie Pfeile schossen, so bekam man doch in jener Nacht die Silberfontäne nicht mehr zu sehen. Jeder Matrose schwor, daß er sie einmal, aber nicht ein zweites Mal gesehen hätte. –

Man hatte die mitternächtliche Fontäne beinahe vergessen, als sie einige Tage später zur selbigen stillen Stunde wieder gemeldet wurde. Wieder wurde sie von allen entdeckt, aber als man die Segel aufsetzte und die Fontäne einholen wollte, da war sie wieder verschwunden, als ob sie niemals dagewesen wäre. – Und so kam sie eine Nacht nach der anderen, bis keiner sie betrachtete, ohne sich darüber zu wundern. Sie stieg bei hellem Mondlicht oder Sternenlicht auf. Sie verschwand dann einen, zwei oder drei Tage. Dann tauchte sie jedesmal in einer immer weiteren Entfernung vor uns auf, so daß wir den Eindruck hatten, die einsame Fontäne wolle uns auf den Leim locken.

Bei dem zu allen Zeiten dagewesenen Aberglauben ihres Berufes und im Einklang mit der Übernatürlichkeit, die, wie es schien, manchmal beim »Pequod« vorgekommen war, schworen einige Matrosen, mochte es nun sein, wo es wollte, und mochte es sich noch um so weit auseinanderliegende Längen und Breiten handeln, daß die unnahbare Fontäne immer von demselben Walfisch aufgeworfen würde und daß dieser Walfisch nur »Moby-Dick« sein könnte. Manchmal herrschte auch eine merkwürdige Furcht, wenn die Erscheinung eintrat. Man hatte gleichsam das Gefühl, als ob man hinterlistig immer weiter gelockt würde und das Ungeheuer sich in einem Bogen um uns drehte und uns schließlich in den entferntesten und wildesten Gewässern vernichten wollte.

Diese zeitweiligen Befürchtungen, die so unbestimmt und daher so entsetzlich waren, zogen einen guten Teil ihrer Kraft aus der blauen Heiterkeit des Himmels, zu der sie im Gegensatz standen. Der blaue Glanz, so nahmen einige an, müsse ein teuflisches Lockmittel bedeuten. Da wir Tag für Tag durch so milde und einsame Meere mit erschlaffendem Klima fuhren, so schien der Raum als Protest gegen unsere rachgierige Absicht sich allen Lebens vor unserem urnenhaften Bug zu entäußern.

Aber endlich stürmten die Winde vom Kap auf uns los, als wir östlichen Kurs nahmen, so daß wir auf den langen unruhigen Wellen, die für das Kap so charakteristisch sind, auf- und niederschaukelten. Da beugte sich der walfischbeingepanzerte

»Pequod« vor dem Sturm und brach die dunklen Wellen in ihrem Ungestüm, so daß der Wellenschaum wie flüssiges Silber über den Schiffskörper flog. Da schwand auch alle niederdrückende Leere des Lebens dahin, aber noch schrecklichere Seufzer als vorher traten dafür an die Stelle.

Dicht vorm Bug schossen hier und da seltsame Gestalten im Wasser vor uns her, während hinter dem Schiff die unergründlichen Kormorane flogen. Alle Morgen sahen wir auf unseren Stags ganze Reihen von solchen Vögeln sitzen. Trotzdem wir sie anschrien, machten sie sich lange Zeit hartnäckig an dem Hanf zu schaffen, als ob sie unser Schiff für ein abtreibendes Fahrzeug ohne Bemannung hielten, für ein Ding, das zur Zerstörung bestimmt und daher für Heimatlose ein geeigneter Rastort wäre.

Man nennt es das Kap der guten Hoffnung. Der Ausdruck »Kap Tormentoto«, wie es früher genannt wurde, wäre besser. Wenn wir durch die trügerische Stille so lange verführt waren, so wurden wir jetzt in das gequälte Meer hinausgestoßen, wo in Vögel und Fische verwandelte schuldige Wesen dazu verurteilt zu sein schienen, auf ewig, ohne einen Hafen in Sicht, umherzuschwimmen, oder die schwarze Luft mit den Flügeln zu schlagen, ohne einen Horizont erblicken zu können. Der schneeweiße, ruhig und unveränderlich zum Himmel aufschießende Strahl der gebüschelten Fontäne hielt uns wieder zum Narren wie ehedem.

Sie wurde nun manchmal wieder gemeldet. Gegenüber den finstern Elementen legte Ahab, obwohl er unaufhörlich auf dem durchnäßten und gefahrvollen Deck das Kommando hatte, die düsterste Zurückhaltung an den Tag. Mehr als sonst wandte er sich an seine Maate. Bei solchen gefährlichen Zeiten kann man, wenn alles hoch oben und in der Takelage in Ordnung gebracht ist, nichts tun, als ergeben den Ausgang des Sturmes abwarten. Dann wurden Kapitän und Matrosen zu reinen Fatalisten. Ahab steckte das künstliche Bein in das gewohnte Loch auf Deck und faßte mit der einen Hand fest an eine Schotte. Stundenlang stand er so da und sah starren Blickes windwärts, während eine Sturmbö mit Schlackerschnee seine beiden Augenbrauen zusammenfrieren ließ.

Inzwischen stand die Mannschaft, die von dem vorderen Teil des Schiffes durch die schwere See vertrieben war, die in einem fort über den Bug hinwegstürzte, in einer Reihe am Schiffskörper auf dem Mitteldeck. Um sich gegen die Springflut besser schützen zu können, hatte sich jeder ein Bugtau, das an der Reling befestigt war, um den Leib gebunden, so daß er wie in einem weiten Gürtel hin- und herschwang. Es wurde wenig oder gar nichts gesprochen. Und das stumme Schiff fuhr, als ob es von Matrosen aus Wachs bemannt wäre, durch die dämonisch wilden und übermütigen Wogen. –

Siebenundzwanzigstes Kapitel

Südostwärts vom Kap, auf der Höhe der weit abliegenden Crozetts, die ein gutes Kreuzgebiet für die Fischer des gewöhnlichen Wales bilden, wurde ein Segelschiff gesichtet, das der »Albatros« hieß. Als es langsam näher kam, konnte ich von meinem hohen Sitz aus oben am Vormast recht gut erkennen, daß es ein Walschiff auf hoher See war und lange von daheim fortgewesen sein mußte. –

Dieses Fahrzeug war durch die Wellen gebleicht worden und sah wie das Skelett eines an den Strand getriebenen Walrosses aus. Es war mit langen Kanälen von rotem Rost durchzogen, während das Takelwerk und alle Spiere wie dicke Baumzweige aussahen, die von Rauhfrost überzogen sind. Man hatte nur die unteren Segel aufgesetzt. Es bot einen merkwürdigen Anblick, wenn man die Ausguckposten mit den langen Barten an den drei Masten sah. Sie schienen in Tierfelle gekleidet zu sein, so zerrissen war die Kleidung, die vier Jahre Fahrt ausgehalten hatte. Sie standen in eisernen Reifen, die an den Mast genagelt waren und schaukelten so über der unendlich tiefen See. Und als das Schiff auf seiner langsamen Fahrt sich unserem Heck näherte, kamen wir sechs Matrosen in der Luft einander so nah, daß wir von dem einen Mast des einen Schiffes auf den des anderen hätten springen können. Und doch sagten diese traurig aussehenden Fischer, die uns beim Vorüberfahren sanft ansahen, nicht ein Wort zu unseren Ausguckposten, während man den Gruß des Achterdecks von unten herauf hörte.

»Hallo, Schiff! Habt Ihr den weißen Wal gesehen?« Als aber der merkwürdige Kapitän, der sich über das bleiche Schiffsgerüst lehnte, sein Schallrohr an den Mund setzen wollte, fiel es ihm aus der Hand in die See. Und als der Wind in diesem Augenblick einsetzte, versuchte jener vergeblich, sich verständlich zu machen. Indessen hatte das Schiff den Abstand zwischen uns verdoppelt. Während die Matrosen des »Pequod« sich den geheimnisvollen Vorfall, den sie mit angesehen hatten, und der eingetreten war, als der Name des weißen Wales erwähnt wurde, auf verschiedene Weise ruhig und gelassen zu erklären suchten, hielt Ahab einen Augenblick inne. Es schien, als ob er ein Boot hätte klarmachen wollen, um zu dem Fremden an Bord zu gehen. Aber der gefährliche Sturm verwehrte ihm dies. Aber dann benutzte er die günstige Richtung des Windes, faßte wieder das Schallrohr, und da er erkannte, daß das fremde Schiff aus Nantucket war und in kurzer Zeit in die Heimat fahren würde, rief er laut: »Hallo, dies ist der ›Pequod‹ mit dem Kurs um die Welt. Sagt, sie sollen alle Briefe in Zukunft nach dem Stillen Ozean adressieren und daß ich drei Jahre fortbliebe! Wenn ich dann nicht zu Hause bin, sagt ihnen, sie sollen sie adressieren an – –« In diesem Augenblick ging das Kielwasser der beiden Schiffe zusammen, und sogleich schossen Scharen von unschuldigen kleinen Fischen, die tagelang ruhig neben uns hergeschwommen waren, mit anscheinend großem Schrecken zur Seite und rangierten sich an die Seite des fremden Schiffes vorn und achtern. Ahab hatte gewiß oft auf seinen Reisen etwas Ähnliches erlebt; aber bei einem Monomanen nahmen die größten Kleinigkeiten geheimnisvolle Bedeutung an. –

»Wollt ihr denn von mir fortschwimmen?« brummte Ahab vor sich hin und starrte in das Wasser. In den Worten schien nicht viel zu liegen, aber der Ton, in dem er sprach, bedeutete mehr als hilflose Traurigkeit, wie sie der kranke, alte Mann vorher kaum zum Ausdruck gebracht hatte. Dann wandte er sich an den Steuermann, der bisher das Schiff im Wind gehalten hatte, um die Geschwindigkeit desselben zu vermindern und rief mit der Stimme eines alten Löwen: »Das Steuer aufnehmen! Vom Lande abhalten und den Kurs rings um die Welt genommen!«

Achtundzwanzigstes Kapitel

Als wir von den Crozetten nordostwärts steuerten, gerieten wir in weite Britwiesen, das feine gelbe Zeug, von dem sich der gewöhnliche Wal überwiegend ernährt. Meilenweit schwamm es um uns herum, so daß wir durch endlose Felder mit reifem und goldenem Weizen hindurchzusegeln schienen.

Am zweiten Tage sah man eine Menge gewöhnlicher Wale, die vor dem Angriff eines Pottwaljägers, wie es der »Pequod« war, mit offenem Maul sicher durch den Brit schwammen, der wie die grünen Netze einer wundervollen Jalousie in ihren Mäulern steckenblieb und so von dem Wasser, das wieder von den Lippen lief, geschieden wurde.

Wie die Morgenschnitter langsam ihre Sensen durch das lange grüne Gras der sumpfigen Wiesen vorwärtsbewegen, so vollzogen diese Ungeheuer beim Weiterschwimmen einen seltsamen grasigen scharfen Schnitt und ließen nur endlose Schwaden von blauer Farbe auf dem gelben Meere zurück.

Langsam watete der »Pequod« durch die Britwiesen und behielt immer noch den Nordostkurs auf die Insel Java bei. Ein sanfter Wind trieb seinen Kiel an, so daß die drei großen bebenden Masten bei einer so heiteren Umgebung der schlaffen Brise nachgaben, wie drei sanfte Palmen in der Ebene. Und immer noch sah man in großen Zwischenräumen die einsame verlockende Fontäne in der Silbernacht.

Aber an einem blauen Morgen, wo alle Dinge wie durchleuchtet erschienen, breitete sich eine fast übernatürliche Stille über das Meer aus, die jedoch nicht zu einer stagnierenden Ruhe wurde. Als der lange, gleichsam polierte Sonnenstreifen auf das Wasser fiel, schien es, als ob sich ein goldener Finger darauflegte und zur Verschwiegenheit ermahnte. Als sich die Dünung langsam weiterkräuselte, schienen die wie mit Pantoffelschritt schleichenden Wellen sich zu einem Geflüster zu vereinigen. Da erblickte Daggoo, als die sichtbare Welt an uns vorbeihuschte, oben vom Hauptmast aus ein seltsames Gespenst.

Ganz in der Ferne tauchte allmählich eine große träge weiße Masse auf, stieg höher und höher, entwirrte sich aus dem Azurblau und fiel schließlich aus der Höhe dicht vor unserem Bug wie fallender Schnee nieder. Es glitzerte einen Augenblick auf, dann sank es langsam und fiel schließlich ganz ins Meer. Es erhob sich dann noch einmal und leuchtete in aller Ruhe in seinem Glanz. Es schien nicht ein Wal zu sein. »Ist es am Ende unser ›Moby-Dick‹? dachte Daggoo. Wieder ging das Phantom unter. Aber als es noch einmal wieder zum Vorschein kam, rief der Neger mit seinem messerscharfen Laut, der jeden Mann aus seinem Schlaf aufschreckte, gellend: »Da! Da ist es wieder! Dort brandet sie! Zu rechter Hand, vorn! Der weiße Wal, der weiße Wal!« Als die Matrosen das hörten, eilten sie an die Rahnocken wie die Bienen zur Schwarmzeit auf die Zweige. Ahab stand barhäuptig auf dem Bugspriet und hielt die eine Hand bereit, um dem Steuermann seine Befehle zuzuwinken; er warf einen gierigen Blick nach der Richtung, die von oben durch den ausgestreckten starren Arm Daggoos angegeben wurde.

Ob die Erscheinung der immer noch auftretenden einsamen Fontäne auf Ahab allmählich eingewirkt hatte, und er nun darauf vorbereitet war, daß er mit dem Gedanken der tiefsten Stille das erstmalige Erscheinen des Wales, dem er auflauerte, verband oder ob seine Leidenschaft mit ihm durchging, genug, kaum hatte er die weiße Masse deutlich bemerkt, als er mit geschwinder Energie sofort Befehl gab, die Boote zu Wasser zu lassen.

Die vier Boote waren bald auf dem Wasser. Ahab war voran, und alle ruderten geschwind auf ihre Beute zu. Aber bald ging das Gespenst unter, und während wir mit eingelegten Rudern darauf warteten, bis es wiederkäme, erhob es sich noch einmal an derselben Stelle, wo es gesunken war. Einen Augenblick vergaßen wir beinah den Gedanken an »Moby-Dick« und starrten die wunderbare Erscheinung an, die die geheimen Tiefen bisher der Menschheit enthüllt haben. Eine ungeheure fleischige Masse, die eine Achtelmeile lang und breit war, von einer gelblich leuchtenden Farbe, lag auf dem Wasser. Unzählige lange Arme gingen in Strahlenformen von der Mitte aus und schlängelten sich wie ein Nest Riesenschlangen aus einem Haufen, als ob sie aufs Geratewohl einen Gegenstand, der in der Nähe war, packen wollten. Es war kein Gesicht und kein Kopf zu erkennen. Kein merkliches Zeichen eines Gefühls oder eines Instinktes. Vielmehr schwamm da auf den Wellen eine unirdische, gestaltlose Erscheinung des Lebens, die wie der Zufall gekommen war. Als das Gespenst mit einem leisen suckenden Laut wieder langsam verschwunden war, rief Starbuck, der immer noch das bewegte Meer, wo jenes Ding versunken war, betrachtete, mit einer wilden Stimme: »Lieber hätte ich ›Moby-Dick‹ gesehen und gejagt, als dich weißen Geist!«

»Was war denn das?« sagte Flask.

»Der große lebendige Tintenfisch. Nur wenige Walfischer, die den gesehen haben, sind in den Hafen zurückgekehrt und haben davon erzählen können.«

Aber Ahab sagte nichts. Er wandte sein Boot um und segelte langsam zum Schiff zurück. Die übrigen folgten ihm ebenso ruhig nach.

Welchen Aberglauben die Pottwalfischer auch im allgemeinen mit dem Anblick dieses Tieres verbunden haben, so steht doch fest, daß dieser ungewöhnlichen Erscheinung eine unheilvolle Bedeutung zuerkannt ist. Sie wird selten wahrgenommen, und viele Fischer erklären sie für das größte tierische Wesen im Ozean. Aber nur sehr wenige haben von Wesen und Gestalt dieses Tieres die undeutlichsten Vorstellungen. Trotzdem sind sie der Ansicht, daß es die einzige Nahrung des Pottwales bildet. Denn obwohl andere Abarten des Wales ihre Nahrung über Wasser finden, und man sie bei der Nahrungsaufnahme beobachten kann, so besorgt sich der Pottwall seine ganze Nahrung in unbekannten Zonen unter Wasser. Und nur durch Schlußfolgerung kann man sagen, worin, genau genommen, seine Nahrung besteht. Manchmal, wenn man ihm dicht auf den Fersen ist, speit er etwas aus, was man für die beweglichen Arme des Riesentintenfisches gehalten hat. Einige von diesen Armen sind mehr als zwanzig bis dreißig Fuß lang. Die Fischer glauben sogar, daß das Ungeheuer, dem diese Arme angehören, bis auf den Grund des Ozeans hinabreicht, und daß der Pottwal im Gegensatz zu anderen Tierarten mit Zähnen versehen ist, um den Tintenfisch anzugreifen und zu zerreißen.

Neunundzwanzigstes Kapitel

Für Starbuck war die Erscheinung des Tintenfisches eine Vorbedeutung, für Queequeg war sie nur ein anderer Gegenstand.

»Wenn Sie sehen Tintenfisch,« sagte der Wilde und wetzte seine Harpune im Bug des hochgezogenen Bootes, »Sie schnell ihn sehen Pottwal!« Am nächsten Tage ging es ungewöhnlich ruhig zu, und da man nichts Besonderes zu tun hatte, so konnte sich die Mannschaft des »Pequod« kaum dem Zauber des Schlafes entziehen, der bei einer so ruhigen See eintritt. Denn diese Gegend des Indischen Ozeans, durch die wir gerade fuhren, ist keineswegs das, was der Fischer einen »lebendigen Grund« nennt. Man bekommt weniger Schildkröten, Delphine, fliegende Fische und sonstige lebhafte Bürger belebterer Gewässer zu sehen als in der Gegend des Rio de la Plata oder in den Küstengewässern von Peru.

Ich hatte Wache oben auf dem Vormast. Mit den Schultern lehnte ich mich gegen die schlaffen Oberbramsegel und schaukelte in der scheinbar verzauberten Luft träge hin und her; ohne daß man hätte widerstehen können, verlor man in dieser träumerischen Stimmung alles Bewußtsein. Und schließlich trat meine Seele aus dem Körper heraus. Wenn auch mein Körper immer noch wie ein Pendel des Willens hin- und herschwankte, lange noch, nachdem die Kraft, die ihn zuerst in Bewegung gesetzt hatte, nicht mehr wirksam war.

Bevor das Gefühl der Vergessenheit über mich kam, bemerkte ich, daß die Matrosen am Haupt- und Kreuzmast schon eingeduselt waren. Bald baumelten wir alle drei wie leblos an den Spieren, und bei jeder Bewegung von uns nickte auch der träumende Steuermann unten entsprechend mit dem Kopfe. Auch das Meer schien mit seinen kecken Wellenkämmen zu nicken; so war denn in der ganzen See in ihrem Traumzustand vom Osten bis zum Westen eine nickende Bewegung, und die Sonne machte es über dem Ganzen genau so. Plötzlich schienen unter meinen geschlossenen Augen Luftblasen aufzusteigen. Sofort faßten meine Hände wie Schraubstöcke an die Taue, und eine geheimnisvolle, anmutige Macht rettete mich. Mit einem Ruck kam ich wieder ins Leben zurück. Und siehe da! Dicht unter unserer Leeseite, keine vierzig Faden weit, lag ein Riesenpottwal, wie der gekenterte Schiffskörper einer Fregatte, auf seinem breiten Rücken, hatte die Farbe eines Nubiers und glänzte in den Sonnenstrahlen wie ein Spiegel. Er schaukelte träge in dem Trog des Meeres, spritzte seine Dampffontäne in aller Ruhe in die Luft und sah wie ein gutsituierter Bürger aus, der an einem warmen Nachmittag seine Pfeife raucht. Aber diese Pfeife, armer Wal, war deine letzte! Wie von dem Stab eines Zauberers berührt, erwachte das schlafende Schiff samt allen schlafenden Matrosen mit einemmal zur tollsten Bewegung, und mehr als zwanzig Stimmen schrien von allen Enden des Schiffes zu gleicher Zeit mit den drei Melderufen von oben den gewohnheitsmäßigen Ruf, als das große Tier langsam und regelmäßig die Salzlake in die Luft spritzte.

»Klar bei Boote! Anluven!« rief Ahab. Seinem eigenen Befehl gehorchend, warf er das Steuer herum, bevor der Steuermann das Rad handhaben konnte.

Bei dem plötzlichen Rufen der Mannschaft mußte wohl der Wal unruhig geworden sein. Bevor die Boote heruntergelassen waren, drehte er sich majestätisch um und schwamm leewärts fort. Er zeigte aber eine solche Ruhe und machte beim Schwimmen eine so geringe Dünung, daß Ahab, um ihn nicht zu stören, Befehl gab, keine Ruder zu gebrauchen und nur im Flüsterton zu reden.

So saßen wir dann wie Ontario-Indianer auf den Dollborden der Boote und paddelten schnell, aber ohne Lärm zu machen, dahin. Die notwendige Ruhe ließ es nicht zu, daß die geräuschlosen Segel aufgesetzt wurden. Sogleich schwenkte das Ungeheuer, wie wir so hinter ihm herglitten, den Schwanz pendelartig vierzig Fuß hoch in die Luft und versank wie ein Turm in der Tiefe.

»Da bewegen sich Schaufeln!« ertönte ein Schrei. Stubb brannte unmittelbar darauf ein Streichholz an und zündete sich die Pfeife an; denn jetzt hatte man einen Augenblick Zeit. Aber nachdem eine gewisse Zeit vergangen war, kam der Wal wieder hoch und befand sich nun in der Richtung des Bootes von Stubb. Da er dem Wal am nächsten war, nahm er die Ehre für sich in Anspruch, denselben zu fangen. Es zeigte sich, daß der Wal schließlich seine Verfolger bemerkt hatte; alles Schweigen als berechnende Vorsicht war daher nicht mehr nötig. Man zog die Paddel ein, und die Ruder traten mit lautem Geräusch in Aktion. Stubb zog immer noch an seiner Pfeife und feuerte seine Mannschaft zum Angriff an.

Das Verhalten des Wales hatte sich mit einem Male gewaltig geändert. Er war sich nun der über ihm schwebenden Gefahr bewußt. Er hielt den Kopf aus dem wahnsinnig aufwirbelnden Gischt schräg heraus.

»Vorwärts, Leute! Vorwärts! Nehmt euch Zeit! Aber vorwärts! Es muß gehen wie ein Donnerschlag!« rief Stubb und stieß beim Sprechen den Rauch seiner Pfeife aus. »Vorwärts! Lang durchziehen, Tashtego, vorwärts, Tash, Junge, vorwärts! Aber ruhig Blut! Ruhig! Ran wie auf Tod und Teufel, und wenn die Toten aus den Gräbern die Köpfe herausstrecken! Vorwärts!!«

»Wu-hu! Wa-hi!« schrie der Mann aus Gay-Head als Antwort darauf, und erhob ein altes Kriegsgeschrei. Jeder Bootsmann beugte sich unwillkürlich in dem angespannten Boot unter dem kräftig geführten Ruderschlag des wilden Indianers, der den Takt angab.

Seinen wilden Kriegslauten folgten andere, die ebenso wild waren.

»Kie-hie! Kie-hie!« johlte Daggoo und sauste auf seinem Rudersitze wie ein Tiger in seinem Käfig vor- und rückwärts.

»Ka-la! Ku-lu!« heulte Queequeg mit einer Wollust, als ob er auf den Lippen das Bratenstück eines Webervogels schmeckte. Und so stießen denn unter Ruderschlägen und gellendem Geschrei die Kiele in die See. Indes blieb Stubb auf seinem Platze sitzen, spornte seine Leute bis zum äußersten an und blies den Rauch in die Luft. Wie

Verzweifelte arbeiteten sie sich ab, bis der willkommene Ruf ertönte: »Aufstehen, Tashtego! Gib's ihm!« Die Harpune wurde geschleudert. »Alle heckwärts!« Die Ruderleute fuhren rückwärts.

Im selben Augenblick sauste jedem etwas Heißes an den Handgelenken vorüber. Es war die geheimnisvolle Walfischleine. Kurz vorher hatte Stubb sie zweimal um den Loggerhead herumgewickelt. Bei der beschleunigten Umdrehung stieg nun blauer Rauch von dem Hanf auf und vermischte sich mit den Rauchwolken der Pfeife.

Wie die Leine um den Loggerhead herumging, fuhr sie unter Blasenentwicklung durch Stubbs beide Hände, von denen die Schutzleinewand zufällig abgeglitten war. Es war, als ob Stubb das zweischneidige Schwert des Feindes an der Klinge hielt, und dieser es ihm die ganze Zeit aus der Hand reißen wollte.

»Die Leine anfeuchten! Die Leine anfeuchten!« rief Stubb dem Bootsmann zu, der die Seiltrommel bediente und mit dem abgerissenen Hut das Meerwasser einschöpfte.

Es lief noch mehr von der Seiltrommel ab, so daß die Leine schließlich lang genug war. Das Boot sauste nun durch das kochende Wasser wie ein Hai mit all' seinen Flossen. Stubb und Tashtego tauschten miteinander die Plätze, den Vorder- mit dem Hintersteven, was bei der furchtbar schaukelnden Bewegung wahrhaftig keine leichte Sache war. Die zitternde Leine ging in ihrer ganzen Länge durch den oberen Teil des Bootes und war nun so stramm gespannt, wie eine Harfensaite. Wie nun das schäumende Boot gegen zwei Elemente ankämpfte, hätte man meinen können, es hätte zwei Kiele gehabt, einen, der gegen das Wasser, und einen, der gegen die Luft trieb. Eine dauernde Kaskade spielte an den Bugen; fortwährend war in dem Kielwasser ein aufwirbelnder Strudel, und bei der geringsten Bewegung vom Inneren des Bootes, selbst wenn sie vom kleinen Finger ausging, drohte das zitternde, krachende Fahrzeug mit dem Dollbord ins Meer zu kippen.

So sausten sie denn weiter. Jeder Mann hielt sich so fest er konnte an seinem Rudersitz fest, um zu verhindern, daß er in den Schaum hinabgestoßen wurde. Der große Tashtego am Steuerruder bückte sich soweit es eben ging, um seinen Schwerpunkt in die richtige Lage zu bringen. Ganze Atlantische und Stille Ozeane schienen an ihnen vorbeizufliegen, als sie wie ein Pfeil dahinschossen, bis der Wal schließlich seine Flucht etwas verlangsamte.

»Einziehen!« rief Stubb dem Bootsmann zu, und alle Mann faßten den Wal ins Auge und fingen an, das Boot mit aller Kraft auf ihn zuzurudern, während das letztere von der Leine noch weitergezogen wurde. Bald richtete sich Stubb zur Seite auf, drückte mit aller Macht das Knie in die klitschige Klampe und stieß so fest er konnte nach dem flüchtenden Tier. Jedesmal, wenn der Befehl kam, arbeitete sich das Boot aus dem schrecklichen Wirbel des Wales heraus und ging dann beim nächsten Wurf wieder dicht an den Wal heran.

Die rote Flut strömte nun aus allen Seiten des Ungeheuers, wie Bäche zu Tale stürzen. Der gequälte Körper schleppte sich nicht im Salzwasser, sondern im Blute weiter, das eine Achtelmeile weit hinter ihrem Kielwasser zu sehen war. Die schrägen Sonnenstrahlen fielen auf den karminroten Tümpel in der See und leuchteten auf dem Gesicht jedes einzelnen Fischers, so daß alle glühten wie Rothäute. Und Strahlen weißen Rauches schossen einer nach dem anderen aus der Fontänenöffnung des Wales. Ebenso kam eine Rauchwolke nach der anderen aus dem Munde des wütenden Bootsführers. Nach jedem Stoß zog er die verbogene Lanze mit der daran befestigten Leine wieder heraus, machte sie durch Wetzen am Dollbord gerade und stieß sie immer wieder dem Wal in den Leib.

»Anziehen! Anziehen!« rief er nun dem Bootsmann zu, als der sterbende Wal in seiner Wut nachließ. »Heranrudern, dicht heranrudern!« Und das Boot ruderte längsseits des Wales. Stubb beugte sich weit über den Bug und wühlte mit seiner langen scharfen Lanze in dem Leib des Wales herum, als ob er das ganze Tier nach einer etwa verschlungenen goldenen Uhr absuchte, die er versehentlich zerbrechen könnte. Aber er suchte nach dem Sitz des Lebens. Und jetzt trat das ein, was immer eintritt, wenn der Wal aus seiner wahnsinnigen Wut in den unaussprechlichen Schreckenszustand versetzt wird. Das Ungeheuer wälzte sich auf gräßliche Weise in seinem Blut und bespritzte sich mit dem undurchdringlichen, kochend heißen Sprühregen, so daß das bedrohte, kleine Fahrzeug sofort achteraus trieb und sich mit aller Mühe durch das Dämmerlicht des Wahnsinns in das helle Tageslicht einen Weg erkämpfen mußte.

Und als nun der Wal in seinen Zuckungen nachließ, kamen mit krachendem Laut die scheußlichen Schweißausbrüche des Todes; die Fontäne ließ mit einem Male nach und wurde dann ganz klein. Schließlich kam Guß über Guß von dickem, roten Blut, als ob es der purpurfarbene Bodensatz vom Rotwein wäre. Und dann taumelte er wieder zurück und sein lebloser Körper sank nieder in die See. Sein Herz hatte ausgekämpft.

»Er ist tot, Mister Stubb«, sagte Daggoo.

»Ja, beide Pfeifen sind aus!« Mit diesen Worten nahm Stubb die Pfeife aus dem Munde, streute die Asche ins Wasser und einen Augenblick lang stand er in Gedanken da und betrachtete den ungeheuren Leichnam, an dem er schuld war.

Dreißigstes Kapitel

Stubbs Wal war nicht weit vom Schiff getötet worden. Es war windstill. Wir bildeten ein Gespann aus den drei Booten und fingen an, die Kriegsbeute langsam an den »Pequod« zu ziehen.

Zu achtzehn Leuten machten wir uns mit unseren sechsunddreißig Armen und hundertachtzig Daumen und Fingern an der schwerfälligen Leiche im Meere zu schaffen. Es schien, als ob wir nur in großen Zwischenräumen mit unserer Arbeit vorwärtskämen. Die Masse, die wir so in Bewegung setzten, mußte demnach ungeheuer sein. Auf dem Hangho-Kanal in China oder wie er sonst heißt, können vier oder fünf Arbeiter eine schwer beladene Dschunke mit einer Geschwindigkeit von einer Meile in der Stunde weiterschleppen. Aber unsere gewaltige Fracht konnten wir nur schwer vorwärtsbringen, als ob sie Blei geladen hätte.

Es wurde dunkel. Drei im Takelwerk des »Pequod« aufgehängte Laternen beleuchteten soeben unseren Weg. Als wir näher kamen, sahen wir, daß Ahab eine Laterne über das Schiffsgerüst herabließ. Er streifte den herangeschleppten Wal einen Augenblick lang mit dem Blick, gab die üblichen Befehle, um ihn in der Nacht zu bergen, reichte die Laterne einem Matrosen, begab sich in die Kajüte und kam bis zum anderen Morgen nicht wieder zum Vorschein.

Kapitän Ahab hatte ja bei der Beaufsichtigung der Waljagd seine gewohnheitsmäßige Beschäftigung ausgeführt. Aber nun, da das Tier tot war, schien ein unbestimmtes Gefühl des Unbefriedigtseins, der Ungeduld oder der Verzweiflung in ihm Platz zu greifen. Als ob der Anblick des toten Tieres ihn daran erinnerte, daß Moby-Dick noch getötet werden müßte. Wenn ihm auch tausend andere Wale ans Schiff gebracht wurden, so kam er seinem grandiosen monomanischen Ziel nicht eine Idee näher. Bald hätte man aus dem anhebenden Geräusch an Deck schließen müssen, daß alle Mann darauf aus gewesen wären, den Anker in die Tiefe zu senken. Es wurden nämlich schwere Ketten über Deck gezogen und mit lautem Getöse aus den Pfortöffnungen geworfen. Aber mit Hilfe dieser klappernden Werkzeuge sollte der ungeheure Leichnam selbst und nicht das Schiff festgemacht werden. Mit dem Kopf am Heck und mit dem Schwanz am Bug lag nun der Wal mit seinem schwarzen Rumpf dicht an dem des Schiffes. Und wenn man die beiden bei der Dunkelheit der Nacht betrachtete, die die Spiere und das Takelwerk hoch oben unsichtbar machte, so schienen Schiff und Wal wie zwei ungeheure Ochsen nebeneinander eingejocht zu sein, und zwar war der eine etwas hinübergelehnt, während der andere aufrecht dastand.

Wenn in der Fischerei der Südsee ein gefangener Pottwal nach langwieriger und schwerer Arbeit spät am Abend an die Längsseite des Schiffes gebracht ist, so pflegt man nicht sofort dazu überzugehen, ihn auseinanderzuschneiden. Das ist ein zu mühevolles Geschäft, als daß man sich sofort damit befaßte, und erfordert die Arbeit der ganzen Schiffsmannschaft. Daher verlangt ein allgemeiner Brauch, daß man die Segel einzieht, das Steuer an der Leeseite festbindet, und jeden Mann bis Tagesanbruch nach unten in die Hängematte schickt. Nur muß bis dahin Ankerwache gestellt werden, und zwar zwei müssen alle Stunde an Deck gehen, um zu sehen, ob alles in Ordnung ist. Aber manchmal kann gerade in der Gegend des Äquators im Stillen Ozean dieser Plan nicht befolgt werden. Unvorhergesehene Scharen von Haifischen wimmeln am angetäuten Leichnam, so daß nach sechs Stunden höchstens noch das Skelett desselben übrig wäre. In den meisten Gebieten des Ozeans kann die ans Unglaubliche grenzende Gefräßigkeit dadurch eingeschränkt werden, daß man dem Hai mit scharfen Walfischspaten kräftig zu Leibe geht. Aber in manchen Fällen stachelt dieses Verfahren sie zu noch größerer Lebhaftigkeit an.

Aber bei den Haien, die sich jetzt um den »Pequod« herumtrieben, war das nicht der Fall. Wenn auch wohl mancher, der an diesen Anblick nicht gewöhnt war, sicherlich in dieser Nacht, wenn er über die Reling geschaut hätte, des Glaubens gewesen wäre, daß das ganze Meer ein Riesenkäse und die Haie die Maden darin gewesen wären. Und doch gab es, als Stubb nach beendeter Mahlzeit die Ankerwache übergab und Queequeg und ein Matrose von der Vorderkajüte an Deck kamen, unter den Haien eine große Aufregung. Die beiden Matrosen ließen sofort das Schneidegerüst zugleich mit drei Laternen an der Seite herab, so daß lange Lichtstrahlen über die stürmische See fielen, stießen mit den langen Walfischspaten in die Gegend und richteten ein fortwährendes Blutbad unter den Haien an, wobei sie mit den scharfen Eisen in die Schädel fuhren, wo das volle Leben zu sitzen schien.

Aber in dem von dem Wirrwarr der kämpfenden Haifischhaufen herrührenden Schaum war es den beiden Schützen schwer, immer das Ziel zu treffen. Dabei zeigte sich die unglaubliche Wildheit des Haies von einer neuen Seite. In wilder Raserei schnappten sie nicht nur um sich, um sich gegenseitig zu zerstückeln, sondern sie krümmten sich wie biegsame Bogen und bissen nach ihren eigenen Körperteilen, so daß das Maul desselben Tieres sich in den eigenen Eingeweiden festgebissen hatte und nun immer neue Wunden aufriß.

Aber das war noch nicht alles. Es war gefährlich, mit den Leichen und Geistern dieser Geschöpfe in Verbindung zu treten. Eine gewisse pantheistische Lebenskraft schien in den Gelenken und Knochen zu stecken, nachdem das sogenannte Leben des

Individuums geschwunden war. Als ein getöteter Hai der Haut wegen an Deck gezogen war, hätte er beinah die Hand des armen Queequeg abgerissen, als er den abgestorbenen oberen mörderischen Kiefer zumachen wollte.

»Queequeg sich nicht darum kümmern, was für Gott Hai geschaffen hat«, sagte der Wilde, der vor Schmerz die Hand auf- und abbewegte. »Ob Fidji-Gott, ob Nantucket-Gott. Aber Gott, der Hai geschaffen hat, muß verteufelter Ingin gewesen sein.«

Einunddreißigstes Kapitel

Es war Samstagabend, und ein richtiger Sonntag folgte! Aber alle Walfischer haben ja die Gewohnheit, den Sonntag nicht heilig zu halten. Der aus Walfischbein bestehende »Pequod« wurde, wie es schien, in eine Schlachtbank verwandelt. Jeder Matrose darauf wurde ein Schlächter. Man hätte glauben können, daß wir den Göttern des Meeres zehntausend rote Ochsen opfern wollten.

Da wurden zunächst mal die ungeheuer großen Flaschenzüge mitsamt den ebenso schweren Dingen, zu denen ein Haufe von Rollen gehört, die gewöhnlich grün bemalt sind und die kein Mann allein aufheben kann, oben an den Hauptmast hinaufgezogen und an die untere Mastspitze festgebunden. Das war der stärkste Punkt, der oberhalb des Decks des Schiffes überhaupt vorhanden war. Das Ende dieses kabelähnlichen Seiles, das man durch diese Verwicklung hindurchzog, wurde nach der Ankerwinde fortgeführt; dann wurde die ungeheuer große untere Rolle des Flaschenzuges über den Wal hinübergeschwungen. An dieser Rolle wurde der große Speckhaken, der einige Zentner schwer war, angebunden.

Und nun bewaffneten sich Starbuck und Stubb, die in Gerüsten an der Seite hingen, mit ihren langen Spaten, schnitten ein Loch in den Körper des Fisches, um an dieser Stelle den Haken grade da anbringen zu können, wo die beiden Seitenflossen am nächsten waren. Als dies geschehen war, zog man eine breite, halbkreisförmige Linie um das Loch, senkte den Haken hinein, und die größte Mannschaft zog unter einem wilden Geschrei im dichten Haufen an der Ankerwinde fest an. Da legte sich das ganze Schiff mit einemmal auf die Seite, und jeder Bolzen zitterte und bewegte die erschreckten Mastspitzen im Himmel. Ganz allmählich lehnte es sich nach dem Wal hinüber, wobei bei jedem Zug an der Ankerwinde eine entsprechende Bewegung von den Wellen erfolgte, bis man schließlich plötzlich ein schreckliches Krachen hörte. Da rollte das Schiff vor dem Wal nach vorn und nach rückwärts. Der Flaschenzug wurde mit einem Male oben sichtbar und zog das losgelöste halbkreisförmige erste Stück Walfischspeck nach sich.

Wie der Walfischspeck den ganzen Wal umschließt, wie eine Apfelsinenschale die Frucht, so schälte er sich nun vom ganzen Körper los, wie eine Apfelsine nach spiralförmigem Schälen. Mit jedem Zug an der Ankerwinde polterte der Wal in dem Wasser herum. Der Walfischspeck schälte sich in einem Zuge gleichförmig los und folgte der Linie, die »Blattung« genannt wird. Zu gleicher Zeit wurde er auch von den Spaten Starbucks und Stubbs zerschnitten. Und so schnell wie er abgeschält wurde, wurde er auch höher und höher gezogen, bis das obere Ende den Hauptmast erreichte. Da hörten die Leute an der Ankerwinde mit einemmal auf, und einen Augenblick lang flog die blutdurchtränkte Masse hin und her, als ob sie vom Himmel herabkäme, so daß jeder sich in acht nehmen mußte und auswich, wenn sie gerade über ihn kam und man nicht eine Ohrfeige bekommen oder kopfüber über Bord gefegt werden wollte.

Ein Harpunier ging nun mit einer langen, scharfen Waffe, dem »Enterschwert« vor und schnitt, wenn die Gelegenheit günstig war, mit geschicktem Schnitt ein gehöriges Loch in den unteren Teil der hin- und herschwingenden Masse. In dieses Loch hakte man dann das Ende des zweiten großen Flaschenzuges ein, um den Speck an einer festen Stelle anpacken zu können. Dann machte der geschickte Mann mit dem Schwert, nachdem er alle aufgefordert hatte, zurückzutreten, noch einmal einen mit wissenschaftlicher Genauigkeit ausgeführten Schnitt in die Masse und teilte sie durch ein paar seitwärts geführte kühne Schnitte vollständig in zwei Hälften, so daß der lange obere Streifen frei schwingen und herabgelassen werden konnte, während der kürzere untere Teil noch fest war. Die Leute an der Ankerwinde nahmen nun ihren Gesang wieder auf, und während der eine Flaschenzug einen zweiten Streifen vom Wal herunterschälte und hochzog, wurde der andere langsam herabgelassen. Der erste Streifen ging durch die große Luke rechts nach unten und fiel in einen unmöblierten Raum, den man das »Speckloch« nennt. In diesem dämmrigen Raum mußten mehrere flinke Hände das lange Speckstück zusammenrollen, als ob es eine große lebendige Masse von geflochtenen Schlangen wäre.

Zweiunddreißigstes Kapitel

Wir haben schon gesagt, daß der Speck in langen Stücken, den sogenannten »Decken«, heruntergezogen wird. Der Wal ist in seinen Speck wie in eine Decke, mit der man sich zudeckt, eingewickelt, oder, um noch einen besseren Vergleich zu gebrauchen, in einen Indianerponcho, der ihm über den Kopf gezogen ist und bis an das äußerste Ende reicht. Dank dieser gemütlichen Einkleidung ist der Wal imstande, sich bei jeder Witterung, in allen Meeren, zu allen Zeiten und in allen Fluten wohl zu fühlen. Was sollte denn aus einem Grönlandwal in dem schaurigen Eismeer des Nordens werden, wenn er nicht mit seinem gemütlichen Mantel bedeckt wäre? Natürlich findet man auch Fische, die sich ungewöhnlich frisch in diesen Gewässern des Nordens erhalten. Aber diese kaltblütigen, lungenlosen Fische, deren Leiber wie Eismaschinen sind, können sich schon an der Leeseite eines Eisberges wärmen, wie es bei einem Reisenden im Winter an dem Feuer des Gasthauses der Fall ist. Dagegen hat der Wal wie der Mensch Lungen und warmes Blut. Fängt sein Blut an zu frieren, so stirbt er.

Wenn es schon ein Wunder ist, daß dieses große Ungeheuer Körperwärme so notwendig braucht wie der Mensch, so wird es uns erst recht wundern, daß er in den arktischen Meeren zu Hause ist und tief mit den Lippen in das kalte Wasser eintaucht und sich dort recht wohl fühlt. In Meeren, wo über Bord gefallene Matrosen, wenn man sie Monate später auffindet, mitten in den Eisstücken eingefroren sind, wie Fliegen, die in ein Bernsteinstück eingeklebt sind. Aber es wird noch mehr überraschen, wenn man erfährt, daß das Blut eines Polarwals, wie durch Versuche festgestellt ist, noch wärmer ist, als das eines Negers von Borneo im Hochsommer. –

»Die Ketten einziehen! Laßt den toten Wal achteraus!« Die großen Flaschenzüge haben nun ihre Arbeit getan. Der abgeschälte weiße Körper des geköpften Walfisches leuchtet nun wie ein marmornes Grabmal; obwohl er nun anders aussieht als vorher, so ist er doch noch ebenso kolossal. Langsam treibt er immer mehr ab. Das Wasser wird von den unersättlichen Haifischen aufgepeitscht. Die Luft wird oben von Scharen raubgieriger, schreiender Vögel unsicher gemacht, deren Schnäbel wie Dolche in den Wal hineinhacken. Das ungeheure, weiße, kopflose Phantom treibt immer mehr vom Schiff ab. Und bei jedem Zoll vermehrt sich der mörderische Lärm der Haie im Quadrat und das Geschrei der Vögel in der dritten Potenz. Noch stundenlang ist dieser häßliche Anblick von dem fast an derselben Stelle stehenbleibenden Schiff aus zu sehen. Unter dem unbewölkten und milden, azurblauen Himmel treibt die große, tote Masse auf dem hellen Spiegel des lieblichen Meeres, auf den lustige Brisen Dünungen hervorrufen, langsam weiter und weiter, bis sie schließlich in der unendlichen Ferne verschwindet.

Es ist ein furchtbar trauriges und noch dazu spöttisches Begräbnis. Die Seegeier erscheinen in stummer Trauer und die Lufthaie sind alle schwarz oder mit Punkten gesprenkelt. Zu Lebzeiten würden nur wenige dem Wal Hilfe gebracht haben, wenn er zufällig ihrer bedurft hätte. Aber bei seinem Leichenschmaus fallen sie in frommer Trauer darüber her. Wie entsetzlich ist doch die Raubgier der Erde, vor der nicht mal der mächtigste Wal sicher ist!

Dreiunddreißigstes Kapitel

Man darf nicht vergessen, zu erwähnen, daß der Wal enthauptet wird, bevor der Körper vollständig abgezogen ist. Aber die Enthauptung des Pottwals ist eine Angelegenheit, die mit anatomischem Scharfsinn vollzogen wird, und auf die erfahrene Wal-Chirurgen sich sehr viel einbilden. Das geschieht auch nicht ganz ohne Grund.

Man muß bedenken, daß der Wal eigentlich nicht über einen sogenannten Hals verfügt; wo Kopf und Rumpf zusammengehen, scheint gerade der dickste Teil des Körpers zu sein. Man muß auch bedenken, daß der Chirurg von oben arbeiten muß, daß acht oder zehn Fuß zwischen seinem Objekt liegen und daß dasselbe in einer undurchsichtigen und sehr oft stürmischen See verborgen ist. Man muß sich auch vergegenwärtigen, daß er unter diesen ungünstigen Umständen viele Fuß tief in das Fleisch hineinschneiden muß, und daß er, ohne ein einziges Mal in den so geführten Schnitt hineinschauen zu können, alle danebenliegenden verbotenen Teile umgehen und die Wirbelsäule an einem kritischen Punkt zerteilen muß an der Stelle, wo diese in den Schädel geht. Soll man sich da nicht wundern, wenn Stubb nur zehn Minuten brauchte, um einen Pottwal zu enthaupten?

Wenn der Kopf abgetrennt ist, läßt man ihn achterwärts herunter und befestigt ihn an einem Kabel, bis der Rumpf abgezogen ist. Wenn das geschehen ist, so wird er, sofern er einem kleinen Wal angehört, an Deck gezogen, und man verfügt über ihn nach Belieben. Aber bei einem ausgewachsenen Wal ist das unmöglich. Der Kopf des Pottwals nimmt beinahe ein Drittel des ganzen Körpers ein. Und wenn man mit den ungeheuren Flaschenzügen eines Walschiffes eine solche Last vollständig aufhängen wollte, so wäre das ein ebenso vergeblicher Versuch, wie der, wenn man eine holländische Scheune auf einer Juwelierwage wiegen wollte.

Als der Wal geköpft und der Rumpf abgezogen war, wurde der Kopf an der Seite des Schiffes aufgezogen und hing noch halb im Wasser, so daß er größtenteils vom Meer selbst getragen wurde. Und so wurde er durch das Fahrzeug, das sich zu ihm steil hinüberlehnte, mit Hilfe des ungeheuren, nach unten gerichteten Zuges vom unteren Mast gehalten, wobei jede Rahe an dieser Seite wie ein kleiner Krahn über den Wogen mitwirkte. Schließlich hing der Walfischkopf, von dem das Blut herabtropfte, dem »Pequod« an der Seite, wie der Kopf des riesigen Holofernes am Gürtel der Judith.

Als die letzte Arbeit getan war, war es Mittag, und die Matrosen gingen nach unten zum Essen. Es herrschte nun völlige Ruhe auf Deck, auf dem es vorher noch so laut zugegangen war. Eine Ruhe, vergleichbar einer alles bedeckenden Lotosblume, die allmählich ihre geräuschlosen, alles Maß übersteigenden Blätter ausstreckt, breitete sich über das Meer aus.

Eine kurze Zwischenzeit verging, und in dieser Stille kam Ahab allein aus seiner Kajüte hervor. Er ging ein paarmal auf dem Achterdeck herum, blieb stehen, starrte über die Reling und nahm dann, nachdem er langsam zwischen die Hauptketten gegangen war, Stubbs langen Spaten, der nach der Enthauptung des Wales noch dalag. Stieß ihn in den unteren Teil der halb aufgehängten Masse, nahm das eine Ende wie eine Krücke unter den Arm, stand dann nach vorn gelehnt da und starrte den Walfischkopf gedankenvoll an.

Es war ein dunkelfarbiger Kopf mit einer Haube. Wie er mitten in der tiefen Stille dahing, schien er die Sphinx in der Wüste zu sein.

»Rede, ungeheurer und ehrwürdiger Kopf,« brummte Ahab, »der du, obwohl du keinen Bart hast, doch hier und da wie mit reifartigen Moosteilen bedeckt bist! Rede, gewaltiger Kopf und erzähle uns von dem Geheimnis, das in dir verborgen ist! Von allen Tauchern bist du am tiefsten getaucht! Du Kopf, auf den die höchste Sonne nun ihre Strahlen fallen läßt, du hast auf dem Grund dieser Welt geweilt, wo nicht auf die Nachwelt gekommene Namen und Schiffe verrosten und nie bekanntgewordene Hoffnungen und Anker verfaulen; wo unsere mörderische Fregatte, die Erde, den Ballast der Skelette von Millionen Ertrunkener geladen hat, da warst du am besten zu Hause!

Du hast es erlebt, wie der ermordete Matrose um Mitternacht von Piraten vom Deck gestoßen wurde, wie er nach und nach in die noch größere Nacht des unersättlichen Schlundes fiel, und die Mörder in aller Ruhe davonsegelten.

Und wie daneben Blitze ein Schiff zersplitterten, das einen rechtschaffenen Gatten in die ausgestreckten, sehnsuchtsvollen Arme seiner Frau bringen sollte! Du hast genug erlebt, so daß die Planeten hätten zerschellen und Abraham zu einem Ungläubigen hätte werden können, und du sagst nicht ein einziges Wort dazu!«

»Segel in Sicht!« schrie eine Stimme triumphierend hoch oben vom Hauptmast.

»Wirklich? Nun das ist ja famos«, rief Ahab. Er richtete sich mit einem Male auf, während die reinen Gewitterwolken ihm über den Augenbrauen standen.

»Solch ein lebendiger Ruf könnte nach dieser Totenstille einen, der besser wäre als ich, bekehren! Wo ist es denn?«

»Drei Strich am Steuerbordbug! Es läuft mit der Brise auf uns zu!«

»Das ist ja noch besser, Mann! Ich wollte, der heilige Paulus käme nun des Weges daher und brächte bei meiner Windstille seine Brise mit! Wie unsagbar ähnlich seid ihr doch, Natur und menschliche Seele! Das kleinste Atom kann nicht leben und weben in der Materie, ohne daß es nicht im Geiste ein entsprechendes Gegenbild hätte!«

Vierunddreißigstes Kapitel

Schiff und Brise wehten zu gleicher Zeit auf. Aber die Brise kam schneller an als das Schiff, und bald fing der »Pequod« an zu schaukeln. Nach und nach erkannte man durch das Glas, daß die Boote des fremden Schiffes und die bemannten Masten einem Walschiff angehörten. Aber da es zu weit windwärts war und vorbeischoß, um anscheinend einem anderen Walfischgrunde zuzusegeln, konnte der »Pequod« nicht erwarten, das Schiff einzuholen. Daher wurde ein Signal aufgezogen, um zu sehen, was man für eine Antwort bekam.

Ich muß bemerken, daß die Schiffe der amerikanischen Walflotte wie die Schiffe der Kriegsmarine ein besonderes Signal haben. Alle diese Signale sind in einem Buch gesammelt, das alle Namen der in Frage kommenden Schiffe enthält; jeder Kapitän besitzt dieses Buch. Die Kapitäne der Walschiffe sind somit imstande, einander auf dem Ozean zu erkennen, selbst auf ziemlich weite Entfernungen mit großer Leichtigkeit.

Auf das Signal des »Pequod« hin setzte das fremde Schiff das eigene Signal auf. Man erkannte, daß es der »Jerobeam« aus Nantucket war. Die Rahen wurden gebraßt. Das Schiff segelte los, fuhr im rechten Winkel in der Leeseite des »Pequod« und ließ ein Boot herab. Bald war es nahe heran. Aber als die Schiffsleiter auf Befehl Starbucks angelegt werden sollte, um es dem Kapitän bequem zu machen, winkte der Fremde vom Heck des Bootes aus, zum Zeichen, daß das Vorhaben gänzlich überflüssig wäre. Es zeigte sich, daß der »Jerobeam« eine schlimme Epidemie an Bord hatte, und daß Mayhew, der Kapitän, befürchtete, er könne die Mannschaft des »Pequod« anstecken. Obwohl er selbst und die Mannschaft des Bootes nicht krank waren und das Schiff einen halben Flintenschuß weit weg lag, und obwohl See und Wind ungefährlich waren, so hielt er sich doch gewissenhaft an die ängstliche Quarantänevorschrift des Landes und vermied es von vornherein, mit dem »Pequod« direkt in Berührung zu kommen.

Aber damit wurde keineswegs jede Verbindung überhaupt unterbunden. Das Boot des »Jerobeam« hielt in einem Abstand von einigen Yards von dem Schiff und bemühte sich, durch gelegentlichen Gebrauch der Ruder sich parallel zum »Pequod« zu halten, der sich mit seinem hinteren Hauptsegel wacker einen Weg durch die See kämpfte, da es mittlerweile kräftig anfing zu wehen. Wenn auch das Boot manchmal durch den Stoß einer plötzlich auftretenden großen Welle hochgetragen wurde, so brachte man es bald geschickt wieder in die alte Richtung hinein. Von diesen und ähnlichen gelegentlichen Unterbrechungen abgesehen, konnte zwischen den beiden

Schiffen eine Unterhaltung geführt werden; aber dazu kam noch eine Unterbrechung von einer ganz anderen Art.

Im Boot des »Jerobeam« führte ein Mann von sonderbarem Aussehen das Ruder. Das will was heißen, wo bei den Walfischern die sonderbarsten Individuen, die es überhaupt gibt, zusammenlaufen; es war ein kleiner, kurzer Mann von jugendlichem Aussehen, der im ganzen Gesicht mit Sommersprossen bedeckt war und riesig lange blonde Haare trug. Ein Rock mit langen Schößen und von mysteriösem Schnitt, der abgetragen und walnußfarben war, bedeckte ihn; die hochgeklappten Schöße gingen ihm bis an die Hüften. In seinen Augen lag ein tiefer fanatischer Ausdruck des Wahnsinns.

Er war ursprünglich unter der verdrehten Gesellschaft der »Neskyeuna Shakers« aufgewachsen, wo er es bald zum großen Propheten gebracht hatte. In ihren verrückten Geheimsitzungen war er verschiedentlich vom Himmel durch eine Falltür herabgestiegen, wobei er schnell die siebente Phiole aufmachte, die er in der Westentasche bei sich hatte. Aber sie enthielt kein Schießpulver, sondern war, wie man annahm, mit Opiumtinktur gefüllt. Eine merkwürdige apostolische Grille hatte ihn gepackt. Und so war er von Neskyeuna nach Nantucket gegangen, wo er bei seiner merkwürdigen Veranlagung zum schlauen Wahnsinn ein gesetztes unauffälliges Benehmen an den Tag legte und sich als Volontär für die Walreise des »Jerobeam« anbot. Er wurde angenommen, aber kaum war er mit dem Schiff außer Sichtweite des Landes, da brach der Wahnsinn in höchster Potenz bei ihm aus. Er gab sich als Erzengel Gabriel aus und befahl dem Kapitän, über Bord zu springen. Er veröffentlichte ein Manifest und erklärte sich als Befreier der Inseln des Meeres und Generalstatthalter von ganz Ozeanien.

Der unwiderlegbare Ernst, mit dem er diese Dinge vorbrachte, das dunkle, verwegene Spiel seiner ruhelosen, aufgepeitschten Phantasie und alle übernatürlichen Schrecken des Wahnsinns vereinigten sich, um diesen Gabriel in den Augen der meisten unerfahrenen Matrosen mit einem Nimbus von Heiligkeit zu umgeben. Außerdem hatten sie vor ihm Angst. Da natürlich solch ein Kerl auf dem Schiff nicht zu gebrauchen war, und er nichts anfassen wollte, was ihm nicht gefiel, so wäre der ungläubige Kapitän ihn gern losgeworden. Aber als der Erzengel merkte, daß man ihn im ersten besten Hafen absetzen wollte, öffnete er alle geheimen Siegel und Phiolen und erklärte das Schiff und die ganze Besatzung unweigerlich für verloren, wenn diese Absicht ausgeführt würde. Er hatte auf seine Anhänger unter der Mannschaft einen so starken Einfluß, daß diese geschlossen zum Kapitän gingen und ihm mitteilten, daß keiner bleiben würde, wenn Gabriel vom Schiff fortgeschickt würde. Der Kapitän war daher gezwungen, seinen Plan fallen zu lassen. Die Matrosen würden es auf keinen Fall geduldet haben, daß Gabriel mißhandelt würde, mochte er nun sagen und tun, was er wollte.

Und so kam es denn, daß Gabriel sich auf dem Schiff einer ungenierten Freiheit erfreute. Die Folge war, daß sich der Erzengel wenig oder so gut wie gar nicht um den Kapitän und die Schiffsmaate kümmerte. Seitdem die Epidemie ausgebrochen war, wuchs sein Ansehen; er erklärte, daß die »Pest«, wie er die Krankheit nannte, nur auf seinen Befehl gekommen wäre. Und sie würde, wenn es ihm Vergnügen machte, noch länger an Bord verweilen. Die Matrosen, die größtenteils arme Teufel waren, umschmeichelten ihn, und einige von ihnen warfen sich sogar vor ihm nieder. Um seinen Anordnungen Folge zu leisten, gingen sie sogar so weit, daß sie ihm persönliche Huldigungen wie einem Gott darbrachten. Solche Dinge können unglaublich erscheinen; aber so merkwürdig sie auch sind, sie sind doch wahr.

Aber es ist Zeit, daß wir zum »Pequod« zurückkehren.

»Ich fürchte die Epidemie bei dir nicht, Mann«, sagte Ahab vom Schiffsgerüst zum Kapitän Mayhew, der im Heck des Bootes stand. »Komm an Bord!«

Aber nun sprang Gabriel mit einem Satz auf die Beine.

»Denk' doch an das Fieber, an das Fieber, an das gelbe und Gallfieber! Hüte dich vor der entsetzlichen Pest!«

»Gabriel, Gabriel!« rief Kapitän Mayhew. »Du mußt entweder –« Aber in demselben Augenblick kam eine ungestüme Welle und hob das Boot mit einem Schwung weit weg auf einen Wellenkamm, so daß durch das siedende Geräusch die weitere Rede erstickt wurde.

»Hast du den weißen Wal gesehen?« fragte Ahab, als das Boot wieder zurückgetrieben wurde.

»Denk' doch an das Walboot, das eingeschlagen wurde und unterging! Hüte dich vor dem schrecklichen Walfischschwanz!«

»Ich sage dir noch einmal, Gabriel, daß –« Aber schon wieder wurde das Boot in die Höhe gezogen, als ob Teufel die Hand im Spiele hätten. Einige Augenblicke lang sagte man kein Wort, während widerspenstige Wellen nacheinander vorüberrollten, die, einer Laune des Meeres folgend, das Boot nicht emporhoben, sondern sogar umwarfen. Inzwischen wurde der hochgezogene Pottwalkopf mächtig hin und her geschüttelt. Als Gabriel das sah, verriet er mehr Angst, als ein Erzengel hätte zeigen dürfen.

Nachdem dies Intermezzo vorbei war, erzählte Kapitän Mayhew eine dunkle Geschichte von Moby-Dick. Dabei wurde er verschiedene Male von Gabriel, wenn dieser

Name vorkam, unterbrochen und ebenso von der wilden See, die mit ihm im Bunde zu sein schien.

Der »Jerobeam« war noch nicht lange von Hause fort, da rief er ein Walschiff an, dessen Mannschaft zuverlässige Kenntnis von Moby-Dick und den Verheerungen hatte, die er anrichtete. Gabriel sog diese Mitteilungen gierig ein und warnte den Kapitän feierlich, daß er den weißen Wal auf keinen Fall angreifen sollte, wenn dieser sich sehen ließ. In seinem Wahnsinn erklärte er auf seine geschwätzige Art, daß der weiße Wal nichts Geringeres als der verkörperte »Gott der Shaker« wäre. Das hätten die Shakers aus der Bibel. Aber als dann ein oder zwei Jahre darauf Moby-Dick von dem Ausguckposten gesichtet wurde, brannte Macey, der Obermaat, danach, den Wal zu treffen. Der Kapitän wollte ihm diese günstige Gelegenheit nicht nehmen, trotzdem der Erzengel mit seinen Anklagen und Warnungen nicht zurückhielt. Macey gelang es, fünf Mann für das Boot zu gewinnen. Mit ihnen fuhr er ab, und nach mühevollem Rudern und vielen gefährlichen, vergeblichen Angriffen gelang es ihm schließlich, ein Eisen in den Wal zu bringen.

Währenddem machte Gabriel, der oben auf den Mast des Oberbramsegels geklettert war, mit dem Arm wahnsinnige Bewegungen und verkündete den Angreifern der Göttlichkeit des Wales ihren schnellen Untergang in prophetischen Reden.

Als nun Macey, der Maat, hochaufgerichtet im Bug des Bootes stand und mit unverminderter Kraft seine wilden anfeuernden Reden gegen den Wal ausstieß und darauf wartete, wie er die schwebende Lanze in einem günstigen Augenblick fortschleudern könnte, da erhob sich mit einem Male ein breiter, weißer Schatten aus dem Meere. Er stieg urplötzlich auf und raubte durch seine fächelnde Bewegung den Ruderleuten minutenlang den Atem. Im nächsten Augenblick wurde der unglückliche Maat, der so voll ungestümen Lebens steckte, in die Luft gerissen, und flog in einem weiten Bogen in einer Entfernung von 50 Yard in die See. Kein Stück war am Boot beschädigt und keinem Bootsmann war ein Haar gekrümmt worden, aber der Schiffsmaat blieb für immer versunken.

Man muß wissen, daß diese verhängnisvollen Unfälle in der Pottwalfischerei reichlich häufig sind. Oftmals geschieht niemandem etwas außer dem Mann, der auf diese Weise vernichtet wird. Oftmals ist der Bug des Bootes oder der Platz, auf dem der Harpunier stand, mit dem Körper desselben fortgerissen. Aber das allermerkwürdigste ist, daß in mehreren Fällen an dem Körper des Toten, wenn man ihn wieder fand, nicht eine Spur von Gewalttätigkeit zu erkennen war; der Mann war nichts wie tot.

Das ganze Unglück wurde vom Schiff deutlich erkannt, und man sah, wie Macey ins Meer fiel. Da erhob Gabriel einen gellenden Schrei: »die Phiole! die Phiole!« und hielt die vor Schrecken bebende Mannschaft davor zurück, den Wal weiter zu verfolgen. Dieses furchtbare Ereignis verstärkte den Einfluß des Erzengels noch mehr. Seine leichtgläubigen Anhänger glaubten nämlich, daß er den Vorfall vorher verkündet habe. So wurde er denn ein unheimlicher Schrecken für das Schiff.

Als Mayhew seine Erzählung beendet hatte, stellte Ahab solche Fragen, daß der fremde Kapitän sich erkundigte, ob er den weißen Wal jagen wollte, wenn sich die Gelegenheit dazu böte. Worauf Ahab dann antwortete: »Ja!« Da sprang Gabriel noch einmal auf die Beine, glotzte den alten Mann an und rief mit nach unten gerichtetem Finger heftig aus: »Denke doch an den toten Gotteslästerer und sieh da unten! Hüte dich vor seinem Ende!«

Ahab wandte sich ruhig zur Seite und sagte dann zu Mayhew: »Kapitän, ich denke gerade an den Postbeutel. Da ist ein Brief für einen von deinen Offizieren, wenn ich mich nicht irre. Starbuck sieh mal den Beutel durch!«

Jedes Walschiff nimmt eine beträchtliche Zahl von Briefen für verschiedene Schiffe mit, und die Beförderung derselben an die Adressaten hängt nur davon ab, ob man sich zufällig in den vier Ozeanen trifft. So erreichen die meisten Briefe niemals ihr Ziel, und viele werden erst dann abgegeben, nachdem sie zwei, drei Jahre oder noch älter sind.

Bald darauf kehrte Starbuck mit einem Brief in der Hand zurück. Er war scheußlich zerknüllt, feucht und mit einem grünen fleckigen Schimmel bedeckt, weil er in einem dunklen Kasten in der Kajüte aufbewahrt war. Der Teufel hätte wohl selbst der Briefträger eines solchen Briefes sein können.

»Kannst du ihn nicht lesen?« rief Ahab. »Gib ihn mir, Mann! Ja, das ist nur ein dünnes Gekritzel. Aber was ist denn das?« Als er ihn studierte, nahm Starbuck die Stange eines langen Schneidespatens, spaltete mit dem Messer soeben das eine Ende, um den Brief hineinzustecken und ihn auf diese Weise dem Boot zu übergeben, ohne daß es näher ans Schiff heranzukommen brauchte. Inzwischen brummte Ahab, während er den Brief hielt: »Mister Har – ja – Mister Harry! Das ist ja die feine Handschrift einer Frau, und ich wette, das ist die Frau des Mannes, ja – Mister Harry Macey, Schiff »Jerobeam«. Nun, es ist ja Macey, und der ist tot!« –

»Armer Kerl! armer Kerl! und dieser Brief ist von seiner Frau«, seufzte Mayhew. »Aber geben Sie ihn mir nur her!«

»Nein, behalte ihn nur«, schrie Gabriel Ahab zu. »Du wirst bald denselben Weg gehen.« – »Der Fluch soll dich treffen!« schrie Ahab mit gellender Stimme. »Kapitän Mayhew, paß auf und nimm ihn!« Damit nahm er den verhängnisvollen Brief aus der Hand Starbucks, steckte ihn in den Schlitz der Stange und reichte ihn zum Boot herüber. Aber als dies geschah, hielten die Ruderleute erwartungsvoll im Rudern inne. Das Boot wurde ein wenig gegen das Heck des Schiffes getrieben, so daß wie durch ein Wunder der Brief plötzlich in die gierige Hand Gabriels kam. Er packte ihn sofort, griff nach dem Bootsmesser, steckte den Brief in den gemachten Spalt und schickte ihn so wieder nach dem Schiff zurück.

Er fiel zu den Füßen Ahabs nieder. Dann schrie Gabriel seinen Kameraden zu, daß sie die Ruder greifen sollten, und so schoß denn das widerspenstige Boot, so schnell es konnte, aus dem Bereich des »Pequod« fort.

Fünfunddreißigstes Kapitel

Bei dem Lärm, den das Zerschneiden und Bergen des Wals mit sich bringt, laufen die Matrosen vom Vorder- zum Achterdeck hin und her. Mal werden Leute hier, mal werden sie dort gebraucht. Man bleibt nicht an einer Stelle stehen. Alles muß zur selben Zeit allerorts mit einem Male ausgeführt werden.

Wir hatten erwähnt, daß der Speckhaken zuerst in das Loch eingehängt werden mußte, was mit Hilfe der Spaten der Maate ausgeführt wurde, bevor man in den großen Rücken des Wales überhaupt eine Bresche legen konnte. Aber wie war es möglich, daß eine so plumpe und schwere Masse, wie der Haken, in dem Loch festgemacht werden konnte? Er wurde durch meinen Freund Queequeg darin befestigt, der als Harpunier die Funktion hatte, zu diesem ausdrücklichen Zweck auf den Rücken des Ungeheuers herabzusteigen. In vielen Fällen verlangen es die Umstände, daß der Harpunier auf dem Wal so lange bleibt, bis die Arbeit des Fellabziehens vollendet ist. Der Wal liegt fast ganz unter Wasser – darauf ist wohl zu achten – bis auf die Körperteile, an denen gerade gearbeitet wird. So treibt sich denn der arme Harpunier zehn Fuß unter Deck dort unten herum, halb ist er auf dem Wal und halb ist er im Wasser, und dazu dreht sich die ungeheure Fleischmasse unter ihm wie eine Tretmühle. Queequeg war nur in Hemd und Socken, und sein Anzug glich somit einem Hochländerkostüm.

Ich war der Bugmann des Wilden, das heißt die Person, die das Bugruder im Boote, das zweite von vorn gerechnet, führen mußte. So war es denn meine angenehme Pflicht, ihm behilflich zu sein, wenn er auf dem Rücken des toten Wals seine wagehalsigen Kletterversuche machte. Du hast gewiß schon die italienischen Musikanten gesehen, die einen Tanzaffen an einem langen Strick halten. Gerade so hielt ich meinen Queequeg von der steilen Seite des Schiffes aus, dort unten im Meere. Daher kommt der technische Ausdruck »Affenseil«, das an einem starken Segeltuchgürtel, der ihm um die Hüften gebunden ist, befestigt ist. Es war eine gefährliche Beschäftigung für uns beide, die dabei nicht ganz ohne Humor war. Bevor wir weitergehen, muß gesagt werden, daß das Affenseil mit beiden Enden festgebunden war, und zwar an dem breiten Segeltuchgürtel von Queequeg und an meinem schmalen Ledergürtel, so daß wir beide zeitweilig auf Tod und Leben miteinander verbunden waren. Sollte der arme Queequeg untersinken und nie mehr hochkommen, so verlangte es die Sitte und die Ehre, daß ich das Seil nicht abschneiden durfte, sondern in das Kielwasser Queequegs nachgezogen wurde. So waren wir denn wie die siamesischen Zwillinge miteinander verbunden.

Die Haifische hatten sich durch das Gemetzel in der Nacht nicht abschrecken lassen. Nun wurden sie wieder durch das aus der Leiche fließende Blut von neuem zu kühnen Angriffen verlockt. Und so trieben sie denn toll um den Wal herum, wie Bienen in einem Bienenkorb.

Queequeg befand sich mitten zwischen diesen Haien. Oftmals stieß er sie mit den zappelnden Füßen zur Seite. Das mag einem unwahrscheinlich vorkommen, aber es verhält sich tatsächlich so, daß der fleischgierige Hai, der sonst keinen Unterschied macht, selten einen Mann anrührt, wenn er von einer Beute, wie in dem vorliegenden Fall von einem toten Wal, angelockt wird.

Aber trotzdem tut man gut, wenn man den Haien scharf auf die Finger sieht, wo sie schon mal ihre Hand im Spiele haben. Außer dem Affenseil, mit dem ich ab und zu den armen Jungen wegzog, um ihn einer zu engen Nachbarschaft mit dem Maul eines besonders gefräßigen Hais zu entreißen, erfreute er sich noch eines anderen Schutzes. In einem Gerüst hingen Tashtego und Daggoo über ihm, und schwangen dauernd ein paar scharfe Walfischspaten, mit dem sie so viel Haie, wie sie kriegen konnten, abschlachteten, über seinem Kopf. Ihr Vorhaben war bestimmt uneigennützig und wohlwollend. Sie wollten bestimmt das Beste für Queequeg. Aber bei ihrem allzu großen Eifer, ihm nützlich zu sein, und bei der Tatsache, daß er und die Haie zeitweilig halb durch das blutige Wasser verborgen waren, hätten die beiden mit ihren Walfischspaten leichter ein Bein Queequegs als einen Haischwanz abschneiden können. –

Sechsunddreißigstes Kapitel

Es muß daran erinnert werden, daß der riesige Kopf eines Pottwals die ganze Zeit dem »Pequod« an der Seite hing. Aber wir müssen ihn noch eine Weile hängen lassen, bis wir eine günstige Gelegenheit haben, ihn zurechtzumachen. Augenblicklich sind andere Dinge wichtiger, und wir können nichts Besseres für den Kopf tun, als den Himmel bitten, daß die Flaschenzüge halten.

In der vergangenen Nacht und am Vormittag war der »Pequod« langsam in ein Meer getrieben, in dem gelegentlich vorkommendes gelbes Brit darauf hinwies, daß gewöhnliche Wale in der Nähe waren. Obwohl jedermann den Fang dieser gewöhnlichen Geschöpfe verabscheute, und obwohl der »Pequod« nicht beauftragt war, sie überhaupt aufzuspüren, und obwohl man bei den Crozetts-Inseln Scharen von ihnen begegnet war, ohne ein Boot herabzulassen, wurde nun mit einem Male, wo ein Pottwal an die Längsseite gebracht und enthauptet war, der Befehl bekanntgegeben, daß ein gewöhnlicher Wal gefangen werden sollte, wenn sich die Gelegenheit dazu böte. Man brauchte nicht lange zu warten. An der Leeseite sah man große Fontänen. Und so wurden denn zwei Boote, das von Stubb und das von Flask, auf die Verfolgung geschickt. Sie ruderten immer weiter weg, bis sie schließlich für die Leute oben am Mast unsichtbar wurden. Aber plötzlich sahen sie in der Ferne weißes Wasser hoch aufwirbeln, und bald darauf kam die Meldung von oben, daß eins der Boote festsaß. Eine kurze Zeit verging. Da waren die Boote wieder deutlich zu sehen, und man bemerkte, wie sie von dem angetäuten Wal gerade in der Richtung des Schiffes gezogen wurden. Das Ungeheuer kam so dicht an den Schiffsrumpf heran, daß es schien, als ob es etwas Böses beabsichtigte. Aber mit einemmal ging es in einem Maelstrom unter und verschwand drei Ruten vor den Planken, als ob es unter den Kiel getaucht wäre.

»Abschneiden, abschneiden!« rief man vom Schiff aus den Booten zu, die in einem Augenblick nahe daran waren, an der Seite des Schiffes tödlich anzuprallen. Aber da sie noch sehr viel Seil in der Trommel hatten, und der Wal nicht sehr schnell tauchte, konnten sie ziemlich viel abwickeln, und so ruderten sie gleichzeitig mit aller Macht, um vorn vors Schiff zu kommen. Einige Minuten lang war der Kampf sehr kritisch, denn während sie die Leine in einer Richtung abwickelten und das Ruder in einer anderen Richtung handhabten, drohte die verschiedene Richtung ihnen gefährlich zu werden. Aber sie suchten nur einen Abstand von einigen Fuß zu gewinnen, und sie strengten sich so an, daß es ihnen schließlich gelang. Da spürte man mit einemmal ein heftiges schnelles Zittern, als ob der Blitz unter den Kiel geraten wäre. Die angespannte Leine unter dem Schiff wurde mit einem Male am Bug sichtbar und zitterte so stark, daß die herabfallenden Wassertropfen wie zerbrochene Glasscherben auf das Wasser fielen. Indessen wurde der Wal an der anderen Seite auch wieder sichtbar, und so wurden denn die Boote noch einmal in den Stand gesetzt, die Verfolgung aufzunehmen. Aber der erschöpfte Wal verlangsamte die Geschwindigkeit, änderte wahllos die Richtung und ging um das Heck des Schiffes herum, wobei er die beiden Boote hinter sich herzog, so daß sie einen richtigen Bogen bildeten.

Inzwischen zogen sie ihre Leinen immer mehr ein, so daß sie von zwei Seiten ihm dicht in der Flanke waren. Stubb stieß den Wal mit Flask abwechselnd mit der Lanze, und so ging rings um den »Pequod« der Kampf los. Während die Herden der Haie bisher um den Körper des Pottwales herumgeschwommen waren, stürzten sie sich nun auf das frische Blut und tranken es durstig mit jedem Strahl, so wie die gierigen Juden in der Wüste den neuen Quell ausschlürften, der aus dem Felsen, gegen den Moses geschlagen hatte, herausströmte. Schließlich wurde die Fontäne ganz dick, und der Wal legte sich mit einem schrecklichen Wälzen und Seufzen auf den Rücken und war bald eine Leiche. Als die beiden Scharfrichter damit beschäftigt waren, die Seile um die Schwanzflossen anzulegen, und auf besondere Art die Masse zum Antäuen bereitzumachen, entwickelte sich zwischen den beiden folgendes Gespräch:

»Ich möchte bloß mal wissen, was der Alte mit diesem faulen Speck will«, sagte Stubb mit einem gewissen Abscheu und dachte daran, daß er es mit einem unwürdigen Walfisch zu tun hatte.

»Will?« sagte Flask und wickelte die übrige Leine im Bug des Bootes zusammen. »Haben Sie denn niemals gehört, daß das Schiff, das schon einen Pottwalkopf an der Steuerbordseite aufgezogen hat, zu gleicher Zeit auch einen gewöhnlichen Walkopf an der Backbordseite haben muß? Haben Sie denn nie gehört, Stubb, daß solch ein Schiff niemals später kentern kann?«

»Warum denn nicht?«

»Ich weiß es nicht, aber ich hörte mal, daß der Kambodschageist von Fedallah es sagte, und der scheint sich auf den Schiffszauber zu verstehen. Aber manchmal kommt es mir so vor, als ob er für das Schiff nichts Gutes bedeutete. Ich mag den Kerl nicht so recht, Stubb. Haben Sie schon mal bemerkt, Stubb, daß sein Schneidezahn wie bei einem Schlangenkopf eingesetzt ist?«

»Der soll versaufen! Ich sehe ihn überhaupt nicht an. Aber wenn ich ihn zufällig in einer dunklen Nacht sehe, wenn er bei dem Schiffsgerüst steht und keiner bei ihm ist, dann sehen Sie mal her, Flask«, – und damit wies er in die See, mit einer charakteristischen Bewegung der beiden Hände. »Ja, das tue ich, Flask! Ich glaube, daß der Fedallah ein vermummter Teufel ist. Glauben Sie an das Ammenmärchen, daß er an Bord des Schiffes verstaut worden ist? Er ist der Teufel selbst! Daß Sie seinen Schwanz nicht sehen, liegt daran, daß er ihn verborgen aufgewickelt hat. Ich glaube, er hat ihn in der Tasche zusammengerollt. Nun, wo ich an ihn denke, fällt mir ein, daß er immer Werg nötig hat, um die Zehen in den Stiefeln auszustopfen.«

»Dann schläft er wohl in Stiefeln? Er hat keine Hängematte. Aber ich habe ihn nächtelang in einem Haufen zusammengelegter Taue liegen sehen.«

»Kein Wunder. Das ist ja wegen seines verdammten Schwanzes. Sie sehen also, daß er ihn in dem Takelwerk zusammenrollt.«

»Weshalb der Alte sich nur soviel mit ihm einläßt?«

»Müssen wohl etwas miteinander vorhaben.«

»Aber was denn?«

»Nun, Sie wissen ja, daß der Alte hinter dem weißen Wal her ist, und daß der Teufel da an ihn ranzukommen sucht, um ihm die silberne Uhr oder sogar die Seele oder sonst etwas abzunehmen und dafür den Moby-Dick auszuliefern!«

»Aber Stubb, was reden Sie da für dummes Zeug! Wie kann Fedallah so etwas tun?«

»Ich weiß es nicht, Flask. Aber der Teufel ist ein merkwürdiger Vertreter und dazu ein ganz gemeiner Schuft.« – – –

Man rief den Booten zu, sie sollten den Wal an die Backbordseite ziehen, wo die Ketten um die Schwanzflossen und andere notwendige Geräte schon bereitlägen, um den Wal zu bergen.

»Habe ich's Ihnen nicht gesagt?« sagte Flask. »Sie werden sehen, daß der Kopf des gewöhnlichen Wales gegenüber dem Kopf des Pottwales aufgezogen wird.«

In entsprechender Zeit stellte sich die Vermutung von Flask als wahr heraus. Da der »Pequod« sich unter dem Gewicht des Pottwalkopfes herüberlegte, so bekam er nun durch das Gleichgewicht der beiden Köpfe die rechte Lage des Kieles wieder, wenn er auch gehörig angespannt wurde. Und so verhält es sich auch auf philosophischem Gebiete: Wenn man auf der einen Seite den Kopf Lockes heraufzieht, fällt man nach dieser Seite. Wenn man aber auf der anderen Seite den Kopf Kants heraufzieht, so kommt man wieder ins richtige Gleichgewicht, aber man fühlt sich nicht wohl dabei.

Siebenunddreißigstes Kapitel

Da liegen nun zwei große Walfische mit ihren Köpfen nebeneinander. Wir wollen uns zu ihnen begeben und unsere Köpfe danebenlegen.

Von der erhabenen Klasse der Wale in Folioformat sind der Pottwal und der gewöhnliche Wal am bemerkenswertesten. Das sind die einzigen Wale, die regelmäßig von Menschen gejagt werden. Dem Nantucketer erscheinen sie als die beiden Extreme aller bekannten Spielarten des Wales.

Zunächst fällt einem der allgemeine Unterschied der Köpfe auf. Beide sind schon kolossal, aber der Kopf des Pottwales hat eine gewisse mathematische Symmetrie, die dem gewöhnlichen Wal leider fehlt. Der Pottwalkopf hat mehr Charakter. Wenn man ihn betrachtet, so wird man sich unwillkürlich der überwältigenden Würde, die er ausdrückt, bewußt. Im gegenwärtigen Falle wird diese Würde durch die gesprenkelte Farbe des Kopfes an der höchsten Stelle verstärkt, was ein Zeichen von vorgerücktem Alter und großer Erfahrung ist. Er ist, wie die Schiffer es in ihrer Sprache ausdrücken, ein »grauköpfiger Wal«.

Lassen Sie uns feststellen, was bei den beiden Köpfen nicht so sehr verschieden ist; das sind die beiden wichtigsten Organe, das Auge und das Ohr. Ganz unten an der Seite des Kopfes und ziemlich tief, fast an der Ecke des Kiefers der beiden Wale, wird man, wenn man genau hinsieht, schließlich ein Auge ohne Wimpern finden, das man für das Auge eines jungen Fohlens halten könnte; es steht zu der Größe des Kopfes in gar keinem Verhältnis. Bei der merkwürdigen seitlichen Lage der Walfischaugen ist es klar, daß er kein Objekt sehen kann, was gerade über ihm ist, und ebensowenig kann er ein Objekt erkennen, das genau hinter ihm liegt. Man sieht also, daß die Lage der Walfischaugen der Lage der menschlichen Ohren entspricht. Und man wird es sich nun denken können, wie einem zumute sein würde, wenn man die Gegenstände seitlich mit seinen Ohren sehen müßte. Man würde dann finden, daß man nur über dreißig Grad Sehfeld verfügt, seitlich der geraden Seitenlinie des Gesichts, und ungefähr dreißig Grad dahinter.

Wenn der größte Feind gerade hinter einem herginge und am hellichten Tage einen Dolch zückte, so würde man ihn nicht sehen können, gerade so, als ob er sich von hinten an einen heranschliche. Kurz ausgedrückt: man würde gleichermaßen zwei Rücken haben, aber zu gleicher Zeit auch zwei Vorderseiten (Seitenfronten); denn worin besteht denn die Front eines Menschen, wenn es nicht die Augen sind?

Während bei den meisten anderen Tieren die Augen so gerichtet sind, daß ihre beiderseitige Sehkraft miteinander verschmilzt, so daß im Hirn ein einziges Bild entsteht, ist es beim Wal anders. Bei der eigentümlichen Lage der Walaugen, die durch viele Kubikmeter des festen Kopfes getrennt sind, der gleichsam wie ein großer Berg zwei in einem Tal liegende Seen scheidet, so müssen die optischen Eindrücke, die jedes Auge unabhängig empfängt, natürlich getrennt bleiben. Der Wal muß daher auf der einen Seite ein deutliches Bild und auf der anderen Seite auch ein deutliches Bild haben. Und mitten dazwischen muß tiefe Dunkelheit und das reine Nichts liegen. Der Mensch sieht gleichsam aus einem Schilderhaus auf die Welt, das zwei miteinander verbundene Rahmen in einem Fenster hat. Aber bei dem Wal sind diese beiden Rahmen besonders eingesetzt und bilden zwei ganz auseinanderliegende Fenster, die nur eine schlechte Aussicht ermöglichen. Diese eigentümliche Beschaffenheit der Walfischaugen muß in der Fischerei wohl beachtet werden, und in den folgenden Szenen wird der Leser daran erinnert.

Nun könnte man eine merkwürdige und peinliche Frage aufwerfen, was es denn mit den Sehorganen bei dem Walfisch auf sich hat. Aber ich muß mich mit einem Hinweis begnügen. Solange die menschlichen Augen dem Licht ausgesetzt sind, ist der Akt des Sehens unfreiwillig, das heißt, er ist dem mechanischen Aufnehmen ausgesetzt, mag es sich nun um Objekte handeln, wie sie sein mögen. Trotzdem wird es sich bei einem Versuch herausstellen, daß, obwohl er verschiedene Dinge mit einem Blick aufnehmen kann, es ihm doch völlig unmöglich ist, zwei verschiedene Dinge, einen großen und einen kleinen Gegenstand, in demselben Moment aufmerksam und gründlich ins Auge zu fassen, auch wenn sie dicht nebeneinander liegen. Aber wenn man nun die beiden Objekte voneinander trennt und jedes mit einem tiefen, dunklen Kreis umgibt, so wird von den beiden Objekten das eine dem gegenwärtigen Bewußtsein nicht mehr faßbar sein, wenn man das andere so ins Auge faßt, daß man von ihm einen Eindruck haben will.

Wie verhält es sich da bei dem Wal? Allerdings müssen beide Augen bei ihm gleichzeitig in Tätigkeit sein. Aber nimmt sein Hirn besser auf, kombiniert es besser und ist es schlauer, als das des Menschen, so daß er in demselben Moment zwei voneinander geschiedene Objekte, die einander grade entgegengesetzt gerichtet sind, genau erkennen kann? Wenn es das wirklich kann, so ist das ebenso wunderbar, als wenn ein Mensch zwei verschiedene Beweise bei Euklid gleichzeitig vorführen könnte!

Vielleicht ist es nur ein Einfall der Laune, aber es ist mir immer so vorgekommen, als ob die ungewöhnliche Raserei, die die Wale, wenn sie von drei oder vier Booten angegriffen werden, befällt, die Furchtsamkeit und Empfänglichkeit für bloßen Schrecken, die dem Wal so eigentümlich ist und die hilflose Verlegenheit des Willens den geteilten und diametral entgegengesetzten Sehkräften zuzuschreiben ist.

Aber das Ohr des Wales ist ebenso merkwürdig wie das Auge. Wenn man ihn nicht kennt, so könnte man die beiden Köpfe stundenlang absuchen, und man würde dies Organ doch nicht finden. Das Ohr hat keine äußere Ohrmuschel oder etwas ähnliches. Und man kann kaum mit einer Gänsefeder in das Ohr hinein, so wunderbar klein ist es. Es liegt etwas hinter dem Auge. Wenn man die Ohren betrachtet, so muß man auf einen wichtigen Unterschied zwischen dem Pottwal und dem gewöhnlichen Wal achten. Während das Ohr des ersteren eine äußere Öffnung hat, ist die des letzteren völlig mit einer Membrane bedeckt, so daß es von außen her kaum gesehen werden kann.

Ist es nicht merkwürdig, daß ein so ungeheuer großes Geschöpf, wie der Wal, die Welt durch ein so kleines Auge sehen und den Donner durch ein Ohr hören muß, das kleiner ist, als das eines Hasen? Aber wenn seine Augen so groß wären, wie die Linse von dem großen Teleskop Herschels, und die Ohren so geräumig wären, wie die

Säulenhallen der Kathedralen, würde er dann besser sehen oder schärfer hören können? Doch wohl kaum! Warum wollt ihr denn euren Geist erweitern? Sucht ihn zu verfeinern!

Aber wir wollen nun den schrecklichen Unterkiefer betrachten, der wie der schmale Deckel einer ungeheuer großen Schnupftabaksdose aussieht, mit einem Scharnier am Ende statt an der Seite. Wenn man nach oben sieht und die Reihen von Zähnen betrachtet, so kommt er einem wie ein schreckliches Fallgitter vor. Leider Gottes ist er das schon für manchen armen Teufel in der Fischerei geworden! Mit furchtbarer Macht ist dieses Gitter auf ihn niedergefallen. Aber es ist noch furchtbarer, wenn man tief in der See einen griesgrämigen Walfisch zu sehen bekommt, der mit seinem unglaublich großen Kiefer in einer Höhe von fünfzehn Fuß im rechten Winkel zum übrigen Körper dahängt, und der Welt wie ein Klüverbaum vom Schiff vorkommt; der Wal ist nicht tot, er ist nur geistesabwesend und eigensinnig; wie ein alter Hypochonder. Dabei so träge, daß die Scharniere seines Kiefers auseinanderhängen.

In den meisten Fällen kann dieser Unterkiefer durch einen geübten Künstler leicht aufgemacht werden. Man macht ihn los und zieht ihn an Deck, um die Fischbeinzähne herauszuziehen, die als Material für so viele merkwürdige Dinge dienen: Spazierstöcke, Stöcke von Regenschirmen und Griffe von Reitpeitschen.

Nach langwieriger Arbeit wird der Kiefer an Bord gezogen, als ob es ein Anker wäre. Und wenn die Zeit dafür gekommen ist, einige Tage nach der übrigen Arbeit, begeben sich Queequeg, Daggoo und Tashtego, die alle tüchtige Zahnärzte sind, ans Werk, um die Zähne auszuziehen. Mit einem scharfen Spaten spaltet Queequeg die Gaumen auf. Dann wird der Kiefer in Ringbolzen eingeklemmt, und mit Hilfe eines Flaschenzuges werden dann die Zähne ausgezogen, genau so, wie die Ochsen in Michigan die Baumstümpfe von alten Eichen aus brachliegendem Waldland herausziehen. Es sind im allgemeinen im ganzen 42 Zähne vorhanden; bei alten Walen sind sie wohl reichlich abgeschliffen, aber immerhin noch unzerstört; sie werden nicht nach unserer künstlichen Mode plombiert. Der Kiefer wird darauf in Platten zersägt und wie Querbalken, die man zum Häuserbau verwendet, aufgestapelt. – –

Achtunddreißigstes Kapitel

Es geht nun an das Ausschöpfen des Ölbehälters. Aber wenn man diesen Vorgang richtig verstehen will, muß man etwas von der merkwürdigen Beschaffenheit des Dinges wissen, an dem gearbeitet wird.

Wenn man den Pottwalkopf als einen schrägen, festen Körper ansieht, so kann man ihn durch eine seitwärts hindurchgelegte Ebene in zwei abgestumpfte Pyramiden zerlegen. Der untere Teil derselben besteht aus einem festen Gerüst, das den Schädel und die Kiefer bildet, während der obere Teil eine quabbelige Masse ist, in der kein Knochengerüst vorkommt. Am breiteren vorderen Ende der letzteren befindet sich die ungeheuer große herabfallende Stirn des Wales. Mitten auf der Stirn wird die obere Pyramide durch einen wagerechten Schnitt in zwei fast gleiche Teile geteilt, die vorher durch eine Innenwand von dicker sehniger Substanz abgetrennt wurden.

Der untere abgetrennte Teil, den man die »Dschonke« nennt, ist eine unheimlich große Honigwabe aus Öl, die in kreuzweiser Anordnung aus zehntausend Zellen von dicken, elastischen, weißen Fasern gebildet wird. Der obere Teil, den man den »Ölbehälter« nennt, kann man als »das große Heidelberger Faß« des Pottwales ansehen. Wie das berühmte große Faß an der Vorderseite geheimnisvolle Schnitzarbeit aufweist, so hat die ungeheure Stirn des Wales mit den Falten zahllose merkwürdige Motive und Ornamente. Wie das Faß von Heidelberg immer mit den allerbesten Weinen aus den Rheintälern gefüllt wurde, so enthält das Faß des Wales das bei weitem kostbarste Öl der ganzen Ernten, nämlich das allerteuerste Walratöl in der reinsten, flüssigsten und wohlriechendsten Form. Obwohl das Öl zu Lebzeiten des Tieres vollkommen flüssig bleibt, so fängt es nach dem Tode desselben an, fest zu werden, wenn man es der Luft aussetzt; es bringt dann wunderbare Kristalle hervor, genau so wie sich das erste, dünne, zarte Eis auf dem Wasser bildet. Ein großer Ölbehälter bringt gewöhnlich ungefähr fünfhundert Gallonen Walfischöl ein, wenn man bedenkt, daß viel verdirbt, ausfließt oder auströpfelt, oder sonst unvermeidlicherweise bei dem Bergungsversuch des Tieres verlorengeht.

Ich weiß nicht, mit welchem feinen und kostbaren Stoff das Heidelberger Faß ausgelegt war, aber dieser Stoff könnte sich bei weitem kaum mit der seidenen, perlfarbenen Membrane messen, die wie ein feiner Pelz die Innenfläche des Ölbehälters vom Pottwal bedeckt.

Man wird wohl bemerkt haben, daß das Heidelberger Faß des Pottwales die ganze Länge des oberen Kopfes ausfüllt, und da, wie schon auseinandergesetzt ist, der Kopf ein Drittel der gesamten Körperlänge beträgt, so wird man, wenn man achtzig Fuß für einen anständigen Wal ansetzt, fünfundzwanzig Fuß für die Tiefe der Tonne bekommen, wenn er an der Längsseite aufgezogen ist und an der Seite des Schiffes herabhängt.

Da der Operator beim Enthaupten des Wales nahe an der Stelle arbeitet, wo bald darauf ein Eingang zum Lager des Walratöls erzwungen wird, so muß er ungewöhnlich vorsichtig sein, damit nicht ein unbedachter, vorzeitiger Stoß in den heiligen Raum eindringt, und der unschätzbare Inhalt desselben ausläuft. Man hebt schließlich den Kopf an der enthaupteten Stelle aus dem Wasser und hält ihn durch ungeheuer große Tauwerke in dieser Lage.

Und da darüber hinreichend gesagt ist, so bitte ich Sie nun, mich zu der wunderbaren und höchst fatalen Operation zu begleiten, durch die das große Heidelberger Faß des Pottwales abgezapft wird.

Neununddreißigstes Kapitel

Behend wie eine Katze kletterte Tashtego nach oben, ohne die aufrechte Haltung aufzugeben, und läuft gerade auf die überhängende Großrahe zu, wo sich das Rahnock senkrecht über dem aufgezogenen Faß befindet. Er hat ein kleines Jollentau mitgenommen, das aus zwei Teilen besteht und über eine einteilige Rolle läuft. Als er die Rolle so angebracht hat, daß sie an dem Rahnock hängt, wirft er das eine Ende des Taues nach unten, daß es aufgefangen und an Deck festgehakt wird. Dann wirft er das andere Ende über die Hand und läßt sich durch die Luft herab, bis er oben auf dem Kopf des Wales landet. Wie er nun hoch über der übrigen Mannschaft schwebt, der er lebhaft zuruft, scheint er ein türkischer Muezzin zu sein, der die guten Leute von der Turmspitze aus zum Gebet ruft.

Man reicht ihm einen scharfen Spaten mit einem kurzen Griff, und er bemüht sich, eine geeignete Stelle zu finden, um das Faß einschlagen zu können. Bei diesem Vorhaben geht er sehr vorsichtig zu Werke, wie ein Schatzgräber in einem alten Hause, der die Wände abtastet, um festzustellen, wo das Gold eingemauert ist. Mittlerweile hat er die richtige Stelle gefunden, und man hat ihm an das eine Ende des Jollentaus einen kräftigen Eimer, der von Eisen eingefaßt ist und einem Brunneneimer sehr ähnlich sieht, gebunden. Das andere Ende, das auf das Deck reicht, wird von zwei oder drei kräftigen Armen gehalten. Diese ziehen nun den Eimer hoch, daß ihn der Indianer greifen kann, und ein anderer hat ihm eine lange Stange gereicht. Mit Hilfe der Stange führt Tashtego den Eimer in das Faß, bis er völlig darin verschwunden ist. Dann ruft er den Matrosen am Jollentau ein Stichwort zu, worauf der Eimer wieder hervorkommt und ein Geräusch macht, wie der Eimer eines Milchmädchens, wenn gemolken wird. Er wird dann sorgfältig herabgelassen und von einer bestimmten Person in Empfang genommen und schnell in einer großen Tonne entleert. Dann geht er wieder in die Höhe und macht dieselbe Runde, bis der tiefe Brunnen nichts mehr gibt.

Tashtego muß dann mit der langen Stange immer tiefer in die Tonne hineinstoßen, bis sie ungefähr zwanzig Fuß tief drin ist.

Die Leute des »Pequod« hatten eine Zeitlang auf diese Weise geschöpft. Verschiedene Fässer waren schon mit dem wohlriechenden Öl gefüllt, als mit einem Male ein merkwürdiger Vorfall eintrat. Ob nun Tashtego, der wilde Indianer, so unvorsichtig gewesen war, daß er einen Augenblick vergessen hatte, sich an den großen Rollen über sich festzuhalten, ob die Stelle, wo er stand, so verräterisch glatt war, oder ob der Teufel es nun mal so verhängt hatte, ohne seine besonderen Gründe dafür anzugeben, genug, wie es kam, kann man schlecht sagen, aber als der achtzehnte oder neunzehnte Eimer mit dem suckenden Geräusch hochkam, fiel der arme Tashtego – du lieber Gott! – mit einemmal wie der Eimer bei einem Brunnen Hals über Kopf in das große Heidelberger Faß und verschwand unter einem schrecklichen Gurgeln des Öls aus dem Gesichtskreis!

»Mann über Bord!« rief Daggoo, der bei der allgemeinen Bestürzung zuerst wieder zur Vernunft kam.

»Den Eimer hochziehen!« Er setzte den einen Fuß hinein, um an dem Jollentau, das mittlerweile glitschig geworden war, besseren Halt zu gewinnen. Die Leute am Tau zogen ihn nach oben, und so schnell, daß Tashtego kaum tief ins Faß gestürzt sein konnte. Inzwischen gab es einen großen Tumult. Als sie über die Reling sahen, bewegte sich der Kopf des Wales, der bisher noch so ruhig dagehangen hatte, mit einem großen Gepolter unter der Meeresoberfläche, als ob ihm plötzlich etwas eingefallen wäre. Aber nur der arme Indianer bekam unbewußt durch das wilde Gebaren des Wales eine Vorstellung von der gefährlichen Tiefe, in die er versunken war.

In diesem Augenblick, als Daggoo oben auf dem Kopf das Jollentau zurechtmachte, das unter den großen Flaschenzügen stark gelitten hatte, hörte man ein lautes Krachen. Was man nicht für möglich gehalten hätte: einer von den unheimlich großen Haken, die den Kopf des Wales hielten, ging mit einer gewaltigen Erschütterung los, und die Masse glitt seitwärts, so daß das Schiff hin- und herschaukelte und einen solchen Stoß erlitt, als ob es von einem Eisberg gepackt wäre. Der übrige Haken, an dem jetzt das ganze Gewicht hing, schien in jedem Augenblick nachgeben zu wollen.

»Herunterkommen, herunterkommen!« schrien die Matrosen Daggoo zu. Aber er hielt sich noch mit der einen Hand an den schweren Rollen fest, so daß, wenn der Walfischkopf herunterfiele, er immer noch in der Luft hängenblieb. Der Neger, der die fettige Leine abgewischt hatte, stieß den Eimer in den eingestürzten Brunnen, um dem begrabenen Harpunier die Möglichkeit zu geben, danach zu greifen und auf diese Weise herausgezogen zu werden.

»In Teufels Namen, Mann,« rief Stubb, »willst du denn eine Patronenhülse feststopfen? Hände weg! Ist ihm denn damit gedient, daß du den Eimer mit den eisernen Bändern über seinen Kopf quetschst? Davon bleiben!«

»Hände weg vom Flaschenzug!« rief eine Stimme, laut wie eine platzende Rakete.

Fast im selben Augenblick fiel mit einem unglaublichen Gepolter die Riesenmasse in die See, wie ein Felsen vom Niagara sich loslöst und in den Strudel hinabsinkt. Der Schiffskörper wurde mit einemmal frei und löste sich von seiner Last los und sank so tief ein, daß der Kupferglanz noch soeben zu sehen war. Jeder Mann hielt vor Schreck den Atem an, als Daggoo bald über den Matrosen, bald über dem Wasser pendelte und nur mit Mühe durch einen Nebel aufspritzenden Wassers zu sehen war; während der arme lebendig begrabene Tashtego ganz und gar tief in die See hinuntersank.

Kaum hatte sich der Wasserdampf, der alles bedeckte, verflüchtigt, als man eine nackte Gestalt mit dem Enterschwert in der Hand eine Sekunde lang von dem Schiffsgerüst untertauchen sah. Im nächsten Augenblick ließ ein lautes Klatschen erkennen, daß mein braver Queequeg untergetaucht war, um Tashtego zu retten. Da stürzte alles auf die Seite, und jeder suchte in den aufeinander folgenden Sekunden jede einzelne Rippe zu zählen. Und man war darauf bedacht, ob man nicht ein Zeichen von dem Unglücklichen oder von dem Taucher entdecken könnte. Einige sprangen nun in ein Boot längsseits und ruderten ein Stück vom Schiff weg.

»He! he!« rief Daggoo ganz plötzlich von seinem mittlerweile ruhig gewordenen schaukelnden Beobachtungspunkt von oben aus. Als wir nun nach der Seite lugten, sahen wir, wie ein Arm aus den blauen Fluten hoch ausgestreckt wurde; es war ein merkwürdiger Anblick, als ob ein Arm sich durch das grüne Gras über dem Grabmal einen Weg bahnen wollte.

»Sie sind's beide! Beide!« rief Daggoo wiederum mit großer Freude. Bald darauf sah man, wie Queequeg mit der einen Hand tapfer ruderte und mit der anderen den Indianer an den langen Haaren hielt. Sie wurden in das bereitstehende Boot gezogen und schnell an Deck gebracht. Aber es dauerte lange, bis Tashthego soweit kam, und Queequeg sah reichlich ermüdet aus.

Wie war denn dieses edle Rettungswerk vor sich gegangen? Nun, Queequeg war dem langsam absinkenden Kopf nachgetaucht, hatte mit seinem scharfen Schwert seitwärts unten in die Lunge einen Schnitt gemacht und auf diese Weise ein großes Loch hineingeschnitten. Er hatte dann das Schwert weggeworfen, hatte den langen Arm bis weit nach innen und oben gesteckt und so unseren armen Tashtego am Kopf herausgezogen.

Vierzigstes Kapitel

Die enge Straße von Sunda trennt Sumatra von Java. Sie liegt mitten in dem großen Inseldamm, der von dem verwegenen grünen Vorgebirge gestützt wird, das den Seeleuten als Java-Head bekannt ist.

Unter günstigem frischen Wind bewegte sich der »Pequod« auf diese Meerenge zu. Ahab wollte durch diese in das Meer bei Java fahren, von dort aus im Norden kreuzen in Gewässern, in denen der Pottwal manchmal umherschwimmt, wollte an der Küste der Philippinen vorbei die ferne Küste von Japan erreichen, wo die große Walfischzeit bevorstand. Der »Pequod« wollte auf seiner Weltumsegelung fast alle bekannten Gründe des Pottwales bestreichen, bevor er auf den Äquator im Stillen Ozean hinunterging. Ahab rechnete bestimmt damit, wenn er auch sonst allerorts nicht zu seinem Ziel kam, Moby-Dick in dem Meer eine Schlacht anzubieten, von dem man wußte, daß er sich dort aufhielt.

Aber berührt denn Ahab auf der Suche nach dieser Zone kein Land? Leben seine Leute denn von der Luft? Er muß doch mal halten, um Wasser aufzunehmen. Das braucht er kaum! Die im Kreis herumlaufende Sonne hat eine lange Zeit in ihrem Feuerring den Wettlauf gemacht und braucht keinen Unterhalt; sie hat ja alles selbst. So verhält es sich auch bei Ahab und bei dem Walschiff. Während andere Schiffe mit fremdem Material beladen sind, das nach fremden Gestaden befördert werden muß, so trägt das um die ganze Welt fahrende Walschiff nur seine eigene Ladung und Mannschaft, seine eigenen Waffen und was es sonst braucht. Ein ganzer See ist im weiten Kiel in Behälter gefüllt. Für Jahre ist es mit Wasser versehen. Mit klarem alten Wasser aus Nantucket, das nach drei Jahren der Nantucketer auf dem Stillen Ozean immer noch dem Brackwasser vorzieht. So kommt es denn, daß, während andere Schiffe von New York nach China gefahren sind und wieder zurück, und dabei einen Haufen Häfen angelaufen haben, das Walschiff in der ganzen Zeit nicht mal ein Körnchen Land gesichtet hat. Die Mannschaft hat keine Menschen gesehen, außer den Matrosen, die, wie sie selbst, auf dem Schiff fahren. Und so könnte es dann vorkommen, daß, wenn man ihnen die Nachricht brächte, eine zweite Sintflut wäre gekommen, sie ruhig antworten würden:»Schön, Jungens, hier ist die Arche!«

Auf der Höhe der Westküste von Java waren unmittelbar in der Nachbarschaft der Straße von Sunda Wale gefangen worden. Die Schiffer wußten im allgemeinen, daß die Gegend ein ausgezeichneter Walfischgrund war. Daher wurden die Posten wiederholt angerufen und ermahnt, gut acht zu geben, als der »Pequod« immer mehr auf Java-Head zukam. Aber obwohl die grünen Klippen mit den Palmenbäumen bald an der Steuerbordseite auftauchten und man den frischen Zimtgeruch mit entzückten Nasenlöchern einatmete, bekam man nicht eine einzige Fontäne zu sehen. Und so hatten wir schon den Gedanken aufgegeben, daß wir ein Wild in dieser Gegend zu Gesicht bekämen, als wir mit einem Male den gewohnten Schrei von oben vernahmen, und bald darauf sich ein Schauspiel von ungewöhnlicher Pracht unseren Blicken darbot.

Aber ich muß vorausschicken, daß dank der unermüdlichen Energie, mit der man die Wale in der letzten Zeit über die vier Ozeane gejagt hat, sie nun, statt in kleinen, vereinzelten Trupps wie früher, recht häufig in großen Herden angetroffen werden, die manchmal zu solchen Mengen anwachsen, daß es scheint, als ob sie, wie die Völker, ein feierliches Bündnis geschlossen hätten, zur gegenseitigen Hilfe und zum Schutz. Man kann bei dieser Gelegenheit darauf hinweisen, daß man sogar in den besten Walfischgründen oft wochen- und monatelang segeln kann, ohne eine einzige Fontäne zu Gesicht zu bekommen, und dann kann es vorkommen, daß man plötzlich von Tausenden und Abertausenden begrüßt wird.

Zu beiden Bugen, in einer Entfernung von zwei oder drei Meilen, bildete eine Kette von Walfischfontänen einen großen Halbkreis und nahm fast die Hälfte des Horizontes ein. In der Mittagsluft spielten sie und fielen in einem Sprühregen nieder. Während die gerade aufsteigende Doppelfontäne des gewöhnlichen Wales oben in zwei Teile zerfällt, wie die gespaltenen, herabfallenden Zweige einer Weide, so bildet die ungeteilte, schräg nach vorn geneigte Fontäne des Pottwales einen dicken, quirlartigen Busch von weißem Nebel, der fortwährend aufsteigt und an der Leeseite niederfällt.

Von dem Deck des »Pequod« aus gesehen, stieg die Fontäne zu einem hohen Berge auf, quirlte in die Luft, und wenn sie durch den blendenden, bläulichen Nebel betrachtet wurde, sah sie so aus, wie tausend lustige Schornsteine einer großen Handelsstadt, die an einem nebligen Herbstmorgen von einem Reiter von der Höhe aus betrachtet werden, wie Heere, die sich einem unfreundlichen Gebirgspaß nähern, ihren Marsch beschleunigen und bemüht sind, den gefährlichen Paß möglichst schnell zu überschreiten und sich der größeren Sicherheit der Ebene anzuvertrauen. So eilte nun diese ungeheure große Flotte von Walen durch die Straße vorwärts. Langsam zogen sich die beiden Flügel des Halbkreises zusammen, und in einem festen, wenn auch noch halbmondförmigen Zentrum schwammen sie weiter.

Der »Pequod« setzte alle Segel auf und sauste hinter ihnen her. Die Harpuniere hielten ihre Waffen bereit und schrien laut von den immer noch aufgehängten Booten. Wenn der Wind so anhielt, so bestand kein Zweifel, daß die große Schar, wenn man sie durch die Straße von Sunda hindurchjagte, in dem östlichen Meer in einer beträchtlichen Zahl gefangen würde. Und wer konnte sagen, ob bei dieser Karawane Moby-Dick nicht in eigener Person schwamm, wie der verehrte weiße Elefant bei der Krönungsprozession der Siamesen? So fuhren wir denn mit allen aufgesetzten Segeln dahin und trieben die Leviathans vor uns her. Da hörte man plötzlich die Stimme Tashtegos, der laut unsere Aufmerksamkeit auf eine Erscheinung in unserem Kielwasser richtete. Entsprechend der Erscheinung an der Vorderseite bemerkten wir eine andere auf unserer Rückseite. Es schien, als ob weiße Dämpfe sich loslösten, aufstiegen und wie Walfischfontänen niederfielen. Nur kamen sie nicht so plötzlich und verschwanden auch nicht wieder so vollständig. Sie sammelten sich auf einen Haufen, ohne schließlich zu verschwinden. Ahab griff nach dem Glas, beobachtete diese Erscheinung und drehte sich schnell in seinem Plankenloch, wobei er rief: »Schnell die Jollentaue und Eimer her und die Segel angefeuchtet! Malayen sind hinter uns!«

Als ob sie des langen Lauerns hinter dem Vorgebirge überdrüssig geworden wären und nicht warten wollten, bis der »Pequod« in die Straße gekommen wäre, stürzten diese Schufte von Asiaten wie wild hinter uns her. Aber da der schnelle »Pequod« mit einer frischen Brise selbst auf wilder Jagd war, so war es von diesen braunen Menschenfreunden sehr liebenswürdig, daß sie das Tempo der Jagd noch vergrößerten; sie waren wie Reitpeitschen und Spornrädchen, die den »Pequod« zur Eile anstachelten.

Ahab hatte das Fernglas unter dem Arm und schritt auf Deck auf und ab. Wenn er an der Vorderseite war, sah er die Ungeheuer, auf die die Jagd eröffnet war. Und wenn er auf die Achterseite kam, erblickte er die blutdürstigen Piraten, die auf ihn Jagd machten. Und wenn er auf die grünen Wälle des Engpasses des Meeres blickte, zwischen denen das Schiff segelte, hatte er den Gedanken, daß durch dieses Tor der Weg zu seiner Rache führte. Und dann sah er auch, daß er nun andere in den Tod hineinjagte und selbst von anderen hineingeschickt werden konnte.

Als die Piraten an der Heckseite beträchtlich zurückgeblieben waren und der »Pequod« an der grünen Kakaduspitze auf der Seite von Sumatra vorüber schließlich in breite Gewässer geglitten war, da schienen es die Harpuniere als sehr schmerzlich zu empfinden, daß die Wale mit ihrer Schnelligkeit dem Schiff weit voraus waren, und kaum zeigte man sich darüber erfreut, daß das Schiff den Malayen siegreich entronnen war. Aber als das Schiff noch in dem Kielwasser der Wale fuhr, schienen diese schließlich im Tempo nachzulassen. Langsam kam der »Pequod« ihnen näher. Als der Wind schwächer wurde, wurde befohlen, in die Boote zu springen. Aber kaum hatten es die Wale dank eines wunderbaren Instinktes gemerkt, daß die drei Kiele hinter ihnen herkamen – wenn sie auch noch eine Meile zurück waren –, als sie sich wieder sammelten und dichtgeschlossene Reihen und Bataillone bildeten, so daß ihre Fontänen wie leuchtende Reihen aufgepflanzter Bajonette aussahen, die mit doppelter Geschwindigkeit vorwärtsmarschieren.

Bis auf Hemd und Hose ausgezogen, sprangen wir an die Ruder. Nachdem wir mehrere Stunden gerudert hatten, waren wir geneigt, die Jagd aufzugeben. Da ließ eine allgemeine Aufregung unter den Walen erkennen, daß sie jetzt unter dem Einfluß der seltsamen Hilflosigkeit und Unentschlossenheit standen, die die Schiffer mit dem Ausdruck »Erschrockenheit« bezeichnen. Die geschlossenen Marschkolonnen, in denen sie bisher so schnell und sicher geschwommen waren, lösten sich nun in einer maßlosen Flucht auf. Wie die Elefanten des Königs Porus in der indischen Schlacht mit Alexander dem Großen, schienen sie vor Verwirrung toll geworden zu sein. Sie breiteten sich nach allen Richtungen in großen, unregelmäßigen Kreisen aus und schwammen ziellos hierhin und dorthin. Durch die kurzen und dicken Fontänen gaben sie deutlich zu erkennen, daß sie von einer wilden Panik ergriffen waren. Das zeigte sich noch mehr bei denen, die gleichsam vollständig gelähmt waren und hilflos wie abgetakelte, vom Wasser vollgesogene Schiffe umhertrieben.

Wären diese Leviathans eine Herde gewöhnlicher Schafe gewesen, die von drei Wölfen über eine Weide verfolgt werden, so hätten sie nicht kläglicher aussehen können. Aber diese momentane Erschrockenheit ist für alle in Herden lebenden Geschöpfe charakteristisch. Die Büffel aus dem Westen mit den Löwenmähnen, die in Tausenden und Abertausenden zusammenleben, haben vor einem einzigen Reiter Reißaus genommen. Man denke auch an alle menschlichen Wesen, die, wenn sie wie Schafe im Parterre eines Theaters zusammengepfercht sind, beim geringsten Feueralarm Hals über Kopf sich nach den Ausgängen stürzen, sich drängen, treten und drücken, wobei sie sich, ohne sich ein Gewissen daraus zu machen, gegenseitig tottrampeln. Man tut daher gut, wenn man sich bei der Verwirrung der so seltsam erschrockenen Wale Zurückhaltung auferlegt; denn keine Tollheit unter den Tieren der Erde ist so, daß sie nicht bei weitem durch die Tollheit der Menschen in den Schatten gestellt werden könnte! Obwohl diese Wale in großer Aufregung waren, so muß doch gesagt werden, daß die Herde als Ganzes weder vor- noch zurückging, sondern an ihrem Platze blieb. Wie es in solchen Fällen üblich ist, trennten sich die Boote mit einem Male, jedes nahm einen einzigen Wal an der Peripherie der Herde aufs Ziel. In drei Minuten flog die Harpune Queequegs ab. Der getroffene Fisch spritzte uns die blendende Fontäne ins Gesicht, lief mit uns fort und steuerte geradewegs mitten auf die Herde zu. Aber solch eine Bewegung bei einem getroffenen Wal ist unter diesen Umständen nichts Besonderes und ist schon mehr oder weniger oft vorgekommen. Und doch bedeutet sie einen der gefährlichen Momente der Fischerei. Der Wal zieht einen durch seine

Geschwindigkeit tiefer in die verrückte Herde hinein, und man sagt dem geruhsamen Leben Lebewohl und existiert nur noch in einem wahnsinnigen Gedränge.

Der Wal stürmte, als ob er blind und taub wäre und sich durch die bloße Schnelligkeit von dem eisernen Blutegel befreien wollte, davon. Wir rissen so einen weißen Gischt in die See hinein und wurden von allen Seiten auf unserer Flucht durch die wahnsinnig gewordenen Geschöpfe bedroht, die hin und her und um uns herumliefen. Wir kamen uns in unserem Boot wie ein Schiff vor, das bei einem Sturm gegen Eisinseln gedrängt wird und versucht, durch komplizierte Kanäle und Straßen hindurchzusteuern und keinen Augenblick weiß, ob es eingeschlossen wird oder zerschellt.

Aber Queequeg war nicht im geringsten erschrocken und führte das Steuer tapfer. Mal rettete er uns vor der gefährlichen Nähe eines Ungeheuers und hielt den Kurs nach vorwärts, mal vermied er die Berührung mit einem anderen, dessen kolossale Schwanzflossen über uns hingen. Inzwischen stand Starbuck im Bug, hatte die Lanze in der Hand und maß unterwegs aus, welche Wale wir wohl mit kurzen Würfen treffen könnten; denn wir hatten keine Zeit, Abschüsse aus entsprechender Entfernung zu tun. Aber auch die Ruderleute waren nicht ganz müßig, wenn auch ihre übliche Tätigkeit nun nicht in Betracht kam. Sie warteten, bis sie Zurufe machen durften, so, wie es ihr Geschäft erforderte. »Platz da, Commodore!« rief einer einem großen Dromedar zu, das sich plötzlich an der Oberfläche zeigte und uns einen Augenblick lang damit drohte, uns zum Sinken zu bringen. »Deinen Schwanz herunter!« rief ein zweiter einem anderen zu, das sich dicht an unserem Dollbord in aller Ruhe dadurch abzukühlen suchte, daß es sich mit seinem äußersten Ende wie bei einem Ventilator Luft zufächelte. Alle Walboote führen gewisse Vorrichtungen mit, die ursprünglich von den Indianern von Nantucket erfunden sind. Zwei dicke viereckige Bohlen von gleicher Größe werden im rechten Winkel fest übereinander genagelt. Dann wird eine ziemlich lange Leine mitten an diesem Brett befestigt und das andere Ende der Leine mit einer Öse versehen, so daß sie sofort an einer Harpune befestigt werden kann. Dieser Block wird gewöhnlich bei »erschrockenen« Walen benutzt. Wenn mehrere Wale sich in unmittelbarer Nähe befinden, so hat man dann die Möglichkeit, mehrere zu gleicher Zeit zu jagen.

Pottwale trifft man nicht alle Tage. Daher muß man versuchen, alle zu töten, wenn es im Bereich der Möglichkeit liegt. Und wenn man sie nicht alle zugleich töten kann, so muß man sie bezeichnen, so daß man sie später töten kann. Daher kommt bei solchen Gelegenheiten der oben bezeichnete Block zur Anwendung. Unsere Boote besaßen drei solcher Art. Der erste und zweite Block wurde erfolgreich abgeschossen. Wir sahen, wie die Wale ins Schwanken kamen und davoneilten, wobei sie durch den großen seitlichen Widerstand des angetauten Blocks behindert wurden. Sie waren wie Verbrecher an Kette und Eisenkugel gefesselt. Aber als der dritte fortgeschleudert wurde, verfing sich der plumpe Holzblock unter einem Bootssitz, riß ihn sofort auseinander und nahm ihn mit fort, wobei der Bootsmann unten im Boot mit seinem Sitz mit hinunterfiel. Da kam das Meer zu beiden Seiten der zerstörten Planken zum Vorschein, aber wir steckten zwei Hosen und Hemden hinein und stopften so die Lecks eine Zeitlang zu.

Es wäre unmöglich gewesen, diese Blockharpunen abzuschießen, wenn nicht in dem Augenblick, als wir in die Herde hineinfuhren, die Geschwindigkeit unseres Wales stark nachgelassen hätte, um so mehr, als wir von dem Zentrum der allgemeinen Verwirrung weiter abkamen und sich die schreckliche Verwirrung legte. Als dann die Harpune abgeschnitten wurde und der am Tau hängende Wal seitlich abging, glitten wir zwischen zwei Walen hindurch und mitten in die Herde hinein, wobei wir das Gefühl hatten, als ob wir aus einem Gebirgsstrom in einen friedlichen Talsee kämen.

Hier hörten wir wohl das Poltern des Flusses in den Schluchten zwischen den Walen an der Außenseite, aber wir spürten es nicht mehr am eigenen Leibe. Mitten in diesem Gebiet zeigte sich der glatte seidenartige Spiegel des Meeres, der von der feinen Feuchtigkeit herrührte, die vom Wal in einer ruhigeren Stimmung ausgeworfen wird. Wir befanden uns nun in dem Zauber der Stille, die, wie man sagt, dem Sturm vorausgeht. Noch in weiter Entfernung erblickten wir den Tumult an den äußeren konzentrischen Kreisen und sahen aufeinanderfolgende Züge von Walen zu je acht oder zehn, die mit großer Geschwindigkeit im Kreis herumliefen, wie ein Haufen von Pferdegespannen. Sie hielten sich dicht Schulter an Schulter, so daß ein Riese von Zirkusreiter mit Leichtigkeit über die mittleren hätte hinüberspringen können, und so auf ihren Nacken gelandet wäre. Bei der dichten Menge der ausruhenden Wale, die sogleich die eingebuchtete Achse der Herde umgaben, bestand nicht die geringste Möglichkeit für uns, zu entkommen. Wir mußten warten, bis sich eine Bresche in der lebendigen Mauer auftat, die uns umschlossen hielt. Es schien, als ob die Mauer nur dazu da war, uns fest einzuschließen. Als wir uns in der Mitte des Sees hielten, wurden wir ab und zu von kleinen zahmen Kühen und Kälbern, den Frauen und Kindern der in die Flucht geschlagenen Herde, besucht.

Mit den zeitweiligen großen Zwischenräumen zwischen den sich drehenden äußeren Kreisen und mit den Räumen zwischen den verschiedenen Herden in diesen Kreisen mochte die Fläche, die von der ganzen Menge eingenommen wurde, zur Zeit mindestens zwei oder drei Quadratmeilen betragen. Auf jeden Fall sah man, wenn man sich auch zu solcher Zeit täuschen kann, Fontänen von unserem niedrigen Boot aus, die fast am Rande des Horizontes zu spritzen schienen.

Ich erwähne dies, weil es schien, als ob die Kühe und Kälber absichtlich im innersten Teil der Herde eingeschlossen wären und die weite Ausdehnung der Herde sie daran gehindert hätte, die wirkliche Ursache des Haltens derselben zu erfahren. Da sie noch so jung waren und nichts Böses im Schilde führen konnten und jeder Schritt noch unschuldig war und noch nicht aus Berechnung getan werden konnte, so lösten diese kleinen Wale, die unser ruhiges Boot vom Rande des Sees aus besuchten, eine erstaunliche Furchtlosigkeit und ein großes Vertrauen aus. Sonst hätte uns bestimmt eine Panik befallen, über die man sich unmöglich hätte wundern können.

Sie kamen wie Haushunde auf uns zu und schnupperten an dem Boot, gingen bis zu den Dollbords hoch und berührten sie, bis es schließlich so schien, als ob ein Zauber sie plötzlich uns zu Freunden gemacht hätte. Queequeg liebkoste ihre Stirn. Starbuck kitzelte sie mit der Lanze auf den Rücken. Aus Angst vor den Folgen hütete er sich zu dieser Zeit, einen Abschuß zu wagen.

Aber als wir nun zur Seite sahen, erlebten wir auf der Oberfläche dieser wunderbaren Welt einen noch seltsameren Anblick. Hoch in den Wassergewölben schwammen die Gestalten der säugenden Walfischmütter und derjenigen, die, wie ihr ungeheurer Leibesumfang zeigte, bald Mutter werden sollten. Die See, wie ich schon gesagt habe, war bis zu einer ziemlichen Tiefe durchscheinend. Und wie Kinder beim Säugen ruhig und starr von der Mutterbrust wegsehen, als ob sie zwei verschiedene Leben zu gleicher Zeit führten, und während sie Nahrung saugen, immer noch in ihrem Geist von einer überirdischen Erinnerung leben, so sahen die jungen kleinen Wale anscheinend zu uns auf, als ob wir nur ein Stück Meeresschilf in ihren neugeborenen Augen wären.

Die Mütter schwammen neben ihnen her und schienen uns in aller Ruhe anzublicken. Eins von den Kleinen, das wegen gewisser merkwürdiger Zeichen erst einen Tag alt zu sein schien, war wohl ungefähr vierzehn Fuß lang und sechs Fuß breit. Es war ziemlich ausgelassen, als ob es erst kurz vorher aus der schmerzlichen Lage befreit wäre, die es im Mutterleib eingenommen hatte; wo es mit dem Schwanz nahe dem Kopfe gelegen hatte und für den letzten Sprung bereit war, eine Stellung, in der der ungeborene Wal liegt, und die mit dem Bogen eines Tataren verglichen werden kann. Die zarten Seitenflossen und die feinen Schwanzflossen sahen aus wie die zerknüllten Ohren eines Babys, das eben erst zur Welt gekommen ist.

»Die Leine! die Leine!« rief Queequeg und sah über das Dollbord hinweg.

»Ihn fest, ihn fest! Wer Leine – ihm! Wer werfen? Zwei Wal, zwei Wal, ein großer und ein kleiner!«

»Was hast du denn, Mann?« rief Starbuck.

»Sehen hier!« sagte Queequeg und wies nach unten. So wie es oft beim Wal vorkommt, wenn er hundert Faden Leine von der Trommel abgewickelt hat, und nach tiefem Untertauchen wieder hochkommt, und die Leine nachgibt und spiralförmig sich in der Luft zusammenlegt, so sah nun Starbuck, wie lange spiralig gewickelte Teile der Mutterschnur eines weiblichen Leviathans auftauchten, an der das Kleine mit der Mutter verbunden zu sein schien. Es kommt bei den häufigen Wechselfällen der Walfischjagd ziemlich oft vor, daß die Leine mit dem freien Ende der Mutterschnur verwickelt wird und das Kleine dabei frei wird. Da schienen uns einige der zartesten Geheimnisse des Meeres in dieser verzauberten Herde enthüllt zu werden. Wir sahen das Liebesleben von jungen Leviathans in der Tiefe! Der Pottwal hat wie die anderen Arten des Leviathans, und nicht, wie die meisten anderen Fische, seine Brunstzeit in allen Jahreszeiten. Nach einer Tragzeit von ungefähr neun Monaten bringt er nur ein Junges zur Welt, wenn er auch in einigen bekannten Fällen einem Esau und einem Jakob zu gleicher Zeit das Leben schenkt. Für diesen Fall ist gesorgt durch die beiden Zitzen, die in einer merkwürdigen Lage an beiden Seiten des Afters liegen. Aber die Brüste breiten sich oberhalb desselben aus. Wenn diese edlen Teile bei einem solchen Walfisch zufällig von der Walfischlanze durchschnitten werden, so färben die ausströmende Milch der Mutter und das Blut die See eine Strecke weit. Die Milch ist sehr süß und kräftig. Man hat sie gekostet, und sie müßte gut schmecken, wenn Erdbeeren hinzugesetzt würden. Wenn die Wale von gegenseitiger Wertschätzung überfließen, liebkosen sie sich auf menschliche Weise.

Und obwohl in den Kreisen ringsum Entsetzen und Verwirrung herrschte, gaben sich die unergründlichen Tiere in der Mitte ungeniert und ohne Furcht friedlichen Liebkosungen hin.

Als wir so eingeschlossen lagen, regten die gelegentlichen Schauerbilder in der Ferne die Energie der anderen Boote an, die noch damit beschäftigt waren, die Wale an der Außenseite der Herde mit dem Block zu kennzeichnen. Möglicherweise führten sie auch Krieg mit dem ersten Kreis, wo ein weiter Raum und passende Rückzugsmöglichkeit vorhanden waren. Aber der Anblick der wild gewordenen geblockten Wale, die manchmal wie blind in den Kreisen hin- und herschossen, war nicht das einzige, was sich unseren Augen darbot.

Manchmal versucht man, wenn man einen Wal harpuniert hat, der stärker und geschwinder als gewöhnlich ist, ihm gleichsam die Kniekehlen durchzuschneiden; man schneidet ihm die riesenhafte Schwanzsehne durch oder verstümmelt sie. Das geschieht durch einen Spaten mit kurzem Griff, an dem ein Seil befestigt wird, um ihn zurückziehen zu können. Ein Wal, der, wie wir später erfuhren, an diesem Teil verwundet war, hatte sich von dem Boot davongemacht, schleppte die halbe Harpunenleine mit sich fort und sauste nun bei den außerordentlichen Schmerzen in den sich drehenden Kreisen herum wie der einzige berittene Desperado Arnold in der Schlacht von Saratoga und verbreitete überall, wohin er kam, Furcht und Entsetzen. Aber so groß die Qual auch war, die die Wunde dem Wal verursachte, so hatte der merkwürdige Schrecken, den er der übrigen Herde einflößte, doch einen Grund, den wir zuerst bei der weiten Entfernung nicht sehen konnten. Aber schließlich bemerkten wir, wie es so oft bei den unvorhergesehenen Unfällen der Fischerei vorkommt, daß der Wal sich in seine Harpunenleine verwickelt hatte. Er war mit dem Spaten in seinem Körper davongelaufen. Während das freie Ende des Seiles an dieser Waffe befestigt war, hatte er sich in die Leinen der Harpune mit dem Schwanz verwickelt. Und so hatte sich der Spaten aus dem Fleisch gelöst. Bis zum Wahnsinn gequält, schäumte er nun durch das Wasser, schlug wie ein Wilder mit dem beweglichen Schwanz dreschflegelartig um sich und sauste mit dem scharfen Spaten in der Gegend herum, wobei er die eigenen Gefährten verwundete und tötete.

Dieses Mordinstrument schien die ganze Herde aus ihrer Furcht, die sie an einen Punkt gebannt hielt, aufzurütteln. Zuerst sammelten sich die Wale, die den Rand unseres Sees bildeten, ein wenig und türmten sich gegeneinander auf, als ob sie von Wellen aus der Ferne in die Höhe gehoben würden. Dann fing die See an, sich schwach zu heben und anzuschwellen, und die unter der Meeresfläche befindlichen Brautgemache und Wochenstuben verschwanden. Die Wale in den inneren Kreisen fingen dann an, in den sich immer mehr zusammenziehenden Bahnen in dichten Haufen zu schwimmen. Die Stille war mit einemmal vorbei. Man hörte ein leises, stärker werdendes Brummen. Dann türmte sich der ganze Haufen der Wale auf der inneren Mitte zu einem Gebirge auf wie die krachenden Massen der Eisschollen, wenn der große Hudson im Frühling auftaut. Sofort wechselten Starbuck und Queequeg die Plätze. Starbuck nahm den Sitz am Heck ein.

»An die Ruder!« flüsterte er in scharfem Ton und faßte das Steuer. »An die Ruder, und nehmt euch zusammen! Paßt jetzt auf! Gott und Menschen steht mir bei! Queequeg, nimm dir den Wal dort! Prick ihn, triff ihn! Aufstehen! Aufstehen und bleib' so stehen! Los, Leute, in die Ruder! Rudert! Kümmert euch nicht um ihre Rücken! Reißt sie! Feste!«

Das Boot war nun ganz und gar zwischen die beiden schwarzen Riesenkörper gepreßt und ließ eine enge Dardanellenstraße zwischen den langen Körpern frei. Aber als wir uns wie wahnsinnig angestrengt hatten, schossen wir schließlich in eine zeitweilige Öffnung hinein. Dann bekamen wir plötzlich Luft, und zu gleicher Zeit wurde ernsthaft nach einem anderen Ausfallstor Umschau gehalten. Nachdem wir durch viele ähnliche fahrbreite Öffnungen hindurch waren, glitten wir schließlich mit großer Schnelligkeit in die obenerwähnten äußeren Kreise hinein, in denen aber nun zufällig hineingekommene Wale kreuzen, die alle wild auf einen Haufen zusammenliefen. Die Rettung wurde mit einem billigen Preis erkauft, nämlich mit Queequegs Hut, den ihm ein Luftwirbel, der durch die plötzlich klatschenden breiten Schwanzflossen in seiner Nähe entstanden war, vom Kopf gerissen hatte, als er im Bug stand und in die flüchtenden Walfische hineinstieß.

So aufrührerisch und sinnlos die allgemeine Aufregung in diesem Augenblick auch war, so führte sie schließlich doch zu einer anscheinend systematischen Bewegung. Als sie in einem dichten Haufen zusammengeballt waren, nahmen sie ihre Flucht mit erhöhter Geschwindigkeit wieder auf. Eine weitere Verfolgung war sinnlos, aber die Boote blieben noch in dem Kielwasser der Wale, um aufzulesen, was von den beblockten Walen übriggeblieben war, und um einen in Sicherheit zu bringen, den Flask getötet und mit einem Fundzeichen versehen hatte. Das ist eine mit einem Fähnchen versehene Stange. In jedem Boot werden zwei oder drei dieser Art mitgeführt. Wenn ein neues Wild in Sicht kommt und in der Nähe ist, werden Fundzeichen oben in einem toten Wal angebracht, um die Stelle auf der See zu bezeichnen; es ist zu gleicher Zeit ein Zeichen der Priorität für den Fall, daß die Boote eines anderen Schiffes in die Nähe kommen sollten.

Das Ergebnis war eine Erläuterung des klugen Schiffersspruches in der Fischerei: »Je mehr Wale, um so weniger Fische!« Von allen Walen, die mit dem Block bezeichnet waren, wurde nur ein einziger gefangen.

Einundvierzigstes Kapitel

Bei einem Walschiff ist es nicht üblich, daß alle in die Boote gehen. Einige wenige bleiben zurück, die die Aufgabe haben, die Arbeit auf dem Schiff zu verrichten, während die Boote den Wal verfolgen. Im allgemeinen ist diese »Bordmannschaft« ebenso kühn wie die Leute in den Booten. Aber wenn sich ein ungeschickter, plumper und ängstlicher Kerl auf dem Schiff befindet, so gehört er bestimmt zur Bordmannschaft. So verhielt es sich auf dem »Pequod« bei dem kleinen Neger Pippin, den man kurz »Pipp« nannte. Armer Pipp!

Von außen gesehen, waren Pipp und der Schiffsjunge ein Paar, wie ein schwarzer und ein weißer Pony. Obwohl sie von verschiedener Farbe waren, hatten sie doch dieselbe Entwicklung durchgemacht und gehörten zu demselben exzentrischen Gespann. Aber während der unglückliche Schiffsjunge von Natur aus dumpf und stumpf war, war Pipp, wenn er auch sehr weichherzig war, im Grunde ein heller Kopf und hatte das angenehme, naive, lustige Naturell, das seiner Rasse eigentümlich ist. Zufälligerweise verstauchte sich der Bootsmann am Heck von Stubb die Hand, so daß er eine Zeitlang ganz gelähmt war. Daher mußte Pipp vorübergehend an seine Stelle.

Als Stubb zum erstenmal mit ihm zu Wasser ging, war Pipp sehr nervös. Aber zum Glück kam er mit dem Wal damals nicht in nähere Berührung. Wenn er auch davonkam, ohne seinen Kredit ganz und gar untergraben zu haben. Stubb nahm ihn sich später vor und ermahnte ihn, seinen Mut bis aufs äußerste zu kultivieren; denn der könnte ihm manchmal sehr nützlich sein.

Als man ein zweites Mal die Boote zu Wasser ließ, paddelte das Boot auf den Wal zu. Und als dieser die spitze Harpune bekam, gab es wie gewöhnlich einen Schlag, und der wirkte gerade unter dem Sitz des armen Pipp. Die unwillkürliche Verwirrung des Augenblickes bewirkte es, daß er mit dem Paddelruder in der Hand aus dem Boot sprang. Und zwar so, daß ein Teil der schlaffen Walfischleine ihm gegen die Brust lief und mit ihm über Bord flog, so daß er darin verwickelt wurde und schließlich ins Wasser plumpste. In diesem Augenblick eröffnete der getroffene Wal ein irrsinniges Rennen, die Leine zog sich in einem Nu straff zusammen und der arme Pipp schäumte gegen den Staukeil des Bootes, wobei er von der Leine rücksichtslos mitgezogen wurde, die sich schon verschiedene Male um Brust und Hals gewickelt hatte.

Tashtego stand im Bug; er war auf die Jagd wie versessen; er haßte Pipp, weil er ein Feigling war. Er zog das Bootsmesser aus der Scheide, hielt das scharfe Ende über die Leine und wandte sich an Stubb und fragte: »Abschneiden?« Inzwischen sah ihn Pipp mit seinem blauen Gesicht mit allem Ausdruck des Entsetzens an, als ob er sagen wollte: »Um's Himmels willen, tue es!« Das ging in weniger als einer halben Minute vor sich.

»Verdammt noch mal, abschneiden!« brüllte Stubb.

So ging denn der Wal verloren, und Pipp wurde gerettet. Als sich der kleine arme Neger erholt hatte, wurde er von der Mannschaft mit Zurufen und Schmähungen empfangen. Stubb ließ es in seiner Ruhe zu, daß die Flüche zur Entladung kamen. In seiner klaren, geschäftsmäßigen, wenn auch halbhumoristischen Art schnauzte er Pipp offiziell an, und als das geschehen war, gab er ihm inoffiziell einen gesunden Rat. Es handelte sich darum, daß Pipp niemals aus einem Boot springen sollte, ausgenommen – aber das ließ sich nicht genau sagen, was mal das beste sein kann. Im allgemeinen ist der beste Rat bei der Waljagd: »Halt' dich an das Boot!« Aber manchmal kommt es vor, daß es noch besser ist: »Spring' aus dem Boot!« Als Stubb merkte, daß eine bestimmte gewissenhafte Verhaltensmaßregel für Pipp unvorteilhaft wäre, ließ er alle Ratschläge fahren und sagte schließlich in einem gebieterischen Kommandoton: »Halte dich an das Boot, Pipp, oder ich hebe dich nicht wieder auf, wenn du nochmals 'runterspringst. Denk' daran! Wir können unmöglich durch Leute wie dich Walfische verlieren. Ein Wal ist dreißigmal soviel wert in Alabama wie du, Pipp. Merk' dir das – und springe nicht noch einmal!« Stubb wollte dadurch indirekt andeuten, daß der Mensch, wenn man auch seinen Nächsten lieb hat, trotzdem ein Geschöpf von einem bestimmten Wert ist.

Aber wir sind nun mal der Macht der Götter preisgegeben, und so fing Pipp wieder an zu springen; es war ein ähnlicher Vorgang wie bei der ersten Vorstellung. Aber diesmal streifte die Leine nicht seine Brust. Als der Wal anfing zu laufen, wurde Pipp im Meer zurückgelassen wie ein Reisekoffer in der Eile. Leider hielt sich Stubb zu eng an sein Bord. Der Tag war herrlich, überwältigend schön und blau. Die See funkelte und war ruhig und kühl. Sie streckte sich lässig ringsum bis zum Horizont, und war platt wie der Goldstreifen eines Goldschmiedes, der bis zum äußersten ausgehämmert ist.

Pipps Kopf, von der Farbe des Ebenholzes, tauchte in der See mal auf, mal nieder, und sah aus, wie die Krone einer Gewürznelke. Man zog kein Bootsmesser, als er so schnell am Heck niedersank. Der Rücken Stubbs war ihm rücksichtslos zugekehrt, und der Wal hatte es sehr eilig. In drei Minuten gab es zwischen Pipp und Stubb einen Zwischenraum von einer ganzen Meile. Der arme Pipp streckte mitten auf dem Meer seinen schwarzen Kopf mit den gekräuselten Locken in die Sonne, die gleichfalls ein vereinsamter Schiffbrüchiger war, nur der höchste und glänzendste.

Wenn die See ruhig ist, so ist es ebenso leicht für einen geübten Schwimmer, im offenen Ozean zu schwimmen, wie in einem Federwagen an Land zu fahren. Aber die Einsamkeit ist scheußlich und unerträglich. Wenn man mit seinem Ich einer solch erbarmungslosen Unendlichkeit preisgegeben ist, so ist das schrecklich. Aber hatte Stubb denn wirklich den armen kleinen Neger seinem Schicksal überlassen? Nein, das hatte er schließlich nicht beabsichtigt. Weil zwei Boote in seinem Kielwasser waren und er zweifellos annahm, daß sie sehr schnell Pipp einholen und ihn aufnehmen würden, hat er sich keine Sorge gemacht. Solche Fälle kommen ziemlich oft vor. Fast überall wird ein Feigling in der Fischerei mit demselben Abscheu behandelt, wie es bei den Kriegsmarinen und den Heeren zu Lande der Fall ist.

Aber es trug sich zu, daß die Boote Pipp nicht sahen und plötzlich dicht in der Nähe auf der einen Seite Wale sichteten, worauf sie kehrt machten und die Jagd eröffneten. Das Boot von Stubb war so weit ab, und er war mit seiner Mannschaft auf den Fisch so versessen, daß Pipps enger Horizont anfing, sich in kläglicher Weise zu erweitern. Als noch die allergeringste Möglichkeit bestand, wurde er schließlich von dem Schiff gerettet. Aber von der Stunde an schlich der kleine Neger wie ein Idiot an Deck herum. Und er war es schließlich auch, wie man sagte.

Das Meer hatte in spöttischer Weise seinen sterblichen Körper aufgehoben, aber seine unendliche Seele ertränkt.

Zweiundvierzigstes Kapitel

Stubbs Wal, der so teuer erkauft war, wurde auf die übliche Weise längsseits des »Pequod« gebracht, wo die Vorgänge des Zerlegens und Aufziehens, die oben ausführlich behandelt sind, sogar bis zum Ausschöpfen des Heidelberger Fasses erledigt wurden.

Während einige bei dieser Beschäftigung waren, schafften andere die großen Fässer fort, sobald sie mit Walfischöl gefüllt waren. Und als die Zeit kam, wurde dies selbe Öl sorgfältig mit der Hand geknetet, bevor es zu den Ausschmelzöfen ging, wovon jetzt die Rede sein wird.

Die Ausschmelzgeräte sind zwischen dem Vorder- und Hauptmast, dem geräumigsten Teil des Decks, aufgestellt. Die Bretter darunter sind merkwürdig stark, so daß sie das Gewicht eines Mauerwerks aus Backstein und Mörtel aushalten können; einige sind zehn Fuß lang und acht Fuß breit und fünf Fuß hoch. Die Grundmauer geht nicht durch das Deck, aber das Mauerwerk wird an der Oberseite desselben durch schwere Eisenstücke festgehalten, die es von allen Seiten umrahmen und unten an den Brettern festgeschraubt sind. An den Seiten ist es mit Holz verschalt, und oben ist es von einer großen Luke umgeben, die mit Leisten eingefaßt ist. Wenn wir die Luke aufschieben, legen wir die großen Ausschmelztöpfe frei. Es sind zwei an Zahl, und jeder faßt verschiedene Faß Öl. Wenn sie nicht gebraucht werden, werden sie besonders rein gehalten. –

Gegen neun Uhr abends wurde mit den Ausschmelzarbeiten des »Pequod« auf der gegenwärtigen Reise zum erstenmal begonnen. Stubb hatte den Auftrag, das Geschäft zu beaufsichtigen.

»Alles fertig? Die Luke weg und anfangen! Koch, stecken Sie die Öfen an!«

Das war sehr leicht, denn der Zimmermann hatte während der ganzen Reise die Hobelspäne in den Ofen geworfen. Hier muß man darauf hinweisen, daß das erste Feuer in den Schmelzöfen eine Zeitlang mit Holz unterhalten wird. Dann wird kein Holz mehr gebraucht, höchstens wenn man das aufgestapelte Brennmaterial schnell in Brand stecken will. Wenn der knusperige, zerknitterte Speck ausgelassen ist, enthält er noch ziemlich viel Öl. Diese Speckstücke unterhalten die Flammen. Wie ein vollblütiger brennender Märtyrer, der einmal in Brand gesteckt ist, an seinem eigenen Körper verbrennt, so versorgt sich auch der Wal mit seinem eigenen Brennmaterial und brennt auf ähnliche Weise. Ich wollte, er verbrauchte auch seinen eigenen Qualm; denn dieser Qualm ist scheußlich beim Einatmen. Man muß ihn nicht nur einatmen, sondern man muß auch eine Zeitlang darin leben. Er hat einen unaussprechlichen, wilden Hindugeruch, wie die Scheiterhaufen bei Leichenverbrennungen ihn manchmal im Gefolge haben.

Gegen Mitternacht waren die Arbeiten im vollen Gange. Der Leichnam des Wales war nicht mehr zu sehen. Wir hatten die Segel aufgehißt, und der Wind wehte erfrischend. Die Dunkelheit des Stillen Ozeans war außerordentlich. Aber sie wurde von den gewaltigen Flammen aufgeleckt, die von Zeit zu Zeit aus den rußigen Rauchfängen gabelförmig aufflackerten und jedes Tau im Takelwerk hoch oben erleuchteten, wie das berühmte griechische Feuer. Das brennende Schiff fuhr weiter, als ob es zur gewissenlosen Tat der Rache beauftragt sei.

Als die Luken oben von den Töpfen zur Seite geschoben waren, konnte man vorn in den großen Feuerherd hineinsehen. Darauf standen die Tartarengestalten der heidnischen Harpuniere, die auf dem Walschiff immer das Amt des Heizers verrichten. Mit langen Stangen, die mit Zinken versehen waren, langten sie zischende Massen von Speck in die brühend heißen Töpfe. Manchmal stocherten sie unter das Feuer, bis die kräuselnden Flammen wie Schlangen aus den Ofentüren hervorschossen, um sie an den Füßen zu packen. Der Qualm rollte in mürrischen Haufen davon. Wenn das Schiff hochging, so sprang das kochende Öl mit hoch, und es schien, als ob es einem gierig ins Gesicht springen wollte. Gegenüber der Mündung der Öfen, an der Verlängerung des weiten Holzherdes, befand sich das Ankerspill. Das war eine Art Sofa. Darauf hockten die Leute von der Wache, wenn nichts anderes zu tun war, und stierten in die rote Ofenhitze, bis die Augen ihnen wie Fackeln vorkamen. In dem launischen Lichtschein der Schmelzgeräte kamen ihre harten Gesichtszüge, die nun von Qualm und Schweiß verrußt waren, ihre geflochtenen Bärte und der im Gegensatz dazu stehende barbarische Glanz der Zähne auf wunderbare Weise zum Ausdruck.

Da erzählten sie einander ihre teuflischen Abenteuer, Erzählungen des Schreckens, die mit übermütigen Worten dargestellt wurden. Da drang das barbarische Gelächter forkenartig wie die Flammen aus dem Ofen aus ihrem Körper hervor. Da machten die Harpuniere mit ihren ungeheuren Forken, mit den Zinken und den Schöpfgefäßen vor ihnen wilde Gesten. Da fing der Wind an zu heulen. Da sprangen die Wellen hoch.

Da stöhnte das Schiff, tauchte unter und stieß ständig das Feuer wie von einer roten Hölle in die tiefschwarze nächtliche See hinein und kaute das weiße Fischgebein verächtlich in seinem Mund und spuckte gemein nach allen Seiten ringsum. Da schien es, als ob der polternde »Pequod«, der eine Fracht von Wilden hatte, mit Feuer geladen wäre, einen Leichnam verbrannte und in die pechschwarze Dunkelheit hineintauchte und so das materielle Gegenstück der Seele des monomanischen Kommandanten wäre.

In jener Nacht hatte ich ein seltsames und unerklärliches Erlebnis. Ich schreckte aus einem kurzen Schlaf im Stehen auf und merkte zu meinem Schrecken, daß etwas nicht stimmte. Das Steuerreep aus den Kieferknochen, gegen das ich mich lehnte, schlug mir in die Seite. In meinen Ohren erklang das leise Brummen der Segel, die gerade anfingen, vom Winde geschüttelt zu werden. Es kam mir so vor, als ob meine Augen offen wären. Halb hatte ich das Gefühl, als ob meine Finger auf den Augenlidern lägen und ich sie in Gedanken ausstreckte. Aber trotz alledem sah ich keinen Kompaß vor mir, nach dem ich mich richten könnte. Und dabei kam es mir so vor, als ob ich noch vor einer Minute nach der Karte gesehen hätte und die ständig brennende Lampe im Kompaßhäuschen sie beleuchtet hätte.

Vor mir schien nur ein aufzuckender Schein zu sein, der durch rote Blitze manchmal geisterhaftes Aussehen bekam. Dabei herrschte der Eindruck vor, daß ich auch auf einem geschwinde forttreibenden Gegenstand stände, der nicht nach einem Hafen vor mir führe, sondern der von allen Häfen am Heck hinter mir hergestürzt käme. Ein mächtiges Gefühl, wie das des Todes, das mir alle Fassung nahm, überkam mich. Meine Hände umfaßten krampfhaft das Steuerreep. Aber ich hatte die verrückte Vorstellung, daß es auf geheimnisvolle Weise verzaubert und umgekehrt wäre. Was ist denn nur mit mir los, lieber Gott, sagte ich! In meinem kurzen Schlaf war ich auf den Kopf gestellt, und hatte das Heck des Schiffes vorn und den Rücken an dem Bug und dem Kompaß. In einem Augenblick sah ich zurück, und hatte gerade noch Zeit, das Schiff umzulegen, so daß es nicht in den Wind flog und wahrscheinlich umgeschlagen wäre. Welch ein schönes Gefühl der Erleichterung hatte ich, als ich aus der widersinnigen nächtlichen Halluzination aufwachte und durch die Zufälligkeit des Schicksals wieder an die Leeseite gebracht wurde!

Sieh nicht zu lange in das Antlitz des Feuers, Mensch! Träume niemals mit einer Hand vor Augen, wenn du am Steuer bist! Kehre niemals dem Kompaß den Rücken zu und nimm den Wink des ansteigenden Steuerreeps dankbar an! Schenke dem künstlichen Feuer keinen Glauben, wenn seine rote Glut alle Dinge geisterhaft erscheinen läßt! Wenn du morgens in die Sonne siehst, wird der Himmel leuchten. Wer wie ein Teufel in die Flammenforken gestiert hat, wird am Morgen in einer unangenehmeren Erleuchtung, die aus der Ferne kommt, aufstrahlen. Die ruhmreiche goldene, frohe Sonne ist die einzige wahre Leuchte. Alle anderen sind Lügner! Die Sonne verbirgt nicht die tückischen Sümpfe von Virginia; sie verbirgt nicht die verfluchte Campagna bei Rom, auch nicht die weite Sahara und auch nicht die Millionen Meilen von Wüsten und Sorgen, die es unter dem Monde gibt. Die Sonne verbirgt nicht den Ozean, der den dunklen Teil unserer Erde ausmacht und zwei Drittel davon bedeckt. Wer unter den Sterblichen mehr Freude als Leid hat, kann nicht aufrichtig sein. Der aufrichtigste von allen Menschen war der Mann, der das Leid kannte, und das aufrichtigste aller Bücher ist das des Salomo. Der Prediger Salomo ist ein Werk wie der feingehämmerte Stahl des Leides.

Alles ist eitel! Alles! Diese verstockte Welt hat sich die Weisheit Salomos, der kein Christ war, noch nicht zu eigen gemacht. Wer an Krankenhäusern und Kerkern vorbeigeht, wer in schnellem Schritt über Gräber hinweggeht und lieber von Opern redet, als von der Hölle; wer Cooper, Young, Pascal, Rousseau arme Teufel nennt, die krank gewesen wären; und wer ein Leben ohne Sorgen führt und Rabelais für den größten Weisen wegen seiner Fröhlichkeit hält, der Mann taugt nicht dafür, daß er sich auf einen Grabstein niederläßt und den feuchten Moder über dem grünen Gras mit dem unergründlichen und herrlichen Salomo aufrührt!!

Dreiundvierzigstes Kapitel

Bis jetzt haben wir erzählt, daß Ahab auf dem Achterdeck herummarschierte und an dem Kompaßhäuschen und am Hauptmast regelmäßig umkehrte. Aber es waren so viele Dinge zu erzählen und es ist nicht erwähnt worden, daß er regelmäßig bei seinem Spaziergang an einer Stelle stehenblieb und das merkwürdige Objekt mit seltsamem Blick betrachtete. Wenn er vor dem Kompaßhäuschen anhielt, heftete sich sein Blick fest auf die spitze Nadel. Dieser Blick schoß wie ein Speer auf das Objekt, wie von einem scharfen Willen gelenkt. Und wenn er dann seinen Spaziergang wieder antrat, blieb er vor dem Hauptmast stehen und heftete den speerartig scharfen Blick auf die dort angebrachte Goldmünze. In seinem Blick lag noch dieselbe Festigkeit, die durch eine gewisse wilde Sehnsucht, die die Grenze der Hoffnungslosigkeit streifte, erhöht wurde.

Als er eines Morgens an der Dublone vorbeikam, schien es so, als ob er wieder von neuem durch die seltsamen Figuren und Inschriften, die darauf eingeprägt waren, angezogen würde. Es schien, als ob er sich jetzt erst in seiner monomanischen Art zurechtlegte, welch verborgener Sinn hinter den Inschriften läge. Nun liegt ja allen Dingen ein gewisser Sinn zugrunde. Sonst wären ja alle Dinge nichts wert. Und die ganze Welt wäre ein leeres Zifferblatt!

Die Dublone war aus dem reinsten und edelsten Gold, das aus den Schluchten der Berge geholt war, von wo aus die Wasserläufe von manch einem Pactolus nach Osten und Westen über goldene Sandmassen fließen. Und wenn das Gold mitten zwischen rostige Eisenhaken und mit Grünspan bedeckte Kupferspieken genagelt war, so war es doch unberührt und rein geblieben und hatte seinen alten *Quito*glanz bewahrt. Und wenn die Dublone auch zwischen einer gewissenlosen Schiffsmannschaft hing und hinter dem Schutze der ewig langen, dunklen Nacht ein Diebstahl sehr begünstigt werden konnte, so war sie doch bei jedem Sonnenaufgang noch an der Stelle, wo sie des Abends gehangen hatte.

Die Dublone hatte man für das furchtbare und schreckliche Ende beiseitegelegt und geheiligt. Und wenn die Matrosen auch noch so rauhbeinig waren, so ehrten sie diese Münze als den Talisman des weißen Wales. Manchmal sprachen sie darüber auf einer schweren Nachtwache und sagten, wem sie wohl schließlich gehören würde, und ob der wohl in die Lage kommen würde, sie auszugeben.

Die edlen Goldstücke von Südamerika sind wie Münzen der Sonne und Kennzeichen der tropischen Welt. Da sind Palmen, Alpacos und Vulkane; da sind Sonnenscheiben und Sterne, wie auch Füllhörner und prächtige wehende Banner mit schwelgerischer Verschwendung darin eingeprägt. Und das kostbare Gold scheint der Abglanz einer erhöhten Kostbarkeit und eines gesteigerten Ruhmes zu sein, der in diesen phantastischen Münzen auf die so recht poetische Weise der Spanier zum Ausdruck kommt.

Die Dublone des »Pequod« war ein höchst wertvolles Beispiel für diese Dinge. Am äußeren Rand standen die Worte: »Republica del Ecuador: Quito«.

Diese leuchtende Münze kam aus einem Lande, das in der Mitte der Erde liegt, unterhalb des großen Äquators, und von ihm seinen Namen trägt. Sie war mitten in den Anden gefördert worden, in dem Klima, das nicht schwankt und keinen Herbst kennt. Zwischen den Lettern sah man etwas, das wie drei Andengipfel aussah. Von dem einen leuchtete eine Flamme, auf einem anderen erhob sich ein Turm. Und auf dem dritten stand ein krähender Hahn, während sich über das Ganze das Segment eines Tierkreises bogenförmig ausbreitete. Die Zeichen waren mit ihren gewöhnlichen Symbolen bezeichnet, und als Schlußstein trat die Sonne gerade in die Tagundnachtgleiche bei Libra. Unbeobachtet von den anderen, blieb Ahab vor dieser Münze aus Ecuador stehen. Wenn es sich um Berggipfel und Türme und um sonstige erhabene und hohe

Dinge handelt, dann ist etwas Egoistisches dabei. Man sehe nur mal hierher! Die drei Gipfel sehen stolz aus wie Luzifer. Der feste Turm ist Ahab! Der Vulkan ist Ahab. Der mutige und sieghafte Vogel, der sich von nichts abschrecken läßt, ist auch Ahab. Alles ist Ahab!

Dies runde Goldstück ist nur das Bild des noch runderen Globus, der wie ein Zauberspiegel das geheimnisvolle Selbst eines jeden Menschen reflektiert. Wer die Welt fragt, ob sie die Rätsel lösen kann, muß große Schmerzen erdulden und hat wenig Gewinn. Die Welt kann sich nicht selbst erklären. Mir kommt es so vor, als ob die Sonne auf der Münze rötlich aussähe. Aber siehe: sie geht in das Zeichen der Stürme, der Tagundnachtgleiche, und noch sechs Monate vorher steuerte sie aus einer früheren Tagundnachtgleiche im Zeichen des Widders! Von einem Sturm zum anderen! So muß es auch sein. In Wehen geboren, ist der Mensch dazu auserlesen, in Schmerzen zu leben und in Zuckungen zu sterben! So mag es denn sein. An dieser Stelle kann das Leid ansetzen; so mag es denn sein!»Nicht die Hände einer Fee haben das Gold geformt, sondern die Klauen des Teufels müssen seit gestern ihre Eindrücke darin hinterlassen haben«, brummte Starbuck für sich und lehnte sich gegen das Schiffsgerüst. Der Alte scheint die schreckliche Schrift des Belsazar gelesen zu haben. Ich habe mir niemals die Münze genau angesehen; er geht nach unten. Ich will sie doch mal lesen. Zwischen drei mächtigen Gipfeln, die den Himmel bewohnen und die Dreieinigkeit bedeuten, liegt ein dunkles Tal, das Symbol der ohnmächtigen Erde. So ragt Gott in diesem Tal des Todes über uns. Und über unser Elend scheint die Sonne der Gerechtigkeit wie ein Leuchtturm und ein Strahl der Hoffnung. Wenn wir unsere Augen niederschlagen, zeigt das dunkle Tal seinen schmutzigen Boden. Aber wenn wir sie aufheben, kommt uns die helle Sonne auf halbem Wege entgegen, um uns zu erfreuen. Ja, die erhabene Sonne ist kein Trugbild. Und wenn wir um Mitternacht einen schwachen Trost suchen, schauen wir vergeblich nach ihr aus. Die Münze spricht weise, gütig und aufrichtig, aber traurig zu mir. Ich will sie nicht mehr ansehen, damit die Wahrheit mich nicht auf Irrwege bringen kann.

»Das ist der alte Mogul«, sagte Stubb an den Schmelzgeräten für sich hin. »Er hat es wohl verstanden. Und da kommt auch Starbuck her. Und beide Gesichter sehen so aus, als ob sie in die Tiefe geschaut hätten. Und das kommt daher, weil sie ein Goldstück angesehen haben. Wenn ich es in Negro-Hill oder in Corlaers Hoock hätte, so würde ich es nicht lange ansehen, bevor ich es ausgäbe. Nach meiner geringen und unbedeutenden Ansicht ist das albern. Ich habe auf meinen Reisen Dublonen genug gesehen. Ich habe die Dublonen vom alten Spanien, die Dublonen von Peru, die Dublonen von Chile, die Dublonen von Bolivien und die Dublonen von Popayan gesehen.

Dazu viele goldene Moidoren, Pistolen und Josephs, halbe Josephs und viertel Josephs. Was ist denn bloß mit dieser Dublone von Ecuador los, daß sie so verdammt merkwürdig sein soll? Beim Colconda, ich will sie doch auch mal lesen, hallo! Hier geschehen ja Zeichen und Wunder!

Das ist ja das, was der alte Bowditch in seinem Abriß den Zodiacus nennt, und was mein Almanach ebenso bezeichnet. Ich will mir mal den Almanach heraufholen. Und da ich gehört habe, daß Teufel durch die Arithmetik des Daboll beschworen werden können, so will ich meine Hände daranlegen, um zu sehen, was diese merkwürdigen Zeichen hier im Kalender von Massachusetts bedeuten.

So, da ist das Buch. Nun wollen wir mal nachsehen. Zeichen und Wunder, und die Sonne ist immer dabei! Hm, hm, hm! Hier sind sie, hier sind sie alle lebendig. Der Widder oder der Sturmbock. Der Stier und die Zwillinge! Hier sind die Zwillinge selbst. Schön! Die Sonne gondelt zwischen ihnen herum. Ja. Auf dieser Münze kreuzt sie gerade die Schwelle zwischen zwei von zwölf Wohnzimmern, die alle in einem Kreise liegen. Das ist falsch, Buch! Ihr Bücher müßt wissen, wie die Plätze sind! Ihr gebt uns die bloßen Worte und Tatsachen, aber wir kommen, um die Gedanken zu geben. Das ist meine Erfahrung, soweit der Kalender von Massachusetts, der Seefahrer von Bowditch und die Arithmetik von Daboll in Betracht kommen. Sollen das Zeichen und Wunder sein?

Es ist dumm, wenn in den Zeichen nichts Wunderbares und in den Wundern nichts Bedeutungsvolles ist! Da ist irgendwo ein Haken! Augenblick mal! Ruhig! Da hab' ich's! Hersehen, Dublone! Dein Zodiacus bedeutet das Leben des Menschen, und nun will ich es ablesen, gerade aus dem Buch. Komm, Almanach! Da ist der Widder oder der Sturmbock, ein gefährlicher Hund, der uns an den Leib will. Dann kommt der Stier, der boxt uns von vorn, dann kommen die Zwillinge, das sind Tugend und Laster. Wir suchen die Tugend zu erreichen, aber da kommt der Krebs und zieht uns zurück. Und wenn wir von der Tugend kommen, kommt Leo, ein brüllender Löwe, der am Wege liegt. Der beißt uns heftig in den Nacken und versetzt uns einen Schlag mit seiner Klaue. Wir machen uns davon und begrüßen die Jungfrau. Das ist unsere erste Liebe. Wir verheiraten uns und glauben, wir sind für ewig glücklich. Da kommt bums die Wage. Sie wiegt das Glück ab, und es zeigt sich, daß etwas fehlt, und wenn wir darüber sehr traurig sind, dann springen wir mit einem Satze auf. Und da sticht uns der Skorpion von hinten! Wir wollen die Wunde heilen. Da werden wir ringsum von dem Bogenschützen beschossen, der sich einen Spaß daraus macht.

Wenn wir die Pfeile herausziehen, heißt es aufgepaßt! Da steht der Steinbock, der mit einem Satz auf uns zukommt und uns stößt, daß wir kopfüber fallen. Da gießt der

Aquarius, der Wassermann, seine ganze Sündflut über uns aus, so daß wir ertrinken. Und wenn wir mit den Fischen nach oben gehen, geraten wir in den Schlaf. Das ist ja die reine Predigt, die hoch oben im Himmel abgedruckt ist. Die Sonne geht jedes Jahr da durch und kommt doch lebendig und in guter Stimmung daraus hervor. Hoch oben gondelt sie lustig durch Mühseligkeiten und Kümmernis. Und wenn es erlaubt ist, ist Stubb ebenso lustig. Ja, lustig, das ist das richtige Wort! Lebe wohl, Dublone, aber einen Augenblick. Hier kommt der kleine King-Post, laßt die dummen Schmelztöpfe liegen, ich will doch mal hören, was er zu sagen hat. Nun steht er davor. Er wird schon gleich mit etwas kommen. So, nun fängt er an.« –

»Ich sehe nichts, als ein rundes Ding, das aus Gold gemacht ist. Und wer einen gewissen Wal meldet, dem soll dieses runde Ding gehören. Und was bringt denn dieses Herumstarren ein? Sechzehn Dollars, allerdings. Und wenn die Zigarre zwei Cents kostet, so gibt das neunhundertsechzig Zigarren. Ich rauche keine dreckigen Pfeifen, wie Stubb, aber ich rauche gern Zigarren, und hier hängen neunhundertsechzig. Hier geht Flask nach oben, um sie zu erwerben.

Soll ich das nun weise oder töricht nennen? Wenn es wirklich weise ist, so sieht es doch sehr töricht aus. Und wenn es wirklich töricht ist, so hat es doch einen gewissen Schein von Weisheit. Aber was anderes! Da kommt unser alter Mann von der Insel Man. Der alte Leichenkutscher, so etwas muß er gewesen sein, bevor er zur See ging. Er kommt angeluvt und bleibt vor der Dublone stehen. Hallo, und geht um sie herum auf die andere Seite des Mastes. Ah, da ist ein Hufeisen angeschlagen, und nun geht er wieder zurück, was soll das heißen? Halt! Er brummt vor sich hin. Eine Stimme wie eine ausgeleierte alte Kaffeemühle; die Ohren gespitzt und zugehört!«

»Wenn der Wal gesichtet wird, so muß das in einem Monat und an einem Tag geschehen, wenn die Sonne in einem von diesen Zeichen steht. Ich habe die Zeichen studiert und weiß, was sie bedeuten sollen. Als ich vor vierzig Jahren in Kopenhagen war, hat sie mir eine alte Hexe beigebracht. In was für einem Zeichen wird dann wohl die Sonne stehen? In welchem Zeichen steht denn nun die Sonne? Im Zeichen des Hufeisens. Das ist gerade der Sonne gegenüber. Und was bedeutet denn das Hufeisen? Das Hufeisen bedeutet den brüllenden Löwen, der alles verschlingt. Armes Schiff! Mein alter Kopf fängt an zu wackeln, wenn ich daran denke!«

Da ist eine andere Lesart: Alle Menschen stehen in einer Welt für sich. Da kommt Queequeg. Ist über und über tätowiert und sieht wie das Zeichen des Tierkreises selbst aus. Was sagt der Kannibale? Wahrhaftig, er vergleicht die Zeichen; er sieht nach seinem Schenkelknochen und glaubt, daß die Sonne im Schenkel, in der Wade oder im Eingeweide ist. So, wie die alte Frau über Astronomie redete in dem Lande, wo die

Welt mit Brettern zugenagelt ist. Wahrhaftig! Er hat in der Gegend des Schenkels etwas entdeckt. Ich glaube, es ist der Bogenschütze. Nein! er weiß doch nicht, was er mit der Dublone anfangen soll. Er glaubt, es ist ein alter Hosenknopf von einem König. Aber aufgepaßt! Da kommt der Teufelsgeist, der Fedallah. Hat den Schwanz unsichtbar eingewickelt, wie bekannt. Hat Werg zwischen den Zehen, in seinem Tanzschuh, wie gewöhnlich. Was soll der Blick bedeuten? Ach, er macht nur ein Zeichen vor dem Zeichen und verbeugt sich. An der Ecke ist eine Sonne. Er ist ja Feueranbeter und verläßt sich darauf. Ach, da kommt noch mehr! Da kommt Pipp, dieser arme Junge! Ich wollte, er wäre gestorben, oder ich. Es geht mir ordentlich durch, wenn ich ihn sehe. Er hat die beiden Dolmetscher auch beobachtet, auch mich. Und kommt nun her und will auch lesen. Und hat dieses Idiotengesicht mit dem überirdischen Ausdruck. Etwas zur Seite und aufgepaßt! Pst! –

»Ich sehe, du siehst, er sieht, wir sehen, ihr seht, sie sehen!« –

Bei meiner Seele, er studiert die Grammatik! Er will seinen Geist läutern. Armer Junge. Aber was sagt er denn nun? Pst! –

»ich sehe, du siehst, er sieht, wir sehen, ihr seht, sie sehen!« –

Ach, er lernt es auswendig. Pst! Was gibt es nun? –

»Ich sehe, du siehst, er sieht, wir sehen, ihr sehet, sie sehen!« –

Nun, das ist ja komisch. Das »ich, du und er und wir und sie.« Damit sind alle Personen erschöpft. Und ich komme mir wie eine Krähe vor, besonders, wenn ich oben auf diesem Fichtenbaum stehe. Krah! Krah! Krah! Krah! Krah! Krah! Komme ich mir nicht wie eine Krähe vor, und wo ist die Vogelscheuche? Da steht sie. Zwei Knochen stecken in ein paar alten Hosen und zwei andere in den Schößen einer alten Jacke.

Wenn er am Ende mich meinte? Ein schönes Kompliment! Armer Bursche! Ich ginge hin und hängte mich auf! Fürs erste will ich mal die Nähe von Pipp meiden. Mit den übrigen werde ich schon fertig; denn sie haben normalen Verstand. Aber für mich hat er bei allem Irrsinn zuviel Verstand. Nun, ich will ihn seinem Gemurmel überlassen.

Da ist der Nabel des Schiffes, die Dublone. Und alle sind sie darum 'rum, um sie loszubringen. Aber man soll nur mal den eigenen Nabel losmachen, und man wird merken, was die Folge ist. Dann wäre es auch häßlich. Genau so, wie wenn etwas an den Mast genagelt ist, was ein Zeichen dafür ist, daß die Dinge gefährlich werden. Ha, ha, alter Ahab! Der weiße Wal wird dich an den Mast nageln! Das ist ein Fichtenbaum. Mein Vater legte im alten Holland mal eine Fichte nieder und fand darunter einen silbernen Ring, der überwachsen war. Es war der Hochzeitsring eines alten Negers. Wie war der nur dahingekommen? Und das wird man auch am Auferstehungstag sagen, wenn man unseren alten Mast auffischt und eine Dublone daran findet, und überall Austern in dem alten Kahn herumliegen. Ach, das Gold, das edle, edle Gold! Das Meer, der grüne Geizhals, wird dich bald auf einen Haufen werfen! Pst! Pst! Gott geht auf der Welt herum und sucht sich seine Brombeeren zusammen! Koch, heda, Koch! Koch' uns was! Jenny! Heda, Jenny!! Mach' den Maiskuchen fertig!

Vierundvierzigstes Kapitel

»Schiff ahoi, hast du den weißen Wal gesehen?« So schrie Ahab und rief noch einmal ein Schiff an, das die englische Flagge trug. Es sank am Heck tief ein. Der Alte stand mit dem Schallrohr am Munde in dem aufgeheißten Kapitänsboot. Der fremde Kapitän konnte das künstliche Bein deutlich erkennen; er lehnte sich nachlässig gegen den Bug seines eigenen Bootes. Er war dunkelfarbig, stämmig und sah gutmütig aus. Er hatte feine Gesichtszüge, mochte gegen sechzig sein und trug eine weite Jacke, die wie ein blaues Lotsentuch um ihn herumflatterte. Ein freier Ärmel hing ihm hinten aus der Jacke, wie der gestickte Ärmel eines Husarenmantels.

»Hast du den weißen Wal gesehen?«

»Können Sie das sehen?«

Er zog aus den Falten, die ihn verborgen hatten, einen weißen Arm hervor, der aus den Knochen eines Pottwals angefertigt war und der wie ein Hammer in einen Holzstiel auslief.

»Mann, mein Boot!« rief Ahab gebieterisch und stieß an die Ruder in seiner Nähe.

»Klar bei Boote! Herunterlassen!«

In weniger als einer Minute wurden er und seine Mannschaft, ohne daß er das kleine Schiff zu verlassen brauchte, zu Wasser gelassen. Bald waren sie längsseits des Fremden. Aber da zeigte sich eine merkwürdige Schwierigkeit. In der Aufregung hatte Ahab vergessen, daß er niemals, seitdem er sein Bein verloren hatte, auf ein fremdes Schiff gegangen war. Dann ist es nicht ganz einfach – die Walfischer, die stündlich daran gewöhnt sind, bilden eine Ausnahme –, vom Boote aus auf offener See ein Schiff zu erklettern. Die großen Wellen heben das Boot mal hoch bis zur Reling, mal lassen sie es bis zum Innenkiel herabfallen. Da Ahab des einen Beines beraubt war und das fremde Schiff die Einrichtung des »Pequod«, die des Kapitäns wegen da war, nicht kannte, kam sich Ahab wie ein ungeschickter Landbewohner vor. Als er die Höhe des anderen Schiffes betrachtete, hatte er kaum Hoffnung, hinaufzukommen.

Ich habe schon darauf hingewiesen, daß jeder unvorhergesehene Umstand, der aus seinem Mißgeschick indirekt abzuleiten war, Ahab reizte und bis zur Verzweiflung brachte. Das wurde noch durch den Anblick der beiden Offiziere des fremden Schiffes, die sich über die Seite lehnten, gesteigert, ebenso durch die hin und her schwingende Schiffsleiter und durch die beiden schmuckvollen Geländerseile. Daß ein Mann mit einem Bein sich bewußt werden mußte, daß er ein Krüppel war, wenn er diese Geländerdocke benutzen sollte, daran dachten sie natürlich nicht. Aber das dauerte nur eine Minute. Der fremde Kapitän sah mit einem Blick, wie sich die Sache verhielt. Er schrie: »Ich sehe es! Weg mit dem Zeugs! Los, Jungens, und werft den Flaschenzug hinüber!«

Das Glück wollte es, daß sie vor ein paar Tagen einen Wal längsseits gehabt hatten. Die großen Flaschenzüge hingen noch oben, und der kolossale Speckhaken, der nun rein und trocken war, war auch noch am Ende dran. Der wurde nun schnell für Ahab heruntergelassen. Er begriff es schnell, was er damit sollte. Er steckte das gesunde Bein in die Krümmung des Hakens – so, wie man in den Ankerflügel oder in die Gabelung eines Apfelbaumes klettert –, dann gab er das Stichwort, hielt sich fest und half durch sein eigenes Gewicht mit, daß er hochgezogen wurde, und zog mit übereinandergreifenden Händen an den Seilen des Flaschenzuges. Dann wurde er behutsam über die hohe Reling gelassen und landete unversehrt oben auf dem Gangspill. Der andere Kapitän warf seinen künstlichen Arm in jovialer Weise zum Gruß vor, ging auf Ahab zu, der sein künstliches Bein vorstreckte, und indem sie die künstlichen Glieder übereinander kreuzten, wie zwei Sägefische ihre Sägen, rief Ahab rauh wie ein Walroß: »Nun wollen wir uns mal gegenseitig die Knochen reichen, den Arm und das Bein! Einen Arm, der niemals zusammenschrumpfen kann, und ein Bein, das nicht laufen kann. Wo hast du den weißen Wal gesehen? Wie lang ist das her?«

»Den weißen Wal?« sagte der Engländer und zeigte mit dem künstlichen Arm nach Osten. Dabei glitt er mit einem traurigen Blick daran entlang, wie an einem Fernrohr. »Da sah ich ihn, auf dem Äquator, in der letzten Walfischzeit.«

»Und er hat dir den Arm abgerissen, nicht wahr?« fragte Ahab, der nun von dem Gangspill herunterglitt und sich auf die Schulter des Engländers stützte.

»Ja, der war schuld daran, und der war auch wohl schuld an dem Bein da?«

»Erzähl' mir die Geschichte!« sagte Ahab. »Wie kam das?«

»Das war das erstemal, wo ich auf dem Äquator kreuzte«, sagte der Engländer. »Ich wußte damals noch nicht, daß es einen weißen Wal gibt. Nun, eines Tages ließen wir wegen einer Herde von vier oder fünf Walen die Boote herunter. Mein Boot kriegte einen fest. Das war ein richtiges Zirkuspferd. Er ging in einer Tour mit einem herum, daß meine Mannschaft sich nur dadurch im Gleichgewicht halten konnte, daß sie sich mit dem Hintern auf das äußerste Dollbord setzte. Auf einmal kam von tief unten ein großer Wal hervorgeschossen. Hatte einen Kopf und einen Höcker von milchweißer Farbe, hatte Krähenfüße und ebensolche Runzeln!«

»Das war er, das war er!« schrie Ahab und gab plötzlich den angehaltenen Atem frei.

»Und Harpunen steckten nahe bei der Steuerbordflosse.«

»Ja, ja! Die waren von mir. Meine Eisen!« schrie Ahab ganz außer sich vor Aufregung. »Aber weiter!«

»Einen Augenblick doch mal,« sagte der Engländer in guter Laune: »Nun, dieser alte Urgroßvater mit dem weißen Kopf und weißen Höcker schießt mit tollem Schaum zwischen die Herde und schnappt wie ein Blödsinniger an meiner festgemachten Leine.«

»Ja, ich verstehe es; er wollte sie losmachen, er wollte den festen Fisch befreien. Das ist sein alter Trick, den kenne ich wohl!«

»Wie es genau war,« fuhr der Kapitän mit dem einen Arm fort, »weiß ich nicht. Aber er mußte wohl mit seinen Zähnen in die Leine gebissen haben: sie war mit einemmal ab und fing sich irgendwo fest. Aber wir wußten das damals nicht. Als wir dann an der Leine zogen, plumpsten wir mit einemmal gegen seinen Höcker, und der andere Wal ging windwärts davon und machte eine riesige Dünung. Als ich sah, wie sich die Sache verhielt und erkannte, was das für ein edles großes Tier war – es war wohl der edelste und größte Wal, den ich jemals in meinem Leben gesehen habe –, nahm ich mir vor, ihn zu fangen – trotz der großen Wut, in der er sich offenbar befinden mußte. Und da ich dachte, daß die verunglückte Leine losgehen würde oder sich um den Zahn gewickelt hätte, und daß es deshalb leicht wäre, daran zu ziehen – ich habe eine verteufelte Mannschaft, die sich auf Walleinen versteht –, da sprang ich in das Boot meines ersten Maaten. Das ist Mister Mountopp hier – (nebenbei, Kapitän-Mountopp; Mountopp-Kapitän). Wie gesagt, sprang ich in das Boot von Mountopp, das dicht neben mir war, kriegte die erste Harpune zu fassen und warf sie dem alten Urgroßvater ins Gesicht. Aber, Herr du meines Lebens, in einem Augenblick konnt' ich nichts mehr sehen, beide Augen waren mit dickem Schaum umgeben und beinah erblindet. Der Schwanz des Wals baumelte hoch in der Luft wie ein Pendel und sah wie ein marmorner Kirchturm aus. Es hatte keinen Sinn, kehrt zu machen. Ich starrte in eine Sonne von leuchtenden Kronjuwelen, durch die man blind werden konnte. Ich griff nach der zweiten Harpune, und gerade sollte es losgehen, da kam der Schwanz wie ein Turm von Lima herab, schlug mir das Boot in zwei Stücke und es gab tausend Splitter. Der weiße Höcker ging mit den Schwanzflossen rückwärts durch das Wrack, als ob es lauter Schiffe wären, und wir flogen aus dem Boot. Um den gefährlichen Dreschflegeln zu entgehen, hielt ich mich am Harpunenstiel fest und klebte daran wie ein Fisch. Aber ein

Wellenkamm riß mich fort, und zu gleicher Zeit machte der Fisch einen guten Satz vorwärts. Tauchte unter wie ein Blitz, und die Spitze der verdammten zweiten Harpune ging mir hier vorbei (er schlug mit seiner Hand an eine Stelle unterhalb seiner Schulter!) Ja, ging bis hierher und riß mich in die Flammen der Hölle hinunter. Da ging zum Glück die Spitze an dem Fleisch entlang und kam dicht an meinem Handgelenk wieder heraus. So kam ich wieder nach oben, und dieser Herr hier wird Ihnen das übrige erzählen. (Nebenbei, Kapitän – Doktor Bunger, der Schiffsarzt, mein lieber Bunger – der Kapitän.) Nun, mein lieber Bunger, packen Sie mal aus, was Sie wissen.«

Der so familiär bezeichnete Herr hatte die ganze Zeit daneben gestanden und hatte durch nichts verraten können, was seine Beschäftigung an Bord war. Er hatte ein ungewöhnlich rundes, aber ehrbares Gesicht und trug einen abgetragenen blauen Wollrock und geflickte Hosen.

»Es war eine furchtbare Wunde,« so fing der Arzt des Walschiffes an, »und auf meinen Rat ließ Kapitän Boomer hier unseren alten Sammy –«

»›Samuel Enderby‹ ist der Name meines Schiffes«, unterbrach der einarmige Kapitän und wandte sich an Ahab.

»Weiter, Junge!«

»Ließ unseren alten ›Sammy‹ den Kurs nordwärts nehmen, um aus dem glühendheißen Wetter des Äquators wegzukommen. Aber es hatte keinen Zweck. Ich tat alles, was ich konnte. Ich saß die Nächte mit ihm zusammen und hielt sehr strenge auf Diät!«

»Oh, sehr streng, sehr streng!« rief der Patient dazwischen. Dann änderte er den Ton der Stimme. »Er trank mit mir jede Nacht heiße Grogs, bis er nicht mehr die Binden unterscheiden konnte.«

»Was wurde denn aus dem weißen Wal?« rief nun Ahab, der ungeduldig dies Intermezzo zwischen den beiden Engländern mit angehört hatte.

»Oh,« rief der einarmige Kapitän, »ja, ja. Nachdem er untergetaucht war, sahen wir ihn eine Zeitlang nicht wieder. Wie ich schon sagte, wußte ich damals nicht, welcher Wal mir diesen Streich gespielt hatte! Erst einige Zeit später, als wir wieder zurück zum Äquator kamen, hörten wir von Moby-Dick, wie einige ihn nennen, und dann wußte ich, wer es gewesen war.«

»Hast du denn nicht sein Kielwasser wieder gekreuzt?«

»Zweimal.«

»Aber konntet ihr ihn denn nicht festkriegen?«

»Das wollt' ich nicht wieder versuchen. Ist es nicht an einem Glied genug? Was sollte ich mit dem anderen Arm machen? Und ich glaube, Moby-Dick kann noch besser schlucken als beißen!«

»Nun,« unterbrach Bunger, »dann geben Sie ihm doch den linken Arm als Köder, um den rechten wiederzukriegen. Wissen Sie auch, meine Herren?« dabei verbeugte er sich mit mathematischer Exaktheit vor den Kapitänen nacheinander, »wissen Sie auch, meine Herren, daß die Verdauungsorgane des Wales von der göttlichen Vorsehung so weise eingerichtet sind, daß es ihnen ganz unmöglich ist, den Arm eines Menschen vollständig zu verdauen? Das weiß er auch selbst. Was man für Bosheit hält, ist nur seine Ungeschicklichkeit. Er will niemals ein einziges Glied verschlingen. Er will nur durch Verstellung Furcht einjagen. Aber manchmal ist er wie der alte Gaukler, der mal in Ceylon mein Patient war, und der so tat, als ob er Messer schlucken könnte. Einmal schluckte er wirklich eines herunter, wo es dann ein Jahr und mehr steckenblieb. Und als ich ihm ein Brechmittel gab, holte er es in kleinen Rucken herauf. Er hatte keine Möglichkeit, das Messer zu verdauen und es seinem allgemeinen Körpersystem einzuverleiben. Nun, Kapitän Boomer, wenn Sie den Arm als Pfand geben wollen, um den anderen anständig zu beerdigen, dann haben Sie Ihren Arm wieder.«

»Nein, danke, Bunger«, sagte der englische Kapitän. »Den Arm, den er hat, kann er behalten, da ich es doch einmal nicht ändern kann, und ich ihn damals noch nicht kannte. Aber den anderen soll er nicht haben! Die weißen Wale können mir überhaupt gestohlen bleiben! Ich habe einmal die Boote herabgelassen seinetwegen, und das genügt mir. Es wäre ja recht schön, wenn man ihn töten könnte, und er hat eine ganze Schiffsladung voll prächtigen Walratöls. Aber man läßt ihn am besten zufrieden. Meinen Sie es nicht auch, Kapitän?« und warf dabei einen Blick auf das künstliche Bein.

»Das schon. Aber man muß ihn trotzdem jagen. Was man verflucht und was man am besten in Ruhe ließe, verlockt einen am meisten. Er ist wie ein Magnet! Wie lange ist es her, daß du ihn das letztemal gesehen hast? Welche Richtung nahm er?«

»Herrgott nochmal!« schrie Bunger, der sich verbeugte und um Ahab herumging, wobei er merkwürdig schnupperte, wie ein Hund. »Man fühle sich das Blut dieses Menschen an, das Thermometer her! Es ist ja siedend heiß! Die Schiffsplanken werden ja durch diesen Puls geschlagen!« Er nahm eine Lanzette aus der Tasche und ging auf den Arm Ahabs zu.

»Wegbleiben!« brüllte Ahab und stieß ihn gegen die Reling. »Klar bei Boot! Welchen Weg nahm er?«

»Herrgott nochmal!« schrie der englische Kapitän, an den die Frage gerichtet war. »Was ist denn los? Er ging ostwärts, glaube ich. Ist Euer Kapitän verrückt?« flüsterte er Fedallah zu.

Aber Fedallah legte einen Finger auf die Lippen, schlüpfte über die Reling, um das Steuerruder zu nehmen. Ahab ließ den Flaschenzug herankommen und befahl den Matrosen des Schiffes, beim Herablassen behilflich zu sein.

Einen Augenblick stand er im Heck des Bootes, und die Manilaleute sprangen mit einem Satz an die Ruder. Vergeblich rief der englische Kapitän ihm etwas zu. Ahab hatte dem fremden Schiff den Rücken gekehrt und blickte starr nach seinem eigenen. So stand er aufrecht da, bis er längsseits des ›Pequod‹ kam.

Fünfundvierzigstes Kapitel

Die überstürzte Art und Weise, in der Kapitän Ahab den ›Samuel Enderby‹ verlassen hatte, war nicht ohne Folgen gewesen wegen ihrer Gewaltsamkeit. Er war mit solcher Macht auf die Ruderbank seines Bootes gefallen, daß sein künstliches Bein einen Stoß erlitten hatte, wobei es halb zersplittert war. Nachdem er das eigene Deck erreicht hatte und in dem Plankenloch angekommen war, war er mit einem dringenden Befehl so heftig auf den Steuermann losgestürmt (wie immer hatte er sich beklagt, er steuere nicht energisch genug!), daß das schon arg mitgenommene künstliche Bein einen weiteren Stoß erlitt. Obwohl es noch ganz blieb und allem Anschein nach noch kräftig war, so erachtete Ahab es doch nicht für ganz zuverlässig.

Bei seiner übermächtigen, wahnsinnigen Ruhelosigkeit beachtete er manchmal die Beschaffenheit des toten Beins, auf dem er stand, recht wenig. Kurze Zeit, bevor der ›Pequod‹ von Nantucket abgesegelt war, hatte man ihn eines Nachts besinnungslos auf dem Boden liegend vorgefunden. Aus einer unbekannten und anscheinend unerklärlichen und nicht vorstellbaren Zufälligkeit war sein künstliches Bein auf so gewaltige Weise entstellt, daß es wie ein Pfahl zerbrochen war und ihm bis in die Leisten drang. Nur mit der allergrößten Schwierigkeit war es möglich gewesen, die schmerzhafte Wunde völlig zu heilen.

Damals war sein monomanischer Geist auf den Gedanken gekommen, daß die gegenwärtigen Qualen nur die unmittelbaren Folgen eines früheren Leidens wären. Es schien, als ob er eins deutlich erkannt hatte: Das giftigste Reptil der Sümpfe setzt unvermeidlich bis in alle Ewigkeit seine Art fort, wie es der angenehmste Singvogel des Waldes tut. Ebenso bringen alle Unglücksfälle wie alle Glücksfälle in entsprechender Weise ihresgleichen bis in alle Ewigkeit hervor.

Ja, noch mehr als das, dachte Ahab; das Leid hat mit seinen Vorfahren und seiner Nachkommenschaft eine größere Auswirkung als die Lust. Ganz abgesehen davon, daß gewisse Lehren der Kanoniker folgenden Schluß ziehen: Manche Freuden der menschlichen Natur verschaffen keine Nachkommenschaft für die andere Welt. Vielmehr haben sie die Verzweiflung der Hölle im Gefolge. Dagegen erzeugen manche schuldig erduldete Leiden eine ständig wachsende Nachkommenschaft von Bitternissen jenseits des Grabes.

Aber bei einer tieferen Betrachtung der Dinge scheint es doch anders zu sein. Obwohl im höchsten irdischen Glück, so dachte Ahab, eine gewisse Schalheit verborgen liegt, so hat alles menschliche Leid im tiefsten Grunde bei manchen Menschen eine Erhabenheit, wie sie den Erzengeln eigen ist. Wenn wir die Stammbäume der tiefen irdischen Leiden verfolgen, kommen wir schließlich zu dem Ursprung der Götter. Trotz der frohen Sonnen, unter denen das Heu gemacht wird, und trotz der sanften Monde, bei denen die Zimbel ertönt und ringsum die Ernte eingebracht wird, kommen wir notgedrungen zu der Erkenntnis, daß die Götter selbst nicht immer glücklich sind. Das traurige unauslöschliche Muttermal, das dem Menschen auf die Stirn geprägt ist, ist nur der Stempel des Leids, den seine Urheber ihm aufgedrückt haben.

Ohne es zu wollen, ist hier ein Geheimnis aufgedeckt worden, was vielleicht schon früher an besserer Stelle hätte geschehen können.

Es mag sich nun verhalten, wie es will. So wie die Sache um das Bein gegenwärtig stand, versuchte Ahab auf praktische Weise Abhilfe zu schaffen. Er rief den Schiffszimmermann.

Als dieser Angestellte vor ihm erschien, befahl er ihm, sofort ein neues Bein zu machen. Er wies die Maate an, ihn mit allen möglichen Knochenstücken vom Kiefer des Pottwals, die bislang auf der Reise gesammelt waren, zu versehen und das stärkste und geeignetste Material auszuwählen. Als das geschehen war, bekam der Zimmermann den Befehl, das Bein am Abend noch fertigzustellen. Und ebenso sollte er für die Zubehörteile sorgen, ohne sich darum zu kümmern, was an dem beschädigten fehlte. Dann wurden die Schmiede aus ihrer beschaulichen Ruhe unten im Schiffsraum nach oben gezogen, und um die Sache zu beschleunigen, bekam der Schmied den Befehl, sofort die eisernen Teile zusammenzuschmieden, die benötigt werden könnten.

Sechsundvierzigstes Kapitel

Wie es so üblich war, wurde am nächsten Morgen das Schiff ausgepumpt. Zur allgemeinen Überraschung kamen beträchtliche Mengen Öl mit dem Wasser nach oben. Die Fässer unten mußten ein Leck haben. Es gab eine allgemeine Aufregung. Starbuck ging in die Kabine, um die ungünstige Angelegenheit zu melden. Vom Süden und Westen kam der ›Pequod‹ dicht an Formosa und an die Baschi-Inseln heran, zwischen denen die tropischen Mündungen der Flüsse liegen, die von China her in den Stillen Ozean fließen. Starbuck traf Ahab an, wie er eine große Karte der östlichen Inselgruppen vor sich ausgebreitet hielt. Eine andere stellte die langen östlichen Küsten der japanischen Inseln Nippon, Matsmai und Sikoke dar. Das schneeweiße neue künstliche Bein war in das schraubenartige Tischbein eingeklemmt. Er hatte die lange Heckensichel seines Schiffermessers in der Hand. Der wunderliche alte Mann hatte den Rücken gegen die Lukenklappe gerichtet. Seine Stirn lag in Falten, und er zeichnete wieder seine alten Kurse.

»Wer ist da?« sagte er, als er den Tritt an der Tür hörte, ohne sich umzusehen. »An Deck! Verschwinden!«

»Kapitän Ahab irrt sich, ich bin es. Das Öl im Schiffsboden läuft. Wir müssen die Taljen aufziehen und ausladen!«

»Taljen aufziehen und ausladen? Jetzt, wo wir in die Nähe von Japan kommen? Sollen wir hier eine Woche lang aufhuven, um ein paar alte Reifen auszuflicken?«

»Entweder tun wir das, oder wir verlieren an einem Tag mehr Öl, als wir in einem Jahre bekommen können. Wenn wir dazu zwanzigtausend Meilen gebrauchen, so ist das schon der Mühe wert.«

»Ja, ist recht, wenn wir ihn kriegen können.«

»Ich sprach vom Öl im Kielraum, Kapitän.«

»Und ich sprach nicht davon, ich habe auch nicht daran gedacht. Marsch, weg! Meinetwegen kann es auslaufen! Ich bin auch leck. Alles ist leck in lecken Schiffen. Die Fässer sind nicht nur leck, sondern auch das Schiff ist leck. Wer will denn das Leck in dem tiefgeladenen Unterschiff finden? Und wer will es denn, wenn man es gefunden hat, in dem heulenden Sturm des Lebens zustopfen? Starbuck? Die Taljen sollen nicht aufgezogen werden!!«

»Was werden aber die Besitzer dazu sagen?«

»Die Besitzer sollen meinetwegen am Strande von Nantucket dastehen und versuchen, lauter zu brüllen als die Taifune! Was geht das Ahab an? Besitzer, was sind denn Besitzer? Du schwätzt nur immer von diesen kläglichen Besitzern, als ob ich mir ein

Gewissen daraus machte. Aber beachte wohl, der einzige wirkliche Besitzer ist der Kommandant selbst, und merke dir das: Mein Gewissen ist im Kiel dieses Schiffes. Marsch, an Deck!«

»Kapitän Ahab«, sagte der Maat, dem die Röte ins Gesicht stieg. Er ging etwas weiter in die Kajüte hinein und sah dabei so merkwürdig respektvoll und vorsichtig aus, daß es fast schien, er wollte die geringste Respektlosigkeit nach außen hin vermeiden; er war dabei aber von einer merkwürdigen Festigkeit. »Ein besserer Mensch als ich könnte dir das wohl verzeihen, was er bei einem jüngeren Menschen übelnehmen würde, und der noch dazu glücklicher ist, Kapitän Ahab.«

»Teufelspack! Wagst du es denn, mir mit einer Kritik zu kommen? An Deck!«

»Nein, Kapitän, noch nicht. Ich bitte nur darum – und ich wage es – es mir nicht nachzutragen. Wäre es nicht möglich, daß wir uns besser verständen als bisher, Kapitän Ahab?«

Ahab holte eine geladene Muskete vom Streckrahmen, der einen Teil der Kajütenausrüstung der Südseeleute bildet. Er hielt sie gegen Starbuck und rief aus: »Es gibt einen Gott, der Herr über die Erde ist, und einen Kapitän, der Herr über den ›Pequod‹ ist. An Deck, marsch!«

Die Augen des Maates flackerten auf und seine Wangen waren feuerrot, so daß man einen Augenblick hätte der Meinung sein können, er hätte wirklich die Ladung des gezielten Rohres ins Gesicht bekommen. Er wurde aber seiner Erregung Herr, stand beruhigt auf, und als er die Kabine verließ, blieb er einen Augenblick stehen und sagte: »Du hast mich vergewaltigt, aber nicht beleidigt. Ich sage dir nicht, daß du dich vor Starbuck in acht nehmen solltest. Darüber würdest du doch nur lachen. Aber Ahab soll sich vor Ahab in acht nehmen! Hüte dich vor dir selbst!«

»Er wird so langsam tapfer, gehorcht aber trotzdem«, brummte Ahab, als Starbuck verschwand. »Was hat er gesagt? Ahab soll sich vor Ahab in acht nehmen? Da ist etwas dran!« Dann benutzte er die Muskete, ohne daß er es merkte, als Stock. Mit einer eisenharten Stirn ging er in der kleinen Kajüte hin und her. Da aber sogleich die dicken Adern seiner Stirn verebbten, stellte er das Gewehr wieder in den Streckrahmen und ging an Deck.

»Du paßt doch gut auf, Starbuck«, sagte er leise zu dem Maaten. Dann verstärkte er die Stimme und sagte zu der Mannschaft: »Die Hauptsegel beschlagen und die Toppsegel vorn und hinten eng gerafft! Die Großrahen backbrassen! Die Taljen hochziehen! Und die ganze Ladung im Hauptkielraum ausladen!«

Es war wohl unmöglich, genau festzustellen, aus welchen Gründen Ahab sich Starbuck gegenüber so verhielt. Vielleicht flackerte die anständige Gesinnung in ihm auf;

vielleicht verlangte es unter den gegebenen Umständen eine kluge Politik, daß er sich nicht das geringste Zeichen einer Antipathie gegen den bedeutenden Offizier seines Schiffes merken ließ. Wie es zuging, kann gleichgültig sein. Jedenfalls wurden seine Befehle ausgeführt und die Taljen hochgezogen.

Siebenundvierzigstes Kapitel

Die Nachforschungen ergaben, daß die Fässer in dem Schiffsraum vollkommen heil waren und daß man das Leck an einer entfernteren Stelle suchen mußte.

In dieser Zeit geschah es, daß mein armer heidnischer Kamerad und treuer Busenfreund, mein Queequeg, vom Fieber gepackt wurde, das ihn fast aufs Sterbebett brachte.

Bei dem Beruf der Walfischfänger sind Drückposten unbekannt. Würde und Gefahr gehen Hand in Hand, bis man Kapitän wird. Je höher man steigt, um so schwerer ist auch die Arbeit. So mußte der arme Queequeg als Harpunier nicht nur die Wut des lebendigen Wales aushalten, sondern sich auch in die rollende See hinauswagen. Bis er schließlich in den düstern Kielraum hinunter mußte, wo er den ganzen Tag in dem unterirdischen Gefängnis in einem fort schwitzte und die dicken Fässer mit fester Hand anfassen und verstauen mußte.

Armer Queequeg! Da kroch der tätowierte Wilde, der bis auf das wollene Wams ausgezogen war, in dem feuchten Dreck herum, wie eine Eidechse mit grünen Flecken unten in einem Brunnen. Hier zog er sich, so merkwürdig es ist, wegen des heißen Schweißes eine schreckliche Erkältung zu, die mit einem Fieber endete. Und schließlich mußte er sich nach einigen Tagen in die Hängematte legen, und seine Krankheit brachte ihn bis dicht an den Rand des Grabes. In den wenigen Tagen verfiel er so, daß von ihm nur die Knochen und die Tätowierungen übrigblieben. Aber als alles bei ihm dünner wurde, und die Backenknochen ganz schmal geworden waren, schienen seine Augen immer größer zu werden. Und es ging von ihnen ein seltsamer, weicher Glanz aus. Ein milder, aber tiefer Blick schaute einen aus dem kranken Körper an, der ein wunderbarer Zeuge für seine unverwüstliche Gesundheit war. Und wie die Kreise im Wasser schwächer werden, wenn sie sich ausdehnen, so erweiterten sich seine Augen, wie die Kreise der Ewigkeit. Und ein Gefühl der Ehrfurcht beschlich einen, wenn man an der Seite des dahinwelkenden Wilden saß und solche seltsamen Dinge in seinem Gesicht erblickte, wie sie die Umstehenden erlebt haben müssen, als Zarathustra starb.

Was bei einem Menschen wirklich ein Wunder und ein Schrecken ist, ist noch niemals in Büchern zur Sprache gebracht worden. Und die unmittelbare Nähe des Todes, die alles gleichmacht, verschafft einem auch die letzte Enthüllung von Dingen, die nur ein Autor aus dem Totenreiche richtig darstellen könnte. So hatte denn kein sterbender Chaldäer oder Grieche erhabenere und heiligere Gedanken als die, deren geheimnisvolle Schatten nun über das Gesicht des armen Queequeg krochen, der ruhig in seiner baumelnden Hängematte lag. Wie die rollende See ihn sanft in den letzten Schlaf schaukelte und die unsichtbare Flut des Ozeans ihn höher und höher gen Himmel trug.

Alle von der Mannschaft gaben ihn auf. Was seine eigenen Gedanken waren, konnte man aus einem erbetenen merkwürdigen Gefallen ersehen. Als es grauer Morgen war und der Tag gerade anbrach, faßte er einen bei der Hand und sagte, daß er in Nantucket kleine Kanus aus schwarzem Holz gesehen hätte, die dem prächtigen Holz für Kriegsgeräte aus seiner Heimatinsel ähnlich wären. Er hätte erfahren, daß alle Walfischer, die in Nantucket stürben, in dieselben dunkelfarbigen Kanus gelegt würden und daß diese Vorstellung ihm so gut gefallen hätte. Fast genau so wäre die Sitte seines eigenen Stammes, der einen toten Krieger einbalsamierte, ihn darauf in sein Kanu legte und ihn in die sternbedeckte Inselwelt hinaustreiben ließ. Sie haben nämlich den Glauben, daß die Sterne Inseln sind und daß in der Ferne jenseits der Horizonte die milden Meere, in denen es kein Festland gibt, mit dem blauen Himmel zusammenfließen. Ferner sagte er, daß ihn ein Schrecken überkäme, wenn er sich vorstellte, daß er in der Hängematte, wie es auf See üblich wäre, bestattet würde und er wie ein Verbrecher in den Todesrachen der gefräßigen Haifische hineingestoßen würde. Er erbäte sich ein Kanu genau wie die von Nantucket, was ihm angemessener wäre, da er nun mal ein Walfischer wäre.

Als diese merkwürdige Geschichte am Achterdeck bekannt wurde, bekam der Zimmermann sofort den Befehl, Queequegs Bitte zu erfüllen und ihm auch sonst behilflich zu sein. Man hatte heidnisches, altes Bauholz von der Farbe des Sarges an Bord, das auf einer früheren Reise mal aus den uralten Wäldern der Lackaday-Inseln abgehauen war. Aus diesen dunklen Brettern sollte der Sarg gemacht werden. Kaum hatte der Zimmermann den Befehl bekommen, als er das Lineal nahm und sich mit der gleichgültigen Bereitwilligkeit seines Charakters sofort ans Werk begab. Er ging zur Vorderkajüte und nahm Queequeg mit großer Genauigkeit das Maß. Und wenn er das Lineal verschob, machte er regelmäßig an dem Körper Queequegs ein Zeichen.

»Ach, du armer Kerl! Nun muß er sterben!« stieß der Matrose von Long Island hervor. Der Zimmermann ging nun an seine Hobelbank und übertrug, weil es bequemer war, die genaue Länge des Sarges auf diese. Dann machte er an den beiden Enden zwei

Einschnitte. Als das geschehen war, besorgte er sich die Bretter und die Werkzeuge, und ging an die Arbeit.

Nachdem der letzte Nagel eingeschlagen und der Deckel aufgesetzt war und paßte, nahm er den Sarg auf die Schulter, ging damit los und erkundigte sich, ob man schon soweit wäre. Queequeg überhörte die entrüsteten Rufe, wenn sie auch halb humoristisch gemeint waren, womit die Leute an Deck den Sarg wegbeförderten. Er befahl zu jedermanns Entsetzen, daß man ihn sofort herbringen sollte. Es war auch nicht möglich, ihm etwas abzuschlagen, da von allen Menschen die Sterbenden manchmal die größten Tyrannen sind. Und da sie uns bald darauf kaum noch stören werden, so sollte man die armen Kerls mit Nachsicht behandeln.

Queequeg beugte sich in der Hängematte nach der Seite und betrachtete den Sarg sehr aufmerksam. Dann verlangte er seine Harpune, ließ den Holzschaft abziehen und legte die Eisenspitze mit einem Paddelruder seines Bootes der Länge nach in den Sarg. Dann wurde auch auf seine Bitte Schiffszwieback dazwischengelegt, ebenso eine Flasche mit frischem Wasser, die an das Kopfende gelegt wurde, und ein kleiner Beutel mit Holzerde, die im Kielraum abgekratzt war und an das Fußende kam. Dann wurde ein Stück Segeltuch als Kissen zusammengerollt, und Queequeg ließ sich in das letzte Ruhebett tragen, um zu sehen, ob es auch recht bequem wäre.

So blieb er einige Minuten liegen, ohne sich zu rühren. Dann mußte ihm einer aus seinem Seesack den kleinen Gott Yojo bringen. Darauf kreuzte er die Arme über der Brust, nachdem Yojo dazwischen lag, und ließ den Sargdeckel über sich schließen. Dieser war an einen Lederriemen gebunden. Und so lag denn Queequeg mit zufriedenem Ausdruck in dem Sarge. »Rarmai« (er ist leicht), murmelte er schließlich, und gab dann ein Zeichen, daß man ihn wieder in die Hängematte legen sollte.

Aber bevor dies geschehen war, drängte sich Pipp, der alles mit angehört hatte, an ihn heran und nahm ihn unter sanftem Schluchzen bei der Hand. In der anderen Hand hielt er sein Tambourin.

»Armer Wanderer, wirst du denn niemals Ruhe haben von diesem mühsamen Wandern! Wo gehst du jetzt hin? Wenn die Strömung dich nach den lieblichen Antillen trägt, wo der Strand voll von Wasserlilien ist, willst du mir da wohl einen kleinen Gefallen tun? Sieh nach, ob du nicht einen gewissen Pipp findest, der seit langem vermißt wird. Ich glaube, er muß in den entfernten Antillen sein. Wenn du ihn findest, tröste ihn; denn er muß sehr traurig sein. Denn siehe, er hat sein Tambourin zurückgelassen. Ich hab' es gefunden. Rig-a dig, dig, dig! Jetzt kannst du sterben, Queequeg, und ich will dir deinen Sterbemarsch schlagen!«

»Ich habe gehört,« brummte Starbuck, und sah die Schiffsluke hinab,»daß die Menschen bei heftigem Fieber unbewußt in alten Sprachen reden. Und wenn man das Geheimnis erforscht, so zeigt es sich, daß sie in ihrer völlig vergessenen Kindheit diese Sprachen gesprochen haben, wie es von großen Gelehrten bezeugt ist. So ist auch nach meiner Lieblingsvorstellung der arme Pipp in dieser seltsamen Lieblichkeit seines Wahnsinns der Zeuge von unserer himmlischen Heimat. Wo kann er das nur herhaben, wenn nicht von dort? Horch, er fängt wieder an zu sprechen, aber nun ist es ein wilderer Tonfall!«

»Vereinige zwei und zwei! Wir wollen einen General aus ihm machen. Wo ist denn seine Harpune? Sie lag hier quer über ihm. Rig-a dig, dig, dig, hurra! Queequeg stirbt mutig! Merkt euch das! Queequeg stirbt mutig! Beachtet das wohl! Queequeg stirbt mutig!! Ich sage, mutig, mutig, mutig! Aber der gemeine kleine Pipp starb wie ein Feigling, starb mit einem Schauder. Hör' mal, wenn du Pipp findest, so sag' den ganzen Antillen, daß er ausgerissen ist. Und daß er ein Feigling, ein großer Feigling ist! Sag' ihnen, daß er aus einem Walboot gesprungen ist! Ich würde niemals mein Tambourin über den gemeinen Pipp schlagen und ihn als General begrüßen, wenn er noch einmal sterben sollte. Nein, alle Feiglinge sollen verflucht sein! Sie sollen wie Pipp ertrinken, der aus einem Walboot gesprungen ist. Pfui! Pfui!!«

Währenddem lag Queequeg mit geschlossenen Augen da, als ob er träumte. Pipp wurde davongeführt, und den kranken Mann kriegte man wieder in die Hängematte.

Als Queequeg sich augenscheinlich in jeder Weise auf den Tod vorbereitete, und der Sarg wirklich gut paßte, erholte er sich mit einem Male. Bald schien er den Kasten des Zimmermanns nicht mehr nötig zu haben. Als einige darüber hocherfreut waren und sich dementsprechend aussprachen, sagte er, daß seine plötzliche Genesung folgenden Grund hätte. Im kritischen Augenblick wäre ihm eine kleine Verpflichtung eingefallen, die er an Land noch nicht erfüllt hätte. Er hätte daher seine Absicht, zu sterben, aufgegeben, und könnte noch nicht sterben. Darauf wurde er denn gefragt, ob das Leben und Sterben eine Sache des persönlichen Willens und Vergnügens wäre. Er antwortete, daß das wirklich der Fall wäre. Es war die Ansicht Queequegs, daß, wenn jemand entschlossen wäre, zu leben, die Krankheit ihn allein nicht töten könnte. Das vermöchte auch kein Wal, kein Gewittersturm und keine heftige willkürliche, widersinnige Lebenszerstörerin dieser Art.

Soviel ist sicher, daß zwischen Wilden und Zivilisierten ein wichtiger Unterschied besteht. Während ein kranker zivilisierter Mensch sechs Monate zur Genesung braucht, ist ein kranker Wilder beinahe in einem Tage wieder auf den Beinen. Queequeg kam daher nach einer gewissen Zeit wieder zu seinen Kräften. Als er einige

Tage lang untätig auf dem Ankerspill gesessen hatte (wobei er aber mit kräftigem Appetit aß!), sprang er plötzlich auf, streckte Arme und Füße aus, gähnte ein wenig, stürzte sich darauf vorn in das hochgezogene Boot und schwang mit den Händen eine Harpune, wobei er erklärte, daß er zum Kampf gerüstet wäre.

In einem Anfall von wildem Übermut benutzte er seinen Sarg nun als Seekiste. Er leerte seinen Kleidersack darin und legte alles zurecht. Dann verbrachte er viele Stunden damit, daß er den Deckel mit den merkwürdigsten Zahlen und Zeichnungen ausschnitzte. Und es schien so, als ob er in seiner rauhen Art den Versuch machte, Stücke von der komplizierten Tätowierung seines Körpers zu kopieren. Diese Tätowierung rührte von einem verstorbenen Propheten und Seher seiner Insel her, der durch diese Hieroglyphen auf seinem Körper eine vollständige Theorie des Himmels und der Erde und eine mystische Abhandlung über die Kunst, der Wahrheit nahezukommen, niedergeschrieben hatte. Somit war Queequeg in seiner eigenen Person ein Rätsel!

Aber er war nicht imstande, die Geheimnisse desselben selbst zu lesen, obwohl sein eigenes lebendiges Herz dagegenschlug. Diese Geheimnisse waren daher dazu bestimmt, schließlich mit dem lebendigen Pergament zu zerfallen, auf das sie geschrieben waren; sie konnten daher bis zur letzten Stunde nicht gedeutet werden.

Dieser Gedanke mußte auch Ahab gekommen sein, als er sich eines Morgens von dem Anblick des armen Queequeg mit dem wilden Ausruf abwandte: »Welch teuflische Versuchung der Götter!«

Achtundvierzigstes Kapitel

Als wir an den Baschi-Inseln vorbeiglitten, tauchten wir schließlich in die erhabene Südsee. Wäre es nicht aus anderen Gründen geschehen, so hätte ich meinen lieben Pazifischen Ozean mit unendlichem Dank begrüßen können. Nun war ein lang verspürter Drang meiner Jugend erfüllt. Der heitere Ozean rollt tausend Meilen ostwärts von mir seine blauen Wogen.

In diesem Meer ist – man weiß nicht wie – ein süßes Geheimnis verborgen. Sein sanftes, wenn auch furchtbares Gewoge scheint von einer verborgenen Seele zu reden, so, wie die märchenhaften Wellen des Rasens von Ephesus über den begrabenen heiligen Johannes dahinrollen. Es ist ganz in der Ordnung, daß die Wellen über jene Meeresweiten und Wasserwiesen, die in die Weite rollen, steigen und fallen, und in fortlaufendem Wechsel Ebbe und Flut aufeinanderfolgt. Hier haben sich Millionen von Schatten, von ertränkten Träumen und Vorstellungen von Nachtwandlern miteinander verbunden. Alles, was wir Leben und Seelen nennen, liegt im Traum immer noch da; es stößt sich, wie die Schlafenden in ihren Betten; die ewig rollenden Wellen ließen das in ihrer Ruhelosigkeit geschehen.

Dem beschaulichen, wandernden Magier muß der heitere Stille Ozean, wenn er ihn sieht, das Meer seiner Wahl sein. Er wälzt die mittelsten Meere der Welt, und der Indische wie der Atlantische sind nur seine Arme. Dieselben Wellen, die die Molen der neu angelegten Städte Kaliforniens bespülen, Städte, die erst gestern von dem jüngsten Menschengeschlechte gegründet sind, berühren auch die eintönig gewordenen, wenn auch immer noch gewaltigen Ränder der Länder Asiens, Länder, die älter sind als Abraham. Während zwischen ihnen die Milchstraßen der Korallen-Inseln, die niedrige, endlose und unbekannte Inselwelt und das unerforschbare Japan treiben, so umfaßt der geheimnisvolle, göttergleiche Stille Ozean den Rumpf der ganzen Welt.

Alle Küsten sind wie eine einzige Bucht dazu. Er scheint mit seinen klopfenden Fluten das Herz der Erde zu sein. Von dem ewigen Wellenschlag emporgehoben, fühlt man sich notgedrungen dem verführerischen Gott ausgeliefert, und man beugt ehrfurchtsvoll vor Pan das Haupt. Aber Ahabs Gehirn wurde kaum von dem Gedanken an Pan bewegt, wie er, einer Statue aus Erz vergleichbar, neben dem Takelwerk am Kreuzmast an gewohnter Stelle stand. Mit dem einen Nasenflügel sog er gedankenlos den zuckersüßen Moschusduft von den Baschi-Inseln ein (in deren lieblichen Wäldern wohl sanfte Liebespaare wandelten!); während er mit dem anderen Nasenflügel bewußt den Salzgeruch des neuen Meeres einatmete, in dem der verhaßte weiße Wal sich zu dieser Zeit herumtreiben mußte.

Als er nun schließlich in diese Gewässer stürzte und in das japanische Kreuzgebiet hineinglitt, stand dem alten Mann das Ziel mit verstärkter Macht vor Augen. Die festen Lippen begegneten sich wie die Lippen eines Verbrechers. Das Delta seiner Adern auf der Stirn schwoll an wie ein Bach während der Flut. Und sogar im Schlaf dröhnte sein lauter Ruf durch das gewölbte Schiff: »Alle an Achterdeck! Der weiße Wal spritzt dickes Blut!«

Neunundvierzigstes Kapitel

Perth, der schmutzige, alte Schmied, mit den Blasen an den Händen, hatte das milde Sommerwetter, das in diesen Breiten vorherrscht, in Voraussicht der eigentümlichen Arbeitswut, die in kurzem folgen würde, ausgenützt und die transportierbare Schmiede nicht wieder in den Schiffskiel gebracht. Als er mit dem Anteil seiner Arbeit an dem Bein Ahabs fertig war, behielt er die Schmiede noch an Deck und befestigte sie mit Ringbolzen fest am Vordermast. Er wurde nun fast unaufhörlich von den

Scharfrichtern und Harpunieren und Bootsleuten angegangen, um einige kleine Arbeiten für sie zu verrichten.

Bald mußte er etwas umändern, ausbessern oder an den verschiedenen Waffen und Bootszubehörteilen etwas erneuern. Oft war ein ganzer Kreis von gierigen Leuten um ihn versammelt, die auf jede seiner rußigen Bewegungen bei der Arbeit genau acht gaben. Trotzdem wurde ein geduldiger Hammer von einem geduldigen Arm geleitet. Niemals erfolgte ein Murren, ein Zeichen der Ungeduld oder ein Ausbruch von Verdrießlichkeit. Es ging alles ruhig, langsam und feierlich zu. Er beugte seinen zeitweilig gebrochenen Rücken nach vorn und arbeitete drauflos, als ob die Arbeit das Leben selbst und das schwere Schlagen des Hammers das heftige Klopfen seines Herzens wäre.

Perth stand mit seinem verfilzten Bart, in eine stachelige Schürze aus Haifischhaut eingewickelt, um die Mittagszeit zwischen seiner Schmiede und dem Amboß. Der letztere war auf einem eisenbeschlagenen Klotz aufgestellt. Perth hielt mit der einen Hand eine Pikenspitze in die Kohlen, und mit der anderen Hand zog er den Blasebalg. Da kam Kapitän Ahab heran und trug einen kleinen rostigen Lederbeutel in der Hand. Als der verdrossene Ahab sich noch in einer kleinen Entfernung von der Schmiede befand, blieb er stehen. Bis schließlich Perth das Eisen aus dem Feuer zog und auf den Amboß loshämmerte, wobei von der roten Masse Funken in hohem Bogen in der Gegend herumflogen und dicht in der Nähe von Ahab niedergingen.

»Was sind denn das für Funken, die in deinem Kielwasser herumfliegen? Es scheinen Vögel mit guten Vorzeichen zu sein. Aber nicht für jedermann. Sieh mal her! Sie brennen. Aber du stehst dabei, ohne verbrannt zu werden.«

»Weil ich über und über verbrannt bin, Kapitän«, antwortete Perth und ruhte sich einen Augenblick von seinem Hammer aus. »Ich bin über das Verbranntwerden längst hinaus. Du kannst nicht leicht eine Narbe verbrennen.«

»Schon gut. Deine eingeschrumpfte Stimme kommt mir sehr traurig vor. Ich bin selbst in keiner glücklichen Haut. Ich wundere mich, daß andere bei ihrem Elend nicht verrückt werden. Eigentlich solltest du verrückt werden, Schmied. Wie kommt es, daß du das nicht wirst? Wie hältst du das aus, ohne verrückt zu werden? Wirst du vom Himmel so gehaßt, daß du das nicht wirst? – Was machst du denn da eben?«

»Ich schweiße eine alte Pikenspitze zusammen. Da waren mal Risse drin.«

»Und kannst du sie wieder ausglätten, Schmied, wenn sie so schwer mitgenommen ist?«

»Ich glaube es, Kapitän.«

»Und ich glaube, daß du auch alle Risse und Falten ausglätten kannst, und daß es nichts ausmacht, wie hart das Metall ist, Schmied.«

»Ja, Kapitän, ich glaube, daß ich es kann. Alle Risse und Falten, bis auf eine.«

»Sieh hierher!« schrie Ahab. Damit ging er leidenschaftlich vorwärts und lehnte sich mit beiden Händen gegen die Schultern von Perth. »Sieh hierher. Da kannst du einen Riß wieder ausglätten, Schmied.« Und er fuhr mit der einen Hand über die Falten seiner Stirn. »Wenn du das könntest, Schmied, so wollte ich meinen Kopf auf deinen Amboß legen und den schwersten Hammer zwischen meinen Augen aushalten, Perth. Gib Antwort! Kannst du diesen Riß ausglätten?«

»Das ist es ja, Kapitän! Sagte ich nicht, alle Risse und Falten, bis auf einen?«

»Ja, Schmied, das ist der eine. Man kann den Menschen nicht ausglätten. Hier siehst du den Riß in meinem Fleisch. Er ist bis in den Knochen meines Gehirns gegangen. Es sind nichts als Falten! Aber weg mit dem Kinderspielzeug! Keine Piken und Spaten mehr geflickt heute. Sieh hierher!« Dabei klimperte er mit dem Lederbeutel, als ob er voll von Goldmünzen wäre. »Ich will mir eine Harpune machen lassen. Eine, die tausend Teufel nicht auseinanderbringen können, Perth. Etwas, das wie die eigene Seitenflosse in einem Wal steckenbleibt. Da ist Material«, und er warf den Beutel auf den Amboß. »Sieh her, Schmied, das sind die aufgehobenen Nägelstumpfen der Hufeisen von Rennpferden.«

»Stümpfe von Hufeisen? Da hast du ja, Kapitän, das beste und widerstandsfähigste Material, das wir Schmiede jemals verarbeitet haben.«

»Ich weiß es. Diese Nägel werden wie der Leim aus den geschmolzenen Knochen von Mördern zusammenhalten. Schnell! Schmiede mir die Harpune, und schmiede mir zuerst die zwölf Stränge für den Schaft. Dann drehe und winde und hämmere diese zwölf zusammen wie die Teile eines Taues. Schnell! Ich will das Feuer blasen.«

Als schließlich die zwölf Stränge fertig waren, wickelte sie Ahab nacheinander auf mit der eigenen Hand und legte sie um einen langen, kräftigen Eisenbolzen. »Ein Riß!« sagte er und verwarf den letzten. »Schmiede den noch einmal, Perth!«

Als das geschehen war, wollte Perth die zwölf zusammenschmieden, als Ahab Einhalt gebot und sagte, er wollte das eigene Eisen selbst schmieden. Als er dann keuchend Atem holte, hämmerte er auf den Amboß los. Perth reichte ihm die glühenden Stränge nacheinander, und die Schmiede schoß eine kräftige, gerade Flamme bei ihrer harten Arbeit empor. Da ging der Parse in aller Stille vorbei, beugte seinen Kopf nach vorn in das Feuer, und es schien, als ob er einen Fluch oder einen Segen zu der Arbeit sprach. Aber als Ahab aufsah, schlich er leise zur Seite.

»Was treibt sich denn der verdammte Luzifer in der Gegend herum?« knurrte Stubb und sah von der Vorderkajüte auf. »Der Parse riecht nach Feuer wie ein Schwefelholz und stinkt wie die heiße Pulverpfanne einer Muskete.«

Schließlich wurde der Schaft zu einem einzigen Strang zusammengeschmiedet, und als Perth ihn in den Wassereimer in seiner Nähe tauchte, wobei das Eisen aufzischte, ging der brühendheiße Strom Ahab in das niedergebeugte Gesicht.

»Wolltest du mich denn auch einbrennen, Perth?«, und er zuckte einen Augenblick vor Schmerz zusammen. »Habe ich denn am Ende mir selbst ein Brandmal geschmiedet?«

»Das nicht. Aber ich befürchte etwas, Kapitän Ahab. Ist diese Harpune nicht für den weißen Wal bestimmt?«

»Für den weißen Teufel! Aber jetzt müssen wir an die Harpunenspitze. Du mußt sie selbst anfertigen, Mann. Hier sind meine Rasierklingen, die besten aus Stahl. Mach' Harpunenspitzen daraus, die so scharf sind, wie die Eisnadeln des Eismeeres.«

Einen Augenblick sah der alte Schmied die Rasierklingen an, als ob er sie nicht gern verwenden wollte.

»Nimm sie doch, Mann, ich brauch' sie nicht mehr. Denn von jetzt an will ich mich nicht mehr rasieren, nicht mehr zu Abend essen oder beten bis – aber ans Werk!«

Als der Stahl zu der Gestalt eines Pfeiles geformt und von Perth mit dem Schaft zusammengeschmiedet war, bildete er das äußere Ende des Eisens. Dann wollte er die Spitze heißglühend machen. Bevor das geschah, rief er Ahab zu, er möge den Wassereimer näher heranbringen.

»Nein, nein! Dafür kein Wasser! Hallo! Tashtego, Queequeg, Daggoo! Wollt ihr mir soviel Blut abgeben, wie ich brauche, um diese Spitze zu bedecken?« Damit hielt er sie hoch empor.

Verschiedene Male wurde aus einem schwarzen Menschenhaufen als Zeichen der Zustimmung genickt. Man machte drei Einschnitte in das heidnische Fleisch, und die Harpunenspitzen des weißen Wales wurden damit gekühlt.

»Ego non baptizo te in nomine patris, sed in nomine diaboli!« heulte Ahab in seinem Wahnsinn, als das teuflische Eisen das Blut der Taufe auftrocknete und verschlang.

Nun nahm Ahab die übriggebliebenen Stangen hervor, prüfte sie und suchte eine aus Walnußbaum aus, an der noch die Borke hing. Ahab steckte das Ende in die Hülse des Eisens. Dann wurde ein Knäuel von einem neuen Tau aufgebunden, und man nahm einige Fadenlängen daraus hervor, befestigte sie an dem Ankerspill und spannte sie. Ahab setzte dann den Fuß darauf, so daß das Seil wie eine Harfenseite summte, beugte sich mit großem Eifer darüber, und als er keine Duchten bemerkte, rief er aus: »Gut! Nun zugebunden!«

Am äußersten Ende wurde das Seil nun auseinandergezogen. Es wurden die einzelnen Stränge miteinander verbunden und um die Hülse der Harpune gelegt. Man trieb dann die Stange tief in die Hülse hinein. Und an dem unteren Ende wurde das Seil bis zur Hälfte an der Stange befestigt und mit Bindfäden ganz festgebunden.

Als das geschehen war, waren Stange, Eisen und Seil wie die drei Schicksalsgöttinnen unzertrennlich. Und Ahab stolzierte mürrisch mit der Waffe davon, wobei das künstliche Bein und die Stange aus Nußbaum über jede Schiffsplanke hohl klapperten. Aber bevor er in seine Kabine kam, hörte man einen leisen, unnatürlichen, beinahe scherzhaften, wenn auch höchst entsetzlichen Laut:

»Ach, Pipp!«

Fünfzigstes Kapitel

Es waren ziemlich lustige Seufzer und Geräusche, die der Wind ihnen entgegentrug, als einige Wochen vergangen waren, seitdem Ahab seine Harpune geschmiedet hatte. Es war ein Schiff aus Nantucket, der »Bachelor«, der sein letztes Ölfaß verstaut und die platzenden Dachluken verriegelt hatte. Nun sah alles aus wie an einem lustigen Feiertag, und man fuhr an den weit auseinanderliegenden Schiffen auf dem Walfischgrund ein wenig eitel und prahlerisch vorbei, bevor man den Kiel nach der Heimat lenkte.

Die drei Leute an der Mastspitze trugen lange Wimpeln von schmalem, roten Flaggentuch an den Hüten. Am Achterdeck hing ein Walboot mit dem Boden nach unten. Und am Bugspriet sah man den langen Unterkiefer des zuletzt getöteten Wales hängen. Zu jeder Seite wehten Signalflaggen, Wimpel und Flaggen in allen Farben vom Takelwerk. In jedem der drei Topps, die mit Körben versehen waren, hingen seitwärts zwei Fässer mit Walratöl, und darüber sah man in den Quersalings des oberen Mastes kleine Fässer mit derselben kostbaren Flüssigkeit. Und an dem Hauptflaggenknopf hing eine metallene Lampe.

Wie man später erfuhr, hatte der »Bachelor« unglaubliches Glück gehabt. Das war um so erstaunlicher, als in derselben Zeit andere Schiffe, die in denselben Meeren kreuzten, Monate zugebracht hatten, ohne eines einzigen Fisches habhaft zu werden. Man hatte nicht nur Fässer von Rindfleisch und Brot fortgeben müssen, um für das wertvollere Walratöl Platz zu schaffen, sondern hatte auch Reservefässer von den vorbeifahrenden Schiffen erbitten müssen. Man hatte diese längs des Deckes und in den

Kabinen des Kapitäns und der Offiziere unterbringen müssen. Man hatte sogar den Tisch in der Kajüte zu Kleinholz zusammengeschlagen. Und die Schiffsmesse fand an einem Ölfaß statt, das man auf dem Fußboden als Mittelstück angebracht hatte.

Die Matrosen hatten in der Vorderkajüte ihre Kisten vernagelt und sie mit Walfischöl gefüllt. Es war komisch, daß der Koch seinen größten Topf mit einem Deckel verschlossen und mit Öl gefüllt hatte. Und so hatte der Steward seinen Reserve-Kaffeetopf hervorgeholt und gleichfalls damit gefüllt. Ebenso hatten die Harpuniere die Hülsen ihrer Harpunen aufgebrochen und sie gefüllt. So war denn in der Tat alles voll von Walratöl, ausgenommen die Hosentaschen des Kapitäns, worin er die Hände zu stecken pflegte als Zeichen seiner selbstgefälligen und befriedigten Haltung.

Als das glückliche Schiff seinen Kurs auf den melancholischen »Pequod« nahm, vernahm man den barbarischen Laut von riesigen Trommeln vom Vorderdeck. Als man näher kam, stand eine Schar von Leuten um die riesigen Schmelztöpfe herum, die mit der pergamentähnlichen Haut des Magens von dem schwarzen Fisch bedeckt waren und die bei jedem Schlag mit der geballten Faust der Mannschaft laut dröhnten.

Auf dem Quarterdeck tanzten die Maate und Harpuniere mit olivenfarbenen Mädchen, die von den Inseln Polynesiens mit ihnen davongelaufen waren. In einem mit Ornamenten geschmückten Boot, das zwischen dem Vorder- und Hauptmast befestigt in der Luft hing, saßen drei Neger von Long Island, die mit glitzernden Fiedelbogen aus Walfischbein das lustige Treiben dirigierten. Indes machten sich andere mit vielem Lärm an dem Mauerwerk der Schmelzöfen zu schaffen, aus denen die riesigen Töpfe entfernt waren. Man hätte glauben können, sie holten die verfluchte Bastille herunter: solch wildes Geschrei erhoben sie, als die nun überflüssig gewordenen Backsteine mitsamt dem Mörtel in die See geschleudert wurden.

Als Herr und Meister der ganzen Szene stand der Kapitän auf dem erhöhten Quarterdeck in seiner ganzen Größe. So spielte sich das lustige Schauspiel vor seinen Augen ab und schien nur zu seiner eigenen Zerstreuung arrangiert zu sein.

Aber auch Ahab stand auf seinem Quarterdeck mit einem scheuen, düsteren und eigensinnigen finsteren Ausdruck. Als die beiden Schiffe nun mit ihrem Kielwasser zusammenkamen, und das eine von Jubel erfüllt war über vergangene Dinge, und das andere von banger Ahnung der kommenden Dinge, da drückten auch die beiden Kapitäne in ihrer Person den ganzen auffälligen Gegensatz der Szene aus.

»Komm an Bord, komm an Bord!« rief der lustige Befehlshaber des »Bachelor« und hob ein Glas und eine Flasche in die Luft.

»Hast du den weißen Wal gesehen?« knirschte Ahab als Antwort.

»Nein. Habe nur von ihm gehört. Aber ich glaube nicht an ihn«, sagte der andere in seiner guten Laune. »Komm an Bord!«

»Du bist ja verdammt lustig, fahr weiter! Hast du Leute verloren?«

»Ist nicht der Rede wert. Zwei von den Inseln, das ist alles. Aber komm an Bord, alter Freund. Will dir deine schlechte Laune vertreiben. Komm hierher! Es ist schön hier. Ein volles Schiff, das nach der Heimat fährt!«

»Wie vertraulich doch gleich solch ein Narr wird«, brummte Ahab, dann sagte er laut:

»Du hast ein volles Schiff und willst nach der Heimat, sagst du! Nun, ich habe ein leeres Schiff und gehe nach draußen. Geh du deiner Wege! Und ich will die meinen gehen. Vorwärts denn! Alle Segel heraus und in den Wind gelegt!«

Und als nun das eine Schiff sich lustig vor die Brise legte, kämpfte das andere hartnäckig dagegen. So schieden denn die beiden Schiffe voneinander. Die Mannschaft des »Pequod« sah mit ernsten, verlangenden Blicken nach dem rückkehrenden »Bachelor«. Aber die Leute vom »Bachelor« achteten wegen der lustigen Schwelgerei nicht auf die starren Blicke unserer Mannschaft. Und als Ahab, der sich über das Heckbord lehnte, das der Heimat zusegelnde Schiff betrachtete, nahm er aus seiner Tasche eine kleine Sandbüchse. Dann sah er vom Schiff nach der Sandbüchse und schien dadurch zwei entfernte Gedankenverbindungen vereinigen zu wollen; denn die Büchse war mit dem Ankergrund von Nantucket gefüllt.

Einundfünfzigstes Kapitel

Es kommt manchmal in unserem Leben vor, daß, wenn die Günstlinge des Schicksals dicht neben uns segeln, wir trotz aller Verzagtheit etwas von der rauschenden Brise mitbekommen und zu unserer Freude wahrnehmen, wie unsere schwellenden Segel damit angefüllt werden. So schien es auch beim »Pequod« der Fall zu sein. Am nächsten Tage wurden Wale gesichtet und vier davon getötet. Einer davon von Ahab selbst.

Es war spät am Nachmittag. Als die Speerwürfe des karmoisinroten Kampfes getan waren, und in dem lieblichen Abendsonnenschein Sonne und Wal friedlich nebeneinander untergingen, da stiegen bei der allgemeinen süßen und traurigen Stimmung solche engverschlungenen »Ave Marias« in der rosigen Luft auf, daß es schien, als ob aus den Klostertälern der Manilainseln mit ihrem tiefen Grün die spanischen Landbrisen in ihrer Ausgelassenheit Matrosen geworden, zur See gegangen wären und die Abendhymnen als Fracht mitbekommen hätten.

Ahab war wieder beruhigt, aber nur, um bald einer um so tieferen Schwermut zu verfallen. Er hatte sich von dem Wal heckwärts losgemacht und saß da, um seine letzten Zuckungen vom ruhigen Boot aus zu beobachten. Das merkwürdige Schauspiel, das man bei allen sterbenden Pottwalen beobachten kann, wie er den Kopf der Sonne zuwendet und so den letzten Atem aushaucht. Dies Schauspiel, das Ahab an einem ruhigen Abend ansah, versetzte ihn in eine wunderbare Stimmung, die er vorher nicht gekannt hatte.

»Er wendet sich um und wendet sich ihr zu. Welche bedächtigen und welche ehrfurchtsvollen Bewegungen macht er mit seiner flehenden Stirn in den letzten Todeszuckungen. Er ist auch ein Feueranbeter. Er ist ein getreuer, ergebener Vasall der Sonne! Wenn doch meine Augen die ergebenen Seufzer des Wales sehen könnten. Er ist in der ganzen Weite vom Wasser eingeschlossen. Er befindet sich fern von allem lauten menschlichen Glück und Leid. In diesen unberührten und unparteiischen Meeren, wo die Felsen der Überlieferung keine Tafeln liefern. Wo in den langen Zeiträumen die Wellen gerollt haben, ohne daß von ihnen die Rede war. So wie Sterne über der unbekannten Quelle des Niger leuchten. Hier endet ein Leben und ist im Glauben der Sonne zugerichtet. Aber siehe, es ist nicht früher zu Ende, bis der Tod den Leichnam herumwirbelt und ihm eine andere Richtung gibt.

Du andere Hälfte der Natur, die du dunkel wie ein Hindu bist, und die du aus versunkenem Gebein irgendwo mitten in diesen Meeren, die nicht mit frischem Grün bedeckt sind, deinen Thron für dich aufgebaut hast, du bist, obgleich Königin, eine Verräterin! Und du redest mit mir in dem Taifun, der weit und breit Verheerungen anrichtet und in den nachfolgenden Kalmen, wo wir in furchtbarer Ruhe die Opfer bestatten.

Auch hat dein Wal sich mit seinem sterbenden Haupte nicht der Sonne zugewandt und dann wieder umgedreht, ohne mir eine Lehre gegeben zu haben.

Furchtbarer und mächtiger Leib, der du dreifach umgürtet und geschmiedet bist! Und du in die Höhe strebende Fontäne, die du wie ein Regenbogen dastehst! Der erste strebt in die Höhe und die letztere macht durch die Spritzer alles wieder zunichte! Du suchst vergeblich Verbindung mit der alles belebenden Sonne darüber, die das Leben selbst hervorruft, aber es niemals ein zweites Mal hergibt. Und doch verleihst du, dunkle Seite der Natur, mir einen stolzeren, wenn auch dunkleren Glauben. Alles, was sich miteinander verbunden hat und wofür es keinen Namen gibt, treibt hier unter mir.

Ich werde von dem Atem der Dinge gehoben, die einstmals lebendig waren; was mal als Luft ausgeatmet wurde, ist nun Wasser geworden.

Sei darum gegrüßt, für immer gegrüßt, du Meer, in dessen ewigen Brandungen die wilden Vögel ihre einzige Ruhestätte finden. Aus Erde geboren, aber vom Meer gestillt, wenn auch Berg und Tal mich gewiegt haben, so bin ich doch, ihr Wellen, euer Stiefbruder!«

Zweiundfünfzigstes Kapitel

Die vier Wale, die man am Abend getötet hatte, waren, weit voneinander getrennt, verendet. Der eine weit windwärts, der andere in nicht so großer Entfernung an der Leeseite, der dritte an der Vorderseite und der vierte an der Heckseite. Die letzten drei wurden, bevor die Nacht hereinbrach, längsschiffs gebracht, aber den an der Windseite konnte man vor dem nächsten Morgen nicht kriegen. Das Boot, das ihn getötet hatte, lag die ganze Nacht an seiner Seite, und das gehörte Ahab. Die Stange mit dem Block wurde dem Wal senkrecht in das Spritzloch geschleudert. Die Laterne hing oben daran und breitete einen flackernden Lichtschein auf den schwarzen glänzenden Rücken und warf ihr Licht weit in die mitternächtlichen Wellen hinaus, die die gewaltige breite Flanke des Wales sanft berührten, wie der leise Wellenschlag den Strand.

Ahab und seine ganze Bootsmannschaft schienen zu schlafen bis auf den Parsen. Der hockte in dem Bug und beobachtete die Haifische, die gespensterhaft um den Wal herumspielten und mit den Schwänzen gegen die leichten Schiffsplanken aus Zedernholz schlugen. Ein Laut, wie das Geheul der unerlösten Geister von Gomorrah, die über dem Toten Meer schweben, ertönte schauerlich durch die Luft.

Ahab fuhr aus seinem Schlaf auf und sah den Parsen Auge in Auge an. Wie sie nun von der Dunkelheit der Nacht umrahmt waren, sahen sie aus wie die letzten Menschen in einer Welt, über die die Sintflut gekommen ist.

»Ich hab' wieder davon geträumt«, sagte er.

»Von dem Leichenzug? Habe ich's nicht gesagt, Alter, daß weder eine Totenbahre noch ein Sarg für dich bestimmt sind.«

»Wie werden aber die beigesetzt, die auf dem Meere sterben?«

»Ich sagte doch, Alter, daß, bevor du auf dieser Reise stürbest, zwei Totenbahren von dir auf dem Meere gesichtet werden müßten. Die erste dürfte nicht von Sterblichen gemacht sein, und das Holz der zweiten müßte in Amerika gewachsen sein.«

»Ja, ja! Das ist ein merkwürdiger Anblick, Parse! Eine Totenbahre und Bretter, die über den Ozean treiben und Wellen, die für die Leichenträger bestimmt sind. Ha! Solch einen Augenblick werden wir sobald nicht erleben.«

»Ob du es nun glaubst oder nicht, du kannst nicht sterben, bis du es gesehen hast, Alter!«

»Und was war das doch, was du über dich selbst sagtest?«

»Obwohl es zuletzt kommt, werde ich noch vor dir als dein Lotse gehen.«

»Und wenn du vor mir gegangen bist – vorausgesetzt, daß das eingetreten ist – dann kann ich dir nicht eher folgen, bis du mir als Lotse erschienen bist? War es nicht so? Nun, wenn ich das nur alles glauben könnte, was du sagst, alter Lotse. So habe ich denn zwei Bürgschaften, daß ich Moby-Dick töten und ihn überleben werde.«

»Dann gibt es noch eine Bürgschaft, Alter«, sagte der Parse, und seine Augen leuchteten wie Leuchtkäfer in der Dämmerung. »Du kannst nur durch Hanf getötet werden.«

»Du meinst den Galgen? Dann bin ich zu Lande und zu Wasser unsterblich«, rief Ahab mit einem spöttischen Lachen. »Unsterblich zu Lande und zu Wasser!«

Dann wurden die beiden wieder still, als ob sie eine Person gewesen wären. Die graue Dämmerung kam heran, und die schlummernde Mannschaft erhob sich unten aus dem Boot, und bevor es Mittag war, wurde der tote Wal ans Schiff gebracht.

Dreiundfünfzigstes Kapitel

Dann kam die Jahreszeit für den Äquator schließlich immer näher. Wenn Ahab aus der Kabine kam und den Blick nach oben warf, pflegte der wachsame Steuermann mit auffälligem Griff seine Speichen zu bedienen, und die eifrigen Matrosen liefen schnell an die Brassen und standen da und hielten die Augen starr auf die angenagelte Dublone gerichtet. Mit Ungeduld wartete man auf den Befehl, daß das Schiff den Kurs auf den Äquator nehme. Als die entsprechende Zeit verflossen war, kam der Befehl.

Es war kurz vor Mittag. Ahab saß in dem Bug seines hochgezogenen Bootes und nahm seine tägliche Sonnenmessung vor, um die geographische Breite zu bestimmen.

Im Japanischen Meer gleichen die Sommertage Bächen von Glanz. Die strahlende Sonne Japans scheint der flammende Brennpunkt des unermeßlichen Brennglases zu sein, das der glasartige Ozean darstellt. Der Himmel sieht aus, als ob er mit hellem Lack überzogen wäre. Es sind keine Wolken zu sehen. Der Horizont fließt förmlich. Dieser nackte, durch nichts unterbrochene Glanz kommt einem wie die leuchtenden Strahlen von Gottes Thron vor, die man nicht aushalten kann.

Es war gut, daß Ahabs Quadrant mit farbigen Gläsern versehen war, durch die er die Sonne in ihrem Feuer betrachten konnte. Er wurde mit dem schaukelnden Schiff hin- und hergeworfen in seinem Sitz; er hatte das wie zu astrologischen Zwecken dienende Gerät an das Auge gebracht und blieb einige Momente in dieser Stellung, um den genauen Augenblick zu erfassen, wenn die Sonne ihren Meridian erreicht.

Während seine ganze Aufmerksamkeit darauf gerichtet war, hatte der Parse unter ihm an Deck des Schiffes, ebenso wie Ahab, das Gesicht nach oben gerichtet und betrachtete die Sonne genau so wie er. Nur bedeckten seine Augenlider die Augen zur Hälfte, und sein wildes Gesicht drückte eine irdische Gefühllosigkeit aus.

Schließlich hatte man die gewünschte Beobachtung gemacht. Ahab hatte den Bleistift auf dem künstlichen Bein liegen und betrachtete bald die geographische Breite des gegenwärtigen Augenblickes. Dann verfiel er einen Augenblick seiner Träumerei, sah wieder auf zur Sonne und murmelte vor sich hin:

»Du Zeichen des Meeres! Du mächtiger Lotse in der Höhe! Du kannst mir genau sagen, wo ich jetzt bin. Aber kannst du mir im entferntesten andeuten, wo ich einst sein werde? Oder kannst du mir sagen, wo ein anderes Ding außer mir im gegenwärtigen Augenblick lebt? Wo ist Moby-Dick? In diesem Augenblick mußt du ihn doch sehen. Meine Augen sehen in dasselbe Auge, das ihn nun gerade sieht. Ja, und sie sehen in das Auge, das nun gleichfalls die Dinge auf der unbekannten Seite von dir erkennen kann!«

Als er dann seinen Quadranten anstarrte und die zahllosen kabbalistischen Eintragungen darauf studiert hatte, sann er wieder nach, worauf er brummte:

»Du Narrenspielzeug! Du Kinderspiel von eingebildeten Admirälen, Kommodoren und Kapitänen! Alle Welt schwatzt von dir, von deiner Klugheit und Macht. Aber kannst du mehr als den armseligen, kümmerlichen Punkt angeben, wo du selbst zufällig auf diesem weiten Planeten bist und die Stelle der Hand, die dich hält? Du kannst nicht angeben, wo ein Wassertropfen oder ein Sandkorn morgen um die Mittagszeit sein wird, und du beleidigst mit deiner Ohnmacht die Sonne! Was ist Wissenschaft! Ich verfluche dich, du eingebildetes Ding! Und verflucht seien alle die Dinge, die das Menschenauge oben an den Himmel wirft, der es durch seinen lebendigen Glanz versengt, sowie meine alten Augen nun von deinem Licht versengt werden, Sonne! Die Strahlen des menschlichen Auges liegen mit dem Horizont der Erde in einer Linie. Sie gehen nicht von der Krone seines Kopfes aus, als ob er nach dem Willen Gottes, nicht nach dem Sternenhimmel schauen sollte. So verfluche ich dich denn, Quadrant!«

Damit schleuderte er ihn auf das Deck. »Ich will mich nicht länger von dir führen lassen auf meinem Wege hier. Der Schiffskompaß und die Berechnung des Wasserspiegels mit Log und Leine sollen mein einziger Führer sein und sollen mir angeben, wo ich auf der See bin. Ja,« und er erhob sich von dem Boot aus auf das Deck, »so trete ich denn mit den Füßen auf dich, du erbärmliches Ding, das so kläglich die Höhe angegeben hat. Ich zersplittere dich in tausend Stücke!«

Als der tolle Alte so sprach und mit dem gesunden und kranken Fuß darauf herumtrat, ging ein für Ahab bestimmter triumphierender Ausdruck des Spottes und ein schicksalsergebener Verzweiflungsausdruck, der für den Parsen selbst bestimmt zu sein schien, über das stumpfe und starre Gesicht des letzteren. Er stand unauffällig auf und schlich davon. Während, entsetzt über den Anblick ihres Befehlshabers, die Matrosen in einem Klumpen auf der Vorderkajüte zusammenhockten, bis Ahab voller Unruhe auf dem Deck herumging und ausrief: »An die Brassen! Das Steuer hoch! Vierkant brassen!«

In einem Nu flogen die Rahen herum, und als das Schiff wie auf seinem Absatz halb herumgedreht wurde, hielten die drei festen Mäste den langen Rumpf mit den Schiffsrippen aufrecht im Gleichgewicht und glichen den drei Horaziern, die auf einem passenden Schlachtroß ihre Reiterkunststücke vorführten.

Starbuck stand zwischen den Ohrhölzern und beobachtete die mit soviel Lärm vor sich gehende Handlungsweise des »Pequod« und ebenso die von Ahab, als er am Deck entlang sah.

»Ich habe vor dem dichten Kohlenfeuer gesessen und sein qualvolles flammendes Leben mit seiner ganzen Glut beobachtet. Ich habe gesehen, wie es schließlich niederbrannte und zu reinem Staub dahinschwand. Der du so viele Ozeane befahren hast, du alter Mann, was wird schließlich von dem Feuer deines Lebens übrigbleiben, als ein kleiner Haufen Asche!«

»Ja,« rief Stubb, »aber es war die Asche von Seekohle. Beachten Sie das wohl, Mister Starbuck, es war Seekohle, nicht die gemeine Holzkohle, schon gut. Ich hörte, wie Ahab brummte: ›Man hat mir diese Karten in meine alten Hände gesteckt, und so muß ich denn mit ihnen spielen und kein anderer! Und verdammig, Ahab, du machst es richtig! Fasse das Leben als ein Spiel auf und stirb!‹«

Vierundfünfzigstes Kapitel

Das Klima in den wärmsten Gegenden bringt die grausamsten Fallen mit sich. Der Tiger von Bengalen hockt in den von Gewürzen duftenden Wäldern, wo es ewig grün bleibt. Die Himmel mit dem herrlichsten Glanz bergen die todbringendsten Gewitterstürme. Auf dem prächtigen Kuba kennt man Tornados, wie sie niemals über die harmlosen Länder des Nordens dahingebraust sind. So erlebt auch in den leuchtenden japanischen Meeren der Matrose den furchtbarsten aller Stürme, den Taifun.

Manchmal stürzt er aus dem wolkenlosen Himmel herab wie eine Bombe auf eine träumende Stadt im tiefsten Frieden.

Als es auf den Abend zuging, wurde alles Segeltuch auf dem »Pequod« zerrissen, und mit nacktem Schiffsgestänge mußte er mit einem Taifun kämpfen, der ihn von oben her direkt überfallen hatte. Als die Dunkelheit hereinbrach, wurden Himmel und Meer unter furchtbarem Gebrüll vom Donner gespalten; und bei dem leuchtenden Blitz konnte man die verstümmelten Maste und die Lumpen erkennen, die der Sturm nach seinem ersten Wutanfall übriggelassen hatte, um seinen Spott damit zu treiben.

Starbuck hielt sich an einer Wante und stand auf dem Quarterdeck. Bei jedem Blitzstrahl sah er nach oben, ob das Takelwerk auch ein Mißgeschick ereilt hätte. Indessen erteilten Stubb und Flask den Leuten Befehle, als sie die Boote höherzogen und fester an den Sorrtauen befestigten. Aber all ihre Mühe schien vergeblich zu sein. Obwohl es bis oben an die Schiffskräne hochgezogen war, ging das Boot Ahabs an der Windseite des Achterdecks nicht über Bord. Da kam eine schwere See, stürmte gegen die Reling des Schiffes, durchschlug den Boden des Bootes am Heck, so daß es von Wasser triefte wie ein Sieb.

»Hier,« rief Starbuck, faßte Stubb an der Schulter und wies mit der Hand auf die Wetterrichtung, »erkennst du nicht den Sturm da, der vom Osten kommt, wohin Ahab wegen Moby-Dick den Kurs nimmt. Denselben Kurs hat er bis heute mittag genommen. Sieh dir jetzt sein Boot an! Wo hat es eingeschlagen? In den Heck-Schooten, Mann, wo er gewöhnlich steht. An seinem Stand hat es eingeschlagen! Nun weißt du, was du zu tun hast. Spring über Bord und versinke!«

»Ich verstehe Sie nicht, was ist denn mit dem Winde los?«

»Ja, der kürzeste Weg nach Nantucket geht um das Kap der guten Hoffnung«, sagte Starbuck plötzlich wie in einem Monolog und beachtete die Frage Stubbs nicht. »Der Sturm, der nun an uns herumhämmert, um uns das Schiff einzuschlagen, kann von uns in einen günstigen Wind verwandelt werden, der uns nach der Heimat treibt. Sieh da, windwärts ist nichts als düstere Verdammnis. Aber leewärts, in der Richtung der Heimat, sehe ich es aufleuchten, aber das ist nicht das Leuchten des Blitzes!«

Im selben Augenblick hörte man, als die Blitze die tiefe Dunkelheit unterbrachen, an seiner Seite eine Stimme. Und fast im gleichen Augenblick rollte der Donner wie eine Salve über ihren Köpfen hin.

»Wer ist da?«

»Schock und Schwerenot!« sagte Ahab, der sich tastend an dem Schiffsgeländer entlang nach seinem gewöhnlichen Standort einen Weg suchte. Aber plötzlich fand er sich zurecht, als vorspringende Feuerlanzen von Blitzen ihn alles deutlich erkennen ließen.

Wie der an einem Kirchturm angebrachte Blitzableiter zu Lande das gefährliche Fluidum in den Boden fortleiten soll, so ist der Leiter, den einige Schiffe auf der See an jedem Mast tragen, dazu bestimmt, es in das Wasser zu leiten. Aber dieser Leiter muß bis in eine ziemliche Tiefe reichen, und das Ende desselben darf mit dem Schiffskörper nicht in Berührung kommen. Wenn er dort dauernd befestigt wäre, würden viele Mißhelligkeiten eintreten. So könnte er mit Teilen des Takelwerkes in Berührung kommen und in höherem oder geringerem Grade dem Schiff auf seinem Wege hinderlich sein. Daher hängen die unteren Teile der Blitzableiter eines Schiffes nicht immer über Bord. Sie haben im allgemeinen die Form von langen, dünnen Kettengliedern, damit sie um so leichter in die Ketten an der Außenseite aufgeholt werden können und man sie in die See werfen kann, wenn es die Umstände erfordern.

»Die Blitzableiter, die Blitzableiter!« rief Starbuck der Mannschaft zu, da er plötzlich durch den mächtigen Blitzstrahl zur Wachsamkeit ermahnt wurde, der gerade Flammenbündel ausgestrahlt hatte, um Ahab nach seinem Posten zu leuchten. »Sind sie über Bord? Werft sie vorn und hinten aus! Aber schnell!«

»Laß das!« rief Ahab. »Wir wollen fair sein, wenn wir auch die Schwächeren sind. Ich will mitmachen, wenn es sich darum handelt, Blitzableiter auf dem Himalaja und den Anden anzubringen, auf daß die ganze Welt etwas davon hat, aber wir wollen nichts besonderes für uns haben! Laßt das!«

»Sieh nach oben!« rief Starbuck. »Das Elmsfeuer! das Elmsfeuer!«

Alle Rahenenden hatten an der Spitze ein bleiches Feuer. Die Blitzableiter gingen in drei Spitzen aus und zeigten drei weiße Flammen, und jeder der drei großen Mäste brannte in der phosphoreszierenden Luft in aller Stille wie drei riesige Wachskerzen vor einem Altar.

»Das verdammte Boot! Laßt es zum Teufel fahren!« rief Stubb in diesem Augenblick, als eine Sturzwelle hochkam und das eigene kleine Fahrzeug berührte, wobei das Dollbord desselben ihm gehörig die Hand quetschte, als er an einem Zurring vorbeiging. »Verdammt noch mal!« Als er aber rückwärts an Deck schlich, erblickte er oben die Flammen, und sofort änderte er den Ton und schrie: »Mag sich das Elmsfeuer unser erbarmen!«

Bei Matrosen sind Flüche etwas Gewöhnliches. Sie fluchen, wenn sie vor lauter Windstille irrsinnig werden und auch dann, wenn sie der Gewalt des Sturmes ausgeliefert sind. Aber auf allen meinen Reisen habe ich selten erlebt, daß jemand geflucht hätte, wenn der brennende Finger Gottes auf das Schiff gelegt und sein »Mene, Mene, Tekel Upharsin« in die Wanten und Taue des Schiffes hineingewebt war.

Als dies bleiche Feuer hoch oben brannte, hörte man von der besessenen Mannschaft kaum ein Wort. Sie standen in einem dichten Haufen auf dem Vorderdeck und stierten in das bleiche, phosphoreszierende Licht wie nach einem Sternbild in der Ferne. In dem geisterhaften Licht ragte der riesige Neger Daggoo mit seiner pechschwarzen Farbe in seiner dreifachen Größe hervor. Er schien die schwarze Wolke zu sein, aus der der Donner herabgekommen war. Der geöffnete Mund Tashtegos machte die haiweißen Zähne frei, die seltsam glänzten, als ob sie Elmsfeuer ausstrahlten. Und von dem übernatürlichen Licht angezündet, brannten die Tätowierungen Queequegs wie blaue Flammen des Satans auf seinem Körper.

Als das bleiche Licht oben ausging, schwand auch dies Gemälde ganz und gar. Und so war denn der »Pequod« und jede Seele auf dem Deck in ein Leichentuch eingehüllt. Als einige Augenblicke vergangen waren, rannte Starbuck auf seinem Wege gegen jemand. Es war Stubb. »Wie kommst du dir nun vor, Mann? Ich hörte dich schreien. Das klang nicht so wie in deinem Liede!«

»Nein, nein! So war das nicht. Ich sagte, das Elmsfeuer möchte mit uns Erbarmen haben. Und ich hoffe, daß es das tun wird. Aber hat es *nur* Erbarmen mit Leuten, die vor Angst lange Gesichter machen? Hat es keinen Sinn für ein richtiges Lachen? Aber sehen Sie her, Mister Starbuck; es ist zum Hersehen zu dunkel. Hören Sie mich denn! Die Flamme oben am Mast nehme ich für ein gutes Zeichen, das uns Glück bringt; denn die Maste stecken in einem Schiffsboden, der mit seinem Walratöl eine Art Staukeil werden kann. Und so wird denn das ganze Pottwalöl in den Masten aufsteigen wie der Saft in einem Baum. Unsere drei Maste werden wie drei Kerzen aus Walfischöl werden, und so haben wir denn ein gutes Vorzeichen gesehen.«

In demselben Augenblick erblickte Starbuck das Gesicht von Stubb, das anfing zu leuchten. Und als er nach oben sah, rief er: »Sieh da! Sieh da!!«

Und noch einmal erkannte man die spitz zulaufenden Flammen in der Höhe, und die bleiche Farbe schien doppelt übernatürlich zu sein.

»Mag das Elmsfeuer mit uns allen Erbarmen haben!« rief Stubb wieder.

Unten am Hauptmast, gerade unter der Dublone und der Flamme kniete der Parse an der Vorderseite von Ahab. Aber das gebeugte Haupt war von ihm abgewandt. In der Nähe hatten verschiedene Matrosen eine Spiere festmachen wollen und hingen nun, von dem Lichtschein beunruhigt, wie Pendel nebeneinander, wie ein Haufen betäubter Wespen an einem herabhängenden Baumzweig. Andere waren in verschiedenen Zauberstellungen wie an Deck festgewurzelt, mal stehend, mal schreitend, mal laufend, wie die Menschenskelette in Herkulanum. Aber alle hatten die Augen nach oben gerichtet.

»Leute,« rief Ahab, »seht hinauf und merkt es euch wohl! Die weiße Flamme leuchtet uns den Weg nach dem weißen Wal. Reicht mir die Kettenglieder für den Hauptmast! Ich möchte gern diesen Puls fühlen und meinen dagegen schlagen lassen; Blut gegen Feuer!«

Als er sich umdrehte, hielt er das letzte Kettenglied in der linken Hand und setzte den Fuß auf den Parsen.

Mit starren, nach oben gerichteten Augen und mit dem emporgeworfenen rechten Arm stand er aufrecht da vor der Dreieinigkeit der drei Flammenspitzen.

»Du klarer Geist des reinen Feuers, den ich wie ein persischer Feueranbeter einstmals auf diesen Meeren verehrt habe, bis ich von dir in dem feierlichen Akt das Mal eingebrannt bekam, das ich bis zur Stunde trage, ich erkenne dich nun, und ich weiß, daß die richtige Verehrung der Trotz ist! Der Liebe und der Ehrfurcht bist du nicht zugänglich. Und wenn man dir Haß entgegenbringt, so kannst du nur töten, und alle werden getötet. Der dir jetzt Trotz bietet, ist kein Narr, der die Furcht nicht kennt.

Ich besitze deine Macht, die ohne Worte ist und keinen Ort kennt. Ich habe sie mir nicht entwinden lassen und gebe auch die Kettenglieder in meiner Hand nicht frei. Du kannst mich blenden, aber dann finde ich tastend meinen Weg. Du kannst mich verzehren, aber dann kann ich doch wenigstens zu Asche werden. Nimm die Verehrung meiner armseligen Augen und geschlossenen Hände entgegen. Ich würde sie nicht annehmen!

Der Blitz saust mir durch den Schädel. Die Augen schmerzen mich. Das besiegte Hirn kommt mir wie gerädert vor und treibt auf betäubendem Grunde. Wenn ich auch hundertmal geblendet bin, so will ich doch zu dir reden. Aber ich bin Finsternis, die vom Licht herkommt, und das Licht kommt von dir! Die Pfeile des Blitzes lassen nach. Die Augen auf! Sehe ich oder sehe ich nicht? Dort brennen die Flammen! Du Wesen voll Großmut und Hochherzigkeit! Nun erhöhe ich den Ruhm meines Geschlechts! Aber du mit dem Feuergeist bist mein Vater oder meine sanfte Mutter. Ich weiß nicht, welches von beiden! Das ist mein Geheimnis; aber das deinige ist größer.

Du weißt nicht, wie du entstanden bist, daher nennst du dich ungezeugt. Du weißt gewiß nicht, wann dein Anfang war. Daher nennst du dich ohne Anfang.

Was du nicht von dir weißt, das weiß ich von mir, Allmächtiger! Hinter dir, klarer Geist, liegt etwas, das nicht auszuschöpfen ist, und im Vergleich dazu ist alle deine Ewigkeit nur Zeit und deine Schöpfungskraft nichts als Mechanik.

Durch dich, durch dein flammendes Selbst, erkennen meine versengten Augen undeutlich diese Macht.

Auch du, Feuer, das wie der Findling seine Herkunft nicht kennt, du Einsiedler außer allem Zusammenhang mit der Zeit, hast dein Rätsel, das niemand mitgeteilt werden kann, und dein Leid, das du allein tragen mußt!

Hier lese ich mit Stolz und Angst in dem Schicksalsbuch meines Allvaters. Spring' gegen den Himmel und schlag' ihn! Ich will dir nachspringen und mit dir brennen! Ich möchte zu einem Wesen mit dir zusammengeschweißt werden. Voller Trotz verehre ich dich!«

»Das Boot, das Boot!« rief Starbuck. »Siehe dir dein Boot an, Alter!«

Die Harpune Ahabs, die er am Feuer von Perth geschmiedet hatte, blieb an den bekannten Haken festhängen, so daß sie über dem Bug des Walfischbootes hinausragte. Aber die See, die den Boden desselben eingeschlagen hatte, hatte auch den losen Lederüberzug beseitigt. Aus der scharfen Stahlspitze der Harpune kam nun eine wagerechte, bleiche Feuerflamme von der Form einer Gabel. Als die Harpune wie die Zunge einer Schlange brannte, faßte Starbuck Ahab an den Arm und sagte: »Gott ist gegen dich. Gib es auf! Es ist eine üble Reise, schlecht angefangen und schlecht fortgesetzt! Laß mich die Rahen vierkant brassen, wenn es geht, und laß uns versuchen, einen günstigen Wind für die Heimreise zu bekommen. Wir wollen dann eine bessere Reise unternehmen, als die, auf der wir jetzt sind.«

Die von einer wilden Panik befallene Mannschaft hörte nicht auf Starbuck und stürzte sich an die Brassen, obwohl nicht ein Segel oben übriggeblieben war. Einen Augenblick schien es, als ob die Gedanken des erschrockenen Maaten auch die ihrigen wären. Sie stießen einen Ruf aus, der beinahe wie Meuterei klang. Aber Ahab schleuderte die klirrenden Kettenglieder und Blitzableiter auf das Deck, packte die brennende Harpune und schwenkte sie wie eine Fackel unter ihnen. Und schwor, daß er den ersten Matrosen damit durchbohren würde, der nicht das Tauende losließe. Vor diesem Anblick wie zu Stein erstarrt, und von dem Feuergeschoß, das er in der Hand hielt, zurückschaudernd, fielen die Leute wieder in Entsetzen, und Ahab sagte ihnen wieder: »Was ihr geschworen habt, daß ihr den weißen Wal jagen wolltet, ist ebenso bindend, wie das, was ich gesagt habe. Der alte Ahab ist mit Herz, Seele und Körper, mit seiner Lunge und seinem Leben dazu verpflichtet. Und damit ihr erkennt, wie es mit meinem Mute bestellt ist, so seht her! So blase ich den letzten Rest von Furcht aus.« Und mit einem einzigen Stoß seines Atems löschte er die Flamme aus.

Fünfundfünfzigstes Kapitel

Die See war noch nicht zur Ruhe gekommen und am nächsten Morgen rollte sie in gewaltigen, langen Wellen langsam dahin. Diese suchten der gurgelnden Spur des »Pequod« zu folgen und schoben das Schiff weiter, wie die ausgebreiteten Hände eines Riesen. Die Brise wehte in einem fort und war so stark, daß Himmel und Luft einem wie riesige, sich ausbuchtende Segel vorkamen. Die ganze Welt brauste vom Winde.

Bei dem starken Morgenlicht war die Sonne nicht zu sehen; man erkannte sie nur daran, daß an ihrer Stelle intensives Licht hervorbrach. Und dicke Strahlen, von der Form eines Bajonetts, bewegten sich in Massen weiter. Die See war wie ein Tiegel geschmolzenen Goldes, das in einem Sprudel von Licht und Hitze in die Höhe springt.

Ahab stand lange Zeit für sich allein, wie unter dem Bann einer innerlichen Stille. Wenn das schwankende Schiff seinen Bugspriet senkte, wandte er sich um, die Strahlen der leuchtenden Sonne vorn am Bug zu betrachten. Und wenn das Schiff am Heck tief niederging, wandte er sich nach hinten um, und sah sich die Sonne von rückwärts an. Und beobachtete, wie dieselben gelben Lichtstrahlen mit dem Kielwasser des Schiffes verschmolzen.

Plötzlich wurde er durch einen Gedanken aufgeschreckt. Er stürmte an das Steuer und erkundigte sich schroff, in welcher Richtung denn das Schiff fahre.

»Ostsüdost, Kapitän«, sagte der erschrockene Steuermann.

»Du lügst«, und er hielt ihm die geballte Faust entgegen. »Du hast den Kurs nach Osten zu dieser Morgenstunde, und die Sonne steht am Heck!«

Jedermann war über diese Erscheinung entsetzt; denn was Ahab gerade bemerkt hatte, war den anderen entgangen.

Ahab steckte den Kopf halb in das Kompaßhäuschen und streifte mit einem Blick die Kompasse. Der Arm, der drohend in die Höhe gehalten war, fiel langsam herunter; einen Augenblick lang schien er zu schwanken. Starbuck stand hinter ihm und sah auch hin. Wahrhaftig! Die beiden Kompasse zeigten nach Osten und der »Pequod« fuhr unfehlbar nach Westen!

Aber bevor der erste wilde Schrecken draußen unter den Leuten Fuß fassen konnte, rief der Alte mit einem kalten Lachen aus:

»Ich hab' es! Das ist schon früher vorgekommen. Mister Starbuck, das Gewitter von gestern abend hat unsere Kompasse umgedreht. Das ist alles. Du hast doch früher schon von solchen Dingen gehört?«

»Ja, aber ich habe das nie vorher erlebt, Kapitän«, sagte der bleich gewordene Maat in düsterer Stimmung.

An dieser Stelle muß gesagt werden, daß derartige Vorfälle bei Schiffen, die heftige Stürme durchgemacht haben, mehr als einmal vorgekommen sind. Der Magnetismus der Kompaßnadeln ist, wie alle wissen, mit der Elektrizität identisch, die wir im Gewitter wahrnehmen. Daher ist es kein Wunder, daß solche Dinge vorkommen. Wenn der Blitz das Schiff gehörig geschüttelt hat, so daß einige Spiere und Teile vom Takelwerk zerschmettert sind, dann ist die Nadel manchmal in Mitleidenschaft gezogen worden. Es ist vorgekommen, daß der ganze Magnetismus vernichtet wurde und der Magnetstahl so überflüssig geworden war, wie der Strickstock eines alten Frauenzimmers. Aber in dem einen wie dem anderen Fall bekommt die Magnetnadel aus eigener Kraft niemals wieder den früheren Magnetismus.

Ahab stand nachdenklich vor dem Kompaßhäuschen und betrachtete die umgerichteten Nadeln. Da nahm er mit der ausgebreiteten Hand den genauen Stand der Sonne, und als er beruhigend festgestellt hatte, daß die Nadeln tatsächlich umgekehrt waren, rief er, daß man den Kurs des Schiffes demzufolge ändern sollte. Die Rahen wurden gerichtet, und noch einmal stieß der »Pequod« seine Kiele unerschrocken in den Gegenwind; denn der vermeintliche günstige Wind hatte das Schiff betrogen.

Starbuck ließ nicht erkennen, wie er im geheimen darüber dachte. Er sagte nichts und führte in aller Ruhe die notwendigen Befehle aus. Stubb und Flask, die im geringen Grade seine Gefühle zu teilen schienen, beruhigten sich ebenfalls, ohne zu murren. Was die übrige Mannschaft betraf, so war ihre Furcht vor Ahab, wenn auch einige leise knurrten, größer als ihre Furcht vorm Schicksal.

Wie bei früheren Gelegenheiten, machten die Vorgänge auf die heidnischen Harpuniere fast gar keinen Eindruck. Wenn sie überhaupt einem Eindruck unterlagen, so war es ein gewisser Magnetismus, der von dem unerschütterlichen Ahab in ihre verwandten Herzen überströmte.

Eine Zeitlang spazierte der Alte in rollenden Traumbildern an Deck herum. Zufällig stieß er mit seinem Fuß aus Walfischbein auf die zerschmetterten Kupfer-Fernrohre des Quadranten, den er am Tage vorher gegen das Deck geschleudert hatte.

»Du armseliger und eingebildeter Himmelsgucker und Sonnenlotse! Gestern habe ich dich zerschmettert, und heute hätten mich die Kompasse liebend gern zerschmettert, so, so! Aber Ahab ist noch Herr über den Magneten. Mister Starbuck, eine Lanze ohne Stange her, einen Seemannshammer und die allerkleinsten Nadeln des Segelmachers! Aber schnell!«

Was er nun vorhatte, entsprang einer gewissen Vorsicht, um vielleicht den Mut seiner Mannschaft durch eine Äußerung seiner schlauen Geschicklichkeit neu zu beleben. Durch eine Handlung, die ebenso wunderbar war wie die umgekehrten

Kompaßnadeln. Der Alte wußte wohl, daß man mit umgekehrten Nadeln, wenn es auch möglich war, nicht steuern konnte, und man auf den Aberglauben der Matrosen Rücksicht nehmen mußte, die darüber erschraken und es als übles Vorzeichen auffaßten.

»Leute,« sagte er, und wandte sich gefaßt an die Mannschaft, als der Maat ihm die verlangten Dinge übergab,»Leute, der Donner hat die Nadeln des alten Ahab umgedreht, aber aus diesem bißchen Stahl kann Ahab eine eigene Nadel machen, die ebensogut wie eine andere zeigen wird.«

Die Matrosen tauschten verlegene Blicke als Zeichen erstaunter Unterwürfigkeit untereinander aus, als er dies sagte. Mit fasziniertem Augen warteten sie darauf, was für ein Wunder folgen würde. Aber Starbuck sah fort.

Ahab schlug mit einem Hammer den Stahlteil der Lanze ab, überreichte das lange Eisenteil dem Maaten und forderte ihn auf, es senkrecht zu halten, ohne daß es das Deck berührte. Dann legte er die stumpfe Nadel mit dem Ende oben darauf, nachdem er den oberen Teil der Eisenrute wiederholt mit dem Hammer geschlagen hatte. Dann hämmerte er nicht mehr so stark, und der Maat hielt das Eisen noch gerade so wie vorhin. Er machte dann verschiedene seltsame Bewegungen mit derselben – ob das zum Magnetisieren des Stahles notwendig war oder nur die Ehrfurcht der Mannschaft erhöhen sollte, war ungewiß – und verlangte dann einen Zwirnsfaden. Er ging nach dem Kompaßhäuschen, nahm die beiden umgekehrten Nadeln heraus und hängte die Segelnadel in horizontaler Richtung mitten über eine der Bussolen auf. Zunächst ging der Stahl rundherum und zitterte an beiden Enden. Aber schließlich kam er an der richtigen Stelle zum Stehen, als Ahab, der auf dieses Ergebnis ausdrücklich gewartet hatte, von dem Kompaßhäuschen zurücktrat, mit ausgestrecktem Arm darauf zeigte und ausrief:»Nun seht selbst hin, ob Ahab keinen Magneten machen kann! Die Sonne steht im Osten, und der Kompaß zeigt es euch!«

Da starrte einer nach dem anderen die Nadel an, denn nur mit ihren Augen konnten sie solch eine Dummheit bezeugen, und einer nach dem anderen schlichen sie davon.

Dann konnte man Ahab mit seinen feurigen Augen voller Verachtung und Siegesbewußtsein in seinem verhängnisvollen Stolz sehen.

Sechsundfünfzigstes Kapitel

Als der »Pequod« nach der magnetisierten Nadel Ahabs südostwärts steuerte und den zurückgelegten Weg allein mit Hilfe des Logs und der Leine feststellte, nahm er den Kurs in der Richtung des Äquators. Wie er nun durch unbefahrene Meere fuhr, wo er keine Schiffe erblickte, und wie er durch unveränderliche Winde, die für Handelsschiffe günstig sind, seitwärts getrieben wurde, und eintönige und milde Wellen ihn bespülten, war diese merkwürdige Stille ein Vorzeichen für eine Szene voll Aufruhr und Verzweiflung.

Schließlich kam das Schiff gleichsam an die Peripherie der Fischgründe des Äquators, und es segelte in der tiefen Dunkelheit, die der Dämmerung vorhergeht, an einer Gruppe von Felseninseln vorbei. Da wurde die Wache, über die Flask die Aufsicht hatte, von einem wilden, klagevollen und unirdischen Schrei erschreckt, der wie das beinahe unartikulierte Gestöhn der Geister der von Herodes ermordeten unschuldigen Kinder klang. Da schoß alles aus seinem Traum auf, und man stand einige Augenblicke lang da, saß oder lehnte sich starr wie ein römischer Sklave aus Erz mit größter Aufmerksamkeit an, solange der wilde Schrei dauerte. Wer Christ war oder zur zivilisierten Mannschaft gehörte, sagte, es wären Wassernixen, und fuhr zusammen. Aber die heidnischen Harpuniere blieben unbewegt. Und der alte, graue Mann von der Insel Man – der älteste Matrose auf dem Schiff – erklärte, daß die wilden, schrillen Laute die Stimmen von Neuertrunkenen wären.

Ahab hörte unten in seiner Hängematte vor der grauen Morgendämmerung nichts davon. Dann kam er an Deck. Flask meldete ihm, was losgewesen war und verfehlte nicht, dunkle, bedeutungsvolle Winke hinzuzufügen, dabei lachte er hohl und suchte so bedeutungsvoll das Wunder zu erklären.

Die Felseninseln, an denen das Schiff vorbeigefahren war, wurden von großen Mengen Seehunden aufgesucht. Einige junge Seehunde, die ihre Muttertiere verloren hatten, vielleicht waren es auch Muttertiere, die ihre Jungen verloren hatten, gingen in der Nähe des Schiffes in die Höhe und leisteten ihnen Gesellschaft, wobei sie schrien und in der Art der Menschen wehklagten. Das machte auf einige Matrosen einen um so größeren Eindruck, als die meisten den Seehunden ein abergläubisches Gefühl entgegenbringen. Nicht nur, weil sie so merkwürdig schreien; wenn sie in Not geraten, sondern auch weil sie wegen ihrer runden Köpfe und ihres halbintelligenten Gesichtsausdrucks wie Menschen aussehen, wenn man sie, Umschau haltend, längsseits aus dem Wasser auftauchen sieht. Auf der See hat man unter bestimmten Umständen die Seehunde mehr als einmal für Menschen gehalten.

Die Vorahnung der Mannschaft erfüllte sich in dem Schicksal, das einen Matrosen aus ihrer Mitte am Morgen ereilte. Bei Sonnenaufgang ging ein Mann von seiner Hängematte nach dem Mast oben am Vorderdeck. Ob er nun noch halb im Schlafe war – denn die Matrosen gehen manchmal in einem halben Schlafzustand hinauf – oder ob sonst etwas los war, genug, er befand sich noch nicht lange an seinem Sitz, als man einen Schrei und ein Klatschen hörte. Als man aufsah, erblickte man in der Luft eine fallende Erscheinung. Und als man in die See sah, stiegen mehrere weiße Blasen in der blauen See auf.

Die Rettungsboje, eine lange, dünne Tonne war vom Heck gefallen, wo sie immer, eines Federdrucks gewärtig, hing. Keine Hand erhob sich, um sie zu packen. Als die Sonne lange genug auf die Tonne geschienen hatte, war sie zusammengeschrumpft. Langsam füllte sie sich mit Wasser, und das ausgedörrte Holz war bis zu jeder Pore vollgesogen. So kam es denn, daß die eisenbeschlagene Tonne dem Matrosen in die Tiefe nachfolgte, als ob ihm ein weiches Kissen, das sich sehr hart anfühlen mußte, nachgetragen wurde.

So war denn der erste Mann vom »Pequod«, der nach dem weißen Wale vom Maste aus hatte Umschau halten wollen, auf dem eigenen Grunde des weißen Wales in der Tiefe untergegangen.

Man mußte nun für die verlorengegangene Rettungsboje Ersatz schaffen. Starbuck wurde damit beauftragt. Aber da man kein Faß fand, das leicht genug gewesen wäre, und da bei der fieberhaften Tätigkeit in Erwartung der kommenden Krise alle Hände mit großem Eifer an Dinge angelegt wurden, die mit dem Schluß derselben direkt in Verbindung standen (und was das auch für ein Schluß sein mochte!), wollte man am Heck des Schiffes keine Rettungsboje wieder anbringen lassen.

Da wies Queequeg mit seltsamen Handbewegungen auf seinen Sarg hin. »Eine Rettungsboje aus einem Sarg!« rief Starbuck und schoß auf.

»Das kommt mir aber sehr merkwürdig vor«, sagte Stubb.

»Das wird schon gehen,« sagte Flask, »der Zimmermann kann ihn leicht zurechtmachen.«

»Bringt ihn herauf, es ist nichts anderes da«, sagte Starbuck nach einer melancholischen Pause. »Mach' ihn zurecht, Zimmermann; sieh mich nicht an, ich meine den Sarg. Verstehst du nicht, was ich sage? Du sollst ihn zurechtmachen!«

Siebenundfünfzigstes Kapitel

Am nächsten Tage wurde ein großes Schiff, die »Rachel«, gemeldet, die direkt auf den »Pequod« losfuhr. – Auf allen Spieren derselben wimmelte es von Menschen. Der »Pequod« sauste gerade mit großer Geschwindigkeit durchs Wasser. Als aber das fremde Schiff mit den weit ausgebuchteten Segeln windwärts dicht auf ihn zuschoß, klappten seine prahlerischen Segel zusammen wie weiße, platzende Wasserblasen.

»Schlechte Nachrichten! Das Schiff bringt schlechte Nachrichten«, brummte der alte Mann von der Insel Man. Aber bevor der Kapitän mit dem Schallrohr am Mund im Boot stand, und bevor er hoffnungsvoll etwas zurufen konnte, hörte man die Stimme Ahabs.

»Hast du den weißen Wal gesehen?« –
»Ja, gestern. Habt ihr ein Walboot treiben sehen?« –

Mit erstickter Freude verneinte Ahab diese unerwartete Frage. Gern wäre er an Bord des Fremden gegangen. Da sah man, wie der fremde Kapitän selbst, der sein Schiff gestoppt hatte, an der Seite ausstieg. Nach einigen kräftigen Ruderschlägen machte man den Bootshaken an den Hauptketten des »Pequod« fest, und der Kapitän sprang an Deck. Sofort erkannte Ahab ihn als einen Bekannten aus Nantucket. Eine formelle Begrüßung fand nicht statt.

»Wo war er denn? Er ist nicht getötet! Nicht getötet!« schrie Ahab und kam näher. »Wie ging das zu?«

Anscheinend war es spät am Nachmittag des vorhergehenden Tages gewesen, als drei von den Booten mit einer Walfischherde beschäftigt waren, wobei die Mannschaft etwa vier oder fünf Meilen vom Schiff abgekommen war. Und als sie windwärts auf scharfer Jagd waren, war Moby-Dick mit seinem weißen Höcker und Kopfe plötzlich aus dem Wasser aufgetaucht, an der Leeseite in nicht zu großer Entfernung vom Schiff. Darauf hatte man das vierte aufgetakelte Boot, das als Reserve diente, sofort herabgelassen, um die Verfolgung aufzunehmen.

In weiter Entfernung hatte man das Boot in Punktgröße gesehen, dann war schnell ein Strahl von aufzischendem weißen Wasser gekommen. Und weiter war nichts mehr zu sehen gewesen. Man hatte aus dieser Tatsache geschlossen, daß der getroffene Wal mit seinen Verfolgern, wie es oft der Fall ist, aufs Geratewohl fortgeeilt war. Man war wohl etwas besorgt gewesen, war aber bis jetzt noch nicht bestürzt. Man hatte im Takelwerk Signale aufgesteckt, die zur Rückkehr aufforderten. Dann war die Dunkelheit gekommen, und man war gezwungen gewesen, die drei Boote, die weit windwärts waren, aufzunehmen. Bevor man das vierte in der genau entgegengesetzten Richtung aufgesucht hatte, war das Boot bis Mitternacht notgedrungenerweise seinem Schicksal überlassen worden. Man hatte sich sogar im gegenwärtigen Augenblick von dem Boot weit entfernt. Als aber die Mannschaft endlich sicher an Bord gebracht war, hatte das Schiff alle Segel beigesetzt, um das fehlende Boot aufzusuchen. Man hatte in den Schmelzhäfen Feuer angemacht, das als Signal dienen sollte, und jedermann hatte sich oben auf dem Ausguckposten befunden. Als das Schiff weit genug gesegelt war und den vermutlichen Platz der fehlenden Matrosen erreicht hatte, wo sie zuletzt gesichtet waren, hatte das Schiff haltgemacht und alle übrigen Boote herabgelassen, um in der unmittelbaren Umgebung herumzusuchen. Da man nichts vorgefunden hatte, war man weiter gestürmt. Man hatte wieder haltgemacht, hatte die Boote herabgelassen. Obwohl nun dies Verfahren bis zum Morgenanbruch gedauert hatte, hatte man von dem fehlenden Boot keine Spur entdeckt!

Als der fremde Kapitän den Sachverhalt erzählt hatte, ging er sofort dazu über und teilte mit, weshalb er an Bord des »Pequod« gekommen wäre. Er wünschte, daß das Schiff mit seinen eigenen Leuten das verlorene Boot aufsuchte. Man wollte einige vier oder fünf Meilen parallel zueinander über das Meer fahren und so eine doppelte Fläche bestreichen.

»Ich wette,« flüsterte Stubb Flask zu, »daß einer in dem fehlenden Boot den besten Rock vom Kapitän mit hat. Vielleicht auch seine Uhr, und daß er es deshalb so verdammt eilig hat. Hat man schon mal gehört, daß zwei Walschiffe in aller Eintracht einem fehlenden Boot mitten in der Walfischzeit nachgefahren wären? Sieh nur mal hin, wie bleich er aussieht! Und bleich sind auch die Pupillen in seinen Augen. Es war nicht der Rock. Es muß wohl –«

»Mein Junge, mein eigener Junge ist dabei! Um's Himmels willen. Ich bitte Sie, ich beschwöre Sie!« rief der fremde Kapitän aus, da Ahab seiner Bitte bisher mit eisiger Kälte begegnet war. »Lassen Sie mich für achtundvierzig Stunden Ihr Schiff chartern. Ich will das gerne zahlen, und es soll mir nicht darauf ankommen, wenn es keinen anderen Weg gibt. Für achtundvierzig Stunden nur! Das müssen Sie tun!«

»Seinen Sohn hat er verloren,« schrie Stubb, »seinen eigenen Sohn. Ich nehme das mit dem Rock und der Uhr zurück. Was sagt Ahab? Wir müssen den Jungen retten.«

»Er ist gestern abend mit den anderen ertrunken«, sagte der alte Matrose von der Insel Man, der hinter ihm stand. »Ich hab' es gehört; ihr alle habt die Geister gehört.«

Wie es sich bald herausstellte, wurde der Unglücksfall, der die »Rachel« betroffen hatte, noch durch den Umstand vergrößert, daß sich nicht nur ein Sohn des Kapitäns unter der fehlenden Bootsmannschaft befand, sondern daß unter der Mannschaft des anderen Bootes sich noch ein Sohn befunden hatte. So befand sich denn der unglückliche Vater in der allerfurchtbarsten Situation. In derartigen Fällen entscheidet sich der Obermaat immer dafür, daß das Boot mit der stärksten Mannschaft zuerst aufgenommen wird.

Aber der Kapitän hatte aus unbekannten Gründen alles dies nicht erwähnt. Erst als er durch das eiskalte Verhalten Ahabs dazu gezwungen wurde, sprach er von dem einen Jungen, der immer noch fehlte. Es war ein kleiner Kerl, erst zwölf Jahre alt. Sein Vater hatte ihn mit aller Kühnheit der Vaterliebe eines Nantucketer, ohne etwas Böses zu ahnen, mit den Gefahren und Herrlichkeiten seines Berufes vertraut machen wollen, und hatte kaum an das Geschick, dem sein ganzes Geschlecht ausgeliefert war, gedacht. Es kommt häufig vor, daß die Kapitäne von Nantucket einen Sohn in solch zartem Alter auf ein anderes Schiff für eine Fahrt schicken, die drei oder vier Jahre dauert. Die ersten Eindrücke, die sie von dem Leben eines Walfischers aufnehmen, sollen nicht durch die natürliche und unpassende Parteilichkeit des Vaters und ebensowenig durch unangebrachte Angst und Sorge verwischt sein.

Inzwischen bemühte sich der Fremde immer noch um die Gefälligkeit Ahabs. Ahab stand immer noch wie ein Amboß da, der jeden Stoß aufnahm, aber nicht im geringsten selbst dadurch erschüttert wurde.

»Ich gehe nicht,« sagte der Fremde, »bis Sie ›Ja‹ gesagt haben. Handeln Sie so, wie Sie es von mir in einem ähnlichen Fall erwarten würden. Sie haben doch auch einen Jungen, Kapitän Ahab, wenn er auch noch ein zartes Kind ist und nun zu Hause sicher und geborgen ist. Sie geben nach. Ich sehe es. Lauft, Leute, und helft, die Rahen vierkant brassen!«

»Hütet euch und rührt nicht das Kabelgarn an!« brüllte Ahab. Und dann sagte er mit einer Stimme, wobei jedes Wort besonders geformt wurde: »Kapitän Gardiner, ich mache es nicht. Gerade jetzt kann ich keine Zeit verlieren. Adjö, adjö! Gott möge dir helfen, Mann, und möge ich mir selbst vergeben. Aber ich muß gehen. Mister Starbuck, sieh nach der Kompaßuhr und sage in drei Minuten allen Fremden ab! Laß dann vorwärtsbrassen und das Schiff segeln wie vorher.«

Dann wandte er sich mit abgekehrtem Gesicht in aller Eile um und stieg in seine Kabine hinunter und kümmerte sich nicht darum, daß ihn der fremde Kapitän wegen dieses bedingungslosen und schroffen Abschlagens einer so ernsten Bitte anstarrte. Aber Gardiner überwand seine verzweifelte Stimmung und stürzte gefaßt zur Seite. Dann fiel er mehr in das Boot, als daß er hineintrat, und kehrte nach seinem Schiff zurück.

Bald kamen die beiden Schiffe aus ihrem gegenwärtigen Kielwasser heraus. Und solange man das fremde Schiff erblicken konnte, sah man es hier und da an jedem dunklen Fleck, wenn er auch noch so klein war, auf der See herumsuchen. Mal wurden die Rahen nach der Steuerbordseite, mal nach der Backbordseite herumgedreht. Mal kämpfte das Schiff gegen einen Wellenberg, mal wurde es von der See weitergeschleudert. Und indessen saßen auf den Masten und Rahen, dicht gedrängt, Menschen wie auf drei hohen Kirschbäumen, wenn die Jungen am Kirschenpflücken sind und sich bis zu den Zweigen hinauswagen.

Aber da es immer noch von Zeit zu Zeit stoppte und beidrehte, konnte man daraus schließen, daß das Schiff, das vom Meeresschaum wie von Tränen gebadet war, immer noch keine Ruhe gefunden hatte.
Es war wie Rahel, die um ihre Kinder weinte, weil sie fehlten.

Achtundfünfzigstes Kapitel

Wie der Polarstern in den ewigen arktischen Nächten, die sechs Monate lang dauern, nicht untergeht, und durch seinen unwandelbaren Glanz alles überstrahlt, so leuchtete nun das Ziel Ahabs durch die ewige Mitternacht der melancholischen Stimmung der Schiffsmannschaft. Dies Ziel beherrschte sie in solchem Maße, daß alle Vorahnungen, Zweifel, Befürchtungen usw. sich unter ihren Seelen versteckten, und nicht eine einzige Nadel oder ein Blatt daraus zum Vorschein kam.

In dieser Zwischenzeit, wo die Schatten des Ereignisses schon vorausgeworfen wurden, hörte aller künstliche oder natürliche Humor auf. Stubb gab sich keine Mühe mehr, ein Lächeln zu erwecken, und Starbuck tat nichts, ein solches zu verhindern. So schien denn zu der Zeit alle Freude und alles Leid, alle Hoffnung und alle Furcht in dem Mörser der zu Eisen erstarrten Seele Ahabs zu dem feinsten Pulver zermahlen zu sein. Wie dumpfe Maschinen schlichen sie über das Deck, und sie fühlten, daß das Despotenauge des Alten auf ihnen lag.

Wenn sie auf Deck gingen, mochte es zu einer Tageszeit sein, wie es wollte, befand sich Ahab vor ihnen. Er stand entweder in seinem bestimmten Standloch oder schritt zwischen den beiden unabänderlichen Grenzen auf den Planken, zwischen dem Haupt- und Kreuzmast, ordnungsgemäß auf und ab. Oder sie sahen ihn in der Kajütenluke stehen, und er setzte den gesunden Fuß auf Deck, als ob er hinaufwollte. Er hatte den Schlapphut tief ins Gesicht gezogen und stand bewegungslos da, wenn man die Zeit abrechnete, wo er sich in seine Hängematte geschwungen hatte. Unter dem Schlapphut war er so versteckt, daß man nie sagen konnte, ob seine Augen nicht manchmal wirklich geschlossen waren, oder ob sie in einem fort prüfend sahen. Es machte ihm nichts, wenn er auch eine ganze Stunde in der Luke dastand und die nächtliche Feuchtigkeit sich in Tautropfen auf dem steinharten Rock und Hut sammelte. Wenn die Kleider in der Nacht naß geworden waren, so wurden sie von der Sonne am nächsten Tage wieder getrocknet. Und so ging er denn Tag für Tag und Nacht für Nacht nicht mehr unter die Planken. Was er aus der Kabine brauchte, ließ er sich von dort holen.

Er aß in derselben offenen Luft; er nahm nur zwei Mahlzeiten. Frühstück und Mittag. Das Abendessen rührte er nie an. Er schnitt sich auch nicht den Bart, der dunkel und ganz knorrig geworden war, so wie nicht in der Erde steckende Baumwurzeln, die fortgeweht sind, an einer freien Stelle weiterwachsen, aber im grünen Gebüsch umkommen.

Obwohl sein ganzes Leben nun eine Wache an Deck geworden war, und obwohl die geheimnisvolle Wache des Parsen ebensowenig unterbrochen wurde, schienen die beiden niemals miteinander zu reden, wenn nicht in langen Unterbrechungen eine vorübergehende Sache es erforderte; und obwohl die zwei durch einen mächtigen Zauber insgeheim verbunden zu sein schienen, so machten sie vor der angsterfüllten Mannschaft den Eindruck, als ob sie jeder einen Pol darstellten. Wenn sie bei Tage durch Zufall ein Wort miteinander sprachen, so waren sie in der Nacht so gut wie taub, soweit der leiseste Austausch eines Wortes in Frage kam. Manchmal standen sie lange Stunden, weit voneinander getrennt, im Sternenlicht, ohne sich etwas zuzurufen; Ahab in seiner Luke und der Parse an dem Hauptmast. Aber ihre Blicke waren starr aufeinander gerichtet, als ob Ahab in dem Parsen seinen vorangeworfenen Schatten, und der Parse in Ahab seine aufgegebene Substanz erblickte.

Sobald der erste Schimmer der kommenden Dämmerung sichtbar wurde, hörte man seine eisenharte Stimme vom Achterdeck: »Die Mastspitzen bemannen!« So ging es den ganzen Tag bis nach Sonnenuntergang, und nach dem Dunkelwerden hörte man alle Stunden, wenn die Glocke des Steuermanns ertönt: »Was seht ihr? Scharf aufpassen! Scharf aufpassen!«

Als aber drei oder vier Tage vorüber waren, seitdem man die »kindersuchende ›Rachel‹« getroffen hatte und man keine Fontäne gesichtet hatte, schien der monomanische Alte zu der Ergebenheit seiner Mannschaft kein Vertrauen zu haben. Es war so, als ob er fast allen, bis auf die heidnischen Harpuniere, mißtraute. Er schien anzunehmen, daß Stubb und Flask nur mit Widerwillen aufpaßten, aber er behielt seinen Verdacht für sich und hütete sich wohlweislich, ihm in Worten Ausdruck zu geben, wenn er auch in seinen Handlungen darauf hinzudeuten schien.

»Ich werde den Wal wohl selbst zuerst zu sehen kriegen«, sagte er. »Ja, Ahab muß sich selbst die Dublone verdienen!« Und dann wickelte er mit seinen eigenen Händen ein Bündel Bugleinen, die an einen Korb gebunden waren, los und schickte jemand mit einem einrolligen Flaschenzug hinauf, um sie oben an der Hauptmastspitze festzubinden. Er selbst nahm dann die beiden Enden des nach unten gehenden Seiles in Empfang. Er band das eine Seilende an den Korb und das andere Ende an einen Pflock, um es an der Reling zu befestigen. Als das geschehen war, hatte er das eine Ende noch in der Hand und stand so neben dem Pflock, wobei er nach der Mannschaft sah, die von einem Ende zum anderen sauste. Er betrachtete Daggoo, Queequeg und Tashtego sehr lange, wich aber Fedallah aus. Als er dann einen festen, vertrauensvollen Blick auf den Obermaaten richtete, sagte er: »Nimm das Seil, ich übergebe es dir, Starbuck.«

Als er sich dann mit seiner Person in den Korb verfügt hatte, gab er den Befehl, daß sie ihn zu seinem Sitz hinaufziehen sollten. Starbuck gab dann schließlich auf das Seil acht und stellte sich später daneben. Und indem Ahab sich so mit der einen Hand an der Oberbramstange festhielt, hielt er meilenweit in der Runde auf die See Umschau, nach vorn, nach hinten und nach der Seite und nach dem weiten, ausgedehnten Horizont, der von einer so außerordentlichen Höhe beherrscht wird.

Ahabs Verfahren war daher nicht ungewöhnlich. Es schien nur recht merkwürdig zu sein, daß Starbuck, der ja der einzige war, der es gewagt hatte, ihm in der schonendsten Weise entgegenzutreten, als er seinen Entschluß faßte, – und er war noch einer von denen, deren Zuverlässigkeit auf dem Ausguckposten er etwas in Zweifel gezogen hatte – es war recht merkwürdig, sage ich, daß er gerade diesen Mann gewählt hatte, und er so sein Leben den Händen eines Menschen aus freien Stücken anvertraute, dem er sonst nicht ganz traute.

Als Ahab zum erstenmal dort oben hockte, – und es waren kaum zehn Minuten vergangen, kam einer von den wilden Seefalken mit den roten Schnäbeln, die so oft dicht um die bemannten Mäste der Walfischer in jenen Breiten kreisen, flog mit großem Geschrei in einem Wirrwarr von geschwind gezogenen Kreisen, deren Spur man nicht feststellen konnte, um seinen Kopf, schoß dann tausend Fuß hoch in die Luft, ließ sich spiralförmig herunter, und wirbelte dann wieder um seinen Kopf herum.

Aber Ahab hielt den Blick starr auf den trüben und fernen Horizont gerichtet und bemerkte den wilden Vogel einscheinend nicht.

»Achten Sie auf Ihren Hut, Kapitän«, schrie plötzlich der Matrose von Sizilien, der auf dem Besanmast postiert war und unmittelbar hinter Ahab stand, wenn es auch etwas tiefer war.

Aber schon war die düstere Schwinge vor den Augen des Alten und der lange hakenförmige Schnabel an seinem Kopf. Und mit einem kreischenden Schrei schoß der schwarze Falke mit seiner Beute fort.

Ein Adler flog dreimal um den Kopf des Tarquinius, nahm ihm die Mütze ab und ersetzte sie ihm durch eine andere, worauf Tanaquil, seine Gemahlin, erklärte, daß er König von Rom werden würde. Aber nur dadurch, daß die Mütze durch eine andere ersetzt wurde, wurde das Omen für gut befunden. Ahab bekam seinen Hut nicht wieder. Der wilde Falke flog damit immer weiter und immer weiter ab vom Schiffsbug.

Schließlich verschwand er, während von der Stelle aus, wo er mit dem Hut verschwunden war, ein ganz kleiner schwarzer Fleck undeutlich erkennbar wurde, der von gewaltiger Höhe in das Meer fiel.

Neunundfünfzigstes Kapitel

Der »Pequod« segelte mit starker Geschwindigkeit weiter. Die rollenden Wogen gingen wie die Tage an ihm vorüber. Der zur Rettungsboje umgeformte Sarg schwang immer noch leicht hin und her. Da wurde ein neues Schiff gemeldet, das in seinem Elend den falschen Namen »Delight« führte. Als es näher kam, waren alle Augen auf die breiten Deckbalken gerichtet, die bei einigen Walschiffen in einer Höhe von acht oder neun Fuß über das Achterdeck gehen. Sie dienen dazu, die übrigen unfertigen und nicht gebrauchsfähigen Boote zu tragen.

Auf den Deckbalken des fremden Schiffes sah man die zerschlagenen weißen Schiffsrippen und ein paar zersplitterte Schiffsplanken von einem ehemaligen Walboot. Aber nun sah man durch das Wrack hindurch wie durch das abgezogene, kaum noch zusammenhängende und bleichfarbige Gerippe eines Pferdes.

»Hast du den weißen Wal gesehen?«

»Sieh da!« erwiderte der hohlwangige Kapitän von seinem Heckbord und wies mit seinem Schallrohr auf das Wrack.

»Hast du ihn getötet?«

»Die Harpune ist noch nicht geschmiedet, die das zustande bringt«, antwortete der andere und sah mit traurigen Blicken auf eine ausgefüllte Hängematte auf Deck, deren zusammengesuchte Teile einige Matrosen in aller Stille zusammennähten.

»Nicht geschmiedet?« damit faßte Ahab nach dem Eisen Perths, nahm es vom Haken und streckte es mit den Worten hin: »Sieh her, Nantucketer, seinen Tod halte ich in dieser Hand! Diese Harpune ist in Blut und vom Blitz gehärtet, und ich schwöre, daß ich sie dreifach an der heißen Stelle hinter der Flosse härten werde, wo der weiße Wal sein verfluchtes Leben spürt.«

»Möge dich Gott beschützen, Alter, siehst du da,« – und er zeigte auf die Hängematte – »daß ich einen von fünf wackeren Leuten beerdige, die gestern noch am Leben, aber heute noch vor Abend tot waren. Ich beerdige nur den einen, die übrigen wurden beerdigt, bevor sie starben. Ihr segelt auf ihrem Grabe.« Dann wandte er sich an seine Mannschaft. »Seid ihr fertig? Legt die Planke auf die Reling und hebt den Toten darauf! Möge denn Gott dir« – worauf er mit aufgehobenen Händen auf die Hängematte zuschritt – »die Auferstehung und das Leben –«

»Nach vorn brassen! Das Ruder hoch!« fuhr Ahab wie ein Ungewitter seine Leute an.

Aber mochte der »Pequod« auch noch so plötzlich losgefahren sein, es war doch nicht schnell genug, um dem Geräusch des Klatschens zu entgehen, das der Leichnam machte, als er auf die See fiel. Er war auch nicht schnell genug, daß nicht einige von den fliegenden Wasserblasen seinen Schiffsrumpf mit ihrer geisterhaften Taufe bespritzt hätten.

Als Ahab nun dem Bereich des verworfenen »Delight« entglitt, wurde die merkwürdige Rettungsboje, die am Heck des »Pequod« hing, sichtbar.

»Seht da, Leute!« rief eine ahnungsvolle Stimme im Kielwasser des Schiffes. »Vergeblich flieht ihr Fremden vor unserem traurigen Begräbnis davon. Ihr wendet uns euer Heck zu und zeigt uns euren Sarg!«

Sechzigstes Kapitel

Es war ein klarer Tag und blau wie Stahl. Luft und See konnte man in dem alles durchdringenden Azurblau kaum auseinanderhalten. Die nachdenkliche Luft war durchleuchtend und so rein und sanft wie der Blick einer Frau. Das Meer dünte in seiner männlichen Stärke mit seinen langen und starken Atemzügen und hob sich wie Simsons Brust im Schlaf.

Ahab ging von der Luke aus langsam über Deck, lehnte sich über die Reling und sah zu, wie sein Schatten im Wasser vor seinen Blicken sank, je mehr er in die Tiefe eindringen wollte. Aber die lieblichen Düfte in der Zauberluft vertrieben schließlich einen Augenblick anscheinend das Krebsgewächs in seiner Seele. Die muntere und glückliche Luft und der liebliche Himmel streichelten ihn schließlich, und die Stiefmutter Welt, die solange grausam gewesen war, warf nun ihre liebevollen Arme um seinen widerspenstigen Nacken. Es schien so, als ob sie vor Freude über ihn weinte, wie über einen, der nach eigensinnigem Umherschweifen den Weg zu ihrem Herzen, zu seiner Rettung und zu seinem Segen gefunden hat. Da fiel unter dem Hut Ahabs eine Träne in die See; vielleicht enthielt der ganze Stille Ozean nichts, was so wertvoll war wie dieser Tropfen Leid. Starbuck sah den Alten dastehen. Er sah, wie er sich schwerfällig über die Reling beugte. Und es schien so, als ob er in seinem treuen Herzen das maßlose Schluchzen vernähme, das sich mitten aus der fröhlichen Welt um ihn herum hervorwagte. Er hütete sich, ihn anzurühren oder von ihm erkannt zu werden, aber er mußte sich ihm nähern, und so stand er da. Ahab wandte sich um.

»Starbuck!« –

»Kapitän?« –

»Ach, Starbuck! Es weht ein sanfter Wind und der Himmel sieht milde aus. Grad an solch einem Tage – es war gerade so mildes Wetter – tötete ich meinen ersten Wal. Ich war damals Harpunier, ein Junge von achtzehn Jahren. Das war vor vierzig – ja vierzig Jahren! Vierzig Jahre lang bin ich nun ununterbrochen auf der Waljagd! Vierzig Jahre lang habe ich Entbehrungen, Gefahren und stürmische Zeiten durchgemacht! Vierzig Jahre lang bin ich auf der See, die kein Mitleid kennt! Vierzig Jahre lang hat Ahab das friedliche Land verlassen, und vierzig Jahre lang hat er mit den Schrecken der Tiefe Krieg geführt.

Ja, ja! Was für ein Narr, was für ein großer Narr ist der alte Ahab in diesen vierzig Jahren gewesen! Wozu dieser Kampf bei der Jagd? Wozu diese Müdigkeit und wozu ist der Atem am Ruder, am Eisen und an der Lanze erlahmt? Ist Ahab nun dadurch reicher oder besser geworden? Sieh her, Starbuck! Ist mein Leid, an dem ich trage, nicht schwer, daß das eine Bein mir unter dem Leibe weggerissen ist? Streich mein altes Haar zur Seite! Es blendet mich, und es kommt mir so vor, als ob ich weinte. Wenn man solche grauen Haare hat, so können sie nur aus Asche entstanden sein! Aber sehe ich so alt, so furchtbar alt aus, Starbuck? Ich komme mir todesschwach, vor Alter gebeugt wie mit einem Buckel vor, als ob ich Adam wäre, der unter der Last von Jahrhunderten, die seit dem Paradiese verflossen sind, umherschwankte. Gott! Du lieber Gott, laß mein Herz zerbrechen und meine Stirn zerschellen! Welcher Spott, welch bitterer Spott, daß ich graue Haare habe! Habe ich denn Freude genug erlebt, um ihrer würdig zu sein? Und nun komme ich mir so unerträglich alt vor! Komm! komm dicht zu mir, Starbuck, laß mich in das Auge eines Menschen sehen. Es ist besser, als wenn man in die See oder in den Himmel sieht und besser noch, als wenn man in das Auge Gottes sieht. Bei der grünen Farbe des Landes, bei dem leuchtenden Schein des heimatlichen Herdes! Dies ist der Zauberspiegel! Mann, wenn ich in dein Auge sehe, so sehe ich mein Weib und mein Kind. Bleibe an Bord, nein, bleibe an Bord! Gehe nicht ins Boot, wenn ich es tue, wenn Ahab mit seinem Brandmal Moby-Dick jagt. Du sollst nicht diesem Wagespiel zum Opfer fallen! Nein, keinesfalls! Ich will nicht an die Heimat in der Ferne denken, wenn ich in das veruchte Auge sehe!« –

– »Mein lieber Kapitän! Hat man es denn nötig, daß man den verhaßten Fisch jagt! Fahr mit fort, laß uns aus diesen todesgeweihten Gewässern entfliehen! Laß uns nach Hause fahren! Auch Starbuck hat Weib und Kind. Und hat gerade so wie du in deinem liebebedürftigen Alter, als Vater nach Weib und Kind Verlangen. Laß uns fortfahren! Laß mich noch in diesem Augenblick den Kurs umstellen! In welcher Stimmung und in welcher Fröhlichkeit wollen wir dann auf unserem Weg dahinrollen, um das alte

Nantucket wiederzusehen! Es kommt mir so vor, als ob sie in Nantucket gerade so sanfte, blaue Tage hätten, wie wir hier!«

–»Es ist so. Ich habe mal einige Sommermorgen erlebt. Um diese Zeit, wo man gerade seinen Mittagsschlaf hält, wacht der Junge mit seinem Strampeln auf. Richtet sich in seinem Bett auf, und die Mutter erzählt ihm von mir, dem alten Kannibalen, wie ich in der Fremde auf der tiefen See bin, und daß ich doch wiederkomme und ihn auf den Armen schaukeln werde.«–

»Genau so ist meine Mary. Sie hat mir gesagt, daß sie meinen Jungen alle Morgen nach den Dünen tragen würde, damit er als erster das Segel seines Vaters sehen sollte. Nun wollen wir aber nicht mehr daran denken! Wir wollen den Kurs nach Nantucket nehmen! Komm, Kapitän, nimm den richtigen Kurs und laß uns fortfahren!« –

Aber Ahabs Blick kehrte sich um; er schüttelte sich wie ein verdorrter Obstbaum und warf den letzten aschenfarbigen Apfel herab auf den Boden.

»Was für ein namenloses, unerforschbares und unirdisches Ding, was für ein betrügerischer, im Verborgenen wirkender Herr, und welcher grausame, gewissenlose Tyrann beherrscht mich? – Daß ich, allen natürlichen Gefühlen der Liebe und der Sehnsucht entgegen, fortwährend auf dem Sprunge bin und mich dazu dränge und mich auf die Dinge stürze! Daß ich mich unbekümmert zu dem bereit erkläre, was ich in meinem eigenen natürlichen Herzen nicht wagen dürfte? Ist Ahab denn wirklich Ahab? Bin ich es denn, lieber Gott, oder ist es ein anderer, der diesen Arm hochhebt? – Wenn die erhabene Sonne sich nicht aus eigener Kraft bewegt, sondern nur ein Wanderer am Himmelsgewölbe ist, und kein einziger Stern ohne Hilfe einer unsichtbaren Kraft sich um sich selbst drehen kann – wie kann dann dies kleine Herz schlagen und wie kann dieses kleine Gehirn denken, wenn nicht Gott im Herzen schlägt und nicht Gott im Gehirn denkt! Beim Himmel! Wir werden in dieser Welt herumgewirbelt, wie das Windspill dort drüben, und das Schicksal ist die Handspeiche. Und sieh die ganze Zeit den lächelnden Himmel und die bodenlose See an, sieh dir den Albicore da drüben an! Wer hat ihn gelehrt, den fliegenden Fisch zu jagen und zu fangen? Wie weit werden es noch die Mörder treiben, Mann! Wen soll man verurteilen, wenn der Richter selbst vor die Schranken des Gerichts geschleppt wird? Aber es ist ein sanfter, milder Wind, und der Himmel sieht recht ruhig aus. Die Luft duftet so, als ob sie von einer Wiese in der Ferne käme. Sie haben wohl irgendwo an den Abhängen der Anden Heu gemacht, Starbuck, und die Schnitter halten unter dem frischgemähten Gras ihren Mittagsschlaf? Arbeiten wir, solange wir können! Wir werden schließlich alle mal auf dem Felde schlafen. Und wir werden in dem grünen Gras einrosten, so wie die Sensen des vorigen Jahres zerklirren und in den halbgeschnittenen Grasschwaden liegenbleiben, nicht wahr, Starbuck!«

Aber Starbuck, der vor Verzweiflung bleich geworden war wie ein Leichnam, hatte sich inzwischen davongemacht.

Ahab ging über das Deck, um an der anderen Seite hinüberzusehen. Aber vor zwei nachdenklichen starren Augen, die in das Wasser sahen, fuhr er zurück. Es war Fedallah, der bewegungslos sich über dieselbe Reling lehnte.

Einundsechzigstes Kapitel

Als der Alte in jener Nacht in der mittleren Wache aus der Luke, in der er angelehnt dastand, gewohnheitsgemäß in gewissen Zwischenräumen hervortrat und nach seinem Standort an Deck ging, fuhr er plötzlich mit dem Gesicht erregt auf. Und er schnüffelte in der Seeluft herum, wie ein Hund mit seiner Spürnase, als er in die Nähe einer Barbareninsel kam. Er erklärte, daß ein Wal in der Nähe sein müßte. Bald spürte die ganze Wache den eigentümlichen Geruch, der manchmal in einer großen Entfernung von dem lebendigen Pottwal ausgeht. Kein Matrose war daher überrascht, als Ahab, nachdem er die Kompaßnadel aufmerksam betrachtet und sich überzeugt hatte, daß der Geruch aus unmittelbarer Nähe kommen müßte, sofort befahl, daß der Kurs des Schiffes ein wenig geändert und die Segel eingezogen werden sollten.

Bei Tagesanbruch bekam diese scharfe Weisung, die diese Bewegungen anordnete, durch den Anblick einer langen Glätte auf der See, ihre Erklärung. Man sah sie unmittelbar in der ganzen Länge vorn vom Schiff. Sie war glatt wie Öl und glich mit den gefalteten Wasserrunzeln, die ihre Grenzen bildeten, dem metallischglänzenden Zeichen eines mit aller Plötzlichkeit erfolgenden Gezeitenrisses, der dicht vor einer tiefen, reißenden Strömung erfolgt.

»Die Mastspitzen bemannen! Alle Mann rufen!«

Daggoo trommelte mit drei knüppelartigen Handspeichen am Deck der Vorderkajüte und weckte die Schlafenden mit den Schlägen des Jüngsten Gerichts, daß es schien, als ob sie aus der Luke wie ausgeatmete Luft hervorgestoßen wurden. So plötzlich waren sie erschienen, und sie hatten die Kleider noch in den Händen.

»Was seht Ihr denn?« schrie Ahab und glättete seine Stirn angesichts des Himmels.

»Nichts, nichts, Kapitän!« rief er ihm als Antwort zu.

»Die Stunsegel hoch! Oben und unten und an beiden Seiten!«

Als alle Segel gesetzt waren, warf er die Rettungsleine aus, die dafür bestimmt war, um ihn oben an die Oberbramstange zu befördern, und in wenigen Augenblicken wurde er hinaufgezogen. Als nur zwei Drittel des Weges nach oben zurückgelegt waren und Ahab von oben her auf eine freie Stelle am Horizont zwischen dem Hauptmarssegel und dem oberen Segel hindurchschaute, schrie er wie eine Möve in der Luft: »Dort bläst sie! dort bläst sie! Ein Höcker, wie ein Schneeberg, es ist Moby-Dick!«

Von dem Ruf angefeuert, der gleichzeitig von den drei Ausgucksposten aufgenommen wurde, stürmten die Leute an Deck und nach dem Takelwerk, um den berühmten Wal von Angesicht zu sehen, den sie solange verfolgt hatten. Ahab war nun oben an seinem Sitz angekommen und befand sich einige Fuß über den anderen Ausguckposten. Tashtego stand gerade unter ihm auf der höchsten Spitze des Obermastes, so daß der Kopf des Indianers mit Ahabs Fersen in gleicher Höhe war. Von dieser Höhe aus konnte man den Wal in einer Entfernung von einer Meile ungefähr beobachten. Wenn die See Wellen schlug, wurde jedesmal der hohe leuchtende Höcker sichtbar, und regelmäßig spritzte seine Fontäne in aller Ruhe in die Luft. Die abergläubischen Matrosen bildeten sich ein, daß es dieselbe ruhige Fontäne gewesen wäre, die sie solange vorher in dem mondglänzenden Atlantischen und Indischen Ozean gesehen hätten.

»Hat es denn keiner von euch vorher gesehen?« schrie Ahab den Leuten zu, die rund um ihn herum in den Masten saßen.

»Ich hab' ihn in demselben Augenblick gesehen wie der Kapitän! Und ich hab' ihn gemeldet«, sagte Tashtego.

»Nicht im selben Augenblick! Das ist nicht wahr! Die Dublone gehört mir. Das Schicksal hat die Dublone für mich aufbewahrt. Keiner von euch hätte den weißen Wal zuerst erblicken können, dort bläst sie, dort! Wieder dort! da!« schrie er in langgezogenem, systematischen Tonfall, der zu den allmählichen Verlängerungen der sichtbaren Fontäne des Wales paßte. »Er taucht gleich! In die Stunsegel! Die oberen Segel herunter. Drei Boote bereithalten, Starbuck. Denk daran und bleib an Bord und paß auf das Schiff! Das Steuerruder! Einen Strich anluven! So! Feste Mann, feste! Da sind die Schwanzflossen! Nein, nein. Es ist nur dunkles Wasser! Ist alles fertig an den Booten? Bereithalten! Laß mich herab, Starbuck! Herab! Herab, schnell, schneller!« Und er glitt durch die Luft auf Deck.

»Er geht gerade leewärts nach vorn, Kapitän«, schrie Stubb. »Er schwenkt von uns rechts ab; er kann das Schiff noch nicht gesehen haben.« –

»Halt den Mund, Mann. Stehe an den Brassen! Halt! das Steuer herunter! Aufbrassen! Boote her! Boote!«

Bald ließ man alle Boote bis auf das von Starbuck herunter. Alle Bootssegel wurden aufgezogen, alle Paddelruder kamen in Tätigkeit. Das Wasser kräuselte ringsum, angesichts der Geschwindigkeit, mit der man leewärts vorwärtsschoß. Ahab führte selbst den Angriff. Ein bleicher Todesschimmer leuchtete in den erstarrten Augen Fedallahs auf; eine häßliche Bewegung nagte an seinem Munde. Die hellen Buge der Schiffe gingen wie geräuschlose Nautilusschalen durch das Meer; aber sie kamen nur langsam an den Feind heran. Als sie in seiner Nähe waren, nahm die Glätte des Ozeans zu. Man hatte den Eindruck, als ob ein Teppich über die Wellen gezogen wäre. Heiter wie eine Wiese in der Mittagszeit breitete er sich aus. Schließlich kam der rastlose Jäger so dicht in die Nähe seines Wildes, das anscheinend nichts merkte, daß der Höcker mit dem blendenden Glanz deutlich erkennbar wurde; wie ein vereinsamtes Ding glitt er durch die See und war ständig von einem sich drehenden Ring umgeben, der aus dem schönsten, hautartigen Schaum von grüner Farbe bestand. An der anderen Seite sah Ahab die riesigen, tief eindringenden Falten des leicht vorgestreckten Kopfes; davor bewegte sich bis weit in das Gewässer, das wie mit einem sanften türkischen Teppich bedeckt war, der weißglitzernde Schatten seiner breiten milchweißen Stirn. Ein musikalisches Kräuseln begleitete wie beim Spiel den Schatten. Und dahinter floß unaufhörlich blaues Wasser in das sich bewegende Tal seines stetigen Kielwassers. Zu beiden Seiten stiegen leuchtende Wasserblasen auf, die in der Luft tanzten. Aber diese wurden von den hellen Füßen lustiger Vögel zerstört, die über dem Meer ihre sanften Schwingen ausbreiteten. Wie sich ein Flaggenmast über ein bemaltes Schiff erhebt, so ragte der große, aber zersplitterte Schaft einer kürzlich geworfenen Lanze aus dem Rücken des weißen Wales hervor. Von Zeit zu Zeit ließ sich eine Wolke der sanftfüßigen Vögel darauf nieder und schwebte wie ein Baldachin über dem Tier; in aller Stille hockten sie da und schwankten auf der Stange, wobei die langen Schwanzfedern wie Fähnchen flatterten.

So schwamm denn Moby-Dick in der heiteren Stille des tropischen Meeres durch Wellen, die mit ihrem klatschenden Geräusch eine ungewöhnliche Raubgier verdeckten, weiter und ließ den Schrecken seines untergetauchten Rüssels nicht erkennen, der das Entsetzen seines zermalmenden häßlichen Kiefers ganz und gar verbarg. Aber bald erhob sich der Vorderteil langsam aus dem Wasser. In einem Augenblick bildete sein marmorweißer Körper einen hohen Bogen wie die Naturbrücke in Virginia; wie zur Warnung hob er sein Bannerzeichen, die Schwanzflossen, in die Luft, und der große Gott zeigte sich in voller Größe, tauchte unter und war nicht mehr zu sehen. Die weißen Seevögel suchten sich noch zu halten, tauchten mit den Flügeln ins Wasser und beugten sich dann verlangend über die schwankende Stange, die noch zu sehen war.

Mit senkrecht gehaltenen Rudern und niedergelegten Paddeln ließen sich die drei Boote nun ruhig treiben, ließen ihre Segel flattern und warteten, bis Moby-Dick wieder auftauchte.

»Eine Stunde«, sagte Ahab, der wie angewurzelt in dem Heck seines Bootes stand. Er sah über die Stelle hinaus, wo der Wal untergetaucht war, nach dem trüben, blauen Wasser und den großen Zwischenräumen an der Leeseite, die noch nicht berührt waren. Das war in einer Sekunde geschehen. Als er ringsum das Wasser sah, schienen sich die Augen in seinem Kopf zu drehen. Die Brise zog an. Und die See fing an zu dünen.

»Die Vögel! die Vögel!« rief Tashtego. In einer langen Reihe flogen die weißen Vögel, wie Reiher in der Luft, auf Ahabs Boot zu. Und als sie einige Yards davon entfernt waren, flatterten sie über das Wasser und zogen mit lustigem, erwartungsvollen Schrei einen Kreis um ihn. Ihre Sehkraft war stärker als die eines Menschen; Ahab konnte in der See nichts erkennen. Als er aber plötzlich in die Tiefe schaute, sah er einen lebendigen Fleck dort unten, der nicht größer als ein weißes Wiesel war. Mit einer unglaublichen Schnelligkeit stieg er auf und vergrößerte sich, als er höher kam, drehte sich dann mit einem Mal um, und es zeigten sich ganz deutlich zwei lange, krumme Reihen von weißen, glitzernden Zähnen, die aus dem unerkennbaren Meeresgrund auftrieben. Es war der offene Mund von Moby-Dick und der geschnörkelte Unterkiefer! Sein riesenhafter, vom Schatten bedeckter Rumpf zerschmolz noch mit dem Blau des Meeres zur Hälfte. Der glitzernde Mund sperrte sich unter dem Boot auf wie ein geöffnetes Marmorgrab. Ahab gab dem Boote mit dem Steuerruder seitwärts einen Stoß, um es dieser furchtbaren Erscheinung zu entreißen. Dann forderte er Fedallah auf, den Platz mit ihm zu wechseln, ging auf den Bug los, faßte die Harpune von Perth und befahl seinen Leuten, die Ruderstangen festzuhalten und am Heck bereitzustehen. Ahabs Absicht war, dem Bug des Bootes durch eine rechtzeitig erfolgte Drehung eine dem Kopf des Wales entgegengesetzte Richtung zu geben, solange er sich noch unter Wasser befand. Aber, als ob er diese List bemerkt hätte, glitt Moby-Dick mit der ihm zugeschriebenen boshaften Schlauheit seitwärts und schoß in einem Nu seinen Kopf mit den vielen Falten in der ganzen Länge unter das Boot.

In jeder Planke, in jeder Rippe und in jeder Fuge krachte es in einem Augenblick; der Wal lag schräg auf dem Rücken, wie ein zubeißender Hai und nahm langsam und spurbar den ganzen Bug in das Maul, so daß der lange, schmale, schneckenförmige Unterkiefer bis hoch in die offene Luft ragte und ein Zahn in ein Ruderloch faßte. Das bläuliche, perlweiße Innere des Kiefers war sechs Zoll von Ahabs Kopf entfernt und reichte wohl noch höher hinauf. In dieser Stellung schüttelte nun der weiße Wal das dünne Zedernboot, wie eine nicht übermäßig grausame Katze eine Maus. Fedallah starrte mit ruhigen Augen die Szene an und kreuzte die Arme. Aber die Mannschaft mit den tigergelben Gesichtern taumelte übereinander und suchte das äußerste Heck zu erreichen. Während nun die beiden elastischen Dollborde hin und her schnellten, als der Wal mit dem todgeweihten Schiff auf teuflische Weise spielte, und der Wal, der mit seinem Körper unterhalb des Bootes getaucht war, so daß er von dem Bug aus nicht getroffen werden konnte – denn die Buge waren gleichsam in ihm drin – und während die anderen Boote unwillkürlich stoppten, wie vor einer schnellen Krise, der man nicht widerstehen kann, da geschah es, daß der monomanische Ahab, der die furchtbare Nähe seines Feindes nicht ertragen konnte, und lebendig und hilflos den verhaßten Kiefern preisgegeben war, in seiner Wut mit seinen bloßen Händen den langen Kieferknochen anpackte und ihn mit wilder Kraft loszureißen suchte. Als er nun diesen vergeblichen Versuch machte, entglitt ihm der Kiefer; die gebrechlichen Dollborde bogen sich zurück, krachten und zerbrachen, und die beiden Kiefer des Wals glitten, wie ein riesiger Querbalken, weiter achterwärts, rissen das Boot vollständig in zwei Teile und schlossen sich schnell wieder in der See in der Mitte zwischen den beiden treibenden Wracks. Als diese abtrieben und die gebrochenen Teile niedergingen, hielten sich die Leute an dem Heck des Wracks an den Dollborden fest und griffen nach den Ruderstangen, um sich weiterzubringen.

Bevor das Boot zerbrochen war, hatte Ahab an dem schlauen Aufschnellen des Kopfes die Absicht des Wales erkannt. Bei dieser Bewegung lockerte sich der feste Griff des Wales einen Augenblick, sofort machte er mit der Hand seinen letzten Versuch, das Boot dem Biß des Wales zu entreißen. Aber da das Boot noch tiefer in das Maul gerutscht und dabei seitlich umgekippt war, hatte es die Lockerung des Kiefers bewirkt. Als Ahab sich dabei nach vorn beugte, wurde er aus dem Boot geworfen und fiel so mit dem flachen Gesicht auf das Meer.

Moby-Dick hatte sich unter kräuselndem Wellenschlag von seiner Beute zurückgezogen und lag nun in geringer Entfernung da und streckte seinen schrägen weißen Kopf senkrecht in den Wellen nach oben und nach unten; dabei drehte sich sein ganzer Körper wie eine Spindel gleichzeitig langsam um, und als nun seine riesige Stirn mit den vielen Falten aus dem Wasser kam – wohl bis zu einer Höhe von zwanzig Fuß und darüber –, schlugen die nun anhebenden Dünungen der gleichzeitig kommenden Wellen stürmisch dagegen. Rachsüchtig spritzten sie ihren Schaum noch weit höher in die Luft.

Er nahm bald seine horizontale Lage wieder ein und schwamm schnell um die schiffbrüchige Mannschaft herum. Er ließ rachsüchtig das Kielwasser seitwärts aufschäumen, als ob er sich zu einem noch furchtbareren Todesangriff aufraffen wollte. Der Anblick des zersplitterten Bootes schien ihn toll zu machen, wie der Saft der Weintrauben und Maulbeeren, die in dem Buch der Makkabäer den Elefanten des Antiochus vorgeworfen werden. Inzwischen wurde Ahab halb erstickt im Schaum des

Schwanzes des unverschämten Wales herumgetrieben. Um schwimmen zu können, war er zu sehr Krüppel. Immerhin konnte er sich sogar mitten in solch einem Strudel oben halten. Man erkannte den Kopf des hilflosen Ahabs, dem wie eine hin und her gestoßene Wasserblase bei der geringsten Kleinigkeit das Allerschlimmste passieren konnte. Aus dem Heck des Bootes, das nur noch ein Wrack war, sah ihn Fedallah uninteressiert und sanft an. Die am anderen Ende treibende Mannschaft konnte ihm keine Hilfe bringen. Es war schon viel, daß sie sich selbst helfen konnten. Der Anblick des weißen Wales war so schrecklich, und er trieb sich wie ein Planet in dem sich immer mehr zusammenziehenden Kreise um sie herum, daß es so schien, als ob er in wagerechter Richtung auf sie zustoßen wollte. Obwohl die anderen Boote unbeschädigt waren und immer noch in nächster Nähe hielten, wagten sie dennoch nicht, sich in den Strudel zu begeben, damit das nicht das Zeichen für die völlige Vernichtung der wagehalsigen Schiffbrüchigen würde. Und wenn das geschah, so hatten sie selbst kaum Hoffnung, sich zu retten. Mit starren Blicken hielten sie sich an dem äußeren Rande der Zone des Entsetzens, deren Mittelpunkt nun der Kopf des Alten geworden war.

Inzwischen hatte man von den Masten des Schiffes aus diese Vorgänge beobachtet; das Schiff hatte vierkant gebraßt und nahm nun den Kurs auf die Szene zu und war nun so nahe, daß Ahab ihm vom Wasser aus zurief: »Auf den –« aber in demselben Augenblick trieb ihn eine hohe See von Moby-Dick ab, und er wurde für eine Zeit überwältigt. Er kämpfte sich aber daraus hervor und rief dann, als er zufällig oben auf einen riesig hohen Wellenkamm kam: »Auf den Wal zusegeln! Treibt ihn zurück!«

Die Schiffsbuge des »Pequod« wurden gerichtet. Das Schiff zerbrach den Zauberkreis und trennte tatsächlich den weißen Wal von seinem Opfer. Als der Wal mürrisch davonschwamm, flogen die Boote zur Rettung herbei.

Ahab wurde mit blutunterlaufenen, nahezu geblendeten Augen in das Boot von Stubb gezogen, und weißer salziger Schaum bedeckte seine Falten. Nun ließ ihn die lange körperliche Spannung zusammenbrechen. Hilflos wie einer, der von den Beinen von Elefantenherden zertreten ist, lag er unten in Stubbs Boot wie zerschlagen. Aus seinem Innern kamen namenlose Klagerufe aus weiter Ferne, schmerzhafte Laute aus einer Schlucht.

»Ist die Harpune noch ganz?« sagte Ahab, der sich soeben aufrichtete und den einen Arm gebeugt hielt, auf den er sich stützte.

»Ja, Kapitän; sie ist nicht abgeschossen. Da ist sie«, sagte Stubb und zeigte sie.

»Leg' sie vor mich hin! Fehlen Leute?«

»Eins, zwei, drei, vier, fünf – es waren fünf Ruder und fünf Leute sind da, Kapitän.«

»Es ist gut. Hilf mal, Mann. Ich will stehen. So, so. So sehe ich ihn. Da ist er. Er ist noch immer an der Leeseite. Die Fontäne spritzt ja furchtbar! Die Hände von mir weg! Das Blut steigt wieder in meinen alten Knochen auf. Die Segel setzen! Die Ruder 'raus! Und das Steuer!«

Es geschieht oft, daß, wenn ein Boot eingeschlagen ist, die Mannschaft desselben, sofern sie von einem anderen Boot aufgefischt ist, beim zweiten Boot mithilft. Die Jagd wird dann mit doppelsitzigen Rudern fortgesetzt. Das war auch hier der Fall. Aber die vereinte Kraft des Bootes war der vereinten Kraft des Wales nicht gewachsen; man hatte den Eindruck, als ob seine Flossen »dreisitzig« wären. Er schwamm mit einer Geschwindigkeit, woraus deutlich hervorging, daß, wenn es auf diese Weise weiterging, die Jagd bis ins Unermeßliche dauern würde, sofern sie überhaupt Aussicht auf Erfolg hatte. Dann konnte es keine Mannschaft wegen der ununterbrochenen übermäßigen Anstrengung an den Rudern solange aushalten.

Das Schiff stand unter den besten Vorbedingungen einer erfolgreichen Jagd. Die Boote, die gerade bereitgestellt waren und bald an den Rollenzügen hochgezogen wurden – man hatte die beiden Teile des zerbrochenen Bootes vorher in Sicherheit gebracht –, streckten ihre Sturmsegel nach der Seite aus wie die doppelten Schwingen eines Albatros. So nahm denn der »Pequod« seinen Kurs auf das Kielwasser an der Leeseite des Moby-Dick. Nach den wohlbekannten methodischen Zwischenzeiten wurde die glitzernde Fontäne des Wales von der Bemannung der Mäste regelmäßig gemeldet.

Und als man die Meldung brachte, daß er gerade untergetaucht wäre, sah Ahab auf die Uhr, ging über Deck und hatte die Kompaßuhr in der Hand. Als die letzte Sekunde der veranschlagten Stunde vorüber wir, hörte man seine Stimme.

»Wem gehört denn nun wohl die Dublone? Seht ihr ihn?« Und wenn die Antwort war: »Nein, Kapitän«, befahl er ihnen unverzüglich, ihn an seinen Sitz hochzuziehen. Auf diese Weise ging der Tag zu Ende. Mal war Ahab oben in der Luft, ohne sich zu bewegen, mal schritt er ruhelos über die Schiffsplanken.

Wenn er dann, ohne einen Laut von sich zu geben, – ausgenommen, wenn er die Leute oben anrief und ihnen befahl, ein Segel noch höher aufzuziehen oder eins auszubreiten, hin und her ging und unter seinem breitkrempigen Hut versteckt war, kam er jedesmal an dem Wrack seines Bootes vorüber, das auf das Achterdeck gezogen war, wo es mit dem Kiel nach oben dalag und der zerbrochene Bug sich neben dem eingeschlagenen Heck befand. Schließlich blieb er davor stehen. Wie über einen schon mit Wolken überzogenen Himmel immer neue Scharen von Wolken ziehen, so kam über das Gesicht des Alten ein noch erhöhter Ausdruck von Schwermut.

Stubb sah das, vielleicht wollte er, nicht ganz ohne Eitelkeit, mit seiner eigenen Tapferkeit, die noch nicht ins Wanken gekommen war, protzen und sich so im Gedächtnis des Kapitäns einen guten Platz sichern. So ging er denn einen Schritt vor und rief beim Anblick des Wracks aus: »Die Distel hat der Esel nicht gemocht. Sie stach ihm wohl zu sehr ins Maul, Kapitän, ha, ha.«

»Das muß schon einer sein, der vor einem Wrack anfängt zu lachen? Mann! Wüßte ich nicht, daß du so tapfer und so furchtlos wie das Feuer bist, so wollte ich schwören, du wärst ein Feigling. Vor einem Wrack sollte man alles Murren und Lachen unterlassen!«

Der Tag war beinahe vorüber – man hörte nur noch das Rauschen seines goldenen Kleides. Bald war es so gut wie dunkel. Aber die Leute an den Ausgucksposten machten es nicht wie die Sonne.

»Können die Fontäne jetzt nicht sehen, Kapitän, zu dunkel!« rief eine Stimme aus der Luft.

»Wohin ging sie denn, als ihr sie zuletzt saht?«

»Wie vorhin, gerade nach der Leeseite.«

»Gut! Der Wal wird heute nacht langsamer schwimmen. Das Oberbramsegel und die Stunsegel am oberen Mars einziehen! Starbuck! Vor morgen werden wir kaum auf ihn stoßen. Er macht jetzt seine Rundreise und wird wohl jetzt eine Weile beilegen. Ans Ruder! Das Ruder vor dem Wind in acht nehmen! Ihr da oben, kommt herunter! Stubb, schick' einen neuen Mann oben an den Vordermast und bemanne ihn bis zum Morgen.« Dann ging er auf die Dublone am Hauptmast zu. »Leute, dies Goldstück gehört mir, ich hab' es verdient. Aber ich lasse es hier, bis der weiße Wal tot ist. Und wer ihn dann zuerst sichtet an dem Tage, wo er getötet werden soll, dem soll das Goldstück gehören. Wenn ich ihn an diesem Tage wieder sichte, so will ich die zehnfache Summe unter euch allen verteilen. Los jetzt! Du hast die Aufsicht auf Deck.«

Als er das sprach, stellte er sich auf halbem Wege in die Luke, zog den Hut über den Kopf und blieb bis zum Morgengrauen dort stehen, höchstens, daß er von Zeit zu Zeit sich aufreckte, um zu sehen, ob die Nacht nicht bald vorüber wäre.

Zweiundsechzigstes Kapitel

Als der Tag anbrach, wurden die drei Mäste auf die Minute neu bemannt.

»Seht ihr ihn?« schrie Ahab, nachdem er abgewartet hatte, bis sich das Licht ausbreitete.

»Sehe nichts, Kapitän.«

»Alle Hände angelegt und die Segel aufgeheißt! Er schwimmt schneller als ich gedacht habe. Die Oberbramsegel ganz oben hoch! Ja, die hätten über Nacht hochbleiben sollen, aber es macht nichts, so haben sie sich denn für die Jagd ausgeruht.«
Das Schiff sauste los und ließ in der See eine Furche zurück, wie eine in die Irre gegangene Kanonenkugel zur Pflugschar wird und das ebene Feld aufwirbelt.

»Blitz und Schwerenot!« schrie Stubb. »Das Deck legt ja los, daß einem die Beine anfangen zu klappern und man anfängt, merkwürdige Gefühle zu kriegen! Unser Schiff und ich sind ein paar famose Kerle! Ha, ha! Soll mich mal einer aufnehmen und mich mit dem Rückgrat auf das Meer werfen, zum Himmel noch mal! Mein Rückgrat kommt mir wie ein Schiffskiel vor, ha, ha! Wir gehen ja schwer ins Zeug, und es bleibt nicht mal ein Staubkorn zurück.«

»Dort bläst sie. Sie bläst, sie bläst! Vorn rechts!« rief man jetzt vom Mast herunter.

»Ja, ja,« rief Stubb, »ich wußte es wohl. Du kommst uns nicht davon. Blas ruhig weiter und spritze deine Fontäne kaputt. Ja, Wal! Der verrückte Teufel selbst ist hinter dir her! Blas nur mit deinem Rüssel weiter! Leg' dir aber ein Pflaster auf deine Lungen! Ahab wird dein Blut abdämmen, so wie ein Müller mit seinem Wassergatter den Bach.«

Was Stubb sagte, waren wohl die Gefühle der ganzen Mannschaft. Die wilde Jagd hatte um diese Zeit alle neu angeregt, wie es bei altem Wein der Fall ist, in dem herumgerührt wird. Wenn man auch vor Furcht bleich gewesen war und üble Vorzeichen gesehen hatte, so traten diese doch angesichts der wachsenden Ehrfurcht vor Ahab nicht in Erscheinung; sie waren vernichtet und auf der ganzen Strecke in die Flucht geschlagen, so wie die ängstlichen Präriehasen vor dem springenden Bison Reißaus nehmen. Die Hand des Schicksals hatte all ihre Seelen gepackt. Angesichts der schrecklichen Gefahren des vorhergehenden Tages, angesichts der an dem vergangenen Abend ausgestandenen Folterqualen und der unabwendbaren, blinden und tollkühnen Art, mit der das wilde Schiff auf das fliegende Ziel zuschoß, waren ihre Herzen gleichsam in die Tiefe gesunken. Und als der Wind aus ihren Segeln große Bäuche machte und das Schiff wie von unsichtbaren und unwiderstehlichen Armen weitergetrieben wurde, kam ihnen das wie der Ausdruck einer unsichtbaren Kraft vor, die sie völlig zu Sklaven machte.

In der Takelung wurde es lebendig. Die Mastspitzen streckten sich aus wie die Gipfel von hohen Palmen; sie hatten Büschel von Armen und Beinen. Einige hielten sich mit der einen Hand an einer Spiere fest; andere streckten die andere aus und winkten damit ungeduldig. Wieder andere schützten sich gegen das übermäßige Sonnenlicht und saßen auf den schwankenden Rahen. Alle Spiere waren dicht besetzt von

Menschen, die für ihr Schicksal bereit und reif waren. Ach! Wie sehr bemühten sie sich, in dem unendlichen Blau das Ding zu erspähen, das über die Macht verfügte, sie zu vernichten.

»Warum meldet ihr ihn denn nicht, wenn ihr ihn seht?« rief Ahab, als man, nachdem einige Minuten seit dem ersten Schrei verstrichen waren, nichts mehr gehört hatte. »Zieht mich hoch, Leute. Ihr habt euch täuschen lassen. Moby-Dick ist es nicht, der eine so seltsame Fontäne aufwirft und dann wieder verschwindet.«

Es war wirklich so. In ihrem großen Eifer hatten die Leute etwas anderes für die Walfischfontäne gehalten, wie es sich bald herausstellte. Kaum hatte Ahab seinen Sitz erreicht und kaum war das Seil an den bestimmten Zapfen an Deck angelegt worden, da gab er dem Konzert den richtigen Ton an, worüber die Luft vibrierte, wie wenn eine Salve von Flintenschüssen abgegeben wäre. Man hörte mit einemmal das Siegesgeschrei von dreißig Lungen, das sich so anhörte, als ob diese aus hartem Wildleder wären. Viel näher als die eingebildete Fontäne, in einer Entfernung von weniger als einer Meile, trat auf einmal – Moby-Dick, so wie er leibte und lebte, in Erscheinung! Nicht durch freches Spritzen und nicht durch den friedlichen Strom der geheimnisvollen Fontäne, die aus seinem Haupt hervorkam, verriet der weiße Wal nun seine unmittelbare Nähe, sondern durch das noch weit mehr erstaunliche Phänomen der Brandung. Der Pottwal, der sich mit seiner allergrößten Geschwindigkeit aus der größten Tiefe erhebt, treibt hierbei seinen ganzen Körper hoch in die Luft, türmt einen ganzen Berg von rasendem Schaum auf und zeigt auf sieben Meilen Entfernung, wo er sich befindet. Dann kommen einem die von ihm aufgerissenen wahnsinnigen Wellen wie seine Mähne vor; manchmal ist diese Brandung ein Ausbruch des Trotzes.

»Da ist er am Branden, da! da!« war der Ruf, als der weiße Wal in seiner maßlosen Herausforderung wie ein Lachs gegen den Himmel sprang. Wenn man ihn in der blauen Ebene des Meeres sah, wie er sich gegen den noch blaueren Rand des Himmels abhob, so kam einem der Meeresschaum, den er machte, wie ein nicht zu ertragender glitzernder Gletscher vor; dann ließ er allmählich nach, und das erste mächtige Leuchten nahm ab, wie vor den trüben Nebeln eines heraufziehenden Schauers in einem Tale.

»Ja, brande nur das Letzte deiner Kraft gegen die Sonne, Moby-Dick«, rief Ahab. »Deine Stunde ist gekommen. Deine Harpune wartet auf dich. Niederlassen! Alle an die Boote, bis auf den einen Mann am Vorderdeck. An die Boote!«

Die Leute benutzten die langweiligen Strickleitern nicht. Wie Sternschnuppen glitten sie an dem bereitstehenden Pardunen und Fallen auf das Deck, während Ahab mit weniger Geschwindigkeit, aber dennoch schnell genug von seinem Sitz herabgelassen wurde.

»Niederlassen!« schrie er, sobald er sein Boot erreicht hatte – es war ein Reserveboot, das am Nachmittag vorher aufgetakelt war. »Starbuck, das Schiff steht unter deinem Kommando! Halte dich von den Booten entfernt, aber doch noch in ihrer Nähe! Alle niederlassen!«

Um sie mit plötzlichem Schrecken zu erfüllen, griff Moby-Dick zuerst an; er hatte sich umgekehrt und kam nun auf die drei Mannschaften zu. Ahabs Boot war in der Mitte. Er rief seinen Leuten etwas zu und sagte ihnen, daß er geradewegs auf die Stirn des Wales zurudern wollte. Das ist nicht ungewöhnlich; denn bis zu einer gewissen Grenze wird bei einem solchen Kurs ein Angriff des Wals wegen seiner seitlichen Blickrichtung unmöglich. Aber bevor diese Grenze erreicht wurde, und während alle drei Boote wie die drei Masten des Schiffes noch in seinem Blickfeld waren, schäumte der weiße Wal bei der aufgenommenen wahnsinnigen Geschwindigkeit in einem Nu drauflos, stürzte sich mit offenen Kiefern zwischen die Boote und peitschte mit dem Schwanze. Er setzte sich nach jeder Seite schrecklich zur Wehr und beachtete die Harpunen, die von jedem Boote abgeschossen wurden, nicht im geringsten. Er schien es darauf angelegt zu haben, jede einzelne Planke der Boote zu vernichten; aber die Boote verstanden geschickt zu manövrieren. Sie drehten sich unaufhörlich wie geübte Schlachtrosse in der Schlacht um sich selbst, und eine Zeitlang wichen sie ihm aus, wenn es sich auch manchmal nur um die Breite einer Planke handelte. Indessen zerriß das übermenschliche Feldgeschrei Ahabs jeden anderen Laut gleichsam in Fetzen.

Aber schließlich brachte der weiße Wal bei seinen Bewegungen, denen man unmöglich folgen konnte, auf tausend verschiedene Weisen die Enden der drei Leinen, an denen er jetzt fest war, durcheinander, daß sie zu kurz wurden, und infolgedessen die hilflosen Boote gegen die in ihm steckenden Eisen gewarpt wurden. Einen Augenblick lang entfernte sich der Wal ein wenig, aber er schien nur Kraft zu sammeln zu einem um so furchtbareren Angriff. Ahab benutzte diese Gelegenheit und wickelte mehr Leine ab. Er zog sie dann ein und schleuderte sie wieder fort. Er hoffte, daß es ihm auf diese Weise gelingen würde, einige Verwickelungen zu beseitigen. Aber da bot sich ihm ein Anblick, der noch wilder war als die auf den Kampf versessenen Zähne von Haifischen.

Die losen Harpunen und Lanzen, die wie ein Korkzieher in dem Wirrwarr der Leine festsaßen und verdreht waren, kamen nun mit den stacheligen Eisenspitzen angesaust und fielen gegen die Staukeile in den Bugen von Ahabs Boot. Da konnte nur eins geschehen. Er griff nach dem Bootsmesser und reichte es dem Bootsmann im Boot. Als dann das Seil in der Nähe der Staukeile zweimal durchgeschnitten war, fiel das Stahlbündel in die See, und alles war wieder in Ordnung.

In dem Augenblick machte der weiße Wal plötzlich einen Angriff auf das übrige Leinengewirr. Dadurch zog er die Boote von Stubb und Flask, die noch mehr verwickelt waren, unwiderstehlich in den Bereich seiner Schwanzflossen. Er schleuderte sie fort wie zwei rollende Kapseln, die gegen einen von der Brandung gepeitschten Strand fliegen. Dann tauchte er in die See und verschwand in einem kochenden Maelstrom, in dem eine Zeitlang die duftenden Wrackteile aus Zedernholz herumtanzten wie geschabte Muskatnuß in einer geschwind umgerührten Punschterrine.

Als die beiden Mannschaften in dem Strudel herumgetrieben wurden und die sich drehenden Seiltrommeln, die Ruder und das sonstige schwimmende Mobiliar zu fassen suchten, während der kleine Flask auf abschüssiger Bahn wie eine leere Flasche auf- und niedertanzte und seine Beine hochhob, um den gefürchteten Kiefern der Haie zu entgehen, und Stubb nach jemand Ausschau hielt, der ihn aus dem Wasser fischte, und die Leine des Alten die Möglichkeit bot, aus dem schäumenden Pfuhl einen x-beliebigen Mann herauszuziehen, und das unbeschädigte Boot Ahabs von unsichtbaren Drähten gen Himmel gezogen zu werden schien, da kam der weiße Wal mit einem Male wie ein Pfeil aus der See herausgeschossen, schlug mit seiner breiten Stirn von unten gegen das Boot und warf es kopfüber in die Luft. Bis es dann wieder herunterfiel – mit dem Dollbord nach unten – und Ahab und seine Leute sich aus dem umgekehrten Boot herauskämpften wie Seehunde aus einem am Meeresufer stehenden Käfig.

Bei dem ersten Aufsteigen war der Wal, als er die Meeresoberfläche berührte, aus der Richtung gekommen, und so wurde er wider Willen eine kleine Strecke von dem Ort seiner Zerstörung abgetrieben. Dieser befand sich in seinem Rücken; so blieb er denn einen Augenblick liegen und fühlte mit seinen Flossen in der Gegend herum. Und jedesmal, wenn ein herrenloses Ruder, ein Plankenstück oder der geringste Überrest von den Booten seine Haut streifte, zog er geschwind den Schwanz zurück und schlug von der Seite gegen die See.

Aber als er sich zu seiner Zufriedenheit davon überzeugt hatte, daß seine Arbeit diesmal getan war, trieb er seine Stirn mit den vielen Falten durch den Ozean und zog die verwickelten Leinen hinter sich her; er setzte dann seinen Weg an der Leeseite fort, wie es ein Reisender tut, der nach einer bestimmten Methode reist.

Wie früher hatte das aufmerksame Schiff den ganzen Kampf mitangesehen. Nun kam es wieder zur Rettung herangefahren. Man ließ ein Boot herunter, fischte die herumtreibenden Matrosen auf, ebenso die Seiltrommeln, die Ruder und was man sonst fassen konnte. Es wurde alles sicher an Deck untergebracht: einige verstauchte

Schultern, Handgelenke und Knöchel, bleich aussehende Leute mit Quetschungen, verbogene Harpunen und Lanzen, nicht mehr auseinanderzubringende Stücke der Leine und zersplitterte Ruder und Planken. Alles das war reichlich vorhanden. Aber niemand schien einen ernsthaften Schaden genommen zu haben. Wie es am Tage vorher bei Fedallah der Fall gewesen war, so fand man nun Ahab; er hielt sich an seinem halben, zerbrochenen Boot wutverzerrt fest. So kam er noch verhältnismäßig leicht davon, und außerdem war er nicht so erschöpft wie an dem unglücklichen vorhergehenden Tage.

Aber als man ihm beim Besteigen des Decks behilflich war, richteten sich alle Augen fest auf ihn. Statt auf eigenen Füßen zu stehen, hing er halb an der Schulter von Starbuck, der ihm zu allererst Hilfe gebracht hatte. Das Bein aus Walfischknochen war ihm abgerissen, und es blieb nur noch ein kurzer, scharfer Splitter übrig.

»Ja, ja, Starbuck, es ist schön, wenn man sich manchmal anlehnen kann, und mag das auch sein, wer will. Es wäre besser gewesen, wenn der alte Ahab sich öfter mal angelehnt hätte.«

»Der Eisenring hat nicht gehalten, Kapitän«, sagte der Zimmermann, der nun herankam. »Ich habe mir bei dem Bein große Mühe gegeben.«

»Aber es sind doch keine Knochen gebrochen, Kapitän?« sagte Stubb mit aufrichtiger Teilnahme.

»Ja. Es ist alles zersplittert, Stubb! Du kannst es sehen. Aber wenn auch ein Knochen zerbrochen wäre, so ist doch dem alten Ahab nichts geschehen. Es kommt mir kein lebendiger Knochen wichtiger vor als dieser tote Knochen, der nicht mehr da ist. Kein weißer Wal, kein Mensch und kein Teufel kann dem alten Ahab in seinem innersten Wesen zunahe treten! Kann denn das Blei dem Fußboden dort etwas anhaben? Und kann denn ein Mast das Dach dort unten abschaben? Ihr da oben, wo geht er hin?«

»Tot nach der Leeseite, Kapitän.«

»Das Steuer hoch! Die Segel wieder hochgezogen, ihr von der Bordmannschaft! Die übrigen Reserveboote sollen herunter und aufgetakelt werden! Starbuck, geh und sieh nach, ob die Mannschaften von den Booten noch alle da sind!«

»Ich will dir auf dem Weg nach der Reling behilflich sein, Kapitän.«

»Ach, wie doch dieser Splitter einem jetzt weh tut, verfluchtes Schicksal! Daß doch der in der Seele unüberwindbare Kapitän solch einen Kümmerling von Genossen hat!«

»Kapitän?!«

»Ich meine meinen Körper, Mann, nicht dich! Gib mir etwas von einem Stock! Die zersplitterte Lanze wird ausreichen. Sieh nach, ob alle von den Leuten da sind! Ich habe ihn bestimmt noch nicht gesehen. Beim Himmel, das kann nicht sein. Er sollte fehlen? Schnell, ruf sie alle zusammen!«

Die Befürchtung des Alten erfüllte sich. Als sich die Mannschaft versammelte, war der Parse nicht da.

»Der Parse –«, rief Stubb. »Der Parse muß wohl –«

»Das gelbe Fieber soll dich fressen! Lauft alle nach oben, nach unten, in die Kabine, auf das Vorderdeck, und sucht, wo er ist! Er kann doch nicht fort sein!«

Aber bald kamen sie mit der Nachricht wieder, daß der Parse nirgends zu finden wäre. »Er muß wohl zwischen Ihre Leine gekommen sein. Mir kommt es so vor, als ob ich ihn gesehen hätte, wie er heruntergezogen wurde.«

»Unter meine Leine! meine Leine? Er ist wirklich fort? Was kann dies eine Wort bedeuten? Was für eine Totenglocke kann nur darin klingen, daß der alte Ahab zusammenfährt, als ob er ein Glockenturm wäre? Wo ist denn die Harpune? Werft mal das Gerümpel da durcheinander! Seht ihr sie? Ich meine das geschmiedete Eisen, Leute, die Harpune des weißen Wals! Nein, nein, nein! Ich blöder Narr! Ich hab' sie ja mit dieser Hand abgeschossen! Sie steckt ja im Fisch drin! Ihr da oben! Habt ihn gut im Auge! Schnell, alle Mann an das Takelwerk der Boote! Die Ruder her, Harpuniere, die Eisen! die Eisen! Zieht die Oberbramsegel höher! Ran an die Schotten! Ans Ruder! Arbeitet, was ihr könnt! Ich will zehnmal um den unermeßlichen Erdball herumfahren, ja, und in ihm untertauchen, bis ich ihn erschlagen habe!«

»Großer Gott! Zeig' doch nur einen Augenblick, wie du selbst bist!« schrie Starbuck. »Du wirst ihn niemals kriegen, Alter! Gib es doch um Christi willen auf! Zwei Tage hast du nun gejagt. Zweimal ist dir das Boot zersplittert, und dazu ist dir dein Bein noch einmal unter dem Leibe weggerissen worden! Dein böser Schatten ist fort! Alle guten Engel kommen scharenweise auf dich zu und warnen dich. Willst du denn noch mehr wissen? Sollen wir denn diesen mörderischen Wal so lange jagen, bis er den letzten Mann vernichtet hat? Sollen wir von ihm bis in die Tiefe des Meeres gezogen werden? Ach, es ist Gottlosigkeit und Gotteslästerung, wenn man ihn weiterjagt!«

»Starbuck, neulich bin ich dir gegenüber seltsam bewegt geworden. Und du weißt, was ich, seitdem wir uns kennen, in den Augen eines anderen gesehen habe. Aber Ahab bleibt, solange er lebt, Ahab! Das ist der unabänderliche Beschluß des ganzen Aktes. Das war schon für dich und mich festgelegt vor einer Billion Jahre, bevor dieser Ozean rollte. Du Narr! Ich bin der Beauftragte des Schicksals. Ich handle auf Befehl! Du bist mein Untergebener, und hüte dich, wenn du meine Befehle nicht ausführst! Kommt her, Leute, ihr seht einen alten Mann, der bis auf den Stumpen abgeschnitten ist, der sich auf eine zersplitterte Lanze lehnt und sich nur auf einen übriggebliebenen Fuß stützt. Aber bevor ich zusammenbreche, werdet ihr hören, wie es kracht! Glaubt ihr denn an das, was man Vorzeichen nennt? Dann lacht, so laut ihr könnt, und schreit dazu! Denn bevor sie untergehen, kommen die dem Untergang geweihten Dinge zweimal an die Oberfläche. Dann kommen sie nochmal hoch und sinken dann für ewig. So ist es auch bei Moby-Dick. Zwei Tage lang ist er hochgekommen, und morgen kommt der dritte Tag. Ja, Leute, er wird noch einmal hochgehen, aber dann wird er zum letztenmal seine Fontäne spritzen lassen. Seid ihr auch tapfer?«

»Ohne Furcht wie das Feuer!« rief Stubb.

»Und ebenso gefühllos«, brummte Ahab. Als dann die Leute nach vorn gingen, brummte er weiter: »Die Dinge nennt man Vorzeichen! Gestern sprach ich noch mit Starbuck darüber, als es sich um ein zerbrochenes Boot handelte. Wie sehr bemühe ich mich, das aus dem Herzen der anderen zu vertreiben, was in meinem eigenen so festsitzt! Der Parse! Der Parse ist nicht mehr da?! Der sollte doch zuerst gehen und nochmal zum Vorschein kommen, bevor ich verloren wäre. Das ist ein Rätsel!«

Als die Dämmerung herabstieg, konnte man den Wal immer noch an der Leeseite sehen.

So wurden denn die Segel noch einmal eingezogen, und es verging beinah alles wie in der vorhergehenden Nacht. Nur hörte man das Klopfen der Hämmer und das Knirschen des Schleifsteins bis zum Morgengrauen, da die Leute bei dem Laternenlicht eifrig beschäftigt waren, die Reserveboote vollständig und sorgfältig aufzutakeln und ihre Waffen für den Morgen zu schärfen. Inzwischen machte der Schmied für Ahab aus dem gebrochenen Kiel seines Schiffswracks ein neues Bein. Ahab stand aber, wie in der vorhergehenden Nacht, mit herabgezogenem Hut in seiner Luke.

Dreiundsechzigstes Kapitel

Der Morgen des dritten Tages zog prächtig und frisch herauf. Der einsame Mann der Nacht wurde noch einmal oben am Vordermast von zahlreichen Tagesposten unterstützt, die an jedem Mast und fast auf jeder Spiere hockten.

»Seht ihr ihn?« rief Ahab. Aber der Wal war noch nicht zu sehen.

»Ihr müßt aber sein unfehlbares Kielwasser sehen, folgt nur dem Kielwasser mit den Augen! Das ist die Hauptsache. Du, das Steuerruder so ruhig halten wie jetzt und wie du es sonst getan hast! Was ist das wieder mal für ein schöner Tag! Los denn! Ihr da oben! was seht ihr?«

»Nichts, Kapitän!«

»Nichts! Und dabei ist es bald Mittag! Die Dublone geht ja betteln. Seht nach der Sonne! Ja, wirklich, es muß ja so sein. Ich bin schneller gefahren als er. Ja, er jagt mich jetzt – nicht ich ihn! Das ist übel. Ich hätte es wissen können. Ich Narr! Er zieht ja an den Leinen und an den Harpunen! Ich bin gestern abend an ihm vorbeigefahren. Los! los! Alle sollen herunterkommen, bis auf die gewöhnlichen Posten! Die Brassen bemannen!« Der Wind hatte ungefähr in der Richtung des ›Pequod‹ geweht, und als nun die umgekehrte Richtung eingeschlagen wurde, segelte das gebraßte Schiff gerade auf die Brise los; in dem eigenen weißen Kielwasser wurde der Schaum noch einmal aufgerührt.

»Jetzt steuert er gegen den Wind und gerade in den Schlund seines Verderbens hinein«, murmelte Starbuck vor sich hin, als er die neu eingeholte Brasse des Hauptmastes an der Reling festmachte. »Gott bewahre uns, aber schon kommen mir die Knochen feucht und das Fleisch inwendig naß vor. Ich fürchte, daß ich meinem Gott ungehorsam bin, wenn ich ihm gehorche!«

»Sei mir behilflich und zieh mich hoch!« rief Ahab und ging auf den Korb aus Hanf zu. »Wir müßten ihn doch bald sehen!«

»Ja, ja, Kapitän.« Und unverzüglich erfüllte Starbuck die Aufforderung Ahabs, und noch einmal schwebte der Kapitän in die Höhe.

So verging denn eine ganze Stunde, die Zeit selbst hielt vor lauter Spannung den Atem an. Aber schließlich meldete Ahab drei Striche seitwärts vom Wetterwinkel wieder die Fontäne, und sogleich erfolgten von den drei Mastspitzen drei Schreie, als ob sie von feurigen Zungen ausgestoßen würden.

»Stirn an Stirn treffe ich dich das drittemal, Moby-Dick! Ihr an Deck, fester brassen! Alle Segel beisetzen, nach der Windseite! Er ist noch zu weit weg, als daß man die Boote 'runterlassen könnte. Starbuck! Die Segel klatschen! Geh mal mit einem Schiffshammer an die Stelle über dem Steuermann. So, so! Er hat's eilig, und ich muß hinunter. Aber ich will hier oben doch noch einmal einen Rundblick auf die See tun, dafür langt's noch! So etwas habe ich oft erlebt, und doch kommt's mir wie neu vor. Ja, es hat sich nichts geändert, seitdem ich das als Junge von den Dünen von Nantucket zum erstenmal sah! Genau so! Und genau so hat es auch wohl zu Noahs Zeiten ausgesehen wie jetzt! An der Leeseite ist ein mildes Schauer, wie das lieblich ist! Das muß wohl nach einem nicht ungewöhnlichen Lande gehen, wo es noch etwas Lieblicheres als Palmen gibt!

Auch der weiße Wal geht nach der Seite hin. Man soll nach der Windseite sehen. Diese Richtung ist unangenehmer, aber in diesem Fall besser. Doch leb' wohl, leb' wohl, alter Mast! Was ist das denn, grün? wahrhaftig, es ist feines Moos in den Rissen!

An Ahabs Kopf ist solch eine grüne Stelle nicht vorhanden! Das ist der Unterschied zwischen dem Alter eines Menschen und dem eines Dinges!! Aber alter Mast, wir beide werden miteinander alt. Aber trotzdem ist unser Rumpf gesund, nicht wahr, Schiff? Ja, wenn man das Bein abrechnet, stimmt das. Dieses tote Holz ist besser dran als mein lebendiges Fleisch! Ich kann mich damit nicht vergleichen, und ich habe Schiffe gekannt, die aus verdorrten Bäumen gemacht waren und das Leben von Menschen überdauerten, die von den allerkräftigsten Vätern gezeugt waren.

Was hat er doch gesagt? Er sollte als mein Lotse vor mir hergehen – und er würde nochmal zum Vorschein kommen? Wo das nur sein kann? Habe ich denn Augen, daß ich auf den Grund des Meeres sehen kann? Vorausgesetzt, daß ich diese endlosen Stufen hinabsteigen kann? Und die ganze Nacht bin ich von der Stelle fortgesegelt, wo er gesunken ist. Ja, wie in vielen Fällen sagtest du über dich selbst eine furchtbare Wahrheit, Parse! Aber bei Ahab hast du danebengehauen! Lebe wohl, Mastspitze, pass' auf den Wal gut auf, während ich fort bin. Wir wollen morgen weiterreden, nein, heute abend noch, wenn der weiße Wal, an Kopf und Schwanz gefesselt, tot daliegt.«

Er gab ein Zeichen, und indem er immer noch um sich in die Runde blickte, wurde er durch die aufgeklaffte blaue Luft auf das Deck niedergelassen.

In entsprechender Zeit wurden die Boote herabgelassen, aber als Ahab im Heck seiner Schaluppe stand und vor dem Hinabsteigen etwas zögerte, winkte er dem Maaten, der eins von den Rollenseilen an Deck hielt, und bat ihn, einen Augenblick einzuhalten.

»Starbuck!«

»Kapitän?«

»Zum drittenmal tritt das Schiff meiner Seele diese Reise an, Starbuck.«

»Ja, Kapitän, du willst es so haben.«

»Einige Schiffe segeln aus ihren Häfen ab und immer fehlen sie später, Starbuck.«

»Das ist Wahrheit, Kapitän, furchtbare Wahrheit.«

»Einige sterben zur Ebbezeit, einige im niedrigen Wasser und einige mitten in der Flut. Ich komme mir jetzt wie eine Welle vor, die nur ein riesiger einziger weißer Kamm ist, Starbuck. Ich bin alt, gib mir die Hand, Mann!«

Ihre Hände begegneten sich, ihre Blicke lagen fest ineinander, und aus Starbucks Augen leuchtete eine Träne.

»Ach, Kapitän, du edler Mensch, geh nicht fort. Sieh, es ist ein tapferer Mensch, der weint. Wie groß muß da der Schmerz seines Glaubens sein!«

»Niederlassen!« schrie Ahab. Und er stieß den Arm des Maaten von sich. »Sei der Mannschaft behilflich!«

Im Augenblick ruderte das Boot dicht an der Heckseite.

»Die Haifische! die Haifische!« schrie eine Stimme aus dem unteren Kabinenfenster. »Herr, mein Herr, komm doch zurück!«

Aber Ahab hörte es nicht, denn seine eigene Stimme wurde hoch in die Luft geworfen; dann tanzte das Boot weiter.

Doch die Stimme hatte die Wahrheit gesagt; denn kaum war er aus dem Bereich des Schiffes heraus, da schnappten viele Haifische, die sich anscheinend unterhalb des Schiffskörpers aus dem dunklen Wasser erhoben, in teuflischer Weise jedesmal, wenn sie in das Wasser tauchten, nach den Rudern. Und so begleiteten sie das Boot mit ihren Bissen. Es ist dies nichts Ungewöhnliches: den Walbooten in diesen Meeren, wo es von Tieren wimmelt, begegnet das häufig. Die Haie folgen ihnen manchmal in derselben vorbedeutungsvollen Art, wie die Geier über die Fahnen der marschierenden Regimenter im Osten schweben. Aber seitdem der weiße Wal zum erstenmal von dem ›Pequod‹ gesichtet war, waren dies die ersten Haie. Ob nun die Mannschaft von Ahab solche tigergelben Barbaren und ihr Fleisch für den Geschmack der Haie angenehmer war; genug, sie folgten dem einen Boot, ohne die anderen zu belästigen.

»Du Mann aus Schmiedestahl!« murmelte Starbuck, als er über die Reling sah und mit seinen Augen das fallende Boot verfolgte. »Kannst du immer noch kühnen Mutes diesen Anblick ertragen? Kannst du unter raubgierigen Haien deinen Kiel herunterlassen und dich von ihnen mit ihren offenen Mäulern auf die Jagd begleiten lassen? Bedenk', daß dies der kritische dritte Tag ist! Wenn man drei Tage mit einer dauernden scharfen Verfolgung verbracht hat, so ist der erste sicherlich der Morgen, der zweite der Mittag und der dritte der Abend – und auch das Ende! Mag es nun ausfallen, wie es will! Ach Gott! Was durchzuckt mich mit einemmal und macht mich so totenstill und doch so erwartungsvoll, gerade, wo ich einem furchtbaren Schauder ausgesetzt bin?!

Dinge der Zukunft schwimmen vor mir her, so wie unausgefüllte Umrisse und Skelette, und die ganze Vergangenheit ist trübe und dunkel geworden. Mary, mein Mädchen! Du vergehst in bleichem Glorienschein hinter mir. Mein Junge!! Es kommt mir so vor, als ob deine Augen wunderbar blau geworden wären. Die merkwürdigsten Fragen des Lebens scheinen klar zu werden, aber die Wolken fegen dazwischen. Ist das Ende meiner Reise nahe? Meine Beine kommen mir so schwach vor, wie bei einem, der den ganzen Tag auf den Füßen gestanden hat. Schlägt mein Herz noch? Raff dich zusammen, Starbuck! Bewegung, Bewegung, sprich laut! Ihr da, an den Masten oben! Seht ihr die Hand meines Jungen auf der Düne? Verdammt noch mal, ihr dort oben! Habt die Boote scharf im Auge! Gebt gut acht auf den Wal! Ach, schon wieder! Treibt den Seefalken weg! Seht, er zerreißt die Wetterfahne!« Und er wies auf die rote Flagge, die am Hauptmast flatterte.»Ach, er schwebt damit davon! Wo ist der Alte jetzt? Kannst du das sehen? Ach, Ahab, es ist schaurig! Schaurig!«

Die Boote waren noch nicht weit, da erfuhr Ahab von einem Signal von den Mastspitzen, durch einen nach unten zeigenden Arm, daß der Wal untergetaucht wäre. Da er aber beim nächsten Hochgehen in der Nähe desselben sein wollte, hielt er sich ein wenig seitwärts vom Schiff. Die wie von einem Zauber gebannte Mannschaft beobachtete das allergrößte Stillschweigen, als die bis zu den Köpfen schlagenden Wellen gegen den widerstrebenden Schiffsbug hämmerten.

»Versucht nur eure Nägel einzutreiben! Treibt sie bis zu den äußersten Nagelköpfen ein! Ihr schlagt doch nur gegen ein Ding, das keinen Deckel hat! Kein Sarg und keine Totenbahre ist für mich bestimmt, und nur der Hanf kann mich töten! Ha, ha!«

Plötzlich schwollen die Wassermassen um ihn herum langsam zu großen Kreisen an. Dann türmten sie sich schnell auf, als ob sie vor einem eingesunkenen Eisberg seitwärts glitten, der sich eiligst bis zur Meeresoberfläche erhob. Man hörte einen langsamen, krachenden Laut und ein unterirdisches Brummen. Da hielten alle den Atem an. Wie von Schlepptauen und von Harpunen und Lanzen geschleift, kam eine riesige Gestalt schräg aus dem Meer in ihrer ganzen Länge hervorgeschossen. Von einem dünnen herabfallenden Nebelschleier bedeckt, hockte sie einen Augenblick in der regenbogenfarbigen Luft und plumpste dann wieder zurück in die Tiefe. Das Wasser schoß vierzig Fuß hoch wie ein Haufen von Fontänen und zerfiel dann in einen Schauer von Flocken, die die Oberfläche des Wassers ringsum mit neuem Milchschaum bedeckten, so weit sich der marmorfarbene Rumpf des Wales befand.

»Vorwärts!« rief Ahab den Ruderleuten zu, und die Boote schossen zum Angriff vorwärts. Aber von den brennenden Eisen des gestrigen Tages toll geworden, schien Moby-Dick von den gesamten abtrünnigen Engeln des Himmels besessen zu sein. Lange Reihen von verwickelten Seilen gingen über seine breite weiße Stirn unter der durchleuchtenden Haut, als ob sie zusammengestrickt wären. Mit dem Kopf nach vorn wühlte er mit seinem Schwanz das Wasser bei den Booten auf und fuhr wie mit einem Dreschflegel dazwischen. Die Harpunen und Lanzen wurden aus den Booten der beiden Maate geschleudert, und eine Seite des oberen Randes der Schiffsbuge wurde eingeschlagen, aber Ahab kam fast mit heiler Haut davon. Während Daggoo und Queequeg die beschädigten Schiffsplanken verstopften und der Wal von ihnen fortschwamm, eine Wendung machte und eine ganze Flanke zeigte. Als er wieder an ihnen vorbeischoß, ertönte ein kurzer Schrei. Ganz und gar an den Rücken des Wales festgebunden und von den Leinen mehrfach gefesselt, die dieser während der vergangenen

Nacht um ihn gewickelt hatte, wurde nun mit einem Male der halbzerrissene Körper des Parsen sichtbar!! Seine schwarzen Kleider waren in Fetzen zerrissen, und seine starren weiten Augen sahen den alten Ahab an.

Als er das sah, fiel ihm die Harpune aus der Hand.

»Ich werde verrückt, verrückt!« Und er atmete lang auf. »Ja, Parse! ich sehe dich wieder. Ja, und du gehst vor mir! und das – ist also die Totenbahre, die du versprochen hast, aber ich halte dich an den genauen Wortlaut deiner Rede. Wo ist die zweite Totenbahre? Fort, Maate, nach dem Schiff! Diese Boote sind jetzt nutzlos! Repariert sie rechtzeitig, wenn es möglich ist – und kehrt zu mir zurück. Wenn nicht, so genügt es, wenn Ahab hier allein stirbt. – Los, Leute, wer zuerst den Versuch macht, aus dem Boot zu springen, in dem ich stehe, den harpuniere ich! Ihr seid nicht etwas anderes! Ihr seid nur meine Arme und meine Beine, und so müßt ihr mir denn gehorchen. Wo ist der Wal? Ist er wieder untergegangen?«

Als ob Moby-Dick entschlossen wäre, mit dem Leichnam zu verschwinden und der Ort des letzten Treffens nur eine Stufe auf seiner Reise an der Leeseite gewesen wäre, schwamm er nun in einem fort wieder vorwärts. Er war beinah an dem Schiff vorbeigekommen, das bisher in der entgegengesetzten Richtung von ihm gesegelt war, obwohl es im gegenwärtigen Augenblick gestoppt hatte. Er schien mit der allergrößten Geschwindigkeit zu schwimmen und nur darauf aus zu sein, geradeswegs in das Meer zu kommen.

»Ach Ahab,« rief Starbuck, »es ist auch jetzt am dritten Tage noch nicht zu spät! Gib es auf! Sieh, Moby-Dick sucht dich nicht! Nur du allein suchst ihn in deinem Wahnsinn!«

Als es in der Richtung des aufkommenden Windes die Segel setzte, wurde das einsame Boot durch seine Ruder und Segel geschwind leewärts getrieben. Als schließlich Ahab neben dem Schiffe herglitt, war er so nahe daran, daß er das Gesicht Starbucks erkennen konnte, der sich über die Reling legte. Er rief ihm zu, er sollte das Schiff beidrehen und nicht so schnell, aber in angemessener Zeit nachkommen.

Als er aufwärts sah, konnte er Tashtego, Queequeg und Daggoo erkennen, die mit großem Eifer nach den drei Mastspitzen kletterten. Zu gleicher Zeit schaukelten die Bootsleute in den angerammten Booten, die gerade an der Seite hochgezogen waren, und waren fleißig bei der Arbeit, sie auszubessern. Als er vorbeiflog, konnte er durch die Stückpforten auch Stubb und Flask flüchtig erkennen, die sich an Deck unter Bündeln von neuen Harpunen und Lanzen zu schaffen machten. Als er diese Dinge sah und die Hammerschläge in den zerbrochenen Booten hörte, kam es ihm vor, als ob in der Ferne andere Hämmer Nägel in sein Herz schlügen. Aber er faßte sich. Und als er jetzt bemerkte, daß die Wetterfahne von der Hauptmastspitze verschwunden war, rief er Tashtego zu, der gerade daran angelangt war, er solle nach unten steigen und eine andere Flagge holen, ebenso einen Hammer mit Nägeln mitbringen und so die Flagge an den Mast nageln.

Ob der weiße Wal von der dreitägigen heißen Jagd und von dem Widerstand ermattet war, den er seinem aus Tauen geflochtenen Korb entgegensetzte, oder ob es die Lust zu täuschen und reine Bosheit war, genug, er ließ nun in seinem geschwinden Tempo nach; wenigstens hatte man von dem Boot, das noch einmal dicht an ihn herankam, diesen Eindruck. Als Ahab über die Wellen glitt, waren noch immer die erbarmungslosen Haifische seine Begleiter; hartnäckig hielten sie sich an sein Boot; unaufhörlich bissen sie nach den ausgelegten Ruderstangen, daß die Ruderblätter ausgezackt und verstümmelt wurden, so daß fast bei jedem Eintauchen kleine Splitter in der See zurückblieben.

»Macht euch daraus nichts! Diese Zähne geben euren Ruderstangen nur neue Ruderlöcher, weiterrudern! Auf den Kiefern des Hais ruht es sich besser als auf dem nachgebenden Wasser.«

»Aber bei jedem Biß werden die dünnen Ruderblätter immer kleiner, Kapitän.«

»Sie werden lange genug halten! Weiterrudern! Aber wer kann sagen,« brummte er, »ob diese Haie zu dem Leichenschmaus des Wals oder zu meinem eigenen kommen, aber weiterrudern! Feste! Wir kommen in seine Nähe! Das Ruder! Fest das Steuer angefaßt!« Und als er das sagte, waren ihm zwei Ruderleute behilflich und brachten ihn vorn in den Bug des immer noch dahinfliegenden Bootes.

Als schließlich das Boot nach einer Seite geworfen wurde und längs der Flanke des weißen Wals trieb, schien es, als ob er merkwürdigerweise gar nicht an eine Vorwärtsbewegung dachte, wie es bei den Walen manchmal geschieht. Ahab befand sich mitten in dem Nebel des rauchenden Berges, der von der Fontäne des Wals ausgeworfen wurde und um seinen großen Höcker herumwirbelte. Er war ganz dicht bei ihm. Da hielt er sich mit gekrümmtem Rücken und mit beiden Armen im Gleichgewicht und schleuderte seine gewaltige Harpune und den bei weitem gewaltigeren Fluch in den Leib des verhaßten Wals.

Als das Eisen und der Fluch tief in seine Fetthülle eindrangen und wie in einem Morast untertauchten, krümmte sich Moby-Dick seitwärts, rollte seine Flanke schmerzverzerrt gegen den Bug und kippte in einem Nu das Boot über, ohne ein einziges Loch hineinzuschlagen. Das geschah so plötzlich, daß Ahab, wenn er sich nicht an dem erhöhten Teil des Dollbords festgehalten hätte, noch einmal in die See geworfen wäre. Aber drei von den Ruderleuten, die den genauen Augenblick des Abwurfs nicht vorhergesehen hatten und daher auf die Wirkungen desselben nicht vorbereitet waren, wurden in einem Bogen hinausgeworfen. Zwei von ihnen konnten sich noch einmal am Dollbord festhalten, und da sie gegen eine verstärkte Welle fielen, die ebenso hoch war, wurden sie wieder in das Boot zurückgeschleudert. Der dritte fiel hilflos an die Heckseite; er blieb aber oben und konnte sich durch Schwimmen halten.

Fast gleichzeitig schoß der weiße Wal mit dem mächtigen Willen einer unabgestuften Geschwindigkeit durch die sich wälzende See. Aber als Ahab dem Steuermann zurief, er solle die Leine aufwickeln und sie festhalten, und der Mannschaft befahl, sie sollten sich auf ihren Sitzen umwenden und das Boot auftauen nach dem Ziel hin, in diesem Augenblick spürte die verräterische Leine die verdoppelte Anspannung und zerriß in der freien Luft!

»Was zerreißt in mir? Irgendeine Sehne ist zerrissen! Ruder her! Ruder!! Fest auf ihn los!«

Als der Wal das furchtbare Krachen im Boot hörte, drehte er sich herum und streckte seine weiße Stirn in Verteidigungsstellung aus. Aber bei dieser Bewegung erblickte er den herankommenden schwarzen Rumpf des Schiffes. Da er in ihm die Ursache seiner Verfolgungen vermutete und des Glaubens war, es wäre ein größerer und edlerer Gegner, ging er mit einemmal auf den vorrückenden Schiffsbug zu, wobei er mit seinen Kiefern gewaltige Massen von Meeresschaum aufwirbelte.

Ahab kam ins Wanken; mit der Hand schlug er sich gegen die Stirn. »Ich werde blind! Hände, streckt euch vor mich aus, daß ich meinen Weg tasten kann! Wird es Nacht?«

»Der Wal! Das Schiff!!« riefen die sich krümmenden Ruderleute.

»Ruder, geht tief ins Meer, daß Ahab, bevor es für immer zu spät ist, das letztemal auf sein Ziel losgleiten kann. Das Schiff, das Schiff, vorwärts, Leute! Wollt ihr mein Schiff nicht retten?«

Aber als die Ruderleute unter der größten Anstrengung das Boot durch die hämmernde See brachten, brachen die vom Wal getroffenen Enden des Bugs mittendurch, und in einem Augenblick lag das zur Zeit kampfunfähige Boot mit den Wellen in gleicher Höhe. Die halb ohnmächtige, im Wasser platschende Mannschaft machte die größte Anstrengung, das Leck zu verstopfen und das eindringende Wasser auszuschöpfen. Inzwischen hielt Tashtego an der Mastspitze den Hammer ununterbrochen in der Hand. Die rote Flagge, die sich wie ein Überwurf um ihn wickelte, flatterte geradeswegs von ihm fort wie das eigene überfließende Herz. Starbuck und Stubb, die auf dem Bugspriet unten standen, erblickten ebenso schnell das auf sie zukommende Ungeheuer.

»Der Wal, der Wal! Das Steuer hoch! Ach, ihr wilden Mächte der Luft, haltet euch dicht an mich! Daß Starbuck nicht stirbt, wenn er einmal sterben muß, wie ein Weib, das ohnmächtig wird. Das Steuer hoch, sage ich, ihr Narren! Seht den Kiefer des Wals da! Ist das das Ende meiner inbrünstigen Gebete? Ist das das Ende der treuen Handlungen meines Lebens? Sieh, Ahab, das ist dein Werk! Sei tapfer, Steuermann, tapfer! Nein, nein! Ich sage dir noch einmal, das Steuer hoch! Er macht eine Wendung, um auf uns loszugehen! Ach, mit seiner rasenden Stirn fährt er auf einen los, dessen Pflichtgefühl ihm sagen kann, daß er nicht ausreißt! Mein Gott, stehe mir nun bei! Ich grinse dich an, grinsender Wal! Wer hat denn Stubb geholfen, oder wer hat Stubb wach gehalten als das eigene Auge, das niemals versagt hat? Und nun soll Stubb auf einer Matratze schlafen gehen, die ein wenig zu weich ist! Ich wollte, sie bestände aus Reisigholz! Ich grinse dich an, grinsender Wal! Seht her, Sonne, Mond und Sterne! Ihr seid die Mörder eines Menschen, wie es nie einen besseren gegeben hat. Deswegen möchte ich mit dir anstoßen, wenn du nur das Glas herumreichen wolltest! Ach, du grinsender Wal, es wird bald sehr viel zu schlucken geben! Warum flieht Ihr nicht, Ahab! Was mich angeht, so heißt es jetzt, Schuhe und Jacke ausgezogen. Stubb will in seinen Hosen sterben! Es ist aber ein gewürzter und reichlich gesalzener Tod!! Kirschen her! Kirschen, Kirschen!! Ach, Flask, wenn wir doch eine einzige rote Kirsche hätten, bevor wir sterben!«

»Kirschen? Ich wollte, daß wir dort wären, wo sie wachsen. Ach, Stubb, ich hoffe, meine arme Mutter hat schon meinen Anteil abgehoben; wenn nicht, so werden jetzt wenige Pfennige für sie abfallen, denn die Reise ist nun vorbei.«

Von den Bugen des Schiffes hingen nun fast alle Matrosen schlaff herab. Hämmer, Plankenstücke, Lanzen und Harpunen wurden gedankenlos in ihren Händen gehalten, und es sah aus, als ob sie gerade ihre verschiedenen Beschäftigungen unterbrochen hätten. Ihre wie von einem Zauber erstarrten Augen ruhten auf dem Wal, der von einer Seite nach der anderen auf so seltsame Weise seinen alles vorher bestimmenden Kopf schwingen ließ und einen breiten Strom von alles überspritzenden Schaum vor sich herschickte. Vergeltung, eilige Rache, ewige Bosheit drückten sich in seinem ganzen Anblick aus, und unbekümmert von dem, was ihm sterbliche Menschen antun könnten, zerschellte er mit dem gewaltigen weißen Strebepfeiler seiner Stirn den Steuerbordbug des Schiffes, bis Menschen und Holzteile taumelten. Einige fielen direkt auf das Gesicht; wie lose Flaggenknöpfe wackelten die Köpfe der Harpuniere an ihrem Genick. Und durch die Brandung hörten sie, wie das Wasser eindrang, so wie Gebirgsströme in einen schmalen Wasserlauf hinunterstürzten.

»Das Schiff! Die Totenbahre! Die zweite Totenbahre!« rief Ahab vom Boot aus. »Das Holz konnte nur amerikanisches sein!« Der Wal tauchte unter das Schiff und schwamm mit zitternder Bewegung unter dem Kiel desselben entlang. Als er sich unter dem Wasser umgewandt hatte, schoß er geschwind wieder an die Meeresoberfläche in ziemlicher Entfernung von dem anderen Bug, aber immerhin noch in einiger Entfernung von einigen Yards von Ahabs Boot, wo er eine Zeitlang ruhig liegenblieb.

»Ich wende mich von der Sonne ab. Aber Tashtego, warum höre ich denn deinen Hammer nicht? Ach, ihr drei Schiffstürme, die ihr euch nie ergeben habt! Du Kiel, der du nie gekracht hast, und du Schiffsrumpf, dem nur ein Gott gefährlich werden konnte! Du festes Deck, und du hochgemutes Steuer! Du, wie ein Pol in die Gegend zeigender Bug! Du, wenn auch dem Tode geweihtes herrliches Schiff! Sollt ihr denn untergehen ohne mich? Hat man mir denn den letzten Stolz des gemeinsten schiffbrüchigen Kapitäns genommen? Welch einsamer Tod nach einem so einsamen Leben! Jetzt fühle ich, daß meine allergrößte Stärke in meinem größten Schmerz liegt. So strömt denn rein mit euren weitesten Sätzen, ihr kühnen Wellen meines ganzen vorangegangenen Lebens und türmt euch zu der letzten Sturzwelle meines Todes zusammen! Auf dich wälze ich mich zu, der du alles vernichten, aber nicht besiegen kannst! Bis zum letzten will ich mit dir ringen! Mit einem Herzen, das mit Höllengedanken erfüllt ist, steche ich nach dir! Weil ich dich hasse, speie ich dir meinen letzten Atem entgegen! Wenn auch alle Särge und alle Totenbahren in einem gemeinen Pfuhl versinken, und da diese nicht für mich bestimmt sind, so will ich denn, wenn ich dich jage, und wenn ich auch mit dir verbunden bin, dich verfluchten Wal, in Stücke reißen! Und so lasse ich denn meinen letzten Speer fallen!«

Die Harpune wurde geschleudert. Der getroffene Wal flog weiter. Die Leine sauste mit heißer Geschwindigkeit durch die Rinne und ging fehl. Ahab bückte sich, um sie klarzumachen, und es gelang ihm, aber das fliegende Ende verfing sich und ging ihm um den Hals. Und lautlos, so wie die türkischen Totenwärter ihr Opfer erdrosseln, wurde er aus dem Boot gerissen, bevor die Mannschaft begriff, daß er verloren war. Im nächsten Augenblick ging die schwere Schleife des Seilendes aus der stark abgewickelten Seiltrommel, schlug einen Bootsmann nieder, klatschte gegen die See und verschwand in der Tiefe.

Einen Augenblick lang stand die im Erstarrungszustand befindliche Mannschaft still, dann wandte sie sich um. »Wo ist das Schiff? Um's Himmels willen, wo ist das Schiff?« Bald sahen sie durch trübe, beunruhigende Luft hindurch ein seitlich dahinschwimmendes Phantom wie bei einer gasförmigen Fata Morgana. Nur die höchsten Enden der Mäste standen aus dem Wasser hervor. Erstarrt hielten die heidnischen

Harpuniere aus Eitelkeit, aus Treue oder aus Schicksalsergebenheit auf ihren einstmals so hohen Sitzen aus, die nun in die See sanken. Nun faßten konzentrische Ringe das übriggebliebene Boot und die ganze Mannschaft; jede Ruderstange, jeder Lanzenschaft und jedes belebte und unbelebte Wesen wurde nun in einen Strudel gezogen, und langsam kam der kleinste Überrest vom »Pequod« außer Sicht.

Aber als die Flut allmählich über den gesunkenen Kopf des Indianers am Hauptmast zu schlagen drohte, blieben noch ein paar Zoll der emporgerichteten Spiere sichtbar, wie auch von den langen flackernden Yards der Flagge, die in aller Ruhe mit ironischer Begleitung über den verheerenden Wellen wogte, die sie fast berührten. In demselben Augenblick wurden ein roter Arm und ein Hammer an der Backbordseite in die offene Luft gehoben, der sich alle Mühe gab, die Flagge an der nachgebenden Spiere immer fester zu schlagen. Ein vom Himmel kommender Seefalke, der höhnischerweise dem Flaggenknopf am Hauptmast von seiner natürlichen Heimat unter den Sternen nach unten gefolgt war, hackte an der Flagge und belästigte dort Tashtego. Dieser Vogel schlug nun mit seiner breiten, flatternden Schwinge zwischen den Hammer und das Holz. Vielleicht fühlte der untergetauchte Wilde darunter zu gleicher Zeit den ätherischen Schauer, und so hielt er denn in der Umklammerung des Todes seinen Hammer mit eingefrorener Faust fest. Der Vogel des Himmels stieß mit erzengelhaften Rufen und seinem majestätischen Schnabel nach oben, wobei er mit seiner ganzen Gestalt in der Flagge Ahabs eingeschlossen und gefangen war. So ging er denn mit dem Schiff unter, das wie Satan nicht zur Hölle sinken wollte, ohne daß es ein lebendes Stück Himmel mit in die Tiefe gerissen und damit sein Haupt bedeckt hätte.

Nun flogen kleine Vögel schreiend über den Schlund, der sich noch immer weit auftat. Eine weiße Brandung schlug mürrisch gegen die steilen Ufer derselben. Dann krachte alles zusammen, und das große Leichentuch des Meeres rollte weiter, wie es schon vor fünftausend Jahren gerollt war.

Epilog

Das Drama ist zu Ende. Wozu will denn einer noch weitergehen? Weil ein einziger das Wrack überlebt hat.

Das ging so zu. Nach dem Untergang des Parsen war ich derjenige, den das Schicksal dazu bestimmte, den Platz des Bootsmannes von Ahab auszufüllen. Ich war derselbe, der am Heck niederging, als an dem letzten Tage die drei Leute aus dem schaukelnden Boot geworfen wurden. Angesichts der darauffolgenden Szene, als die saugende Bewegung des Meeres, die das versunkene Schiff schon verschlungen hatte, an mich herankam, wurde ich langsam auf den Strudel zugezogen, der allem ein Ende machte. Als ich ihn erreicht hatte, war ein schäumender Pfuhl an die Stelle getreten; so bewegte ich mich denn um die Achse des sich langsam drehenden Kreises auf die knopfartige schwarze Wasserblase zu wie ein zweiter Ixion. Bis dann schließlich die schwarze Wasserblase, als sie gegen das lebendige Zentrum stieß, oben barst. Ich war nun infolge dieses günstigen Umstandes befreit und dank der Tatsache, daß der zur Rettungsboje umgeformte Sarg infolge seines leichten Auftriebs der Länge nach aus dem Meer hervorgeschossen kam, überkippte und neben mir hertrieb. Als ich von jenem Sarg gerettet war, trieb ich fast einen ganzen Tag und eine ganze Nacht auf einem unruhigen und grabähnlichen weiten Meer umher.

Die Haifische taten mir nichts und glitten an mir vorüber, als ob sie Schlösser vor ihren Mäulern hätten. Die wilden Seefalken flogen vorbei, als ob ihre scharfen Schnäbel in der Scheide steckten. Am zweiten Tage kam ein Segler heran und nahm mich schließlich auf. Es war die in falschen Zonen kreuzende »Rachel«, die auf der immer noch während Suche nach ihren verlorengegangenen Kindern nur ein anderes Waisenkind fand.

Ende.

Wortableitung

(Zusammengestellt von einem kürzlich verstorbenen schwindsüchtigen Hilfslehrer an einer Lateinschule.) Den bleichen Hilfslehrer, an dem alles fadenscheinig war, der Rock, das Herz, der Körper und das Gehirn, sehe ich noch vor mir. Fortwährend staubte er seine alten Lexika und Grammatikbücher mit einem sonderbaren Taschentuch ab, das wie zum Schabernack mit den lustigsten Flaggenzeichen aller bekannten Völker der Welt verziert war. Er war in seine alten Grammatikbücher mitsamt dem Staub verliebt, der ihn feinfühlend wohl an die eigene Sterblichkeit erinnerte.

Wenn du dich dessen befleißigst, anderen etwas beizubringen und du den Namen »Whale« (Walfisch) dem Ursprung nach erklären willst und den Buchstaben »h«, der allein den Bedeutungsgehalt des Wortes ausmacht, wider besseren Wissens ausläßt, so tust du etwas, was der Wahrheit nicht gemäß ist.

Hackluyt.

»Whale« (Walfisch)... Schwedisch und dänisch »hval«. Dieses Tier ist nach seiner runden Gestalt und seiner wälzenden Bewegung so genannt, denn im Dänischen ist »hvalt« etwas Bogenförmiges und Gewölbtes.

Webster's Dictionary.

»Whale« (Walfisch)... Es hängt unmittelbar mit dem holländischen und deutschen »Wallen« zusammen. Angelsächsisch »Walwian« = »rollen, sich wälzen«.

Richardson's Dictionary.

הן	hebräisch
Hwal	schwedisch
χητος	griechisch
Whale	isländisch
Cetus	lateinisch
Whale	englisch
Whael	angelsächsisch

Baleine	französisch
Hvalt	dänisch
Ballena	spanisch
Wal	holländisch
Piki-Nui-Nui	Fidschi

Auszüge aus der Literatur, den Walfisch betreffend.

(Zusammengestellt von einem Unterbibliotheksgehilfen.)

»Und Gott schuf große Walfische.«

Genesis.

»Leviathan machte einen Weg, der hinter ihm leuchtete, so daß man hätte meinen können, die Tiefe sei mit Reif bedeckt.«

Hiob.

»Da fahren die Schiffe, und da ist Leviathan, den du geschaffen hast, um im Meer zu spielen.«

Psalm

»Und was auch immer in den Bereich des Chaos des Maules von diesem Ungeheuer kommt, sei es ein Tier, Boot oder Stein, geht mit seinem großen Schlund vereint herunter und kommt in dem grundlosen Golf seines Morastes um.«

Hollands »Moralischer Plutarch«.

»Das indische Meer ernährt die gewaltigsten Fische, die es überhaupt gibt: unter ihnen fassen die Wale und Strudelfische, genannt Baleine, an Länge ungefähr vier Acker Land.«

Hollands »Plinius«.

»Er besuchte auch unser Land in der Absicht, Roß-Wale zu fangen, die Gebein von sehr großem Wert wegen ihrer Zähne hatten. Einige davon wurden dem Könige gebracht. Die besten Wale wurden in seinem eigenen Lande gefangen, von denen einige achtundvierzig, andere fünfzig Yards lang waren. Er sagte, er wäre einer von den sechsen, die sechzig Stück in zwei Tagen getötet hätten.«

Wortgetreue Geschichten des Königs Alfred (aus dem Jahre 890 n. Chr.), auf Grund von Berichten anderer oder von ihm selbst erzählt.

»Und während alle anderen Dinge, sei es Tier oder Schiff, die in dem entsetzlichen Rachen dieses Ungeheuers (des Wales) hineingelangen, im Nu verloren sind und verschlungen werden, zieht sich der See-Gründling in großer Sicherheit dorthin zurück und hält dort seinen Schlaf.«

Montaigne, Apologie für Raimond Sebond.

»Die Leber dieses Wales umfaßte zwei Karrenladungen.«
Stowe's Annalen

»Der große Leviathan läßt die Meere sieden wie Schmelzpfannen.«
Lord Bacons Version der Psalmen.

»Ganz wie ein Walfisch.«
Hamlet (Shakespeare).

»Unendlich stark wie Wale, deren Riesenkörper bei einer friedlichen Stille den Ozean aufrühren können, bis er kocht.«
Sir William Davenant, Vorrede zu Gondibert.

»Talus bei Spencer mit dem Flegel schlägt; Der Wal den Schwanz dazu gebrauchen pflegt. So erliegt er denn des Speers Gewalt, Und auf dem Rücken ist ein ganzer Piken-Wald.«
Waller's, Schlacht bei den Summer Islands.

»Der böse Mansoul verschlang ihn, ohne zu kauen, als ob er eine Sprotte im Maul des Wales gewesen wäre.«
Pilgrimms Progress.

»Dem Vorgebirge gleich Streckt Leviathan, das größte lebende Geschöpf Sich in das Meer und hält dort seinen Schlaf. Und wenn er schwimmt, ist's wie ein fließend Land. Ein ganzes Meer wird ein- und ausgeatmet.«
Milton, »Das verlorene Paradies«.

»Dicht vor des Vorgebirges Spitzen Liegt beutelauernd Leviathan; Wenn Fische in den weiten Rachen flitzen, Sind sie des Wahns, es wär' der Ozean.«
Dryden, Annus Mirabilis.

»Unterwegs sahen sie viele Wale, die im Ozean ihren Mutwillen trieben und vor lauter Übermut das Wasser durch ihre Röhren und Ausgänge ausspritzen, die die Natur ihren Schultern verliehen hat.«
Sir Herberts Reisen nach Asien und Afrika.

»Wir gingen von der Elbe unter Segel mit dem Winde nordost, und fuhren auf einem Schiff, das ›Jonas im Walfischbauch‹ genannt wurde. Einige sagen, der Wal könnte das Maul nicht aufkriegen, aber das ist eine Fabel ... Oftmals klettern sie auf die Maste, um zu sehen, ob sie einen Wal sichten können; denn wer ihn zuerst sieht, bekommt für seine Mühe einen Dukaten ...

Ich hörte von einem Wal, der bei den Shetland-Inseln gefangen wurde und mehr als ein Faß Heringe im Bauch hatte ...

Einer von unseren Harpunieren erzählte mir, daß er mal in Spitzbergen einen Wal gefangen hätte, der über und über weiß gewesen wäre ...«

        Eine Reise nach Grönland. A.D. 1671, von Harris Coll.

»Ich habe es mir zum Ziel gesetzt, den Spermacetti-Wal zu bezwingen und zu töten; denn ich habe nie davon gehört, daß ein solcher von einem Menschen getötet wäre, so groß ist seine Wildheit und Geschwindigkeit.«

        Richard Straffors's Brief von den Bermudas. Phil. Trans. 1668.

»Wir sahen einen solchen Überfluß von großen Walen, und es ist wohl hundert gegen eins zu wetten, daß es in den südlichen Meeren viel mehr Wale gibt, als wir in den angrenzenden nördlichen Meeren haben.«

        Kapitän Cowley's Reise um die Welt im Jahre 1729.

»... Der Atem des Wales ist manchmal von solch einem unerträglichen Geruch begleitet, daß er im Gehirn Störungen anrichtet.«

        Ulloas, Südamerika.

»Wenn wir die Landtiere in bezug auf ihre Größe mit denen vergleichen, die sich in den tiefen Meeren aufhalten, so werden wir finden, daß sie bei dem Vergleich schlecht wegkommen. Der Wal ist ohne Frage das größte Tier, das überhaupt geschaffen ist.«

        Goldsmith, Naturgeschichte.

»Am Nachmittage sahen wir etwas, das wie ein Felsen aussah, aber es stellte sich heraus, das es ein toter Wal war, den einige Asiaten getötet hatten und an Land zu bringen suchten. Sie gaben sich anscheinend alle Mühe, sich hinter dem Wal zu verstecken, um es zu vermeiden, daß wir sie sähen.«

        Cooks Reisen.

»Der Spermacetti-Wal, der von den Nantucketern aufgesucht wird, ist ein lebhaftes, wildes Tier und erfordert bei den Fischern unglaubliche Geschicklichkeit und Kühnheit.«
Thomas Jefferson's Walfisch-Memorial an den Franz. Minister im Jahre 1778.

»Und gestatten Sie, mein Herr, gibt es auf der Welt etwas, das dem gleich wäre?«
Edmund Burks Anspielung auf die Walfischerei von Nantucket im Parlament.

»Spanien ist wie ein großer Wal, der an den Gestaden Europas gestrandet ist.«
Edmund Burk.

»Ein Zehntel des gewöhnlichen Einkommens des Königs, das, wie man sagt, für den Schutz der Meere gegen Seeräuber verwandt wird, kommt aus den Gerechtsamen der Königsfische, zu denen der Wal und der Stör gehören. Wenn diese an Land geworfen oder in der Nähe der Küste gefangen werden, sind sie Eigentum des Königs.«
Blackstone.

»Zehn oder fünfzehn Gallonen Blut werden bei einem einzigen Schlage aus dem Herzen ausgestoßen, mit ungeheurer Geschwindigkeit.«
John Hunter's Bericht über die Sektion eines Walfisches (von kleiner Größe).

»Die Hauptschlagader eines Wales ist im Kaliber größer als das Hauptrohr der Wasserwerke an der London-Bridge, und das Wasser, das brüllend durch dieses Rohr einströmt, ist wegen seiner rasenden Geschwindigkeit nicht mit dem Blut zu vergleichen, das aus dem Herzen des Wales hervorschießt.«
Paley's Theologie.

»Großes Lob sing ich Dem Flossenvolk-König! Tief im weiten Atlantik Sah ich den Wal nicht so mächtig, Und ist auch im Polar-Meer kein Fisch So fett und so kriegerisch!«
Charles Lamb, »der Triumph des Wales«.

»Ich baute eine Hütte für Susan und für mich und machte ein Tor von der Form eines gotischen Bogens und richtete die Kieferknochen eines Wales auf.«
Hawthorne, »Geschichten, die zweimal erzählt wurden«.

»Nein, Kapitän, das ist ein gewöhnlicher Wal«, antwortete Tom. »Ich hab' seine Fontäne gesehen; er warf ein paar hübsche Regenbogen in die Luft, so wie sie sich ein Christ nur wünschen kann. Er hat ein richtiges Faß Öl bei sich, dieser Bursche!«
Coopers, Lotse.

»Die Zeitungen wurden hereingebracht, und wir sahen in einer Berliner Zeitung, daß man dort Walfische in den Schaubuden zeigte.«
Eckermanns Gespräche mit Goethe.

»Auf Nachtwach' saß mal ein Matros';
Es blies ein kräftiger Wind.
Das Mondlicht war mal hell, mal fahl,
Da kam im Phosphorschein ein Wal
Und zog des Wegs geschwind.«
Elisabeth Oakes Smith.

»Der Cachalot (Pottwal) ist nicht nur besser bewaffnet als der richtige Wal (der Grönlands- oder gewöhnliche Wal), da er an beiden Körperenden eine mächtige Waffe besitzt, sondern er zeigt auch viel häufiger sein Geschick darin, diese Waffen beim Angriff zu verwenden. Und das in einer so kunstvollen, verwegenen und unheilvollen Art und Weise, daß man geneigt ist, ihn als den gefährlichsten von allen bekannten Walarten überhaupt anzusehen, die man angreifen kann.«
Frederick Debell Bennett's Walreise um die Welt 1840.

»Als er mal von einem Wale, den er verwundet hatte, verfolgt wurde, wehrte er den Angriff eine Zeitlang mit einer Lanze ab. Aber schließlich stürmte das wütende Ungeheuer auf das Boot los; er und seine Kameraden konnten nur dadurch gerettet werden, daß sie ins Wasser sprangen, als sie sahen, daß der Angriff nicht zu vermeiden war.«
Aus dem Tagebuch eines Missionars von Tyrmann und Bennett.

»Nantucket,« sagte Mr. Webster, »bildet einen hervorragenden Teil unserer nationalen Interessen. Dort lebt eine Bevölkerung von acht- oder neuntausend Menschen

auf der See und erhöht in jedem Jahr das Nationalvermögen ganz beträchtlich durch das kühnste Gewerbe, das zu gleicher Zeit die größte Ausdauer erfordert.«
Bericht der Rede des Daniel Webster im Senat, als es sich darum handelte, bei Nantucket einen Wellenbrecher zu errichten. 1828.

»Die Reisen der Holländer und Engländer in dem nördlichen Ozean hatten den Zweck, eventuell eine Durchfahrt nach Indien zu entdecken; wenn auch der Hauptzweck mißlang, so legten sie doch die Wohnbezirke des Wales frei.«
Handels-Wörterbuch von Mc Culloch.

»Diese Dinge waren rückwirkend; denn wie der Ball zurückspringt, um noch einmal vorwärts zu springen, so legten nun die Walfischer die Wohnbezirke des Wales frei und wirkten indirekt mit bei der Entdeckung der mystischen nordwestlichen Durchfahrt.«
Aus etwas Unveröffentlichtem..

»Die Fußgänger in der Umgebung von London und sonstwo werden sich vielleicht erinnern, daß sie große, gebogene Knochen, die in der Erde aufgerichtet waren, gesehen haben, die als Bogen über Toreingängen oder als Eingänge zu Grotten dienten. Vielleicht hat man ihnen gesagt, daß dies Walfischrippen waren.«
Erzählungen eines Walreisenden in den arktischen Meeren.

»Es ist allgemein bekannt, daß von der Mannschaft der Walfischer (der amerikanischen) immer nur wenige an Bord der Schiffe zurückkehren, von denen sie ausgegangen sind.«
Kreuzfahrt in einem Walfischboot.

»Plötzlich ragte eine Riesenmasse aus dem Wasser hervor und schoß wie ein Pendel durch die Luft. Es war der Wal.«
Ein Kapitel über den Walfischfang.

»Alle an's Heck!« rief der Maat aus und erkannte, als er den Kopf umwandte, die aufgeklafften Kiefer eines großen Pottwales, der dicht vorn am Boot war und es mit sofortiger Vernichtung bedrohte. »Alle an's Heck, es geht um's Leben!«
Wharton, der Walfischjäger.

»Habt frischen Mut und laßt mir nur das Klagen;
Der Harpunier ist ein verwegener Mann,
Der wird schon den Wal erjagen.«

                                                          Ein Lied aus Nantucket.

»Ja, der alte Wal, ist bei aller Gefahr,
In dem Ozean Herr des gesamten Heeres;
Er ist ein Riese an Macht, und wer die Macht hat, der hat Recht.
Er ist der König des unendlichen Meeres.«

                                                                        Walfischlied.

Inhalt

Erstes Kapitel 3
Zweites Kapitel 7
Drittes Kapitel 8
Viertes Kapitel 18
Fünftes Kapitel 21
Sechstes Kapitel 24
Siebentes Kapitel 26
Achtes Kapitel 29
Neuntes Kapitel 33
Zehntes Kapitel 36
Elftes Kapitel 38
Zwölftes Kapitel 40
Dreizehntes Kapitel 43
Vierzehntes Kapitel 45
Fünfzehntes Kapitel 46
Sechzehntes Kapitel 49
Siebzehntes Kapitel 52
Achtzehntes Kapitel 58
Neunzehntes Kapitel 59
Zwanzigstes Kapitel 59
Einundzwanzigstes Kapitel 62
Zweiundzwanzigstes Kapitel 64
Dreiundzwanzigstes Kapitel 65
Vierundzwanzigstes Kapitel 68

Fünfundzwanzigstes Kapitel	70
Sechsundzwanzigstes Kapitel	79
Siebenundzwanzigstes Kapitel	82
Achtundzwanzigstes Kapitel	83
Neunundzwanzigstes Kapitel	85
Dreißigstes Kapitel	90
Einunddreißigstes Kapitel	92
Zweiunddreißigstes Kapitel	93
Dreiunddreißigstes Kapitel	95
Vierunddreißigstes Kapitel	97
Fünfunddreißigstes Kapitel	102
Sechsunddreißigstes Kapitel	103
Siebenunddreißigstes Kapitel	106
Achtunddreißigstes Kapitel	109
Neununddreißigstes Kapitel	111
Vierzigstes Kapitel	114
Einundvierzigstes Kapitel	123
Zweiundvierzigstes Kapitel	126
Dreiundvierzigstes Kapitel	129
Vierundvierzigstes Kapitel	135
Fünfundvierzigstes Kapitel	140
Sechsundvierzigstes Kapitel	142
Siebenundvierzigstes Kapitel	144
Achtundvierzigstes Kapitel	148
Neunundvierzigstes Kapitel	149

Fünfzigstes Kapitel	153
Einundfünfzigstes Kapitel	155
Zweiundfünfzigstes Kapitel	157
Dreiundfünfzigstes Kapitel	158
Vierundfünfzigstes Kapitel	160
Fünfundfünfzigstes Kapitel	166
Sechsundfünfzigstes Kapitel	168
Siebenundfünfzigstes Kapitel	170
Achtundfünfzigstes Kapitel	174
Neunundfünfzigstes Kapitel	177
Sechzigstes Kapitel	178
Einundsechzigstes Kapitel	181
Zweiundsechzigstes Kapitel	188
Dreiundsechzigstes Kapitel	195
Epilog	207
Wortableitung	208
Auszüge aus der Literatur, den Walfisch betreffend	210

Milton Keynes UK
Ingram Content Group UK Ltd.
UKHW021248191124
451300UK00008B/260

9 783965 428744